罗西 作品
Luoxi Zuopin

中国著名专栏作家「罗西为女性服务」系列

比耳环更近的是耳语

中国人民公安大学出版社
群众出版社
·北京·

图书在版编目（CIP）数据

比耳环更近的是耳语／罗西著．—北京：中国人民公安大学出版社，2011.1
ISBN 978-7-5653-0229-9

Ⅰ.①比… Ⅱ.①罗… Ⅲ.①小品文—作品集—中国—当代 Ⅳ.①I267.3

中国版本图书馆CIP数据核字（2010）第221067号

比耳环更近的是耳语
BI ERHUAN GENGJIN DE SHI ERYU
罗西 著

出版发行：	中国人民公安大学出版社　群众出版社
地　　址：	北京市西城区木樨地南里
邮政编码：	100038
经　　销：	新华书店
印　　刷：	北京兴华昌盛印刷有限公司
版　　次：	2011年1月第1版
印　　次：	2011年1月第1次
印　　张：	18
开　　本：	787毫米×1092毫米　1/16
字　　数：	240千字
书　　号：	ISBN 978-7-5653-0229-9
定　　价：	32.00元
网　　址：	www.cppsup.com.cn　www.porclub.com.cn
电子邮箱：	zbs@cppsup.com　zbs@cppsu.edu.cn

营销中心电话（批销）：（010）83903254
读者服务部电话（门市）：（010）83903257
警官读者俱乐部电话（邮购）：（010）83903253

文艺分社电话：（010）83903973
杂志分社电话：（010）83903239
电子音像分社电话：（010）83905727

本社图书出现印装质量问题，由本社负责退换
版权所有　侵权必究

目录

一、比耳环更近的是耳语/1

性惩罚是一种双刃剑，往往容易造成两败俱伤，所以，健康的婚姻，应该是快乐的、满足的、互信的，而这一切必须建立在一个良好沟通的基础之上。美好的性爱，是一种由衷的爱的抒发与需求，勉强为之，往往适得其反。不成熟的爱说："我爱你，因为我需要你。"成熟的爱说："我需要你，因为爱你。"爱不只是相互的"监视"，更应该是一起拥有并凝视一个方向。

——"用身体就可以巩固爱情"

1. 在性面前，没有老师，只有同学/3
2. 比睡觉复杂的事情/6
3. 如何挥霍"后婚姻"的半夜性爱/9
4. 为什么美人多冷感/23
5. 他为什么总在床上不讲理/27
6. 皮肤极度"饥饿"/31
7. 床际沟通/36
8. 用身体就可以巩固爱情/42
9. 床头没有冠军/46
10. 给丈夫一把性爱小汤匙/50
11. "冰淇淋"小姐的个"性"生活/54
12. 纤手比胸脯更需要安抚/58
13. 用左手摸我/60
14. 他用爱改写我心灵抽屉的密码/63
15. 女王也要穿睡衣上床/67

目录

二、"丈夫"是世界上最困难的"职业" /71

> 我们是结婚后才正式有了性关系的。恋爱时，他对我是敬畏的，不敢轻易动手动脚。他觉得是"高攀"了我，所以一味地迁就我。其实，很多时候，我也希望他能紧紧地搂抱我，或者有更进一步的"探险"，但他不敢，浅尝辄止，从未越雷池一步。有时，我真恨他，那么粗犷的一个人，怎在我面前就变得那么听话呢？他误判了我的矫情，实际上我更喜欢他的本色，自信一点儿，霸道一点儿……我真的是恨铁不成钢，他怎么就无法"读"出我两眼中的愁怨呢？他吻得太肤浅、太小心了！
>
> ——"浴缸里那个犯晕的少妇"

- 1. 性爱里的小脚女人/73
- 2. "性"也要门当户对/75
- 3. 枕边人就是性感训练师/79
- 4. 三种男人，三种不同的夜晚/83
- 5. 没有看过 A 片的，请举手/87
- 6. 性爱是穷人的美妙晚餐/90
- 7. 性爱里的权力春药/94
- 8. 浴缸里那个犯晕的少妇/98
- 9. "无耻"的爱/101
- 10. 其实性欲是可以锻炼的/104
- 11. 温柔的暴力/107
- 12. 抱歉，你不是女鬼/110
- 13. 抱着你才可以安心睡去/114

- 14. 这位先生居然给太太性爱小费/119
- 15. 爱到偏执就是爱情癌症/124
- 16. 爱情洁癖让她感慨天下无"环保男人"/129
- 17. "蜜桃小姐"暗夜里的耳光/134
- 18. 女经理的午夜努力/139
- 19. 穿牛仔裤睡觉的女人/144

三、"情感暴富"后的轻惆怅与小暧昧/149

> 一些貌似幸福婚姻里的小女人，偶尔有爱情的"小走神"。她们不是因为失去或者缺乏爱情而情感走私，而是因为"爱情过剩"……这些婚姻里的新女性，过着优越和悠闲的生活，丈夫疼爱她，事实上她们也很在乎自己的丈夫，却情不自禁、"心"不由己地犯困、犯"婚"。她们常常为同僚一条滚烫的手机短信而想入非非、为异性服务的热情而心跳加快，更迷恋网络虚拟世界那貌似无伤大雅的暧昧互动……
>
> ——"爱情走神"

- 1. 爱情走神/151
- 2. 八〇后情人，七〇后太太/157
- 3. 对不要的性说"不"/165
- 4. 爱人间的距离需用爱去丈量/169
- 5. 花心男人会是弱势群体/172
- 6. 我动了邪念和她包里的安全套/176
- 7. 当撒娇已成往事/179

目录

- 8. 电话情侣/183
- 9. 和风细雨拯救爱人的雄心/188
- 10. 遇见的不全是你要的爱/191
- 11. 没有吃素的情人/197
- 12. 牛吃牡丹/201
- 13. 是谁把你抱上去的/205
- 14. 吻她还不如逗她/207
- 15. 我不笨，我只是纯真/210
- 16. 我是苹果不是玫瑰/214
- 17. "遗情记"/217
- 18. 我很烫但不可以为他燃烧/219
- 19. 我没有在情感陷阱里失去方向/224
- 20. 她的爱情是用来爱自己的/231
- 21. 喜欢"父亲型且是教授"的女人/235
- 22. 下载的爱人：玫瑰变成仙人掌/242
- 23. 因为相爱，快乐也变得相同/245
- 24. 拥挤的双人床/250
- 25. 你家丈夫"男人毕业"了吗/254
- 26. 职业女性，小心变成枕边冷美人/262
- 27. 一张没有被摸完的脸/268
- 28. 负面"性"形象/275
- 29. 那些像良家妇女的"小三"/278

一、比耳环更近的是耳语

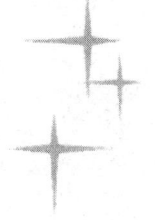

性惩罚是一种双刃剑,往往容易造成两败俱伤,所以,健康的婚姻,应该是快乐的、满足的、互信的,而这一切必须建立在一个良好沟通的基础之上。美好的性爱,是一种由衷的爱的抒发与需求,勉强为之,往往适得其反。不成熟的爱说:"我爱你,因为我需要你。"成熟的爱说:"我需要你,因为爱你。"爱不只是相互的"监视",更应该是一起拥有并凝视一个方向。

——"用身体就可以巩固爱情"

比耳环更近的是耳语

1. 在性面前,没有老师,只有同学

晓月口述　罗西整理/点评

新婚之夜,我才发现,平常酷酷的不爱说话的先生,竟是个"色情太狼"。我很害怕,因为他花样百出,经验老到。我来自一个保守的知识分子家庭,从小接受的是父母的各种"安全教育",找男友要"不好色的"……怎么也想不到会碰到这等男人?其实,平时的他一点儿也不轻浮,甚至有点儿冷。我很勉强地迎合着他的种种要求,我没有高潮,初夜的浪漫被一种惊愕的情绪弄得支离破碎,满床狼藉。

丈夫阿嘉则被我弄得灰头灰脸,很不开心。他说:"我原以为这么开朗的你,一定在床上是个辣妹,可是,你太封建了,都什么时代了,唉,不说了,睡觉吧!"当我还想冲澡时新郎却不耐烦了,我很伤心,不害羞的新娘怎么可以叫新娘呢?我就是不豪放,就是扭扭捏捏的,因为我不是坏女人。我觉得害羞有理,我有权害羞,难道像他那样不要脸才是真正的做爱,我不是他的,我是他用来爱的……

新婚第一夜,我们俩就大吵了一场。我在大学时代是学校的辩论高手,我不能在气势上输给他。我讲道理、摆论据,他则有点儿秀才遇大兵的感觉,结结巴巴的,辞不达意,气急败坏,当我们都精疲力竭的时候,天亮了!

接下来的日子,由于他情欲高涨,所以便讨好我,迁就我,夹着尾巴做新郎。其实我们是很相爱的,经过五年的爱情长跑,是有雄厚的爱情基

础的。我一点儿也不讨厌他的缠绵,只是他在床上的"表演"太另类。

大约两个月过后,阿嘉又原形毕露,野蛮作业。这时的我,已有一定的性经验,也不那么容易脸红了,但他的许多做派仍让我很不适应。比如,他在进行一半时,会突然叫我起来,半推半抱地来到浴室,在那面立地镜前,继续他的演出。他说,他喜欢看到镜中一对爱情男女忘我的境界,他可以更兴奋,可是,我刚被调动起来的激情却因为他的突然停顿和"战场"的改变,一下子被浇灭了。他的快感显然是建立在我的不舒服的基础上的,而他却振振有词:"都是为了你!因为中途稍息,可延长时间!"这就是他,在夫妻性生活里,总是自以为是。我要的不是时间的长短,他总很迷信时间越长我就会越高兴,其实他错了。我不喜欢他每次做到一半时,故意"开小差",我要的是一鼓作气、一气呵成的那种淋漓痛快之感。我是用脑销魂的,看到所爱的男人的不可抑制的冲动,看到他贪婪的唇,火辣的目光,我就会为之倾倒迷醉;相反,他一味地拖拉,人为地延长时间,这只会让我热情消逝,前功尽弃。

后来,我想,他那么固执,就由他去吧,浪子终有回头的一天。可是,情况并没有按我的设想进展,他变本加厉地开始"要求"我做这个又演那个的,他渐渐支配起我来了。比如,他不怕脏不怕臭,我管不了,睁一只眼闭一只眼,眼不见为净!可是,有一天晚上,他要求我舔他的下体时,我愤怒了:我不是"小姐",我怎么可以做这种"下流"之事。丈夫有点儿委屈,他说,他不是也都"示范"过了吗?我冷笑:"你自作自受,我没办法!"说句公道话,我由开始的不适应,渐渐地认可了他的"下作",甚至很享受。可是,真的要我去做,有点儿洁癖的我,还是坚持一个字:"不!"

这种"要求"失败了,他就要求我"发言",不过,他这回语气婉转多了:"为什么你从不'叫床'?为什么你从不表扬我的'哥哥'?"我狡辩说:"沉默是金!"他有点儿无辜地看着我:"你真的很不近人情,男人需要女人的关怀,更需要女人的喝彩!"有点儿道理,我终于虚心接受,并且在往后的性爱实践中偶尔为之,确实可以起到鞭策作用。看来,他也不是荒谬之人,有时,真理也掌握在他的手里。

比耳环更近的是耳语

可是,他误判了我的态度,以为我终于开窍了,可以全面接受他的各种匪夷所思的怪招。一天晚上,他不知从哪里弄来一套护士服,要我换上,我起初不知他葫芦里卖的是什么药,便乖乖地穿上了,还在立地镜前转了两圈。当我看见他脱自己的衣服,眼神不对地靠过来时,我才明白他是要我扮演护士小姐与他进行"苟合"。我再次负气地推开了他,他不放手,经过一番搏斗我"输"了,他非常亢奋……事后他坦白交代,他内心希望我不时地扮演不同的人生角色与他"相爱"。比如,女警、空姐,甚至是戴眼镜的女教师……我这回的感受不仅是讶异,还觉得很好笑,他哪来这么多的想法?有时,我可怜他,也会心血来潮地演戏给他"看",但总觉得别扭。我是他的太太,而不是小丑。他怎么尽喜欢一些"假、大、空"的东西,为什么就不能顺其自然呢?

有一天晚上,我在出差的途中临时改变行程,突然想回去给先生一个惊喜。当我悄悄打开房门时,看到那场面令我面红耳赤无地自容,我丈夫一丝不挂地倚在沙发里看一部外国黄片,那些镜头恶心至极,更令我不齿的是我先生还正在手淫……我一时不知说什么好,将自己关在卧室里。半夜里,丈夫终于迟疑地怯怯地进来了。他解释了老半天,但我都不理会。原来,他从小就开始偷看一些黄片,可以说,他没有经过任何正规的性教育,他所"学"到的性知识,都来自于这些片子,所以,在他看来,只有像黄片里那样做爱,才是真正刺激与完美的。我很担心,丈夫的这种性启蒙途径,会不会是一种"中毒"?他会不会有一天只跟光盘"做爱",而不要我?

点评

以上的内容是我根据晓月女士在福建煤矿疗养院心理治疗中心(以下简称"中心")做咨询时的"口述"整理的。其实,目前在中国有很大一部分男人的性知识来源于一些黄色录像带或光盘,这种"知识"显然是片面的、夸张的、不完整不科学的,因为这类色情片是为追求强烈的感官刺激的,它往往把男女主角的性能力"超人化",这样就会误导一些人,让这些人以为男人都是"性斗士",如果自己的各项性爱"指标"不能如那

些片中男主角那样"强",自己就不是一个好男人。所以,这些人往往心存疑虑、自卑。在具体实践中,他们往往有追求"假、大、空"的倾向,一味追求其所谓新奇、另类的性爱技巧与方式,以力求"形似"。其实,性只是爱的一部分,关键是和谐合一,这才是最高境界。水到渠成才好,强人所难,只会降低做爱品质。

另外,一个人的性格是看不出其"性"的风格的,以貌取人是可笑的,我们不妨记住以下几个"不一定":男人不一定都喜欢处女,也不一定都喜欢"波霸";做爱不一定是为了双方都有高潮,做爱不一定时间越长越好;女人不一定喜欢性能力强的男人……至于先生喜欢太太"换装"做爱,一方面是因为想模仿那些片中男主角的喜好,另一方面也可能是为了满足其平时对于做爱对象的幻想,现实中达不到这一目的,只好借由伴侣的换装来想象;还有一种可能,平常性生活太乏味单调,做爱本身又没有新创意,只能借换装来达成。

对于晓月女士而言,也要改变一下旧的观念,不要把"性"当成不洁之物去对待。同时,还要积极尝试一些不同风格的做爱方式。"爱要保持","性"则需要花样翻新。"性"绝对是个人主义的,套用余秋雨先生的一句话:"在性面前,没有老师,只有同学。"

2. 比睡觉复杂的事情

苏琪口述　罗西整理/点评

婚后第三年,我们有了一个宝贝儿子。

原先的两人世界,一套房一百平方米,不觉得小,自从有了孩子、保姆后,我们开始发现房间太少了,加上两边的老人偶尔来小住几天,房子就更成问题了。我和先生都应算是白领,收入不算低。于是,我们决定买豪宅。很快,我们在市里的黄金地段以按揭的方式买下了一套"楼中楼",首付三十八万,月供近四千元。装修后,喜迁新居,那种新鲜感让我们有度蜜月之欣喜。好景不长,这种良好的感觉很快就消失了,因为存折里没钱了。

  每月的十五日，我们都得去银行"还债"。还债的前一夜，往往都不太浪漫。毕竟，过日子不能不与金钱打交道，更可恶的是，我的月经一般是在每月的十八日左右，换句话说，"还债日"前后几天是我情绪最不稳定、最爱无理取闹，即最渴求性爱的时候。由于丈夫所在的公司每况愈下，收入减少，每月拿出四千元还贷款，确实不是一件愉快的事。加上丈夫性格特别敏感，顺风时他可以生龙活虎，逆境时，他细致的心容易被一些风吹草动所困扰。曾经那么挺拔的他，回家后，我看到他挣脱领带时有一种说不出的苍老与疲倦，也许是在他的眉宇间，因为那里曾有过他最飞扬的笑意，现在我很少领略这种阳光。起初，我有点儿缺心眼，觉得有丈夫这根支柱撑着，我没有什么可怕的，所以依然延续过去的浪漫模式：我生气，然后等待丈夫哄我；我推开他，他最后"耍流氓"……环环相扣，有滋有味，每一步都是用心用情的，每一节都让我身心愉悦。可是，有一天晚上，丈夫不理会我的"生气"，我不知所措，最后演变为一场毫无意义的大煞风景的争吵。他摔了杯子，并说出了一串很重很伤人的话："你只知道撒娇、撒野，我呢？我没有透气孔，没有烟囱！不要跟我来这一套，我烦！我厌倦了……"

  那一夜不堪回首。我难道做错了什么？我看到丈夫在叹息，并且学会抽烟。职场的压力、债务的压力、儿子的压力，还有我的唠叨，一股脑儿地全扣在他的头上，他开始疏于床笫之乐，月次数在急剧下滑，做爱也不再讲求彼此呼应，至多是他一步到位的发泄，不是分享。他变了，郁郁寡欢，甚至有点儿怕我。过去我越挑战，他越"上火"，遇强愈强，而今，他在我的身体面前，有点儿自卑。性爱，也成了他的一种新负担。

  真的，我很心痛，很悲哀，一点儿也不渴求。我不是一个太喜欢肉欲的人，但丈夫的斗志没有了，这是我最难过的，也是我最在乎的。我喜欢他兴致勃勃的冲动时的样子，可是，他不再给我这种刺激。

  看着心爱的丈夫一天天地"沉沦"，由龙变成虫，我很心痛，可又担心他会因此而废了。一天晚上，我试着给某心理咨询机构打了电话，才明白，我先生的心理必须"充电"，也就是要放松、运动、休息。其中，有

几条紧急充电法，很实用。我先是给丈夫买了瓶男用香水，貌似礼物，实为"药物"。先生很吃惊地看着我，因为我"温柔转型"，他非常兴奋，抱着我好久都不肯放下。据说，目前"小资"们很盛行芳香疗法，它是应用化妆心理学的一部分。香水研究员也指出，不同香味可以用心电图和脑波变化测定出香味对个人生理的影响。一方面是我主动放下架子，不再上演由"生气"开始性生活的序幕；另一方面香水的慢性渲染，促进先生心情由阴转晴，渐渐地他又重现了久违的笑容，有了一些进步，这对我鼓舞很大。

我坚信真爱会创造奇迹，更相信好女人是一所好学校，我要重新塑造丈夫乐观向上的性格。在心理医生的指导下，我一改爱睡懒觉的恶习，每早都动员先生一起去跑步。我鼓动他的口号是："美国前总统小布什天天都在长跑！"出一身汗最能让人将心中闷气宣泄，从而容貌也变得神采奕奕。其实，运动还是最好的"伟哥"，它不仅可解除压力，提高自信，改善情绪通道，甚至刺激体内分泌更多的"性激素！"

做爱也是运动，从运动到运动，我们体会到生命中最激昂的乐章。接着，我们试着打破沉闷局面，因为不少人身心疲累的主因，其实是对每日一成不变的生活感到厌倦。改变总是好的，要不就会一味地钻牛角尖而不能自拔，陷入一种悲观泥淖中而不见天日。从改变发型开始，改变床单色彩，去从未去过的情调餐厅吃水煮鱼，或下班后不马上回家，而是相约去看一场电影……每天，我们都做一件愉快、开心、新鲜的事，免疫力增强了，抗压力也自然提高了。其他的方法还有：回归大自然，学会微笑，增强从鼻孔吸入氧气的能力……从而令纷乱的头脑冷静，释放心内的焦虑和引起身体紧张的荷尔蒙。有时，我们还玩儿童游戏，与儿子一起活动，甚至奶声奶气地学几句童语，倍感轻松。还有一点是帮助别人，把对自己生活上一切的不安愤怒或不足，转移到关心别人身上去，从而让自己的心情变得豁然开朗，淡忘自身的焦虑与不满……我为他而变，而他也随我而变，我好，他更好；他好了，反过来，我则拥有他种种的"好处"。曾经的做爱方式，有点儿像"我跑他追"，最后我成为他的捕食猎物，这种状况，很容易让丈夫感到疲倦。现在，我们的性爱模式已做了大幅度的调整，基本上是双方"迎头相遇"，一起努力。"快乐"是我们的终极目标，俩人协力经营这种比睡觉复杂、比做梦实在的床笫杰作，我玩味他的爱意，其实也在回味自己的情欲。

柳暗花明又一村，收入没有多大变化，每月丈夫仍要去银行"缴费"一次，但生活的景象却变了，特别是我们的婚床不再脆弱得承受不了一点儿压力的冲击。我们在床上寻找到一种同命运、共呼吸的"战友情谊"，更找到了一种轻松与享受，一改过去被问题困扰着做爱的被动局面，做爱成为终结许多问题的灵丹妙药。

爱，让我们可以面对任何问题；任何问题，可以因爱而迎刃而解。

|点评|

生活的压力，对男性而言，一方面可能使之"性"趣大减，另一方面也有人借做爱来排解压力。上述个案中的苏琪女士，成功地把丈夫从压力的阴影中引导出来，并为其"减负"，一切做得天衣无缝，水到渠成，因为是以爱情的名义不知不觉地"理疗"，所以其先生是很配合的，也很乐意，最后由"性"趣缺缺转变为"做爱减压"，形成良"性"循环。

3. 如何挥霍"后婚姻"的半夜性爱

这是在"中心"工作时整理出来的真实的情色故事，是有关女性的"三十如狼四十如虎"的话题——如何挥霍"后婚姻"的半夜性爱？

A 红指甲划过他审美疲劳的身体

红雨口述　罗西整理

我与先生莫可（化名）结婚十年了，可以说是到了婚姻的"后半夜"。渐渐地我发现一个心照不宣的现实：我们彼此间的热情在消失，仿佛只是左手摸右手；曾经激动人心的风卷残云的那种"痛快感"没有了；当晨愁

与寂寞通过我的眉笔描在脸上时,我看到镜中的自己,有点儿冷,有点儿空洞。

更年轻的时候,我挑男朋友如同野外摘草莓,总相信"下一个会更好",最终锁定目标,嫁给莫可。我们有过佳期,有过有血有肉的"婚姻前夜",可是大约七年之后,他渐渐忘了情人节,会为小事所烦,会带着酒意回家,手机也常处于关机状态……其实,我也好不到哪里,常常耍脾气、扔抱枕,成天购衣服、买化妆品,懒得刷牙就上床……两人由同床共枕到同床不同被,后来变成室内分居……

当爱情淡化为亲情,当激情进化为恩情,我很困惑又很无奈,丈夫似乎也感到无辜,因为他没有在外"偷吃",他很忠实,但也不再对我冲动得语无伦次,正如后半夜他疲惫地回家,看到我踢出被窝的脚时,不再上前发颤地抚摸或看得发呆,而只是轻轻地平淡地为我拉拉被角,然后回到自己的床上颓然睡去……

看来,我们的婚姻已真真切切地进入了"后半夜",如一潭死水,无风无浪。每天早晨一个人关在浴室里化妆时,我又感到不甘心。其实我们都还年轻,三十五岁,不该就此荒芜我们的美好岁月。孩子也十岁了,按理说我们夫妻应该有更多的时间来演绎夜晚的性爱,经营白天的爱情。

有一天夜晚,我仔细检讨了一下我们夫妻一同走过的路,突然发现丈夫一直是单枪匹马地"主持"着我们的爱情与婚姻。你看,是他第一次"偷袭"吻我,是他跪下一条腿求婚,是他启动"前戏",是他一次一次地问我:"快乐吗?舒服吗?"一切都是他主动,他摆平,他行动,他是这段情感之旅的掌舵者。而我只是一味躲闪、小跑、就犯、闭目享受,我成了他的目标、成果,而不是他的对手、合作者,更未扮演过挑战者。特别在性爱方面,我总是沉默如羔羊,疲劳应战,等待享受他赋予我的柔情蜜意或者激情征服……

有一次,莫可问我:"都说女人三十如狼四十如虎,你怎么一点儿动静都没有?"当时,我"啐"了他,然后自我表扬地说:"我才不学坏!"也许就是我太"好"了,他反而失去了战斗性?为了激活这个平静的婚姻,为了美丽的夜色,我决定改变一下自己,亡羊补牢也好,大器晚成也

比耳环更近的是耳语

罢,最重要的是我要学习"去爱",而不仅仅只是"守着爱"或"乞求爱"。

如果说,恋爱是一档"谈话节目"的话,那么婚姻就是一场"技巧大比拼"。这"技巧",可以是厨艺,也可以是性爱。我开始用心琢磨丈夫的身体需求,也冥想着自己的身体需求,突然悟到,"抱"是一种非常感性美妙的身体语言,先由此下手吧!我给了自己一个任务,每天都要主动"抱"丈夫一次。渐渐地我总结出一套"抱"的体操:触碰他的裸肩;从背后以手腕绕住丈夫的颈部;把他逼到墙边,把头埋在他胸口;两手环抱他的脖子,两个人的腹部紧贴;一只脚踩放在他的脚上,另一只脚缠在他的腰上,双手把他的头"搬"下,相吻;互相腿贴腿站立,轻摇上身,深情对视……

解放了我的手臂,于是有了丰富多彩的"抱"。接下来该是解放十指的时候,于是,我学会了捏、抓、拧……后来,我还学会了用牙咬,轻轻的、浅浅的,但很撩人。这样面对丈夫,发现他并不平淡,我好像走进了森林——他的耳朵是树上的木耳,他的眼睛如同千年古泉,他的唇像是万丈深渊……

我终于攻陷了丈夫的性感带:我带着鼻息"叫醒他的耳朵",轻咬他的颈,像个美丽女鬼;用指甲划过他的腰背,至于他的下腹部,由轻视到爱不释手;抓着他的手放在唇边,轻拍他的臀……动手动脚,全身发烫,这样的热身驱除内心的怯弱、冷感,唤醒自己的每寸肌肤,与先生同步前进,就好像恋爱时我们牵手涉过溪流,有点儿晕乎,但陶醉如水中倒影,虚幻摇晃。

砸碎了身上的枷锁,我们的爱便如鱼得水。我变"坏"了,丈夫莫可却越变越好。我成了性爱钥匙的收藏者,他反而成了爱情的宝藏,取之不尽。我愿意与他分享甚至挥霍这些爱的财富,由此,我内在的野性之美,得以充分地发挥。

丈夫很惊喜,他说:"其实男人也需要一些被动的期待。"在我的日记里,有过以下一些狂野的记录,愿与大家分享:穿豹纹内衣,扮凶猛动物;讲述一个性故事,开场白很重要;抢过他的烟,像个女特务一样秀几

口;对他眨眼睛;把红玫瑰换成蓝色妖姬;喝血腥玛丽;坐在他的大腿内,把头放在他的肩、脖间;仰躺等他,上半身在床上,下半身在床下;穿他的外衣,里边什么也没有,做只披着虎皮的母狼;野外作业,办公室或小车内;指甲留长,涂绿色指甲油;托着他的下巴,端详、装酷;放一盘A片,做背景;在木地板上完成前戏;披头散发,留半壁河山;扮演"小姐",手插进他的口袋里找钱包;住宾馆,门口挂"请勿打扰"的牌子;用英语做床上语言;不脱网状丝袜;食肉动物,忘掉洁癖;由他脱掉红色高跟鞋;咬自己的手指,看他脱衣,目光迷离;用脚趾按下电灯开关;换体位,搞"复辟";有快感就喊出来;答应他所有欲求,谁怕谁?

这位"豁"出去的女士,终于变成了"晚春",在婚姻的后半部分换一个角色隆重登场。她口福不浅,她丈夫则艳福不浅。这是婚姻内的游戏、"体"操,又何尝不是爱情的加速器、微波炉?要感情保鲜,还不如给身体升温,身心俱悦。由性促爱,爱情不再是空谈。把婚姻当做一种新娱乐方式,在爱的范围内,张扬狂野个性,因为纯情的年龄已经过去,不如搏一下情欲。是的,婚姻不仅仅意味着责任、忠诚,它还有另外一些名字:享乐、高潮、风骚、狂野,你中有我,我中有你,灵肉合一等。

B 独立的被子

罗西

在我做客串心理医生以来,这个案例最为典型。咨询者林太太也很大方,在她看来,性咨询,跟看感冒一样,必须把所有的"症状"告诉医师,以便诊断,她是对的——

(一)

我和丈夫是自由恋爱后结婚的,当时,他还是个业务员,天天都有客户要拜访,很忙。最典型最令我感动的一次是在厦门街头,当时他准备去

比耳环更近的是耳语

银行提款,我发现他的鞋带松了,便提醒他停下来系一下。他说:"没事,留着到银行排队时再系。"当时,我脑海里一下子冒出一个念头:赶快嫁给他,为他分担一些困难,他会有出息的!

婚后,他仍十分忙碌,他要为我及以后出生的孩子打造一个美好的未来。他常被客户所气,但他都忍了,每每夜深应酬回来,他都一言不发,然后就冲澡上床……那阵子,他的性欲异常强烈,也许是新婚吧。我看他情绪不是太好,自己也被感染了一种沉郁的心情,所以,对性爱不是太热衷,但奇怪的是,越是情绪欠佳,他越要做爱,"性"致勃勃。渐渐地我喜欢了他这种热烈、高密度的性爱,更确切地说,是习惯了。

夜来了,浪漫便开始了。每一天都有这样的期待,每一天都有这样被溶化的舒服,如水渐渐温暖,直至炽热、沸腾。大约两年之后,丈夫终于有了出头之日,升为公司副总经理。生活安逸了,他反而疏于"碰"我,先是一天一次变为三天一次,再后来是一周一次、半月一次,现在已退步到一月一次,我还常戏称之为"月经",丈夫的"月经"!

我是个健康丰满的女人,我所有的性欲都曾被丈夫唤醒,现在,我需要他的时候,他却渐渐失去了热情。我们的感情基础不错,所以在一个月白风清的晚上,我与他做了一次倾心长谈。

我是这么开始的——

破天荒地我选择了"裸睡",我要不惜任何代价去引诱他,就好像热恋时。我曾耍花招,半夜里下雨时不带伞,湿淋淋地站在门口,等他开门后惊喜地抱我进去,我就可以名正言顺、水到渠成地换上他的衣服,那是一种别样的温暖。我喜欢。现在裸,无非也是想刺激他,好让他重振雄风。当他奇怪我怎么不穿内衣时,我说,我皮肤"饿"了,我要肌肤之亲。曾经的日子那么苦,情绪那么坏,他都可以"抽空"做爱,现在生活水平高了,闲情多了,为什么反而变得消沉,不思进取?

对于我赤诚(赤条条的)的表白与疑问,丈夫冲动地把我揽在怀里,解释说,他要细水长流,为什么决定"一月一盏灯",不是因为他对我的爱有改变,也不是因为他"不行"了,而是想提高每一次性爱的品质,包括时间持续的长度,包括彼此热情的投入等。他坦承,他是想用最少的次

数,紧紧地把我吸引住,用每一次完美的性爱,让我回味,并保持一种永远的渴望的心情。他害怕自己的性能力不再为我所肯定,也害怕不能再彻底地征服我,因为我"越来越懂得做爱了"……所以,他宁缺毋滥,他要让每月一次的性爱,完全地征服我,再用一个月时间让我盼望、期待、回忆、想象……

这不是太残酷了吗?丈夫说,不是的,男人最喜欢自己的爱人说"我要",但又最怕爱人说"我还要",因为这说明你没有真正、完全地征服你的女人,这是很难堪的。对男人而言,这是致命的打击。所以,他宁愿选择一月一次的征服,这样,能让我满足,他也有足够的能量储备,一月"一遇",这才是最高的境界……

可是,我仍然不愿这么做。从那以后,我夜夜都是裸睡,我就不信他不会动心。我其实不在乎他是否"做",或能"做"多久,我最关心的是肌肤之亲。我依恋他,只是能与他相触,身体与身体的交流,这是一种沁入心扉的温度。

最终,他选择了逃避:自己盖一床被子。当然,"一月一次"的纪录仍在进行,不可否认,这"一次"确实做得漂亮、完美,可是,我要的不是一次,而是每夜的同床共枕,但他不理会,他要自己独立的被子!

有多少爱可以重来?最真的情,为什么碰不到最慷慨的男人?我不解,我不甘,是谁出了问题?问题又在哪里?

在对林太太做了进一步的细节交谈后,我们为她做了以下一些分析,因为男女的性心理是不同的,如果双方只从自我出发,问题就不能得到解决。

(二)

第一个问题,在最苦的日子里,为什么林女士的丈夫反而性欲特别强,夜夜而"伐"?

这就涉及一个心理问题,即男人一般喜欢通过性宣泄情绪。在外头碰壁、遭挫折，回家做爱，是男人惯用的缓解内心压抑的一种手段。这与女人不同，女人如果心里有气、有担忧、有郁结，是没兴致做爱的。所以，常有可怜的先生在伸手"碰"自己的太太时，会得到这么一句话："去去去，今夜不行，我正烦着呢！"

其二，林太太习惯并沉迷于丈夫一天一次的性爱之中。

因为性爱中的男人（或称裸体男人）往往最迷人，因为他会说一些"性"之所致的话，如"爱你"、"宝贝"等肉麻兮兮的话，但高潮或穿上衣服后，他就不说了，性爱前后，判若两人。作为女人，当然是喜欢丈夫说肉麻的话了，爱屋及乌，就自然喜欢他"裸体"时的形象了……

其三，男人的性爱，有轻微的虐待的倾向，有强烈的征服欲望，喜欢或希望妻子欣赏他的性能力。

林女士的丈夫选择"一月一盏灯"，就是追求一种最大限度的征服快感，他不想平铺直叙地过半死不活的性生活，他要让妻子欲死欲仙地感受到他的狂野与征服。

其四，女人则不同，做爱时，她是全身心感受的。

正如林太太所说的，只要"肌肤之亲"，重感受，而没有什么发泄的感觉，更多是一种爱的呼吸氛围，是满足、依恋，是希望有个东西可"抱"……

其五，男人太迷信做爱的时间，甚至成为一种自尊的需要。

据林太太说，她丈夫为了逞强，还服用一种男性激素，结果人为地把生殖器弄得像铁棍一样，进入很久都无法射精，直到天亮时以手淫方式能射精，才得以解脱。其实，这种吃药习惯不太好，最好慎用药物，乱吃药容易导致睾丸萎缩，如果本身有前列腺疾病的话，会加速病变。实际上，持久不泄并不一定就是英雄。

其六，林太太的性亢进是由性期待心理引起的性饥饿，故会表现出失眠、不安、易激怒或抑郁。

至于"裸睡"，专家们认为，它有利于血液循环，增强皮脂腺和汗腺的分泌，有利于皮脂的排泄和再生，有利于增强适应和免疫能力，且调节神经、消除疲劳和放松肢体。"裸睡"不仅使人轻松、舒适，还可使常见

的妇女腰痛和生理性痛经等状况得到缓解。

（三）

那么，婚床上的矛盾该怎么解决呢？

首先，要改变一些错误的观念。性爱是双方的，是一种互动、沟通、交流和分享，而不是单纯的"征服"和"索取"！夫妻做爱，要互相了解、体谅，从体位选择到时间安排，要彼此适应，这样才会"双赢"。

其二，"性"更多的是一种"态度"。如果你很爱她，即使只用表情，不动手动脚，她一样也会心满意足。不要迷信武器，更要相信你心灵的力量。这个时代，"情"无能比"性"无能更可怕。

其三，作为丈夫，要明白女性的心理特点，多一些抚慰，让她的皮肤得到充分的触摸。作为妻子，要明白，如果俩人整日相处一室，难免会让丈夫产生过于熟悉甚至是厌烦的情绪，这就使得双方的性关系一下子变得暗淡起来。给性爱放个假，给丈夫放个假，这是欲擒故纵的智慧。

其四，作为丈夫不要冷遇妻子难得的主动，要热情回应。作为妻子，可故意拒绝丈夫的要求，但态度要暧昧。当丈夫禁不住欲望折磨时，妻子再给他"一点点"……

其五，作为丈夫，不要让妻子期待太久，关怀的力量是巨大的。其实，拥抱、抚摸、挠痒痒、呵气、说悄悄话等，都是征服妻子的好办法。作为妻子，不要给丈夫太多的性压力，如果强化性的作用，将其当做任务或义务的话，那会适得其反。

据林太太说，她曾对丈夫谎称自己得了痛经，需要他配合治疗，即一天一次性爱。虽然她丈夫听从了她的安排，但彼此间并没有获得快乐。如果没有快乐，这种做爱就叫"自作自受"。

激情是容易溜走的东西，但到最后，它往往又都被藏在了心底，所以美满的婚姻需要夫妻双方用心去经营。

心灵相撞，才有火花，火花是最美的性爱境界。

比耳环更近的是耳语

C 白天是"前戏",夜晚是"后戏"

陆青口述　罗西整理/点评

　　结婚五年了,我和先生相敬如宾,但我总觉得缺点什么。平常我的工作很忙,回家后,连弯腰脱鞋子的力气都没有了,一般是直着身子把高跟鞋"踢"掉的。丈夫也好不到哪里去,总是挣扎着把领带扯掉,然后就直奔浴室。晚饭后,在脸上盖一张报纸,就这样打着哈欠看我边收拾碗筷边唠叨……

　　性爱,对我而言,可有可无,因为丈夫总是行尸走肉般地运动着,单调沉闷,好像是我逼着他做广播体操一样。我个人的兴致好像也不高,虽然从不拒绝丈夫的"非礼",但闭着双眼开小差是常有的事。

　　旅游淡季,在旅行社工作的丈夫这才有空在家赋闲近一个月。一天晚上,他很无聊,便建议我们去公园散步,这是久违的情调,很遥远的感觉,我都有些不习惯了。说句心里话,我喜欢。当初接受他的求婚,就是因为他肉麻的一句话:"我要定你了,你跑不了!"

　　夜深人静的,公园里没什么人。我喜欢这种氛围,遥想大学四年,我们最爱去的约会地点,就是师大长安山的那片日本人的坟地,有点儿恐怖,但可以大声尖叫着扑倒在他的怀里。我记得他曾说过:"我就喜欢你大惊小怪的样子。"想不到婚后,我收敛了天真,不再撒娇,也许是因为丈夫变得"酷"了,也许我们都觉得过日子是件正经事,于是忘了自己还有许多肉麻的感性的内心需求。

　　回忆是件美好的事,我们像一对偷情的男女幽幽地走在树林中。突然一个蒙面歹徒从后面举着马刀过来:"要钱还是要命?"我害怕极了,一头扑倒在先生的怀里,我听到他轰隆隆的心跳声。沉默几秒钟后,丈夫急中生智假惺惺地把我推到一边:"好啊,胡美丽,你约我出来,原来是有目的的!他(歹徒)和你到底是什么关系?"听到丈夫叫了个假名"胡美丽",我马上镇静了下来,因为从丈夫的语气中我意会他要与歹徒玩一个游戏。他总能临危不惧,并且我相信他有能力制伏对方。于是,我配合他

把假戏继续演下去,要知道我们原是大学戏剧社的台柱子。我缓缓地说:"是又怎么样?我就是要叫他(歹徒)来试试你的功夫到底有多深?"先生心领神会,继续编故事:"别以为你老爸是刑警队队长,我就怕了!"我的灵感也一下子被调动起来:"我今天总算看清你了,你以为练了五年的少林拳就可以目空一切!来,先生(歹徒),马刀借用一下,他居然如此不信任我……"说时迟,那时快,那心虚的歹徒立马拔腿逃之夭夭!几句即兴的台词,不费吹灰之力,就打发了一个可怜的歹徒,我们情不自禁击掌欢庆。原来,夫妻配合做一件戏剧性的事,是如此激动人心。那一刻,我身心俱悦,无比兴奋:一是我们心有灵犀一点通;二是惊觉我们夫妻生活中是不是少了些这样的"戏剧性"?

回家的时候,我照例坐在丈夫摩托车后座等他启动。还没等我坐稳,丈夫便发动油门,加速前进。

那一夜,我们尽兴、肆意、排山倒海、扬眉吐气,一会儿安排角色扮演一下,一会儿颠覆体位。原来我们还有彼此间从未领略过的另一重天。确实,男人的"酷"只能远远地观看和崇拜,一旦他走近你,如果还继续"酷",那么它就近乎冷漠了。拿来用的丈夫,应该懂得温柔献身,让"酷"见鬼去吧。这一夜,我们第一次开诚布公地道出内心的需求、期望与困惑。于是,我们达成一个共识,每一个白天,都要成为我们的爱情的"前戏";下班回家后,夜晚就是我们性爱的"后戏"。白天,我们彼此会在电话里互致问候,甚至说几句情话;夜里再近距离共享性爱如戏的快乐。爱情可以简单,但性爱绝对要丰富奢侈。我们终于找到了一种性爱保鲜的秘诀,赋予它戏剧性,热爱它的肉麻。

点评

不少夫妻经常会相互抱怨:"为了追求成功,白天忙得像便利店一样,没有打烊的时刻,夜晚又缺乏滋润。到头来,什么福利也没有,真不好玩!"

床是温柔的故乡,不是争胜负的考场。在床上,每个人都希望自己的伴侣能够热情回应,但是,我们的反应也往往会受到一些因素的影响,尤其在漫长的婚姻生活中，若没有特别经营，缺乏催化，感觉会慢慢地消失，最后只要一想到性，头就痛起来！夫妻间缺乏信任，白天紧张，夜晚当然放不开了。

性，不只是晚上的"作业"，实际上，白天也要有铺垫，从白天就得开始营造气氛，沟通与信任，一样也不能少。若要男人心情不错地吹口哨，要女人对夜晚想入非非，夫妇俩就得学习如何除掉"坏了好事"的诸多因素，尽量取悦自己，挑逗对方，注意彼此对性的感受，了解对方的习性及欢喜的方式。

大多数夫妇，总是在孩子上床熄灯之后的相同时间里，完成做爱这档子事。

中国心理卫生协会理事、福建省煤矿疗养院心理治疗中心的林芳主任医师（以下简称林芳医生）认为——

这种例行的做派，易产生单调枯燥之感，因为那时双方都已经很累了。试着改变做爱的时间，或者在周六上午十点，让保姆把孩子带走，再锁上房门做爱；或者试试在中午时，或者牺牲晚间新闻早点儿上床；清晨五六点时，经常是男人身上荷尔蒙的生理高峰点，所以会自然勃起，这时做爱，可能就"事半功倍"。当妻子的，不妨关注你丈夫的这个时间。

实际上，大多数男女都知道，适当性生活对身心皆有益处，可是一些女性朋友仍然有点儿"冷感"。专家认为，可以用以下几种方式调节一下。

a　调节激素。妇女四十五六岁时就进入了停经前期，有些妇女一旦性激素减少，性欲就会减退。面临激素变化的妇女，要请教医生，选择低剂量避孕丸或补充激素。

b　睡眠要充足。尽量培养良好的睡眠习惯，每晚睡七至九个小时，每周至少有三天要做上二十分钟的有氧运动。睡前八小时内避免喝咖啡，晚上饮酒不要超过一杯，不要饱腹或空腹。

c　适量运动。剧烈运动会导致血液中的睾酮量降低，影响性欲，过度运动也可能导致月经暂停。若运动过量又限制饮食，对性欲更是双重打击。最好运动适量，同时摄取足够的热量。

  d 驱除抑郁。心理学家埃斯维尔阿玛多说:"情绪抑郁有一系列的症状,包括丧失性欲。"
  e 控制精神紧张。通常人一旦情绪持续紧张,便无法集中心神于性爱活动,可以偷闲在傍晚洗个澡或者去散步。
  f 懂得沟通。女性如果产生一种被丈夫忽视的感觉,就会对性缺乏兴趣。美国的一次调查中发现,男人的兴趣排在前五名的是:政治、股票、体育、啤酒和女人。女人争宠,还有四名强敌要对付,这怎不令女性朋友们气馁?这时,沟通就很有必要了。在NBA总决赛期间,一位被丈夫冷落的太太说:"有一次,我一丝不挂地在电视机前晃了一圈。我老公竟然说,请让开一点儿,这么紧张的时候,请不要挡住我的视线。"这种无声的展示,不一定有效,最重要的是,找个时间沟通,让你说出心中的郁结。

D 最贴身的导师

赵小小口述 罗西整理

  我先生在旅游公司工作,经常要带团去东南亚。刚开始,我有点儿不适应,确切地说是不放心。他虽不是刘德华,但比周杰伦好看,不少有钱的单身女游客,经常会挑逗我那单枪匹马的丈夫(下称阿海)。原先我是不知道的,倒是他自己向我全盘坦白的。他说:"我爱你,所以才刀枪不入,完璧归赵!"
  有一次,午夜十二点多了,一位年轻的吴姓女"散客"来叩阿海的房门,阿海很礼貌地让她进门了,以为她有什么事需要他帮助,结果不是,吴小姐是来"诉苦"的。与她同房间的女伴,半途与同团的一名男子产生了恋情,男子午夜仍滞留在她的房间里搞"文娱活动",吴小姐实在待不下去了,只好来找领队……阿海正要出面打电话摆平,结果吴小姐阻止了我丈夫,似笑非笑地靠过去:"不了,还是让有情人终成眷属吧!要不我今晚就住你这里了……"阿海慌忙起身,正色但语气温和,他婉言谢绝:"对不起,我是有太太的!"
  艳遇总是双打的,我先生把这个不成形的小故事告诉我时,我正枕着

比耳环更近的是耳语

他的手臂百媚千娇地呢喃着。原先我对性爱有轻微的排斥,奇怪的是那一夜听了先生海外"奇遇"的复述,犹如喝了一服春药,令我兴奋异常,我突然觉得他是个宝贝,奇货可居,自己为什么不好好地享用呢?人是有思想的动物,可以把简单的性交赋予许多想象,而猩猩就不会了。

我先生给我讲过这么一个故事。心理学家故意把一部不堪入目的A片播放给一群大猩猩看,希望它们能受刺激,从而勃发春情。结果,令心理学家大失所望,大猩猩们熟视无睹,如同看会议新闻一样无动于衷。

我先生是个口才颇佳的男人,他喜欢讲故事给我听,而不是单纯的赤裸裸的情话,我讨厌肉麻。他给我讲的这个故事,无非是告诉我,人类做爱之所以美不胜收,在于其加入了人类的想象,有思想,可以回味。它不单是十分钟、三十分钟甚至两个钟头的时间概念,真正的做爱高手,他会让自己太太的双手留有余香,而且白天做正事时,会不自觉地想起几个月前那个夜晚先生的所有温存与体贴,有眼神的暗示,更有身体语言的加温。肉体是没有记忆的,只有灵魂的触动,一切才可以如同芳香一样弥漫于自己所处的每一个角落,随时深呼吸一下,都可以令自己会心一笑。

真的,在办公室里,常有同事用手在我眼前挥动:"小赵,你在想什么?眼睛都直了!"每每这时,我会从美梦中醒来,非常满足。想着丈夫夜里的种种镜头,会特别温暖,甚至热血沸腾。也许做爱的当时,我只忙于配合,这种享受滞后,我觉得更有意思,绵绵不绝。

"性"之外的丈夫对我的所有的关怀,我总是把它定位为广义的"爱"。我很细心,有专门的日记簿来记录丈夫的"好"。比如,他会坐在一边看我把治胃病的中药喝完才肯去上班;他记得我父母的生日;他喜欢小孩,并在电脑里"合成"过两个像我们的"子女";他把所有的工资、奖金都交给我去银行存起来;他会把公司里不愉快的事向我转述;他喜欢吃我做的菜;他送我出门打车时,会随手用手机记下的士的车牌号;他会依赖我给他系领带;哪怕买个脸盆,他也希望与我共同商量;他夜里想抽烟的时候,会跑到楼下我家小狗狗大小便的地方进行;我出差在外地时,他会三更半夜打电话撒娇:"老婆,我想坐飞机去查房!"

我有记日记的习惯,这是我妈教的,她的两句话我记得很牢,"不要

在床上吃东西","不要把自己的丈夫想得太坏"!通过记录丈夫的优点,我越发感到他的可爱,甚至可敬。由爱转为"热爱",我心怀感动和感恩,所以很知足、惜福。我是个很怕落单的人,自从有了丈夫后,我变得果敢、自信,而且内心不孤独。爱一个人最简单、有效的办法是,找出对方爱自己的细节,这样会因为知心而内心感到踏实。

我很庆幸自己拥有一个很博大的收集爱的仓库,所以我不担心未来,也从不怕爱的饥荒。我变得纯真,仿佛又回到少女时代,常常会因为憧憬而拥有一整天的好心情,甚至我在阳台上晒一件滴水的刚刚手洗过的丈夫的白衬衣,都会觉得它在吸收阳光,晚上把它收回,折好,再捧在手心里嗅,会有阳光的香。这一切很像我对婚姻的体会与理解,一切平凡琐碎,但因为细心品味,我便能嗅到阳光的香。

我是个嗅觉很灵敏的女人,丈夫的体味我更是喜欢,特别是他运动回来时的那张汗津津的脸,非常性感。他从不打无准备之"仗",即使夜里下雨,他也要先在跑步机上跑上半个钟头,这一切只为了之后做爱热身,所以每当看他准备运动时,我就会条件反射地情迷意乱。无形中,他把性爱里的前戏大大地提前了,我每每这时会坐在浴室里回味、发呆、兴奋,然后有一种强烈的"亲水"欲望,恨不得有条河把我带进大海。

我丈夫就是这样一个人,喜欢用行动去"广义调情"。他的语言,只是锦上添花。他善于引导我去幻想,就如同把米煮成饭,这是一般男人都会做的,而我丈夫的独到之处是他会继续把米饭酿成酒。有一次,我动了个小手术,躺在手术台上,感到很冷,有点儿恐惧。阿海除了用手紧紧地抓住我的手为我鼓劲儿外,还小声地问我:"我每次运动回来会做什么?"旁边一位护士小姐嘴快:"喝水呗!"我却笑了,他想要的答案是"做爱",这是我们两个人独有的秘密。经他这么一问,奇妙的是,我忘了恐惧,开始不合时宜地回味起他夜里的种种可爱……

婚前,我对婚姻有点儿迷茫和不自信,想不到我亲爱的丈夫成了我最贴身的导师。他提高了我婚姻的情商,用几句话概括就是:爱是用来展望未来、憧憬明天的,有了爱的加油,明天就有把握;"性"是用来回味的,对一个做太太的女人而言,尤其如此;也许男人的"性"有点儿"排解"

的意味,而一个爱生活、懂生活的女人,则善于回味,把丈夫粗糙的性爱谷子,打磨成精致的珍珠米,再熬成粥或做成米酒,醉已,也醉丈夫。

我很想把我们夫妻的性爱经验向大家推广,便打了热线电话。你看看,我先生做爱前的运动热身,无形中扩大了前戏;而我床第之外的回忆、回味,则实际上又大大延长了后戏。不管是"性"福,还是幸福,智慧地参与至关重要,这是我们夫妻共同总结的经验。换句话说,要用"心"生活,也要带脑子做爱。对于太太这一方,我觉得自己也有两大优点:一是尽情、充分地享用丈夫;二是信任丈夫,给他自由,如果你把他手脚捆绑起来,他怎么抱你制造狂风暴雨?

丈夫不是用来看守的,而是拿来用的。"用"是一种最务实的爱。

4. 为什么美人多冷感

杜盈盈口述　罗西整理

其实,每每到了夜里,我就有一种负罪感,因为我对先生秦兵的"性申请"总是抱着"研究研究"、"再说"的态度。我不拒绝先生的温存的,包括所谓的"边缘的性"——拥抱、抚摸、接吻等,但是一到关键的时候,我就会抵触他的身体。因为我们是深爱着对方的,所以先生基本上还是可以容忍我病态的拒绝。他曾开玩笑说:"没有关系的,谁叫自己爱美人,美人多冷感!"我当时心里为之一惊,难道我们的爱情就这样像断臂维纳斯一样,只有残缺的美?我决定悄悄地去做心理咨询……

如何拒绝最美

我是一名美发师,我们俩一见钟情,而且是在"镜子里"。我喜欢渲染这一种画一般美丽、神秘的相遇。我在职业学校时,就是学校的业余模特儿、校花。我们相识时,我已经工作了,他还是名大学生,喜欢剪美国NBA式的平头。原来,他对我不信任,总觉得女孩子胜任不了这种高难度发型的修剪,但是,我的技术很快让他情绪稳定下来,原来捉摸不定的眼

神换成了欣喜。透过镜子,我在端详他的平头是否剪得平整、棱角是否分明时,他有些害羞起来。我喜欢男人的这种感觉,于是故意把他的头摆弄来摆弄去,他好像也心甘情愿地很享受的样子,就这样我们在看同一面镜子时,交换眼神,判断情感温度,也从镜子里看到了两颗被爱照亮的心。

我跟男朋友交往一段时间后,他开始试着要我与他有进一步的肉体接触。说实话,热恋中的我不忍心拒绝他,但是在关键时刻,很奇怪,我总能适时地全身而退。这个时候他是痛苦的,但是也特别温柔、听话。我喜欢看他需要我的样子及渴望的神情。所以,我觉得拒绝是一件极美的事,甚至喜欢给男友引火上身,然后自己脱身,完璧归赵,一气呵成,非常美。这时我会有一种强烈的快感,仿佛也反证了我的致命之魅力。

一般女性在面对爱情时,自主性总是不够,自以为爱他,就是要把自己交出去,最典型的一句话就是"我现在是你的人了"!要不要做爱,往往不是看自己想不想要,而是担心如果拒绝了对方会让自己失去这份爱。这一点是致命伤,因为爱一个人并不是只有愿意与他做爱就可以证明,或许对许多的男性来说,做爱是比较直接的方式,但是他们往往忽略了女性对爱的真正看法和方式。简单地说,不想要时或者时机不成熟时,就要坚决直接地说"不",当然,直接说"不"并不是要激怒对方,而是以婉转、清楚的口气告诉他,或是建议他可以换一种亲密的方式。同时应该指出,你的拒绝里有一种自卑的心结在作怪,想以此来验证自己的魅力,所以你的爱情,多少带有虚荣的色彩,犹如你买了高档衣服一样,寻求一种外在的心理肯定。

打开男友"龌龊"的抽屉

他毕业后,我们的感情更稳定了。有一阵子,为了弥补我内心的歉疚,我经常帮助秦兵整理房间。一天,我好奇地打开了他的一个神秘的抽屉,发现一大堆激情光盘与养眼写真书,虽然早已知道这是正常行为,可是亲眼见到还是颇为震惊与不快!尤其发现他喜欢的都是胸围雄伟的火辣形象,更刺激了一直身为"太平公主"的我想去隆胸的意愿。因为我是怕痛的,所以我没有实施自己的"雄伟计划",相反,我开始讨厌秦兵的性喜好。其实,我知道这样对他不公平,但是,内心已经有了阴影,觉得性对男人而言,好像很龌龊、低俗,甚至恐怖。

有一次,他告诉我说,他的一个朋友与女友做爱时,女方因为太兴奋,慌忙中,居然把一个安全套给吞了下去……秦兵的本意是想让我放下包袱,也像他朋友的女友那样达到忘我的状态,但是,我吸收的信息,却让我强化了性"很丑"的思维定式。在这种情况下,男友对我的性想望,自然就成了镜中花。

可别匆忙地对自己的男人做出武断的评判!其实,相信你也了解,男孩子选择刺激养眼的写真影像,只是为了寻找感官上的刺激罢了,这并不等于他希望你也如此!男人喜欢养眼的东西,无可厚非,再说了,不能因为自己没有的,就怀疑男友的品位,这多少有些"酸葡萄"的味道。虽说,胸围数字惊人的确会吸引男人的目光,但这却不是让他们觉得性感的原因!男人是用眼睛满足性幻想的,仅此而已,不必上纲上线。女人心是细致而敏感的,如果错误的"性"息加工得过于强大,就会直接影响女性的性态度、性观念。

高潮的表情好丑

就这样,我们婚前没有发生性关系。我很骄傲,秦兵却很无奈。不过,他发誓要在婚后变本加厉地把婚前没有得到的全部追回。我冷笑,"走着瞧"!他以为我是假正经!

婚后,他果然"后劲"了得,平心而论,我喜欢他为我"燃烧"的样子,可是,我的形象呢?我是个美发师,是个很宝贝自己的女人,我很在乎自己每一刻的形象。有一次,先生把我们床上的事偷偷地拍了下来,并且哄我把它与一部日本的A片进行一番比照。当我重温那一幕幕时,才发现自己有多恶心,丑态百出,不堪入目!我几乎快吐了,我觉得做爱时的表情太丑、太狰狞。我喜欢自己看起来美美的样子。丈夫本想把这个"节目"当做我们的前戏,目的是要进一步开发我的性潜能,因为在他看来,

我还是有些冷感的,结果适得其反。为此,我又开始"罢工",或者是无法全身心投入,总害怕自己情不自禁后再出丑。因为这个原因,婚后我们常吵架,还到了要分手的地步。我觉得很不公平,难道两个人有爱还不够吗?

两个人在一起,做爱当然不是绝对重要的,但也是很自然而然的一件事。如果你认为你先生的要求并不过分,而你的理由竟然是因为爱美才不跟他上床,他当然不能接受啰!坦白地说,美貌的女性多少有些自恋倾向,当然也包括你在内。我相信,你先生绝对不会介意你做爱时的所谓"扭曲表情",而且你的所谓的"面貌痛苦、狰狞",应该是被日本A片所误导,那是一种雄性主义的产物。你可以往另一个方面看,做爱是没有这么痛苦的,其实应该是一件很美好的事情,这就要看你是怎么想的。再说,你美不美绝对不是你自己说了算,而应该是看你先生的评判与他个人的感受。男人喜欢看到自己的爱人在自己的"努力"下"欲死欲仙"的表情,在他看来,这种表情是全世界最美的。这一点很重要,切记!

让我闭上眼睛感受

也许我真的是太在意自己的形象问题,从而忽略了"心的感受",当然也失去了想象力与曼妙的幻想。过去丈夫也曾劝导我,说太太被插入后与高潮时的表情,是他最有成就感也是最快乐的时候,但是我有些怀疑,或者干脆当耳边风。后来,我还把它歪曲为,这是他对婚前我的不合作的一种性报复。听了林医生的分析后,我真的很内疚,我可怜的丈夫居然忍辱负重地爱着一个心不在焉的所谓美女,我内心满满的都是歉意。这一夜,我才真正地开了窍,像是处女的新婚之夜。丈夫抱着我的脸,激动得像个孩子,他一点儿也不抱怨,更不觉得委屈,他说:"爱你,还有什么不可以期待的?我总相信,你会在我的怀里明白一切的。"我没有看错这个男人,他的耐心与用心,终于感化了我冷艳的心。

原来情色是如此美丽。美人如果失却了热情,犹如玫瑰没有了香味,那一刻,在先生的调动下,我忘记了自己的容颜,开始让自己芳香起来,而这必须有内秀的铺展、心灵的参与。原来多为躯体在表演的爱情,现在我真正学会了用心在爱着他,其实也是在正确地爱自己。

当然,也要先生的配合。他喜欢先吻我的眼睛,当我闭上眼睛的时候,闪动的长睫毛,就是我的召唤,很美,却尽在不言中。心门打开了,阳光进来了,逆光中的爱人策马加鞭。他从后面抱着我,驰骋万里,耳际是呼呼的风,我们仿佛是天地英雄,自由、奔放、快乐……爱情需要说明、证明、表明,其实更需要行动,那就是"做",与其"看起来很美",还不如"做着",因为那不仅是美,而且是美妙。

5. 他为什么总在床上不讲理

棋子口述　罗西整理/点评

我与先生张云松的认识是在公交车上,我总很迷信地认为,这是一种缘分。我们都是城市白领,但很奇怪,一样喜欢乘公交车上班。婚后我们互相"揭短",分析心理因素,得出的结论是,我们之所以愿意"与民同乐",潜意识里是想凸现自己"高人一等"的一面,有鹤立鸡群之感,从悲怜之心里寻找一些满足感。

可是,婚前我们却没有这么想,只是极大地在美化我们偶遇的细节、情节:那是一个初春的早晨,上了车,我才发现忘了带钱包,站在公交车投币箱前,很是尴尬与焦急,这时,一个已落座的帅哥从车厢后面走过来,帮我解了围。他微笑地为我投了一枚硬币,我很感谢,觉得他很面熟,但确实我们原先并不认识。第二天早上,我再次碰见了他,便把事先准备的一元钱还给他,他执意不收,很调皮地说:"其实,你不还这一元钱,我会更高兴!能为这么好的女生做一件事,可是千载难逢的,我倒希望你天天忘了带钱包!"一番中听的话,令我无话可说。在车上,我们并排坐着,互相自我介绍,就这样成了朋友。

有一天,我故意咬咬牙迟到近一个钟头,当我出现在那个天天光顾的公交车站时,惊讶地发现张云松在寒风中不断地给双手哈气,双脚不停地

在原地踩着……他正焦急地等我。他是某海鲜酒楼的副经理,上班制度是很严格的,想到这里,我有点儿内疚,但转念一想,我们除了知道对方的名字、职业外,什么都没有深谈,甚至除了公交车上见见面外,没有在其他场合见过面,我并没有暗示过他要等我……于是,我用"正常的语气"问"你今天也这么迟?"我希望他实话实说,可是这家伙死要面子,哈了老半天气,才扯了一个谎:"昨天晚上多喝了一些酒,闹钟又坏了……"在车上,他仿佛是下了很大决心,向我要手机号码。"有必要吗?"我故意逗他,他脸红着说:"有机会的话,我想请你去喝咖啡!"但我还是略作矜持地给了他电话号码。这也是他爱情阴谋的第二步?事情仿佛是按约定俗成的节奏发展着,终于有一天,他说:"每一个午夜上床睡觉时,想着第二天会在公交车上与你相见,就不会睡懒觉,也不用闹钟叫醒,像广告里说的那样,第二天起来舒服一些!"我笑而不答,但一定是满脸娇羞的样子。当天晚上,我终于答应他去喝咖啡。在他送我回家的路上,我献上了初吻。他的开场白是这样的:"听话,宝贝,让我们吻别吧!"这个喜欢养狗、赛车和扣篮表演的男人,就这样征服了我的心。

"一元钱就把你搞定了?"这是我一位知心女友对我的棒喝,在她看来,我这个有点儿自我,有点儿自信,有点儿自恋的"策划总监",没经几个回合就缴械般献出初吻,真是有点儿不可思议。可是我真的是身不由己,我很迷恋他。客观地说,张云松不是漂亮的那一类男子,但他清瘦、高挺、幽默,那像是刀削的锋利的鼻子,如果让我天天用手指刮刮它,一定很有成就感,但我还是听从了那位闺中密友的忠告:就算已经达到嘴对嘴的关系,也要保持手牵手的距离。所以,当张云松有一天发给我一条手机短信向我"求婚"时,我毫不犹豫地说了"不",短信是这样的:小鸟恋爱了,蚂蚁结婚了,苍蝇怀孕了,蚊子流产了,我们还等什么呢?

其实,我的要求不高,只要他带着钻戒、鲜花,当着我的家人、朋友的面跪下一条腿求婚,一切就OK了。可是他迟迟不采取措施,整天只想怎么骗取我的一个吻。每每这个时候,我就犯傻,忘了好朋友的另一个忠告:选择好男人需要方法,在尚未抓到诀窍前只要学会说"不"!可是,有一天,张云松像是开玩笑地问我:"嫁给我好吗?"我脱口而出:"不!"

比耳环更近的是耳语

接下他又问:"我只好找别人去了……"还没容他说完,我又条件反射地大喊:"不!"我们在雨中紧紧相拥,扔掉伞,互诉心曲,我们谁也逃不过对方的眼神、怀抱、心灵……

新婚之夜,客人终于散尽,已是凌晨两点多,我们很累,但也很兴奋。我把最完整的处女秀交给了我亲爱的丈夫张云松,他也表现不俗,很温柔。事后,他很感动地说:"你真好,你让我拥有了一个世界!"

可是,没过几天,张云松就原形毕露了,他的专制作风开始"发作"。一个晚上要两次,我婉言劝他"细水长流"、"来日方长"、"节约用电",可是他不听,非常赖皮,像顽童。最后我也翻脸如翻书,干脆一个字"不"。说"不"是新娘的至高权利嘛!可他不依,还调侃我是"半推半就",即上半身"推",下半身"就"。我气得七窍生烟,翻身压住他狠狠地撕、拧、捏,他假假地求饶、挣扎,等我筋疲力尽时,他又伺机翻身,反而把我给制伏了。这时,他特别亢奋,有点儿吓人。现在回味起来,我会心跳加快。他像一匹狼的时候,我真的无法拒绝,那是一种雄性的魅力,更是一种力量,我想抗拒也难。

他在枕头边喃喃自语:"奇怪,你越反抗,我斗志越强,美妙,真是美妙!"而我,清醒的时候,喜欢或习惯说"不";可做梦时,甚至午后犯困做白日梦时,却都是让自己扮演一个被强盗抓去做"压寨夫人"的角色,而那"强盗"正是该死的张云松。梦里的他,说一不二,像暴君,我一切都听他的,有时甚至被他五花大绑。可问题是,每每我喊"救命"时,都十分抒情,就好像歌剧演员在唱高音,畅快淋漓,非常舒服。这样的梦,我百做不厌,醒来时自己一个人窃窃地笑。

日子仍在继续。我的工作比较安逸自由,可丈夫却很忙碌。同时,他经常要与食客应酬,陪他们喝几杯,甚至有时还要忍气吞声地迁就一些酒鬼的挑衅、闹事。所以每夜下班回家,他都身心俱累,这时,我都会适时地按摩他的双肩,并用热水给他烫脚。奇怪的是,他越是在外受气,回家就一定要做爱,而且特别狂野、霸道。比如,我喜欢悠闲的方式,他则要暴风骤雨;我喜欢正常的"男上女下"的体位,很贴心,可以看到他激动、通红的脸,可他总坚持"后背体位",他说这很有征服感,"散发着一

股犯罪的气愤"。不过,基本上,做爱的结束部分,他会回归于"男上女下"的体位,因为他要看到我的"无助的表情"……

后来,我私下咨询了一位心理医生,他说,性爱的另一个名字是"权力游戏",叔本华也说过"性欲及性的满足,是意志的焦点和意志的最高表现"。在性行为上,喜欢以"不讲理"的方式进行的男人,通常是有强烈的权力需求,如我丈夫。当然,女性也有这种对性掌控的欲望,如说"不"。但很多时候,权力的需求可能是被动的,如我做白日梦时,把自己想象为文弱的被强迫的"压寨夫人"。所以这位心理医生建议我强化"被强迫"的"权力"需求,以满足先生的"蛮横"的"权力"需求,因为他的工作和性格特点决定了他更需要这种心理满足。对我而言,并没有扭曲自己的"权力"向往,只不过是换了一种更"女人味"的方式来满足自己。

从那以后,我不再以牙还牙,仍然是"半推半就"、最大限度地满足了丈夫,升华他内心的压力与欲望。因为爱,因为知心,我们给性爱赋予了一种更积极的意义,并让他"第二天起来舒服一些"。我们的卧室,成为生命的绿洲。他征服我,我享受到爱的力量;他以赤子之心放松,我则怀抱一种天真;他得到我身心的肯定,同时,他也给我一种热烈的恩情……良"性"循环,在我们之间,仿佛是在玩一个开心的老鹰捉小鸡的游戏,其实又是在进行一场神圣的爱的盛典。

不要把"性"生活搞得太像服务业,给他一个放纵的草原,也给自己一片飞翔的蓝天。我在"半推半就"中找到一种性爱的境界,也在"心甘情愿"里捕捉到一种情爱的阳光。

点评

性爱里所谓的"权力",是一个愿打一个愿挨的事,只要是心甘情愿,何乐而不为?总之,两情相悦的情感,一般会有一方主控,一方被动。当然,主动多了,偶尔也可换位"作业",以享受"给予对方权力"的需求。另外,主动的男方不妨把经济权交由女方掌握,让她感觉到被爱。最后强调一点,强权的男方,最好做好善后工作,请注意以下几点:不要急着呼呼大睡,不理太太说话;不要抽烟耍大爷气派;不要立即穿衣下床;不要叫太太捶背;不要伸手要水喝……

6. 皮肤极度"饥饿"

阿雅口述　罗西整理

在"中心"时,接触过这么一位白领丽人,暂且叫她阿雅。三十岁的阿雅留着一头披肩长发,温柔如水。她说,这是她丈夫最喜欢的形象。从小父母教她规矩做淑女,婚后,丈夫仍要她做"纯净的玉女",如天山的矿泉水,没有污染,甚至不要太聪明。她觉得这不公平,自己是已婚的成熟女性,经济地位优越、自强自立,为什么仍要做丈夫的附庸?更要命的是,婚床上她丈夫是个绝对的霸权主义者,实行"单边主义"政策,为此,她很苦恼,有一种被人分裂的感觉。她是一个健康、有知识、有见识的女性,她要活出自我来,这包括她要争取做个卧室里的女主角——

我和丈夫是同时进驾校的,起初他极力反对,声称只要他拿到驾照,一切就OK了,我不必去学开车。结果是,我学得比他快,师傅表扬我的时候,丈夫的脸是扭曲的,他又气恼又吃醋,他不喜欢别的男人这么恭维我。

有时,他就是这么不可理喻。我知道,他很爱我,甚至爱得我都有点儿喘不过气来。他从小缺乏母爱,他父亲对他实行的是棍棒教育。后来他考上了北京一个名牌大学,只有一个目的,尽快离开父亲的"统治"。现在,他是福州一家外企的财务总监,应该说事业有成了。但我隐隐约约地感到他有一种天生的不安全感。当年他追求我时,曾问他喜欢我什么,他只有一个答案:温柔。

其实,温柔不是我个性的全部,从本质上说,我有倔犟不驯的一面,但一直压抑着没有表现出来。我不是天生的淑女,当市面上那本叫《作女》的小说在流行的时候,我心头怦然一动:应该解放一下自己,我也该

是个"作女"呀!当然,做小鸟依人状,也很舒服,但只有等待的感觉,为什么女人就不能有"进攻"的意识?在公司里,我穿职业女装,与男同事竞争。没有特殊待遇。那么,在家中,为什么我就一定要低眉顺眼、百依百顺呢?

有一天晚上,丈夫不在,我悄悄地把朋友借给我的那部由梁家辉主演的VCD片《情人》拿出来看,想不到下集刚刚开始,丈夫就突然开车回来了。当他打开房门时,我们都怔住了。他惊讶,我尴尬。他劈头问我:"你怎么这么无……聊?"我想,他原先是想说"无耻"的。我辩解说,这是文艺片,获过奖的。但他不依不饶,霸道地关了机子,重重地摔了门,自个儿去洗澡了。这一下子我发脾气了,凭什么他平常可以一个人偷偷看下三烂的美国A片,而我就不可以看看这部很美的情色片子?我受够了,他可以像个男人,我为什么就不可以像个女人?

等他沐浴出来时,火气有所减弱,他有点讨好地凑过来安抚说:"你是一个良家妇女,怎么可以看这种东西,这会害了你的!"苦口婆心的样子,很好笑。他怎么就那么自私,只许州官放火,不许百姓点灯,这公平吗?他的回答是:"男女有别,女人容易中毒的!"我懒得理论,推开他去了浴室。睡觉的时候,一切恢复到原来的太平盛世,风平浪静,好像没有发生刚才的争执。他说,之所以突然杀个回马枪从一百多公里的外地赶回家,只是因为禁不住想我。女人是因耳朵而变傻的,我听了,很是感动,为了回报他的甜言蜜语,我渐渐温热,一反常态主动地抱住他,这种冒险似的探索,令我有一种全新的感受。过去,我总是故作娇羞,或半推半就,一切在丈夫布控的温柔网里,这回我自主呼吸,舒畅淋漓……

似乎水到渠成,丈夫也在不知不觉中进入角色,此刻我是盛开的花朵,为一只辛勤的蜜蜂而吐芳。可在关键的时候,丈夫突然翻身离去,朦胧灯光下,一头是汗的他有点儿沮丧,我明白过来是怎么一回事,平常他可是一条活龙,难道只是因为我的主动?他有点儿自责地说:"对不起!"然后到处找烟和打火机。我是个明理人,我知道这个时候的男人是很脆弱的,便起身为他倒水。他似乎有点儿恼怒,推开我说:"去,把衣服穿上!"但我还是压住心中的火,柔声说:"你可能太兴奋了,没关系,等会

比耳环更近的是耳语

儿再补一次。"他没好气地应了一句:"什么意思?"

我没什么意思呀,只好闭嘴,我不想落井下石,我知道他是个自尊心极强的人,特别在性爱方面,是一流的强盗嘴脸,说一不二,非常霸道。其实,我只喜欢被紧紧搂抱的感觉,以及他在耳际悄声说的情话。他需要我的不可抑制的反应,但又不能太强烈,那会"吓"坏他。他希望我永远是一只享受的绵羊,而不能变成一只贪婪的狼。

这个对他而言是失败是耻辱的夜晚,他被一种从未有过的悲凉氛围笼罩着,我无能为力,我只能一个人在床上祈祷他走出阴影。第二天,我上市场买了许多海鲜,并煲了汤给他喝。他似乎不太领情,冷冷地说:"我不需要可怜!"狗咬吕洞宾,就这样我们冷战了一周。白天各自忙公司的事,夜晚回家一个人睡一个房间,井水不犯河水,倒也清净,但我很清楚,他失眠了,好强的他是不会承认这些的。我也装聋作哑,他是火药桶,轻易碰不得。

事情终于有了转机。那天驾校的几个同期学员要到我家聚会,我们俩便趁机化解积怨,一起上街购物,回家又同心合力做了一桌子的菜。大家玩得很尽兴,可能是喝了香槟的缘故,这夜我们都很兴奋,他主动提出要为我按摩,活络筋骨,我当然欢迎。这是史无前例的,过去他才不做这些花花草草的"小事"。同样是为了奖赏他,我小心地提出"互助按摩"的要求,想不到,他很干脆地答应了。曼妙的音乐响起,灯光调到恰到好处,一种宫廷午夜般的神秘,令我格外温柔。我跪在床沿,伸开五指,把指尖轻轻地滑过他的脖子、额头、耳朵、胸口、腹部……他渐渐地安静,闭目享受着这种爱抚。我轻轻地喘息着、努力着,小声地哄着他,驱散着他内心的烦躁、担忧与傲慢,当他不可自制地抓住我忙碌而温暖的手时,我知道,猛虎该下山了。这一夜奢侈、浪漫、奇妙无比。

是按摩解放了丈夫紧绷的神经,这是我成功的第一步。他不是不需要爱抚,相反,他缺少这种爱抚。他从小生活在一个暴力家庭里,皮肤极度"饥饿",而按摩可以满足他的这种渴求(这是我打电话向心理咨询中心求助后的最大收获)。这一夜过去,我们夫妻的性生活质量得到了提升。要知道,过去只有他一个人在忙乎着,我是没有发言权的。现在,他也学会

了倾听和征求,不过,我尽量低调一些,因为他痛恨荡妇。他说,他父亲在他小的时候就向他灌输这样一种思想:女人,不能给她自由,否则,她就会跑掉。比如,他母亲就是因为参加一次舞会而红杏出墙……

在一个周末的午后喝茶聊天时,我丈夫有点儿迷茫地望着窗外,不敢直视我。他说:"刚开始只以为你清纯可爱,后来才知道你这么能干!"我明白他说的"能干"是另有所指。他心中理想的爱人永远是一头长发,清汤挂面的那种,而且永远是个乞爱者,仿佛什么都不懂,只是静静地等待丈夫施爱,永远叫他"哥哥",甚至如果能叫他"老爷",他会更兴奋……

我渐渐地做不到这种有违意愿的矫情,我的"狐狸尾巴"渐现,这一切,他看到了。我学会开车后,他就有一种无法驾驭我的隐忧。实际上,我可以满足他对权力的追求及大男子主义的征服欲,可他也应该尊重妻子的性喜好及一颗分享快乐的心。目前我们的性生活还算协调,但我担心有朝一日,他还会旧病复发,因为我在进步,而他仍是故步自封。

对于这位女士婚姻内出现的性爱纷争,在许多职业女性家里都曾以不同版本演绎过,这是一个比较普遍的问题。男尊女卑的时代早已过去了,但在不少男人心目中,仍把床上的"小脚女人"视为珍品,潜意识里对女"性爱高手"存有敌意和恐惧心理,并把这一切视为对传统男权地位的示威与挑战。在做爱过程中,丝毫的杂念都会影响一个男人的信心与"性"心的。所以,有人建议,婚前体检,除了生理、心理,性格检查测试外,如果有条件的话,还应对"性趣"做一次坦诚的沟通。

对此,有关专家给这位女士提供了一些"说明",自己的男人如果意外出现性功能障碍,如早泄或偶尔阳痿,不要慌张,不要讥讽,也不要过多地安慰,因为言者无心,听者有意。也不要像这位女性忙于给丈夫"进补",这反而夸大了暗示作用,让丈夫有一种草木皆兵的焦虑感和压迫感。这时做太太的,可以温柔地换一个"主题"。比如,可以撒娇地说:"再抱抱我!"要若无其事,转移丈夫的注意力。记住:男人的事,你不要介入,他会自己处理的。

女性自己的权益问题,倒是可以在一种缠绵的氛围下提出来,这就是

"枕边风"的力量。这位白领女性引进的"互助按摩",是一种很好的套路,它可以让男人服服帖帖地天衣无缝地进入女人营造的爱的情节中,从而进一步引领丈夫做他原先不太乐意做的事。按摩是一条释放人们温柔天性的途径,对此,每个人都可以发明最适合于自己爱人的方法。皮肤是人接触世界的最基本的器官,触摸是皮肤的食粮。给人以爱抚,接受别人的爱抚,最好的一种方式就是按摩。肌肤之亲,当然要从按摩做起。一方面可消除压力;另一方面又有催情作用。

一个有地位的讲究生活品质的现代职业女性,在与背负传统观念的丈夫进行做爱时,在尽力发挥女人味之余时一定要有耐心,同时要注意与丈夫进行互动沟通,坦然表达自己的需求。实际上,再霸道的男人,他是否有快感最终是取决于爱人的快乐强度的,如果他能取悦于你,他是乐意尝试与你合作的。只不过,不可太唐突,一步一步地来。再强悍的女人,最终仍希望被丈夫征服。

像这位女士的丈夫,必须认识到做爱是双方的游戏,只有彼此协力全心投入合作,才可抵达出神入化的境界。那么,应该记住以下几点——

a 男人的性欲与女人性欲一样强,男人在这方面不要有优越感。

b 性爱是一种分享活动,所以要民主;一个好男人在婚床上应扮演公务员的角色,根据女主人的需求,及时调整战术。

c 不要以为时间"拖"得越长,你就越厉害,激情是性爱里最动人的要项,而不取决于时间。

d 技巧不是上帝,整天想着花样翻新,不一定讨好,也许一句带着粗重鼻息的赞美,却是最好的春药。

e 不要一味狂野,春风化雨、润物无声,女性喜欢酿酒,但不一定喜爱豪饮;挑逗的方式有很多,有时借故起身"拖延"也能达到目的。

f 做爱不是从脱衣服之后才开始,"前戏"很重要,"边缘性爱"往往更能让你的爱人身心愉悦。

g 享受被爱,床上忌讳大男子主义作风,可以放松,可以孩子气,甚至可以撒娇,享受女方主动摆出的盛宴,去除身上的甲胄,欢迎呻吟,不要给自己戴上锁链。

男女搭配,干活不累,没有主客之分,都是绝对主角。发泄对一个男人很重要,抒发对一个女人也必不可少,这时,夫妻双方必须调节好心态,有分享快乐的性爱修养,互相取悦,彼此探索,那么幸福的"双打冠军"就一定属于你们。

7. 床际沟通

刘云飞口述　罗西整理

我与太太杜江的认识是很浪漫的,起码她是这么想的。这一切应该感谢当年的那次旅游。当时,导游说"准十一点"在某处会合,她却听成了"准时一点"。中午,大家都上车了,只剩下她一个人在湖边观鱼。

除了导游,还有好心的我满山遍野地喊她的名字。

当我找到她时,不知为什么,我有一个预感:我这一辈子会不会就跟上她了?因为她看我的眼睛时,莫名地脸红了。我想,爱情来了。据杜江后来回忆,原先,她并不知道我的名字,而且有点儿讨厌我,因为当天早上我"打"了她一下。

事情是这样的——

我们旅行团到达的那个城市,当时有个谣传,说是某种在非洲通过蚊子传染的疾病正在进入该城市。在排队进公园时,我突然"啪"的一声,一只大手打在她的肩上,当时,穿无袖衬衣的她很恼火。我则觉得无辜,解释说,是因为看到一只危险的蚊子……后面的人也证实了这一点。她便不再多说,觉得我是故意"非礼"她。所以,一直对我没好脸色。

想不到,我不计前嫌,还热心地满头大汗地找她。当天晚上,我约她去喝咖啡,她没有拒绝。虽然彼此原来有误会,但同为一个旅游团,这本身就是个缘。

当服务生送来咖啡时,我不急不慢地端起杯子,什么都不加就喝了一口。她问:"原来你是个喜欢喝原味苦咖啡的人!"但就在这时,我却打开

比耳环更近的是耳语

糖罐,加了几块糖,慢条斯理地搅拌着,随后喝了两口,放下杯子,与她闲聊起来。没谈几句,我又拿起奶精,小心翼翼地沿着杯口倒下,任奶精漂在咖啡面上,形成圈圈涟漪,然后很享受地嘬了一口。杜江好奇地问:"你到底喜欢哪一种喝咖啡的方式,是加糖或不加糖,加奶精还是不加奶精呢?"

我微笑着说:"我都喜欢啊!喝咖啡的感觉让我觉得很休闲!不同的喝法有不同的味道,带给我各种感受……"不久,喜欢喝咖啡的我成为她的另一半。杜江嫁给我的依据是,她向往浪漫的婚姻,而一个爱喝咖啡的人,应该会是很浪漫的。她太抬举我了!

事实上,我不是一个拿腔拿调的人,为了不辜负太太的期望,我主动建议选她的生日七月十八日作为我们的结婚纪念日,目的是让我永远不要忘记她的生日。可是这种"加强记忆",婚后第一年就失效。当天早上,她隆重化妆,打扮得漂漂亮亮的,希望我能感受到不同的气氛。她坐在餐桌边,有所期待。可是晨跑回来的我手里空空的,什么鲜花都没有。我径直走到冰箱前面,打开冰箱,突然问杜江:"今天是几号?"她心里一惊,难道有"伏笔"?便欢天喜地地说:"七月十八日!"每一个字音,都咬得十分清楚、夸张。当时我没有领会到她强烈的暗示,边看盒装牛奶生产日期边有点儿失望地说:"哇,鲜牛奶过期了!"不可避免地,当天晚上,她同我大吵一场。之后,含泪睡去,我补买的玫瑰也被她扔了。不过,这种"生气方式",我已见怪不怪了,因为我有自己的撒手锏——做爱,也许她会"不同意",会"反抗",但我知道那只是表面文章。她喜欢我厚着脸皮的征战,那种席卷一切的豪情与征服欲,她是欢迎的。"太太用脸生气,再由先生用性解决"的模式,几乎成为我们每一天的保留节目,是我们日常生活的"第四餐"。太太制造的所有"麻烦"或者我自己所犯下的所有"错误",只要夜色降临,一切都好办。男人应该有男人的解决方式,动手动脚,让身体说话。比如,你说不过太太,那么就吻她的嘴,然后得寸进尺……如果你也喋喋不休地说,那她是不会住嘴的。

野火烧不尽,春风吹又生。第二天起床后,太太又故技重演,常常无理取闹,小题大做。一天,她也拿那个老掉牙的题目考我:"假如你母亲、

妻子一同掉进河里，你要先救谁？"她明知道先生是个大孝子，这个问题对我而言很残酷。但反正是假设，也无妨。她只想听到一个美丽的诺言："我当然先救你这个娇妻了！"但大大出乎她的意料，我狡猾地说："先救母亲，再跳下河与你共赴黄泉！"她仍然感动，不为我的机智，只为我的悲壮。吵吵嚷嚷的日子就这样过下去，但她仍保持这个毛病，喜欢问一些很低级的问题，小心眼，害怕失去我和幸福，特别是家庭收入提高之后。她常听朋友说，一旦男人的荷包鼓了起来，很快就会忘了自己是谁，接着，就忘了老婆是谁。这是"款界"的一种通病，她不得不防！

一天晚上，她又问了一个"假设"："如果有一个比我年轻漂亮的女孩子，爱上了你，你会心动吗？"我翻了一个身，喃喃地说："你烦不烦？"这么说，她更不甘心，故意不让我睡觉，其实我刚刚用"性爱"解决了她的一道难题，这会儿我处于"应激期"，很疲劳，可她仍不依不饶，又问："假如我不爱你了，你还爱我吗？"我懒洋洋地打个呵欠："爱！"

怎么我一点儿也不惊慌？"真的，有多爱？"她步步紧逼。"很爱！"我又夸张地打了第八个呵欠。"到底多爱？"她需要具体的指数。

"一百分！"我如释重负。然后搂着她，还没等她笑完，我已睡着了。

其实，杜江因无限地爱着我，才爱吃无名醋的。我是个明理人，所以尽量陪着她玩。这天下午，我又因为被她的"假设题"难住了，她便开始无理取闹了。这一次，我居然也很合作地跟她吵起来了，这是史无前例的。过去，我从不跟她吵。之后，彼此冷战，谁也不做声。当天晚上，杜江罢餐，当然更不会下厨做饭了。华灯初上，她听见我在厨房里自言自语的声音。

她实在憋不住了，便高声叫道："有话要说就大声说出来吧！懦夫！"

这时，我才一字一句地把刚才咕噜的话大声喊出来："一杯面粉、两个鸡蛋，用摄氏二百度烤……"

原来，我站在微波炉旁，正一边翻菜谱一边准备做西餐！到了这个份上，若她再不出面，就未免太不"贤妻"了，"写"时迟，那时快，她赤足奔向厨房……我用拥抱迎接她，然后是激吻，两个人好像是破镜重圆，十年不见似的……锅里的水开了，欢腾着，我们两个人也在厨房里"翻江倒海"一番，别有风味，非常尽兴！

可不久，她的老毛病又上来了。起因是我开玩笑说，想做一顿"最后的晚餐"。她便顺口问道："假如我死了，你会不会再娶？"看我迟疑着不答，她便替我抢答了："不许再娶！"爱情是自私的。这是我当时内心的写实。我便故作严肃地点了点头，但心里想的是：假设的问题，真无聊。

第二天，杜江在单位上班，莫名其妙地又想起这个问题，前思后想，觉得"不许再娶"这也太霸道了，如果那样，我该多孤单！而且平常我都是衣来伸手，饭来张口的，如果没有太太，不知该怎么生活？

刹那间，杜江心里很难受，觉得不忍，便立马改变主意，想打我的手机，告诉我"可以再娶"，可手机不知为何一直打不进去。我单位里的同事说，我骑摩托车出去了，打到家里，没人接。一个早上，杜江在焦急恍惚中度过。中午下班了，便急忙忙往家里跑。太太骑车技术本来就不好，因为慌乱，轻骑差点儿撞上一辆汽车。她心里一直在祈祷说："小心，一定不能死在路上！我要把自己的决定告诉他，否则我死了，来不及告诉他这些，他的后半生该多孤苦！"她这么想着，不争气的泪水就涌了出来……

几乎是一路流着泪赶到家里。我刚好正要开门进去。杜江疯狂地冲过来，紧紧地抱住我，上气不接下气地说："你可以再娶！"我被吓得莫名其妙，甚至有点儿被吓呆了！

当她把自己一个上午的心路历程全告诉我后，我很感动，便郑重地点点头，这种听话的样子，又让她再次涌出泪水，但不知是什么滋味。我轻轻地用手背拭去她的泪水，然后把太太拉到阳光下，我心疼地说："我的傻瓜！"下意识地想再次以性爱结束这一切，但太太这回谢绝了，她嗔怪地说："光天化日之下，你怎么只会这一招！"我仿佛也一下子顿悟过来，结婚已七个年头了，新婚时的激情已渐渐冷却，毋庸讳言，我不再是那个毛头小伙子了，如果天天都以这种方式收拾太太的"残局"，显然已有点儿力不从心，太太也不买账了。那么最好的办法便是和太太一同"务虚"，空对空地玩情调、玩浪漫、玩欢喜冤家的游戏，注重一些性爱的"擦边球"，点到为止，娱心养情，修身养"性"！

  对于像太太这种"爱情麻烦制造者",简单地以"性"来解决,显然不是长久之计,婚后头几年还挺奏效,各得其所。可七年之痒后,这种"女的出题,男的答卷"的婚内"摆平"策略显然已过时,且不现实。又是一个新的夜晚来临,说实话,我有点儿不安又有点儿兴奋,因为这是我心理调整后的"初夜",我要一改常态,破除男的单纯以"性"取悦太太的迷思,开始学习用上半身发言,用"心"交流,这会有什么结果呢?这夜仍然因为诸如小孩教育的鸡毛蒜皮的琐事,太太再次与我争执,但她马上条件反射似的关在浴室里哗啦啦地冲澡,我心想:她以为我会按部就班继续以往的做派?不,这一回,我要变化一下,最简单的方法是:我故意一手捂着双眼,推开浴室门:"亲爱的,我回书房写检讨!"然后上网、剪指甲、看书……消磨时光。等太太睡熟后才蹑手蹑脚地回卧室,做贼似的,再来点儿意思!在太太额头上轻吻了一口,便心安理得地躺下。第二天清晨,杜江醒来时,我已去晨跑了。留在床边的是一张小卡片,上面写着:昨夜的争吵,也许我们俩可以坐下来心平气和地再沟通,对你,一如我喝咖啡的习惯,你的甜美、你的浪漫、你的任性,或你的柔情,甚至你的怒气,恰似咖啡的各种面貌,我皆喜爱,细细品尝,这真是丰富的婚姻生活!

  看完卡片后,太太会心地一笑,好家伙!便决定煮一壶香浓的咖啡,等我回来,两个人坐下来享用一顿有咖啡香的早餐。过去,我们的早餐总是牛奶。

  从那以后,太太也明白,一个男人的浪漫,是需要一个浪漫女人的牵引和渲染的,而不是被动地傻等、伤悲、怨恨。从那以后,哪怕上街买菜,她都会邀我一起去。人多的时候,只好一前一后地挤过,而我总是悄悄地往后伸出手来,等着她去牵……

  前一阵子,有人送来不少柚子。太太有事没事就会"杀"几个来尝鲜,但我的胃不是太好,吃多了柚子,常放臭屁,这可苦了常伴我左右的她。

  在忍无可忍的情况下,她只好对我说起重话:"你若是爱我,就不该让我闻臭气!"我似懂非懂地点点头,然后深情地看着她,难道她旧"病"

比耳环更近的是耳语

复发，一周一次的性，她是不是嫌少了，又借机挑事？我当时就迫不及待地问她，她笑了："以小人之心，度君子之腹！"并坦承，她很满足，不用胡思乱想！

正当我们聚精会神地看电视时，我突然从沙发上奋然跃起，丢下一句："太太，我爱你！"便直冲往浴室。面对这突如其来的动作，太太正感到不知所措时，只听见卫生间传来一声"巨"响。哦，不用说，那是我在脱裤子"排废气"！"爱你"就是这么简单，这么"庸俗"，也会转化为一种温暖的浪漫。太太很感动，拍着我的头说："臭男人，但我喜欢！"我回"抱"着她，深情对视……

一首英文歌是这么唱的：小星星，请告诉我，虽然他想给我全世界，但为何要冒风险？小星星，他应该了解，当他深情地望着我的时候，我比一个皇后还富有！太太一边哼唱着这首歌，一边为我干洗头发。她说，因为爱人的眼睛，她真的成了一个幸福的皇后。

其实，很多男人和过去的我一样，以为在床上多做些"体力活"，就万事大吉，就可以把太太服侍得风平浪静，其实，这都是男人的心思与观念。男女有别，有时自以为是的男性"真理"，在女人面前却是天大的误解。比如，有一次，我邀太太看一部激情戏，我看得直想吞口水，正要抓太太的手时，她却高兴地说："你看，那种红色的被单，挺好看的，很艳，女主角的睡衣很飘逸，我明天也去买一套……"你看，我们的着眼点根本就不一样，她一点儿也不兴奋，她更感兴趣的是那些床上用品。

现在我和太太很少吵架了，因为我们不再答非所问，我读懂太太的真实需求，而且武器不再是单一的"性"，还有性边缘的爱抚、细语、浅吻、喂食，甚至眨眼做鬼脸……由此，我不仅减轻了身心压力，反而丰富了我们的婚姻生活。我们的心灵渐渐丰美富足，夜晚也更绚烂多姿……

8. 用身体就可以巩固爱情

华婕口述 罗西整理/点评

我们的婚姻问题是在婚后第三年开始显现的。那时,我刚生下儿子不久,停薪留职在家,相夫教子,以先生的薪水收入及我们的积蓄而言,生活是没有什么问题的。先生是某外企的高级白领,很忙,本可以请个保姆的,但他讨厌家里有个"外人"走来走去的。他一回家往往都喜欢随手扯掉领带、脱掉臭袜子……然后衣冠不整地斜躺在沙发上闭目养神,而这一切是不容外人看到的。应该承认,他的工作压力是很大的,作为一名平面设计师,常常还要加班。过去没有生孩子时,两个人一起忙碌,即使午夜不归,彼此也不觉得有什么不对劲,但自从我"回家"后,如果他不回家吃晚饭,我就会着急,一遍又一遍地打电话催问,我真的变得神经质起来,稍有风吹草动,所有身上的防护性羽毛都竖起来了,坐立不安。

我不再是他的太太了,仿佛成了他的"监护人"。更让我感性地认识到危机的是,他老人家的"求欢"次数直线下降,曾经那个夜夜笙歌、"性"致勃勃的发愤图强的丈夫不见了,他心目中只有公司的业绩、客户,似乎厌倦了我这个黄脸婆了。

前思后想,我愈发觉得不对,本来自信快乐的我变得有些不可理喻了。我开始跟踪他,偷翻他的抽屉、公文包……这一切本是最令我不齿的,但我还是不能自制地"忙碌"起来。有一天晚上,周五,十一点半,哄儿子睡后,我百无聊赖地倚窗看这个都市的万家灯火,悲从心来。饭菜凉了,可是丈夫仍然未归。我第三次打电话给丈夫,问他,到底是不是在公司。他不耐烦地说:"什么意思?难道我骗你?"我受不了这种冷冷的语调,便说:"那好,你用手机拍一张办公室案头的画面,再发到我邮箱上,我正在上网,我想看看你有没有撒谎。"结果证明,他真的在撒谎,因为他什么也没有发回来。他办公室的电话一直占线,他之前用手机告诉我说他正在用电话线上网。凌晨一点多,他蹑手蹑脚地进来了,我突然打开所

比耳环更近的是耳语

有的灯,问:"坐下来说清楚!"看我架势逼人,丈夫只好从实招来,办公室座机是被他架起来的(所以一直占线),他确实不在公司加班,是与一个久违的老朋友去酒吧玩去了……我用抱枕扔他:"为什么要骗我,我还会相信你吗?"

丈夫小声地反驳:"你总是那么小心眼,我敢说真话吗?"这一夜,我把他踢到书房去了,一个人与儿子睡,但怎么也睡不好。我有一种可怕的预感,丈夫会离我而去,他不再对我用心。本以为他会过来求饶要我原谅他,然后给我一个吻、一个抱,事情就解决了,但这一次他就是没有做。想当初,他为追求我,在我二十岁生日的前三个月,每天到我家楼下往信箱里送一朵玫瑰,一直送到我生日到来为止。这过程中,他并没有透露身份,直到生日的那一天,我才明白他做的好事。特别是他求婚前的三个月,我让他扮演各种角色,有时是警察、有时是兄长、有时是班主任,更多的时候是让他做我的"妈妈",所以他经常半夜会打电话给我:"小心着凉,不要把手放在被子外面。"真的很像母亲,语重心长,非常细心。终于有一天,他温柔而调皮地问:"我不想当妈妈了,又不能'母乳喂养'你,我想扮演你亲爱的老公!"我当即愉快地答应了,因为我认定他是可以"一起慢慢变老"的伴侣。

可如今,他变得面目全非。他那么俊朗体贴,肯定是会讨女人欢心的。公司里有那么多年轻美眉,他当然喜欢上班了,而且是把一天里最精神、最风采的一面全给同事,夜里回家时,我能看到的只有他疲惫的身心。我不甘心,我是他的爱人,怎么沦落到吃残羹剩菜的境地?我决定惩治他,没有什么刑具,只有一个:性。

简单地说,每夜都要他做"家庭作业","榨"干他的精力,他就没有余力在外头玩了。说实话,我没有任何证据可以证明他在外头"偷吃",但我必须防患未然,而最保守也最温暖的"守夫之道",莫不过于这一招了。我为自己的妙计而兴奋不已,气也消了。在天亮之前,我立即施行自己的这一绝密计划,我主动去书房,他裹着一床毛毯在地板上,已是深秋了,有些凉意,我有些心疼,再加上准备好的几分"色胆",我立马跪下把他弄醒,主动投怀送抱……

一切按原计划进行。每一天，我在家养精蓄锐，抚琴、看书，给儿子讲狼的故事，做好丰美的晚餐，然后哄儿子，沐浴、更衣，直至入睡。半夜里，我对着镜子微笑……他终于回来了。我热情地迎上去，香香的，热热的，像锅里正温着的浓汤！陪他洗澡，煮咖啡、拉灯，然后把那个甜蜜的阴谋像打开一排拉链一样徐徐拉开……心里诡秘一笑，然后是投入地占有。丈夫仿佛是照单全收，乐见其成，一点儿也不客气。这让我有些气馁，难道他的潜力还没完全挖掘？他真的是超级猛男？我咬咬牙，一个月后加大"工作量"，一天两次，入睡时一次，天亮时再接再厉，我不信"榨"不干他。

终于他"叫停"了，那是我阴谋实施第四十七天后的一个呵欠连天的早上，他喃喃地翻了个身："老婆，我不要！不要！"还撒娇，我想，不能心软。当我有些恶作剧地"上下其手"时，他突然结束了，前后不到两分钟，这是我没有预料到的恶果，丈夫羞辱难当，他惊恐地自问："怎么会这样？怎么会这样？"

我心里有愧也有鬼，所以接下去天天煲汤给他补身子，并且适当放松对他的紧逼，由原来一天两次改为两天一次，可是，境况并没有好转。终于有一天，他爆发了，推开了满桌子的好菜："我不要你可怜，什么补汤，只会提醒我自己不行了！我受够了，滚！"他简直是疯了，我也不是省油的灯，上前与他扭打起来。可是，他不还手，没劲儿！我也只好草草收兵。夜深了，他居然流泪了，一个人坐在暗房里。我这回真的好害怕，轻轻地走到他身边，抱着他一起哭了起来。过去只有一起抱着笑，没有想到也有一起抱着哭的时候。我突然想起自己为他织的那件毛衣，便说："毛衣织好了，可是夏天来了！"我想用自己的关爱之情让他放掉包袱，驱除内心失败的阴影。我坚信爱可以给他新的力量，只要它不含杂质。

丈夫只是紧紧地回抱我，没有吭声。我负罪的心开始颤抖、动摇，在他为我拭泪时，我失去控制地说出了三个字："对不起！"然后把自己怎么防范他，惩治他的心路历程全讲给他听，说完了，顿觉轻松。本以为丈夫会大发雷霆，想不到他深情地吻住我的双唇："不用说了，我不是傻瓜，你的用心我早已看破，这么好的太太，我没有理由拒绝，只是我真的工作

比耳环更近的是耳语

很忙很累,让你失望了……"原来自以为是一个"阴谋",却是他心照不宣的迎合,我很感动。既然是我害了他,那么,冤有头,债有主,解铃还需系铃人,我要用加倍的爱去拯救我的爱。

好久没有这么倾心地交谈了,原来,我们忽略了这一美丽而轻巧的爱的武器。曾经自私地认为用身体就可以巩固爱情,想不到,真挚的沟通才是婚姻里永远需要的阳光,平淡无奇,但失去了它,才发现它的宝贵。这天中午,我决定给丈夫送去一份点心,因为中午一般他是不回家的,地铁里人不多,我低头想着昨夜的事,到了一个停靠站时,我听见有重重的敲门声,抬头一看,是个年轻母亲,满脸惊慌;可车已启动了,原来,她大约七岁的儿子已先行进来了,正使劲地哭……我站了起来,把那男孩拉到自己怀里:"别怕,我会帮你的!"他不哭了。到了下一站,我带着他下车,他的手紧紧地、温暖地攥着我。已经很久没有体验这种美妙的感觉了!这种信任,使我更加坚定了帮他找到母亲的决心。我向车道深处望去,期待下一班车的到来。大约二十分钟后,车来了,他妈妈果然在上面,他们重逢了,紧紧地拥抱在一起……我的心情愉快极了。被人信任的感觉原来这么美,而我,过去怎么就那么不信任自己的丈夫?可见,他内心有多苦!他明明知道我在"惩治"他,但他总是任劳任怨。摸摸饭盒里的点心已经凉了,我决定不送了,转头回家。是的,如果给他,一定要热的。他那么忍辱负重地依着我,我不能再欺负他了!信任,对一个男人而言,才是最好的补药。

那天晚上,我没有再为难他。他睡在我身边像个初生的婴儿,呼吸顺畅安详。第二天晚上,我仍然没有麻烦他。第三天晚上,我"例假"来了……半个月后的午夜,丈夫主动上来了,他又恢复了往日的雄风,他在枕边耳语:"宝贝,我愿意只为你一个人效劳,这是我的个人兴趣,也是天职!"我也回敬他一句:"细水长流,来日方长,我再也不胡思乱想了。你办事,我一万个放心!"彼此索取,互相勉励,这样的情景,过去从未有过,我们都日渐成熟,从而更加明白婚姻的品质不在于做爱次数的多少,而在于用心的程度。这一次,我们都有登顶的高潮,满心欢喜。说实话,即使丈夫真的不行了,只要他能紧紧地抱着我,想着我,我也会把他当做自己可以仰望的天,而我是他永远照耀的土地。幸福,或者"性"福,是两颗至信的心辉映的结果。

点评

性惩罚是一种双刃剑,往往容易造成两败俱伤,所以,健康的婚姻,应该是快乐的、满足的、互信的,而这一切必须建立在一个良好沟通的基础之上。美好的性爱,是一种由衷的爱的抒发与需求,勉强为之,往往适得其反。不成熟的爱说:"我爱你,因为我需要你。"成熟的爱说:"我需要你,因为爱你。"爱不只是相互的"监视",更应该是一起拥有并凝视一个方向。

9. 床头没有冠军

罗西

周京(化名)是一位外企白领,他来"中心"咨询的问题是:自己是不是色情狂?因为他总是不可抗拒地想去一些灯光暧昧的地方,如洗脚屋、按摩室等,舒缓压力。很多时候,他并非为了发泄什么,而只是喜欢那种有人投怀送抱的感觉。用他的话说,即"动手动脚是一件很解放的事",而且"不必操很多的心",如同打"的",付了钱,拍拍屁股就下车,不像自己开私家车,要找停车位,要锁好车……不胜其烦!下面以"口述"方式,把他的心理故事摊开。

婚前,我是个很老实的男孩,对女友很尊重。我的床头摆满了她的玉照,但从未把她带上床。无数次我会亲吻她的照片,想入非非,喃喃自语,甚至偷偷地吃"自助餐"(手淫),就是不敢动她一根毫毛,有一种包含敬畏和"非礼"的复杂、矛盾的心理。在婚前,我被女友"折磨"得无比痛苦,她也似乎有意制造这种"性感张力",好像要给我一些甜头吃,当我伸手要时,她又像探出头来的田螺一样,迅速地把身子缩回到硬硬的

比耳环更近的是耳语

壳里去。

有一次,我们到她舅父的农庄里去玩,女友恶作剧地把我推到一个水池里,要我表演溺水者的样子给她看。为了讨得她的欢心,我很卖力地演了一个不会游泳的人在水里挣扎直至沉入水底的"情节",可能是太逼真了,把女友给吓坏了,她"扑通"一声跳下水来救我。我很感动,两个人在水里激情拥吻。那是在夏天,我们都衣衫单薄,那种肌肤温暖相慰的感觉,令我不能自拔地要强行提前吃禁果,就在我把她压在池边的水泥地上时,不断挣扎的她伸手给了我一记耳光,我仿佛大梦初醒,这才收住了手脚,扶起她回到她舅父农庄临时搭的草棚里。两个人各怀心思地躺在阳光下把自己衣服晒干,天黑后才下山。从那以后,我就不敢太造次,我们约好"那件事"必须在新婚之夜才开始,她要我拉钩,我听她的,因为我明白,没有她的配合,再"好"的事,我也孤掌难鸣!

那些日子里,我最爱做白日梦了,并把性爱想得非常迷人,加上一些已婚男人在酒桌上的各种神乎其神、虚张声势的吹牛,我的胃口被吊得老高。在某种程度上,谈论和幻想性爱似乎变得比其本身更令人陶醉。那些日子里,我仿佛有种特异功能,透过街上行走女孩的衣裙,我就可以"看到"她们内部的玲珑风景,整天想的都是些绮丽的花讯:如尖叫和耳语,指甲和香唇……还有画外音:"亲爱的,抱紧我"或"噢,你真不可思议"等表示与赞叹,接下去便是炽热的欲火和叫人飘飘欲仙、腾云驾雾的感觉……

终于等到了新婚蜜月。不巧的是,那几天新娘刚好来了例假,可我已等不及了,就在这种"困难"情况下,我们的初夜注定是一场糟糕的演出,她在躲闪,在自我防护,在拒绝,而我却不甘罢休,非常不讲理,以新郎官自居,以为那个夜晚,我是恺撒,是成吉思汗,是我征服世界的日子。自视甚高的新娘,是个"知性女人",她不是绵羊,她让我很难堪,虽然事情做了,但仅仅是及格的成绩,令我很失望,她更是神经质地大叫:"我算是看透你了,满脑子都是脏东西!"我一下子变成了金苍蝇!所有曾经对性爱的种种奇妙幻想都化为一张破碎的疲惫的脸,似乎还有一丝鄙夷和厌恶。我没有赢得喝彩,我打赢了一场"非正义的战争",我的青

春梦想在新婚之夜彻底破灭了,原来夫妻性爱不过如此!

后来,事情有所好转,因为我们都是"初学者"嘛。不过,分歧又出现了。我是个老派男人,虽然美式英语讲得很溜,但脑子里的夫妻相处模式仍是父辈们的套路,特别是在性爱方面。我希望掌控局面,由我做主。可太太是"新女性",而且有点儿"女权意识"。她尝到性爱甜头后,仿佛一夜间觉悟了,要"自主",更要"高潮",禁止我上床前抽烟,也不可以做爱后抽烟像个大爷,要陪她先入戏,最后还要清扫战场,善始善终。她要绅士,要斗士,还要会哄,还要攻……总之,她要享受,而不是奉献。这一切与我的做爱方略完全不同,用她的话说是彼此存在"代沟"和性爱的"剪刀差",唯一出路是,我必须修正大男子主义的性爱原则。

我能不服从吗?因为我真的有点儿怵她,别的不说,单单她的一种特别另类的"冷战"表情,就已让我心惊胆战。具体表现是:每每我有什么事做得不合她的意,或者什么地方得罪她了,她就会不理我,不吵也不闹,这是很可怕的。更毛骨悚然的是,她会在台灯下,对着镜子,冷漠地呆滞地睁大眼睛,一丝一缕地只梳着一边的头发,女鬼一般。无论我怎么刺激她或向她求饶,她就是如此这般地梳啊梳,有一次竟长达三个钟头,天亮时才冷笑着放下梳子。女鬼也有收工的时候!伺候这种女鬼,我身心俱惫,眼圈发黑,心情忐忑,伴女鬼如伴君!

这种没有共同语言的性爱,显然不是很开心,我更多的是在尽一种义务。这当中,我没有一点儿的成就感。一上床,我就竭力做出肌肉紧张、极度兴奋的样子,忙忙碌碌,兢兢业业。实际上我却越发弄不清自己真正的性要求是什么了。我是个极度自尊的男人,我不甘心自己成为性爱的配角,我要用"实力"证明自己是快感国王。我学习各种花样奇招,甚至偷偷服用了一种国产"伟哥",我变得狂野、匪气,并认为男子气十足。我的终极目标是让太太高潮迭起,我努力耕耘,而收获是太太的事。我寻求的不是性爱的欢愉,而是一种功利的表演,是一种作秀,一种证明给她看的卖弄。有时为了延长时间,我故意忍精不射,甚至借助分神、开小差来麻痹自己的感觉,如想想办公室里的人事纠纷、财务账目等。有时,我还会对自己发出的声音进行粉饰,呻吟得低沉一些,粗犷一点儿,再加点儿

比耳环更近的是耳语

鼻音，便觉得十分完美、性感……

这种表演，渐渐又让我产生厌倦心理，原先的"美梦"被打碎，之后是尽一个丈夫的"义务"，到现在的"演戏"，这一"性"路历程，真有点儿不堪回首。我慢慢地偏离某种正常的生命轨道，身心俱惫，得不偿失。就在这时，我借各种应酬出入一些娱乐场所，"小姐"们善解人意的笑脸和小手，令我耳目一新，仿佛她们很懂我的心，哪些地方痛，需要呵护，哪些部位痒，需求点拨，她们都了如指掌，一呼百应。我从中找到了自我，似乎这才是真正的男欢女爱。可令我困惑不安的是，太太为什么不给我这些？小姐们明明看中的是我的钱包，但为什么我却感受到温暖呢？几乎每周我都要去这些地方"出污泥而不染"一番，为什么这么美化自己呢？因为我几乎没有与小姐们有真正的性接触，只是被她们包围时，我会心花怒放，在搂搂抱抱、捶捶捏捏中，我感到很解乏、很尽兴、很放松……没有压力，没有任务，没有造作！

回到家里，我又有一种压迫感，哪怕太太笑脸相迎。同时，又隐隐感到有一种罪恶在头顶聚集成云，我的情欲怎么啦？整天沉迷于去色情场所买笑买抱的，这正常吗？这种瘾可以救治吗？这本不是我所要的生活，可为什么却不知不觉地堕落了呢？

对于周京先生的问题，我们为他提供了以下几点参考答案。

a　男人在夫妻性爱生活里一样有渴望被疼爱的需求，所以一个温柔的太太应该满足丈夫这种渴爱的心理。他的心一样很柔软，虽然他的脸比你粗糙，而按摩、抚摸、耳语，甚至给他递一根烟，都是非常暖人心的性爱动作，男人会在温柔乡里爆发一种更壮丽的力量，从而形成良"性"循环。

b　如果一个男人能按自己的性节奏自然进行，不总是刻意迎合太太的"律动"，那么他们两个人都会发现结果比预期的好得多。因为一个能随着自己男人的性高潮而兴奋的女性，只要她的丈夫真的处于自然亢奋中而不是在那里做作，她自己也会被感染、被勉励，会接近性高潮的边缘，这种高潮会自然而然地从她身体内爆发出来。

c 如果性爱也成为一种男性优势的证明，这就注定会让一个男人精疲力竭。性爱不只是具有渗透能力，能让人达到性高潮，它还能让性爱双方在接触之中，感受那种肌肤的震颤和温存，这是一种交流与双赢，是一种分享与休养。床头没有冠军，只有爱的快乐。

通过我们的"解答"，周先生回去后与太太做了一次坦诚的交谈，并有了共识，彼此尊重，又不失赤子之心和真我，用身体做爱，用头脑销魂！现在，周先生不出去找慰藉了，重新获得了自己原始的冲动，做爱时两个人能自然唱和，甚至他的声音也不再做作，他说："那快乐的呢喃，更像我自己，那是一种像小孩又像男人或是一种什么动物所发出的美好的声音。"有声有色，这才是 make love（做爱）。

10. 给丈夫一把性爱小汤匙

胡小琳口述　罗西整理

我一直喜欢"怀抱"这两个字。初中三年级军训时，我们要在太阳底下暴晒，长时间的立正，上下身必须"纹丝不动"，结果，我坚持三分多钟就轰然倒下，手疾眼快的后排男同学徐光一个箭步上来，拦腰把我扶住，并迅速自作主张地把我抱到树荫下……这是我一辈子都不会忘记的镜头。后来的后来，那个男同学徐光就成了我的丈夫。

不知为何，我从此落下喜欢"被抱"的毛病，每每这样调侃时，在场所有女性都会异口同声地说："我也是！"听说最可怜的女人是"吃饭缺钙，床头缺抱"！其实，抱一抱，只是举手之劳，但很多先生就是吝啬这区区一抱。我先生虽然有英雄救美的历史，但婚后与我也有过一段惨不忍睹的性爱败绩。他忘记了最初的"抱"，只是狭隘地追求"性"进攻原则，而不知还有更丰富的幸福原则。

徐光从小学一年级到高三毕业，一直都是三好学生，这个乖得令我心痛的男生，每次我和同学经过他家门口，邀他出去玩时，他总是这么一句话："对不起，我在收拾房间！"他是在单亲家庭里长大的孩子，从小没有母亲，听说他父亲常酗酒，脾气暴躁，小时候徐光没有少挨他父亲的打。

徐光有一个爱好，爬山。他喜欢对着高山狂叫，压抑的他，终于找到一个对手——沉默青山。不过，他对同学们都很宽厚，我一直注视着他，从初三到高三。后来，他上北京读大学，我留在福州。四年后，他突然来敲我的家门，递给我一个大大的信封，然后"用力"地看了我一眼，腼腆的，却带电。我还来不及让他进屋，他已飞身下楼，一点儿没变，还是那么独来独往的，加上他身材高大，总是令人莫名地产生一种肃穆的感觉。我很早就对他有好感，但我不想主动出击，我要等他来进攻，像那一次他出手抱我那样。

就在我心灰意冷之际，他适时地出现了。透过他那一刻的眼神，我已基本读懂了他的心。我迫不及待地将自己关在卧室里，把那"大信封"打开，老天！里边全是他写给我的但没有发出去的信，最早的一封是初三下学期……

"水到渠成"，这是徐光最喜欢的哲学理念，我们几乎没有正式恋爱过，就这样在心灵里默契、酝酿，等待了八年（从初三到大学毕业）的不见光的爱终于公之于众。读完他送来的信后的第三周，我们就决定结婚。这太不可思议了，婚礼上司仪讲述这个艰涩的故事时，所有的人都不相信，很多人还以为我一定失恋了或受什么刺激，才这么快接受了一个是在三周前还未与自己正经牵手的男人，并同他一起踏上了红地毯。

我现在才真正体会"神交已久"这个词的神秘力量。虽然没有像一般人花前月下的前期铺垫，虽然没有爱情长跑的浪漫缠绵，但我们两心辉映，我非他莫属。也许是缺乏共同"在一起"的经验，新婚之夜，我们都万分羞怯，不知从哪儿说起，更不知从哪儿做起。还是我先开口逗他："有没有与别的女孩这样单独相处过？"他说："史无前例，开天辟地第一回！"于是相视一笑，他就扑过来，我用"扑"字一点儿也不夸张，那是饿虎下山的气势与莽撞。我又惊又喜，我第一次看到他内在的火焰，我被他双手高高托起来，悬在他的头顶上。在我还来不及咯咯笑时，却傻傻地大叫："快把我放下来！"因为我还没更衣也没沐浴。

我喜欢每一丝空气里都散发着的一种清凉的香，然后再慢慢地躺下，

就像茶叶被扔进热水杯中,沉浮、翻滚、吸纳、膨胀,最后沉入杯底,把最清新的香味、最优雅的气息一丝一丝地释放出来,弥漫在水、唇间和心灵深处……就像我们沉入心底的暗恋一样,八年来只泡了一杯像酒一样的茶,没有饮用,却内心饱满丰润,一点儿也不饥渴。

我期待还在泡澡的新郎悄悄地躲在我背后,温柔地抱我,呵着热气,与我耳语,把我当做一片茶叶耐心地激活。他四肢发达,十指温柔,我信任他,因为在短短不到三周的公开恋爱期间,他给了我无微不至的关怀。每次见面,他在牵我手之前,要吻我一下;吃饭时,他会脱下外衣给我作椅垫;抽烟前,他要先征求我的意见;他帮我打扫房间,帮我修剪右手指甲,陪我到海边放烟花;雨中散步时我不湿,他却水淋淋的……这就是我的丈夫,我在等待他那双温柔的手,那道彩虹般的臂弯,那个大海般的怀抱……

这是一个幸福新娘玫瑰色的脑中电影,我伏在长长的枕头上,闭目微笑,充满"被抱"的幻想……我的新郎终于披着浴衣出场了,他不容商讨,直接关灯,动作干脆,一步到位——上床,随手扔掉腰际浴巾,朦胧里,他排山倒海地移了过来,我吓了一跳。他不打一声招呼,那种狂野我不好叙述,我被他的蛮横、霸道与不可一世的气势给吓傻了,我几乎都要喊"救命"了,可他没有照顾我的任何反应。相反,他更亢奋,仿佛受鼓励似的努力地做他认为应该和必须做的事,我被征服了,我很痛。他一下子变得如此陌生、不可理喻,他粗鲁、大男子主义、自以为是!

徐光终于在一声低沉的吼叫中结束了对我的"侵犯",我非常生气,坐起身,抬手就给了他一巴掌。他错愕地开灯看我披头散发的脸,他还以为自己做了一件了不起的事,他以为用冲动的力量和疯狂的欲望,就可以把我带到快乐的巅峰。他大错特错,他没有给我时间调适,没有给我温柔的抚慰,甚至没有给我一句发烫、肉麻的情话。太让我失望了,这怎么会是我玉树临风的丈夫所做的"处子秀"?我骂他、踢他、打他、咬他,他不知所措地赤裸着身体接受我的"再教育",眼神是委屈和疼惜的,显然他清醒了。他喃喃自语地说,只要男的够威、够猛、够野,女方就会无限地快乐与满足……可是,我是良家女孩,我需要和风细雨地吹拂、滋润。

比耳环更近的是耳语

我是处女,我是那个喜欢被抱、喜欢把花瓣撒在浴缸里泡浴的浪漫新娘!

第二天,新郎变得拘谨了,像个做错了事的小学生,这又太压抑、窝囊。我自己也没有经验,教不了他。他做得很糟,我也扫兴。这种局面持续了一周之后,我有点儿泄气地说:"算了,你还是按你自己的想法去做吧,我再也不干涉你的偏好。"当夜,听话的他果然又由虫变成了龙,虎虎有生气,狂风暴雨,一夜三次。第二天起床,他还意犹未尽地缠着我,结果被我拉到浴室里,罚他洗冷水澡。

本性难移。他不要命地做着,从每次持续的时间到每天"作业"的次数,这都是他很在乎的成绩单,而我却在心里冷笑着:"无知蛮汉!"我也懒得再争取,认命了,我自己是个睁眼瞎,找了他,有什么办法?不过,除了床上不和谐外,他总的说来是令我满意的。再说了,丈夫对太太"性"致勃勃,总比对我冷感要好得多。

一年过去后,徐光的节奏显然有所缓和,我心想,他压抑的青春激情应该释放得差不多了,现在该是考虑细水长流的时候了。当我婉转地表达自己对他身体透支的担忧时,丈夫粲然一笑,说:"杞人忧天,不看看我是什么身体,福建第一猛男!"但我还是找了一个独处的时间,打了个咨询电话,就我们夫妻目前的状况,我作为太太该怎么办?一位林姓医生很热情地给了我许多建议。

这位女心理专家说,她能理解我的心情,并指出男人往往很迷信自己所谓的做爱"时间"、"次数",并沾沾自喜于所谓"威猛"力度,实际上,男人也喜欢情调的东西,特别在夫妻性爱里,他们与女性一样有追求和谐、同乐的倾向,关键是他们不想或不敢正视这种需求,担心这会太脂粉气而遭人耻笑。这时,一个善解人意的好妻子,应当仁不让地站出来,营造这种气氛,带他进入这种情景,慢慢地他自然而然地就会变得温柔起来,就好像男人喝咖啡,你不给他一把小汤匙,他就会端起杯来一饮而尽,如果给他一把汤匙,加上音乐渲染,灯光暗示,他就会轻轻地搅着,也情不自禁地小口喝起来。在婚床上,好女人绝对是个导演,而好戏是从细节开始的……

我真的是茅塞顿开。接下来的日子,我渐渐地找到了感觉,向《北京

人在纽约》里的"阿春"学习"风情",向《花样年华》里的张曼玉学习"风韵"……女人味如成熟的苹果香,渐渐浓郁,我会点香精、蜡烛,制造巴黎之春的氛围;我会换一件不一样的丁字裤,让老公有读内参的激动;我会铺好床垫后下床给脚趾化妆,他在一边吞口水……我变得美妙多姿,丈夫自然就在这种灯红酒绿的情景铺陈中,变得有滋有味起来。我由一个只等"被抱"的女人,成长为一个懂得投怀送抱的太太。我好,他也好!

现在我们幸福地生活着。白天阳光灿烂,夜晚是我们个人主义的时空,充满私语、情欲、情爱、体香和心灵的音乐。因为有精彩的夜晚,我们一天二十四小时就显得明媚通亮。

11. "冰淇淋"小姐的个"性"生活

江南春口述　罗西整理

我和毕剑是在西餐厅里认识的。当时我一个人在吃冰淇淋,还要了一杯热咖啡,两块巧克力。我正处于失恋期,唇干舌枯,寂寞,这种冷热刺激很管用。他走到我面前,坐下,微笑地问:"很冒昧,你点的东西有点儿矛盾,不过,很有趣。"我不太喜欢轻浮的男子,但因为百无聊赖,有个长相英俊的男孩与我套近乎,我还是不反对的,便冷冷地回答:"是吗?只要喜欢有什么不可以?"

他专注地看我舔吮冰淇淋,那时,已是初冬,突然他问:"冷吗?"不知为什么仿佛是他触到了我的痛处,我竟双眼湿润,哽咽地说:"是的,有人背叛了我的初恋。"忽明忽暗的烛光改善了他那粗犷的脸,他温柔地掏出打火机,打出火,有点儿诗意地说:"我给你一点温暖,不是借的,我愿意。"那一刻,我已没有任何心理设防。我们聊天,一见如故,那一夜,我们成为最后一对客人。他送我回家,开门进屋后,才发现自己身上披着他的西装外套,忘了还给他。开窗找他,他已打车离去,这就为我们的爱情、婚姻留下了一个伏笔。

比耳环更近的是耳语

我和他的西装睡了一夜，一种淡淡的烟草味道和古龙水的余香，令我想入非非。我是闻香识男人，做了好多梦，一觉醒来，我明白过来，这个男人对我意义非凡。以那件西装为媒，我们有了第一次约会，之后便一"约"不可收拾。他是进攻型的对手，而且很容易"激动"，我无法拒绝他种种冲动后的"积极行动"，因为令我陶醉。一个情感空巢期的女人，需要这些男性的花草抚慰。我成为他的爱情俘虏，有了一种冒险走钢丝的感觉，这令我神采飞扬。除了他，我别无选择。

我们很快就偷吃了禁果，他带领我一步一步地走向一个冰淇淋般美妙的悬崖边，然后跳进他汹涌的激情里，沉溺其中。那夜，我们依旧是两个人分享一支冰淇淋。在所有的"恋爱小吃"里，他最喜欢挑冰淇淋给我，理由只有一个："你吃冰淇淋时非常性感！"并且坦承最初被我迷住并走向我，也是缘于我一脸茫然地吃着一支鲜艳的冰淇淋、舔着如血的草莓泥，令他想起一个名字，叫"血腥玛丽"，他觉得这很刺激，并冲动地靠近我，想不到我接受了他温暖的一切：赞美，打火机的火苗，一件黑西装……

毕剑恬不知耻地问了我很多性喜好，我半嗔半羞地一一作答，我令他炽热。我喜欢看他燃烧而无助的样子，很有男人味。多少次问他为什么会爱上我，他很坦白地重复："因为你吃冰淇淋的样子很性感！"这个答案对所有女人而言都不是最好的，因为它不涉及爱情，只点到性，但他的解释是，男人被女人吸引，最初的感觉纯粹是一种性向往，爱情是"性"的美丽后缀。很多男人在两性交往方面，实施投机主义的策略，对女人撒谎，把爱一个人的理由上纲上线，无限夸大，其实，最初的爱情是很简单的，甚至没有崇高的理由。

我最终信服了他的答案，也许对一个男人而言，他们最初感兴趣的真的是你的容颜、身体、嗓音，之后才是你的个性心灵，以及所有内在的美。毕剑的一句口头禅是："你是我永远的兴奋剂！"半年后，我们结婚了。本以为婚后生活他会务实一些，但他仍花样百出，这里，我指的是性生活。不过，有一点没变，他最喜欢看我吃冰淇淋，并称我是"冰淇淋形象小姐"，表示单单看我的吃相，就会热血沸腾，斗志昂扬。所以，我们家冰箱里一年四季都装满各式各样的冰淇淋，我害怕吃多了会胖，而我丈

夫的回答是："我就是喜欢丰满的女人，你再胖，我都抱得动！"由此，我们发明出一个新词，即把做爱戏称为"吃冰淇淋"，一个暧昧的暗语，只有我和他知道它的含义。

很多次，我丈夫拥着我动情地说，娶到我真是三生有幸，因为我给了他整个世界。他说，他是个性欲很强的男人，所以就一直渴望找个像我这样一个外表贤淑内心狂野的太太。我极大地满足了他，而且我也乐此不疲，这是一种高浓度的知音，有巧克力的味道。我也自嘲说，我们两人臭味相投，是"先性爱后恋爱"。我曾担心这一切会不会只是过眼云烟，但"七年之痒"过后，我们仍是激情澎湃。

我们夫妻俩都有体面的职业，工作很忙，但一般情况下，我们都力争回家吃晚饭，夜晚是我喜欢的"去处"。我曾问丈夫："你会不会在外偷吃冰淇淋？"他难得严肃认真地说："不会的，在外头情感走私的男人一定是他的婚姻出问题了，或者夫妻性爱没有真正地满足他。我连应付你都有点儿吃力，我难道有三头六臂？"可我还是有点儿不安，对性这么酷爱的他，很难说不会被其他诱惑所牵引。不过，如果他对性的喜好没那么强烈，我想，他的魅力肯定会被大大减分。

我们仍然相互欣赏、取悦，并不时地做一些性游戏，开点儿性玩笑。客厅里他听我的，卧室里我听他的，各尽所能，同甘共苦。这个肉欲男人，很坦白，甚至有点儿顽童习性，但我疼他，而且需要他。我知道，性爱绝不是生活的全部，但有了它才有鸟语花香。每当他手臂环绕着我说出一些肉麻的话时，我是情不自禁地激动。

这是一个行动的男人，他用性证明自己的忠诚与爱意。我们趣味相投，我们都很快乐，但偶尔我会把我们的关系与我父母的婚姻模式作对照，后者的夫妻关系，虽平淡无奇，但维持了一生一世；而我与毕剑的这种充满性趣的婚姻之旅，会不会只是一种短期行为？真的，我们很不同，我们是把性放在首位的，而性会永恒吗？居安思危，我打电话向心理专家咨询，只是想弄明白，我们的关系正常吗？八年的夫妻生活，很纯粹，我们还没要孩子，以后的路还会这么激动人心吗？其实我们都想要个孩子，但又担心这会破坏我们彼此的"性"福，也许我们是太珍惜现在的状况

比耳环更近的是耳语

了。总之，我们的幸福，是因为首先"有冰淇淋吃"，然后才有其他派生出来的种种快乐与追求。

以上"口述"是我在"中心"做客串老师时接待一位白领女性后所做的记录整理，对于她的疑惑，我们给了她以下几点回复——

a 男人的性是不需要什么神圣的借口的，由他喜欢好了，不必多心，好好享受他的冲动以及"动手动脚"。最简单的爱的理由，往往更直觉，也更真实，细节的力量是无穷的，也许你一个慵懒的哈欠，对某个男人而言都是性感的利器，并因此爱上你。男人是用眼睛做爱的，狐狸精的主打绝不是什么内秀，但她勾引男人却有一流的招数。从这个意义上说，良家妇女可以向狐狸精学习，不要害怕性魅力，同时要相信它，如上述的女主人会"吃冰淇淋"。这对毕剑先生而言，就是性感的，也是被她吸引的最原始的一刻，可贵的是他们没有舍弃这个貌似一般甚至有点儿上不了台面的环节，相反，大张旗鼓、变本加厉地把它带进了婚后的生活，并无限地扩大了它的作用，甚至形成一种条件反射，这很好。很多人的婚后生活日趋枯燥，其中一个原因就是放弃恋爱期间的一些作为和象征性举止，以为"正式"了，就不该玩儿过去的"小儿科东西"，这是错误的。婚姻只是圈养了"性"，但不是给它上锁。

b 每个人都有自己的性偏好，尊重他吧。好的性关系不是竞赛也不是作秀，而是在相互信任基础上的共同体验。它同时需要几种不同形式的交流，即语言、情感和触觉。理想的情况是，双方都很放松，在未做爱之前和做爱时都能够坦诚地告诉对方，自己喜欢什么和不喜欢什么，并试着用不同的方法来互相取悦。双方都应平等相待，并懂得每一个人都有不同的需要及性偏爱。当然，性生活中，女方可以适当婉拒，或偶尔顺从，这是一种狐魅之术，让男方觉得你变幻莫测，并有一种吃不到葡萄却又无法说它酸的感觉。男人不能喂得太饱，吊吊他的胃口，他会对你产生一种依赖心理，从而离不开你。

c 建立一种专属两人世界的性图腾、性暗示、性用语，这种"地下感觉"有利于营造一种"偷着乐"的氛围，犹如灯光明暗的作用，可以给

对方私处起外号,可以用"暗语"在大庭广众下明示,别人不懂,只有你们俩能会心一笑,这就是暧昧。

d 不要一味地排斥丈夫的另类性爱方式,求新求变是人类的共性,而有点儿"恶心"的性爱方式,往往有其独特的作用,可激活平淡的夫妻生活,增添"情人气味"。

e 由性及爱,这是男人的心理活动轨迹,不必多心多虑。离开性而空谈爱的男人,才值得推敲。应该承认,性的致命弱点是总走下坡路,但婚姻的内容不仅仅只有性,随着一天天的日子的堆积,双方的情感也应更加深厚。婚姻旅程一般要经历三个阶段:激情、亲情、恩情。"激情"阶段性爱是主打,"亲情"阶段可以通过生儿育女来强化彼此的同坐一艘船的合作关系,而"恩情"阶段则是彼此依恋并有同坐一张摇椅的归宿感,互相感恩……所以,给"性"赋予生殖的意义,有助于走出单纯的性"快乐原则",而走进"性幸福原则",这会使婚姻更成熟理性,也更持久。

12. 纤手比胸脯更需要安抚

罗西

董笛很帅,太太很不放心,怕他招蜂引蝶……他很无辜,然后反问:"请问在电视新闻里那些被曝光的嫖客,哪一个是帅哥?"他以为太太会无言以对,想不到,她挪了一下枕头反唇相讥:"这正是你没有安全感之所在,自有良家女子送货上门。"

每夜睡觉前,她都要无理取闹一番,爱说一些无聊的烦心事,捕风捉影的,把丈夫想得十恶不赦,好像他是西门庆的前世今生,然后"一夜无话"、背对背冷战……

经常被太太无端怀疑与指责,董笛渐渐地单方面减少了"麻烦"她的次数,由原来一周两次性生活降为一周一次,甚至更少,他以为这样,会让她明白,我"不是用枪指挥脑袋的花心男人"。可是境况并没有好转,恶性循环,太太对他更有意见了,仿佛到了水火不相容的地步。

比耳环更近的是耳语

董笛纳闷,自己越来越神圣,还节欲,怎么她还是不满意?

有一天,董笛从朋友处听来这么一句话:"做妻子的害怕丈夫对别人花心,但又喜欢你对她花心!"并且告诫他,太太不满意丈夫的表现,不是不满足,而是不信任。

是的,性除了传递夫妻之爱,还交换着一种信任。

这对董笛启发很大,应该说,他太太从不反对他"麻烦"她,只是对他的"性"没有把握,缺乏"性"任感。如果对她多一些"性"关怀,也许她就不会那样缺乏安全感了。于是,董笛决定用更密集的性爱来安定她不安的灵魂。仔细想想,他们夫妻结婚六年了,但彼此之间似乎还没有建立起一种属于两个人独特的"情色空间"……

这天早上,董笛在送太太上班时,把事先准备好的一条新买的女性内裤塞进了她的手提包里——这对于正在工作中的她而言,真是一种意外的惊喜。果然,几小时后,他在办公室里接到太太打来的半是嗔怪半是开心的电话:"你搞什么鬼,真恶心!"这一回,董笛听出了她的弦外之音,回敬道:"宝贝,今晚回家我就等你来收拾我了!"那一夜,他们体味到从未触摸过的顶峰快乐,因为有白天的调情铺垫,夜晚来临的时候,就多了一些浪漫的期待……董太太几乎是用鼻音在喃喃自语:"你坏透了,你让我一个白天都在想入非非!"

要保持婚姻中性爱激动人心的活力,无为而治显然是行不通的,你必须使性生活成为一种乐趣,甚至有创意。渐渐地,他们有了两人共有的"情色默契机制","性"中吐真言,彼此呼应、感应,渐渐互信。过去几年时间里,他们彼此都没有真正打开心扉过,以为性生活只能做不好说,结果两个人都有哑巴吃黄连的感觉,互相误解,积怨加深,这差点儿毁了他们的婚姻。

慢慢地,他们也积累了一些专属于他们两个人才懂的内部语言,暧昧,浪漫,当然还有点儿幽默。董笛把太太的私处起名为"奥斯卡",而他太太将他的宝贝则形容为"老干部"。如果太太晚餐里有一道红烧鱼,那就说明她"想要了"……那种夫妻间独有的暧昧"内部语言",很容易让双方产生"一条心"的同盟军的亲密感觉,从而不断巩固夫妻的信

任感。

　　这种感觉很好，女人最喜欢属于"两人世界"的情色语言，而过去，董笛是不屑于此的，总觉得说那些情话很无聊。现在，他才明白，这是一种心灵的抚摩，就是暗地里的语言交融，"内部性语言"，让太太感受秘密的所在，并独自拥有这秘密所带来的安全感与归宿感。

　　丈夫的爱，常常要通过性的震撼力来达成。

　　当然，这种爱的力度，不在于性的技巧有多么惊人，而在于是否很"原创"，能否营造出一种属于"我和你"的秘密，能否让对方明白你有多专注和多么在乎她……很多男人有这样一个迷信，以为花样百出就可以满足、摆平太太的奇思妙想。其实，会武功的高手，可以一招打遍天下。

　　此招，简言之，就是给了太太一种隆重、鲜活的安全感。先给她一个定点，然后才可以让她飞起来。这一定点，必须贯彻在平常的性生活里，而且作用非常大。

　　很多男人做爱时，总爱把自己扮成投手，其实如果真的想让爱人痉挛的话，男人必须是捕手，要解除爱人的疑虑、紧张，并承受女人的一切，让她真正"性"任你，从而把爱推向"心"境界。

　　比如，你一般只用左手去探索太太的敏感部位，但用右手会更好。左手不安分，右手才执著。是的，要重用你的右手，用更强有力的右手去紧紧地抓住太太的手，而不是一般的性爱手册里所教导的"抚摸女人的胸部"等，女人的纤手比胸脯更需要你的安抚与肯定。

　　总之，夫妻性爱，互信关系最为重要。你要让她相信你，她才会交出她自己，才有可能让你真正地投入，从而赢得最踏实、坚定的高潮。

13. 用左手摸我

章琳口述　罗西整理

　　夜幕四合，我从五楼的窗台往下看，丈夫今天怎么了？按我们夫妻的"约法三章"，周五（逢奇数）该他做晚饭，可是，都七点了，他居然还没

比耳环更近的是耳语

有回来?打他的手机,没有接,难道他……我不敢往下想。上班的时候,同事间闲聊的都是关于怎么预防丈夫外遇、谁家又有第N者插足等新闻,婚姻末日的悲观气息弥漫在三十五岁以上的女性心间。中年门槛前的危机、婚姻的疲惫期都不约而至,女人花,在岁月中凋零。早上出门前,我还跟他吵了嘴,这是家常便饭了。他找不到袜子,便熊我:"还在化妆,臭美什么啊!我快迟到了,我的袜子呢?"我也不是省油的灯,看他气急败坏的样子,就有解恨的快感。昨天晚上,明明知道我来了"大姨妈",他却硬要我满足他的欲求,我斩钉截铁地说了"不",看来早上他是来复仇的。看他还像无头苍蝇似的瞎找,仿佛看到小布什在伊拉克找大杀伤性武器那样狼狈,我有些开心。当他再次缓和了口气问:"到底我的白袜子在哪里?"我忍不住调侃一句:"我的总统先生,请你去问萨达姆!"后来他重重地关了铁门走了,我也不知道他是不是穿上袜子去参加一个什么商务会议了。

胡思乱想了一通,仍然不见先生陈烘回来,儿子在书房里直叫饿。这时,电话响了,丈夫在电话那头底气不足地说:"对不起!老婆。我今天回不去了,要陪外商去郊外考察,明天再给你电话。下周的晚饭全部由我包了,不要生气。"我的火药味十足地气息传到他的耳朵里,所以他心虚,不敢给我任何插话的机会,便匆匆挂了电话。我真的是火到极点了,恨不得把他撕着吃了。念及他正陪外商,所以只好忍着克制着不再拨电话过去教训他,丢脸也不能丢给外国人看,这一点民族自尊心,我还是有的。

一夜的守空房,奇怪,我倍感轻松,一觉睡到天亮,直到阳光在床头问候我,我长长地伸了个幸福的懒腰。这个"婚姻的周末",没有了先生的干扰,我倒是心平气和的。要不,以往每个月"大姨妈"来的那几天,我总是没有好脸色给他。想想他也不容易,在公司里是个忙差,回家后,我总要他平等分摊家务,虽然他"小有挣扎",但是基本上没有大的反弹。

陪儿子下去吃了粤式早点回来,特地去看了来电显示屏(这个细节后来被丈夫分析为我潜意识里还是想着他),有个陌生的未接电话,反拨回去,是丈夫的同事,我还没有询问,他倒是先说了:"请问陈主任住哪个医院?我想去看望……"我傻了,打断他的问话:"你说什么,他怎么

了?"对方显然这才意识到,丈夫出车祸一事,女主人仍然是被蒙在鼓里。不过,他马上安慰说:"没有大碍的,他可能是怕你担心。"这是什么话,我是他太太,他出事了,怎么不第一时间告诉我,还骗我陪什么外商……不容我多想,我立刻给丈夫打了手机,通了,他打着哈欠:"老婆,怎么啦?我很忙……"他还想编故事。我不管三七二十一抢了他的话:"我急死了,你到底怎么样了,在哪个医院……"丈夫显然是有心理准备,笑呵呵地说:"唉,没有事的!一点皮肉伤而已,不要着急。哎呀,哭什么?老婆……"我发疯似的向医院跑去。那一路上,我后悔不该刁难他,没有告诉他白袜子在哪个抽屉里……只要他没有事,要我做一辈子晚饭都可以。

在市人民医院,我看到了仿佛是隔世重逢的丈夫。他还好,只是右手腕骨折,额头有些擦伤,并无大碍,我心里的那块石头才落了地。他开玩笑说:"本想在医院里跟你捉几天迷藏,想不到我这一辈子是躲不过你的。"看我一直在抹泪,他这才正经起来,用左手摸我的脸:"对不起,我这不是怕你担心吗?特别是你的生理期来了,我怕你情绪不稳定,想过几天再告诉你,我宁愿你生我的气,也不想让你操心!"我柔软的心,就这样被他的一句温暖的话给收买了。我问他吃了早饭没有,看到他眼睛里泛着泪光,我有个冲动想抱他一下,但是他那已经打了石膏的右手吊在胸前,那是一个障碍,他似乎看出我的心思,腾出他的左手搂住我向前倾的头,无语,好久,他给了我一个耳语:"我现在只能用左手摸你了。"

在医院观察了两天,没有其他不良反应,丈夫就回家了。到了家,他不急着吃午饭,却像个孩子地撒娇起来:"我要先洗澡!"每天晚上都要洗澡的他,已经忍受不了了。我嘟囔了一句:"等天暗的时候再说,光天化日的。"丈夫笑了:"老婆,这回我们终于必须洗鸳鸯澡了。"接下来的一个月,他的身体就全交给我打理了,给他穿衣打扮、送水递碗、剪指甲,还有我们都欢喜的洗澡。那些日子,我们都特别快乐。原来他是一家之主,自从他受伤"退居二线"后,我就是他的家长了。轮换位置后,我们都有一种脱胎换骨的新鲜感,特别是绮丽的夜晚,我做了他的"丈夫",主动撩拨他的情欲,主宰他的高潮,包括挑战在他看来一定要女下男上的

比耳环更近的是耳语

体位……为他洗澡成为我们的保留节目,温馨,还有一点儿暧昧。因为我要求把灯关了,在摸黑中,我可以更深入地与他边聊边洗,身心交流。对女性而言,这是最高的性境界。我再顺便给他一些按摩,那种爱情相互辉映的美,可以让一个女人芬芳起来。黑暗中的他,往往会特别温柔,忘记了自己是扛大旗的顶梁柱,专心享受着难得的两人世界。特别是他用那陌生的左手回应我的缠绵与体贴,我可以感受它不同于右手的力度,甚至可以用肌肤感觉它的掌纹与右手是如此的不同,也从中悟出一个道理,只要用心,再细微的爱,都是可以被接受的。想不到换了一只手,会有如此不同的感受;想不到换了一个角色,我扮演"丈夫",他屈居"太太",原来失去情趣的性,又迎来了繁花似锦的春天。

日子还在继续,我不知道明天会发生什么,唯一让我感到踏实的是,我不仅懂得了被爱,也知道了怎么主动地去爱他。被爱是结果,而去爱,则是过程。我喜欢这样的不同角色,如太阳与月亮般美好地更替轮换,因为它们都让我光彩照人。

14. 他用爱改写我心灵抽屉的密码

尚小枝口述　罗西整理/点评

我和王浩是在网上聊天认识的。当时,我的网名叫"少奶奶",他马上就变成"少爷"来逗我,一来二去的,我们成了恋人。为了爱情,我从杭州嫁到了福州,王浩当时是这么安慰我的:"没关系,福州也有个西湖,我可以天天陪你去那里排解乡愁。"

其实,爱情里的女人是没有乡愁的。当他在街头公然拥吻我时,我感到惊慌而甜蜜。我喜欢这种"做了才说"的男人,有俄罗斯总统普京的风格。王浩甚至走路也像普京,一边的手臂几乎不动,另一边的则夸张地摆动着,有坚强的气魄,我喜欢这种男人味。事实上,他的职业也很阳刚——人民警察,他在岗亭上指挥车辆时,像是在操纵一支交响乐队,非常帅气。我喜欢小鸟依人般靠在他身上读鬼的故事或灵异小说,很有安全

感。我喜欢他穿制服时的样子。每天晚上,我最爱披着他的制服出浴,而不用浴巾,那很性感。他总笑我是"披着狼外衣的羊"!

我一直相信缘分与一见钟情,而他实现了我的美梦。网恋三个月后,那天他开车到机场接我,车的后座上放的全是玫瑰。我"只好"坐在他身边,看他握方向盘的手,就知道他是个强有力的人。我说:"你比照片上好看多了!"他得意地说:"我是诚实的,我当时挑了一张最难看的发给你。"他说的是真话,"最难看的他"我都已接受适应了,更完美更有温度的"他",我就没有理由"当面"拒绝了。爱他没商量!

新婚之夜,送走最后一位宾客,已是凌晨三点。其实,之前我们已试着"同居"一个月了,但睡的是不同的房间,这是我们见面后我决定留下来找新工作并与他"进一步接触"时提出的条件。他当时满口答应,并且庄严承诺决不"耍流氓",井水不犯河水,我纠正说:"我是井水!"他解嘲说:"好好,我脸上有痘,不可能纯净如井水,我是河水。"

五个月试验性同居,基本上是"男主外女主内"。那时,我还没有正式上班。这种模式,很合他心意。他觉得"养女人"是一件非常豪迈的事,我批评他有"农民"意识,他则辩称自己是"新大男子主义者",有点儿霸道,但又有点儿绅士。他还发明了一个词,叫"上半身绅士风度,下半身大男子主义"!

第一次同床,我有点儿不适应。我看到他褪去外衣时,有一种莫名的失落感,多俗气的身体!而他却兴致很高,我装腔作势地把玩手机里的游戏,心不在焉。他一点儿也不气馁,继续在我面前表演"艳舞",他在挑逗我,而我不敢正眼看他,这反而更"激怒"了他的身体与斗志。他躬身亲自动手,要替我解衣,说"小娘子,还害羞?现在是洞房花烛夜,一刻值千金,不要浪费了!"

我没好气地说:"我要的是浪漫!"他笑了笑,变戏法似的关了灯,满室烛光便幽然地摇曳起来。看着他闪烁的脸,我一下子慌张起来。他如火如荼地吻我,我只是应付性、礼节性地反应,但心跳却骤然加快,怎么啦?我开始对自己不满起来,我们不是很相爱吗?可为什么在这一刻,却对他的裸体过敏起来呢?我全身起鸡皮,甚至阻止他的手继续滑动……

比耳环更近的是耳语

他却不屈不挠,还强行抓住我潮湿的手往他下身移去,当碰到他的敏感部位时,我们几乎是异口同声地叫起来:"啊!"但是他兴奋,而我却是像触了电似的害怕,我缩回自己的手,我几乎晕过去,可处在"欲火中烧"的他,看不出我的异常反应,继续埋头于他的作业,我在半休克状态下,成为他真正的女人。他疯狂,我几乎麻木。我只有一个感觉,冷!然后是无边的恐惧。

也许是因为我的"不作为",也许是因为别的原因,他的第一次努力很不成功,不到两分钟,他就冲刺了。这对他而言,是沉重的一击。他翻过身去,坐在地上,靠在床边抽烟。他对自己比对我更失望,他有点儿不知所措。当我渐渐恢复常态,从噩梦般的"遭遇"中醒来时,禁不住哭了起来。王浩以为是他做了错事或犯了低级失误,便一个劲儿地赔不是,而我却一个劲儿地摇头。一个尘封已久的镜头再次从心底跃出来,原来,那个可怕的记忆一直没有从我头脑里抹去。看着新郎痛苦的样子,我实在不忍,便对他说出心中的那个埋藏了十四年的噩梦:十一岁那年,我住在姥姥家。一天下午放学回来,经过一条小巷子时,迎面跑来一个疯子,全身脏兮兮的,一头乱发,他似笑非笑地停在我面前,我吓得六神无主,更恐怖的是他一把就扯掉腰上的草绳,破棉裤从他腰际突然滑落,赤条条的他狰狞地向我扑来,我拔腿就跑,可他不紧不慢地在后面追着喊着笑着……不知跑了多久,当我气喘吁吁地推开姥姥家大门时,这才失声大哭起来。那个晚上,我做了一个又一个的噩梦,几次从梦中惊醒,全身都冒冷汗……从那以后,我对男性的下体产生了一种厌恶与恐惧。上大学时也找过心理医生咨询,但效果一直不太理想。明明知道那些想法荒唐,可那阴影就是挥之不去。想不到在新婚之夜,这个久违的噩梦再度困扰着我。

当我把自己少女时代的这个经历告诉王浩时,全身又禁不住地发抖。他紧紧地搂住我,给我最温暖的亲吻与抚慰。我渐渐地累去,那一夜他抱着我直到天明,我在他的臂弯里睡着了。接下去的蜜月,王浩非常有耐心地给了我许多自我调节的时间。他说,来日方长,他可以等待。其实,我内心焦急,恨不得马上就可以完全投入并享受性爱的美妙。渐渐地,我们试着不开灯,在黑暗中"作业",但可以感觉到新婚的丈夫不是很尽兴,

因为我的手是冰冷的。我极力想着丈夫种种的好,甚至床头放着音乐,那都是邓丽君唱的老歌,但我还是会分心,每次做完,又急匆匆地去卫生间冲浴,神经质的表现,自己很痛苦,王浩也很痛心。但他仍然宽厚地答应我,一不开灯,二不当着我的面脱裤子……

后来,在心理医生的指导下,我一天天地有所进步,心态渐渐平稳,并且也体味到鱼水之欢。一天晚上,他跪着给我做全身按摩,好让我放松心情。这时,他说他很渴望我能对他的男性生殖器产生崇拜心理,他说,这也是男人普遍的心理,即希望自己爱人能伸出温柔的手,给它以荣耀、赞美和敬意。他相信有一天我会解放自己的手,并打开心锁。丈夫为了消除我这方面的心理障碍,给我买了许多专业的书,让我进行认知治疗,并且用心良苦地带我去参观一些人体艺术展览。他还喜欢抱着我看一些图片,如罗丹的"思想者"等男性裸体油画,循序渐进。他一步一步地引导我对"男体"产生脱敏反应。他常挖空心思给自己的生殖器起了许多别致、幽默的小名,如"笨小孩",并用许多拟人化的词来形容它,如"可爱的"、"愤怒的"、"傻头傻脑的"、"挣扎的"、"激进的"、"极'左'的"……还会编一些小故事来哄我开心,现在我已习惯依偎在他怀里,听新版《一千零一夜》的故事。他用爱和迷人的体香,让我忘掉过去,学会欣赏他的身体,甚至膜拜他的身体。原来,他的身体是如此健美、性感,而我曾一度讨厌它、害怕它。

两年了,这七百多个爱情之夜,丈夫王浩给我深入浅出,如亲吻花样百出、如魔术的性爱关怀,他是我心病的解药,并且教会了我读懂男人的身体和丈夫饱满的心。我终于走出了冷感的危机,并且全身心地喜欢他每夜都给我"量体温",这是他创造的俏皮话,我们常常为此会心一笑。他唤醒了一个女人对男性生殖器的崇拜意识,很有远见,其实,他也因此收获了一种很有女人味的奖赏。是的,我加倍地给他登峰造极的刺激与快乐。

有位心理学专家曾对我们夫妻说过,夫妻做爱的时候,该紧的就要"紧",该张的就得"张",就是千万别"紧张",只有放松心灵,才会爱到最高点。因为这两年来的彼此调适、沟通,我们终于找到合作的最高秘

比耳环更近的是耳语

密,从而更有信心去经营我们未来的幸福。是我出色的丈夫用爱情治好了我的心病,从而他也改写了我心灵抽屉里的密码,所以,我很感激他,而最好的报答方式,就是用我最滚烫的身体崇拜他的身体,这是恩爱夫妻独有的互助模式,我们乐此不疲!

点评

完美的性爱,不是简单的发泄,而是分享,分享的最高境界,就是"我好你也好"。所以,一对新夫妻,在关灯前,应该诚实地说出自己的需求、感受或困惑,理性地沟通,并且尽力帮助对方"舒服"起来。因为性爱就是人间的爱,如果不能让对方"舒服",自己也无法"独乐"!"性"是"爱"的重要组成部分,爱情很多时候表现为个性的抒发、表达,甚至是攻略。而性,则需要和谐的双方合作与经营,这有点儿像婚姻的特质。有了"性"福后,婚姻的幸福就不再是什么奢望了。

15. 女王也要穿睡衣上床

罗西

作为一名小有名气的女律师,庄小红的眼神非常特别,锐利逼人,还有一丝警惕性。这样的大眼睛,如果接吻或做爱时,不闭着,你是否产生畏缩心理?出身高贵的庄小红,喜欢自己的这种不可侵犯的样子。长相有点儿像香港歌星陈慧琳,非常正派地美丽着。你想对她动歪心思,还真的要身怀绝技、武功高强。

就有这样的挑战者,且叫他阿乔吧。阿乔志向高远,是小红的大学同学。他不怕强大的对手,因为在他心目中,所有的女人都是水做的,纸老虎是有的,但他拥有强大的火力,可以轻松应对。他喜欢这种遭遇战,因为他自信一定会赢。当年在课堂上,阿乔常会趁机"调戏"一下"端庄过头"的庄小红,最公开的动作是:阿乔夸张地吻了一下自己的掌心,接着把手伸给斜对面的庄小红,借口要借一块橡皮,再把掌心的"吻"倒扣在

她的手心上,全班同学都知道他占小便宜了,但庄小红仍然不卑不亢地"不知道",其实她是假装的。她心里暗爽,但仍保持高贵的气度,是的,没有反应,就是一种大方态度,高贵而优雅。

现在的女孩子很多是在婚前就被男友"注册",所以处境比较被动,但庄小红的定力非同一般。她不是铁打的身子,她一样有七情六欲,但她的意志坚定,很有自制力。她曾笑称,如果自己是长在火红的革命年代,一定是个可经受住敌人的皮鞭、老虎凳等酷刑也绝不当叛徒的女英雄。所以,阿乔向她求婚时,不得不跪下一条腿,当着双方亲人的面,把玫瑰和钻戒一同呈上,气氛非常严肃、神圣,这时,庄小红像女王一样优雅地鞠身,把手庄严地伸出,那是一个令庄小红终生难忘的日子,她喜欢这种感觉,热吻从手背开始,心灵在暗处分享。

恋爱时,女人容易犯傻,男人容易犯错,但庄小红一直很清醒。她说,恋爱也要有骨气。她不贪小便宜,不轻易地吃或拿男友的东西。很多时候,他们都实行 AA 制,各自付钱,男友也没有可乘之机。庄小红最鄙视那些喜欢依赖男人的女孩,她越是坚持原则,越吸引男友的目光,并激发他无穷的斗志。这种花开两枝、各自表述的恋爱,很有"张力",彼此在斗智斗勇中享受种种乐趣与情趣。

阿乔以为女友的"自力更生,独立自主"只是一种恋爱秀,等结婚之后,她一定就会露出小女人嘴脸,不再扮演"高贵的女友",并乖乖地缴械投降,小鸟依人地赖在他怀里撒娇,或者听他"摆布"……

可阿乔的如意算盘打错了。新婚之夜,庄小红就给了他一个下马威。她要新郎"性前一杯红酒",点香蜡和熏衣草,把洞房营造得像皇宫,弥漫着一种贵族的气息。如果没有美轮美奂的"布景",她是进入不了角色的。阿乔被她的理论情结弄得有点发呆,当他再次兴奋得像阿Q的时候,庄小红又抬起脚,请新郎给她涂脚趾甲,红蓝相间,很有风情,但庄小红的脸仍然是一派正气。

阿乔却要新娘洗尽铅华,做个"简单的女人",但为了不伤和气,他只好极力配合庄小红花样百出的性前"铺垫"……终于等到庄小红打哈欠了,关灯,上床了,这是一个女人一生中最美的良宵,庄小红抑制住内心

比耳环更近的是耳语

的激动与兴奋。她在拖延时间,她渴望听到花开的声音,又害怕失去自己高洁的处女形象,隐隐地有点伤感:初夜之后,自己还能高贵地招风唤雨,还能指挥自己的男人吗?还会是优雅有资本的爱情女主角吗?

阿乔表现很好,庄小红半醒半醉间挣扎着,她担心自己失态,所以她不敢专心投入,而这是夫妻做爱的大忌。阿乔原谅了她的节制,因为这是第一次,他愿意等待。可是半年之后,太太还是没有主动过一次,只喜欢形式化和程式化的东西,甚至头发都不能让丈夫弄乱,盛妆上床,隆重而客套,像上台演出。丈夫为她买的黑色内衣,她也不穿,她觉得那很"风尘",而她是社会名流,才不去学不三不四女人的那些玩意儿。只想做尽责的良妻,而非荡妇,所以几乎没有拒绝过丈夫的任何一次做爱邀约,但却太正经,几乎没有放松过,容易开小差,甚至有一次在丈夫兴奋得快登顶时,她"啪"的一声,在丈夫肩膀上打了一巴掌,阿乔以为太太终于开窍了,忘乎所以地"暴力"了。这时,只听见庄小红懊恼地说:"刚才那只蚊子没打着!"阿乔哭笑不得,这太荒唐了,她难道有性冷感?但看她的生理反应也不"冷",但她为什么要表现得一点也不"荡"呢?哪怕表露一点"良性的骚"也好!他多么希望妻子能和他一起"做",而不是由他一个人埋头苦练。他喜欢太太在一种忘我状态下喃喃自语或说错话,但她总是口吐珠玑,逻辑条理清楚,甚至还会幽默地现场表达感受:"我是用灵魂享受,用肉体消受!"难道她没有生理快感?几次阿乔想问个明白,但不敢造次,他害怕自己被她的回答烫伤。因为他一直没有多大的成就感,婚前她用"距离"让阿乔仰视,婚后,她又以一种没有到沸点的温度,让阿乔永远敬畏她。

阿乔很担心,这样下去,会两败俱伤。一方面太太会不会习惯了这种状态而失缺了享受的心和应战的激情;另一方面自己因为一直卖力却得不到太太的感性回报与情绪肯定,从而会厌倦做爱?其实庄小红也开始怀疑自己的"策略"是否对路,她本想继续采用"吊足对方的胃口"的战术。具体而言,就是婚前"不让他拥有",婚后则调整为自己不能表现太"低贱",这样才会使丈夫觉得太太永远高不可攀,追求无止境……

可是看着丈夫越来越低落的情势,以及一天天减少的做爱次数,庄小

红开始急了,也许自作聪明的"性爱阴谋"是错误的。有一天晚上,丈夫抱着她的头示意她往下移,她心里有数,丈夫又在无声地请求她做她原先斥之为下流的另类的西方式的性爱方式,不知为什么,庄小红那一刻忘掉了所有的束缚和心理设防,她破天荒地按丈夫的引导做了。也许有点儿笨拙,但她非常听话、温顺,第一次放下身架,讨好丈夫的偏好。奇怪,原来这可以是很美的,所以她特别兴奋,因为兴奋和哈欠一样会互相传染,阿乔也兴奋得快"爆炸"!在这个"浪漫"、"极乐"的夜晚,解放神经与手脚的庄小红第一次感受身心合一的快感,也第一次全方位领略心爱丈夫的身体的美妙之处,曾经以为是那么可憎的一切,因为"投入"而看到了它的可爱。正如你吃螃蟹之后,才明白它是那么鲜美。庄小红曾经要求丈夫必须用全球第一品牌安全套"杜蕾丝",要不就是有失身份,就是对她不够尊重,现在她不这样想了。真正的做爱,只是激发双方的相互需求,而不是条件,或谁听谁的、谁指挥谁。

经过一番反思与沟通,庄小红终于看清楚有一丝阴云一直在影响着自己的心情与行为,那就是"没有安全感"。但问题是,拒绝性爱或给性爱加上"前缀",并不会给自己爱情的安全系数加分,相反,融洽和谐尽兴的性爱,还会推进爱情往深度发展,因为男人往往会为性而付出爱的。

做个高贵女人很重要,但对其先生而言,显然他更喜欢怀里是个会讨好的配合他的甜美女人,而不是高贵女人,特别是在枕边,在暧昧的夜色下。有句话说得好,努力工作,白天做"上流"的精英;好好爱着,晚上享受"下流"的情欲。挑逗不是男人的专职,再高贵的女人,哪怕是女王,总要穿睡衣上床,高贵是公众形象,而枕边人只想唤你为"小甜点"!

二、"丈夫"是世界上最困难的"职业"

我们是结婚后才正式有了性关系的。恋爱时，他对我是敬畏的，不敢轻易动手动脚。他觉得是"高攀"了我，所以一味地迁就我。其实，很多时候，我也希望他能紧紧地搂抱我，或者有更进一步的"探险"，但他不敢，浅尝辄止，从未越雷池一步。有时，我真恨他，那么粗犷的一个人，怎在我面前就变得那么听话呢？他误判了我的娇情，实际上我更喜欢他的本色，自信一点儿，霸道一点儿……我真的是恨铁不成钢，他怎么就无法"读"出我两眼中的愁怨呢？他吻得太肤浅、太小心了！

——"浴缸里那个犯晕的少妇"

"丈夫"是世界上最困难的"职业"

1. 性爱里的小脚女人

罗西

我在"中心"时,曾接到一位自称是"最后淑女"的电话。她和绝大多数咨询者一样,总是把问题的主角设定为自己的爱人。她第一句话是"我丈夫可能变态了",问她,凭什么给你丈夫扣这么一顶帽子?她说,丈夫"不正经",嫌她是"木头人",希望她"骚"一点……他很"流氓"。

她是大学中文系的讲师。她喜欢诗词,古典的那种。荷叶、冷雨、玉阶、吹灯……都是她心目中最美的意象。她喜欢和丈夫促膝谈心,喜欢他半夜起来给她削个苹果……她追求一种纯净的东西,常常沉溺于这种幻想之中。她说:"我是淑女,更希望他是绅士,彬彬有礼、小心呵护。"

可她丈夫没有这份"闲情逸致",他总是没有耐心,只有粗野的袭击、疯狂的霸占。在做爱时她喜欢问他一些"正事",因为只有这个时候,他最听话,可他仿佛不喜欢这样。她甚至问他:"这件内衣好看吗?"他都懒得回答,只忙于动手动脚。他双眼冒火,饿狼似的,嗅着、抓着,她总觉得这很恶心,没一点儿是美好的,反而很动物,很肉欲,很下流。在她的心目中,最美的性爱是月光透过纱窗落在床上,他怀里抱着她,倚坐在床头。他给她讲好听的故事,干干净净的,然后吻、抚摸,一切尽在不言中,温柔一点儿,动作不能太狂野,那会令她不安,并且产生一些不洁的念头。可他却喜欢狂风骤雨,寻求刺激,说下流的话。他要她"互动",放开手脚做"狐狸精",本来她就反感这些,再加上被逼,就更产生了种

种不快和耻辱感。每次做爱,他不尽兴,她更痛恨。

从"最后淑女"的叙述里,可以看出,她不排斥性,但她心目中的性,似乎是一种虚无缥缈的精神素食。她是在一个单亲家庭里长大的,离婚后的母亲仇恨所有的男人,甚至公狗、公鸡。在长期的相依为命的日子里,她母亲总是告诫女儿要如何提防男人,如何保护自己。在女儿出嫁的前夜,她还把女儿拉到身边,表情怪异地教导女儿,不要放纵自己,她希望女儿永远纯洁……如此根深蒂固的性观念束缚,这位女士自然对性有一种天生的警惕与不信任,总觉得那是丑恶的,不入诗的,自己不能轻易触碰,更不能鼓励、挑逗、纵容自己的男人走向"深渊"。在她心目中,有关性的词,没一个是好的,全是负面的贬义词。

即使在丈夫如火如荼的攻势之下,有过不能自已的高潮出现了,但她仍然不敢正视这种自然的生理需求,并心存顾虑,仿佛接受了丈夫的那一套,自己就会变成道德败坏之人。公平地说,她丈夫的那些床上语言、举止与反应,都是正常的、充满活力的。淑女是一种风格,是室外的包装,而在婚床上,没有"淑女"这一角色,只有女人,一个健康的、放松的、快乐的女人。

夫妻和谐的性,很多时候得靠男人的激发、女人的营造。对"最后淑女",做丈夫的要有耐心去解放她的身心,不要只简单、片面地自己埋头苦干,要先从对方的身体上寻找其"性感带",也可以遵从妻子的意愿,从浪漫、美好的精神交流开始,当她陶醉的时候,再从身体上去开发她沉睡的快乐因子。不能急,男人在床上的最易犯的错误就是匆忙上阵。

作为妻子的"最后淑女"要相信,只要有爱,床上的所有个人喜好都不是低级趣味,它们一样散发着圣洁的芳香。不要排斥万种风情,要放松自己,并接受这样一个现实:完美性爱里没有"贬义词"。相反,她应该接受以下几个"贬义词"——

贪图享受:性爱是双方的施与爱,女性不要担心自己在乎享受会不对劲,取悦自己和取悦对方一样重要。女性应该直截了当地向丈夫说明自己的需要,不需要有罪恶感或不好意思。事实上,男性喜欢的是能够享受性爱的女性。你享受着,他反而感到满足,并有一种成就感。男人需要你的

"丈夫"是世界上最困难的"职业"

"舒服"来肯定他的努力。

挑逗：男人似乎衣服一落地就可以直接进入，不用前戏，其实这是男人给自己的猴急心态找的一个借口。抚摸和挑逗不仅仅是男人的事，也是做妻子的功夫。其实，女人的挑逗很简单，也可以很含蓄、诗意，或者只要用一根手指头滑过他的身体，由上到下，这就是最简洁而又意味深长的挑逗。

想入非非：女人想象力特别丰富，在性爱里，种种绮丽幻想将有助于你进入一种境界：飘飘欲仙，花团锦簇……性幻想是健康的，因为它不仅有很大的动力，而且在幻想中发生的事完全不必是真的。"最后淑女"为何对丈夫的性做派反感，其中有一点就是害怕幻想，不敢闭目想入非非。很多美的享受，实际上就是"想象"，所以，应该学会闭目幻想。眼不见为净，陶醉的第一步就是闭上眼睛，耸动的睫毛还是男人的催情剂。

寻找刺激：做爱的时候，皮肤是最大的感受器，所以寻找刺激，是当务之急。不要轻视皮肤的感觉，尊重皮肤，就是尊重性爱的温度。没有温度的性爱，犹如不香的花。

喜新厌旧：如果你丈夫一天一个花样，请不要泼冷水，反而，要多鼓励。如果你有什么新想法，也不必藏在心里。人之常情，谁不希望彼此的爱永远新鲜？性爱有许多创造性的东西，关键是要用心去探索。曾有一女人在性爱中突然发出儿时讲的方言，丈夫听不懂，结果却更兴奋。变化总是好的。

2. "性"也要门当户对

刘美口述　罗西整理

当时，接受阿贵的求婚，是被他一句话所感动："我只有一张三万元的存折，我想从此以后交给你保管！"他踏实、淳朴。从乡下一个农民的儿子，考上名牌大学，之后分配在机关工作，现在也是处级干部了，这一路走来，他感到很满足。我也为他骄傲。

婚前，我恋爱过三次，均没成功。也许是我太挑剔，但我最终嫁给了阿贵，令很多人大跌眼镜，以为我是"奉子成婚"（未婚先孕），实际上，婚前我和阿贵至多只是牵手过过马路，这样，他还诚惶诚恐的，手心都出汗了。每次约会，他都穿得很齐整，一丝不苟。与我恋爱半年只有一次在我的鼓动下，才与他单独去野外玩了一天。因为要涉过一条小河，当时，他被迫卷起裤管，他的小腿很健美、粗壮，我真搞不懂，他为什么不穿沙滩裤？他羞涩地支吾着，仿佛是说，他的腿毛太旺了，很不雅观。其实，这才是我喜欢的野性，十分性感。但我没说出口，怕他受不了，以为我是荡妇。所以，与他恋爱半年的时间里，我一直努力地像个淑女：不胜娇羞、脸红，很被动地等他电话，好像我什么都不懂……实际上，我内心的火在燃烧，我渴望被拥抱、被激情溶化，哪怕是一句较肉麻的赞美，而他不，似乎是不会。

我自我安慰说，他会好起来的，等到婚后。因为他是个传统的男人，这样坚持原则的男人，才是可以放心交给他一辈子的丈夫。很快，我们结婚了。婚宴办了两次，一次在他老家乡下，一次在城里。

新婚之夜，是住在他老家的祖屋里。婆婆忙前忙后的，铺好的床单，她多次进来把它"抚平拉扯"。我明白，她这是关爱，但每次不请自入或门也不敲就进来，令我很不舒服。最后一次她带上门，带着神秘的微笑，还不忘交代儿子一句："阿贵，不要着凉！"在我们家，很小的时候，孩子就有自己的房间，在英国读过书的父母，每次进门都要先敲门，很尊重我们。不过，我还是忍住了，今夜良宵，我不想给丈夫带去坏心情，我充满期待。

阿贵吹灯，我禁不住有点发抖。那是初冬，并不太冷。吹灯后，他才脱衣服。他终于进入了被窝，碰到了他发烫的身体，更确切地说，是他的手，原来，他要在我身下铺一条特制的白手帕，起初我不懂，问他这是干吗？他说，那里的风俗习惯，洞房花烛夜，都要在床上铺一条"贞操布"方可行周公之礼。我的心一惊，这可怎么办？在大三时，我已有过"那事"……但我还是装着什么都不懂："什么意思？"他二话不说，便喘着粗气冲动地扑压上来……

"丈夫"是世界上最困难的"职业"

黑暗中，我情不自禁地亢奋。我喜欢他狂野以及不可一世的努力与冲动，但暴风雨来得急，去得也快。五分钟之内，他完成了，我还无知地发着抖，他已翻到一边去穿好睡衣，然后开灯、抽出那块白布，他没有说话。我看到他的表情，凝重、狐疑，还有一丝失望。我有点儿恼，也不吭声。他出去了一会儿，空手回来，显然他已把"贞操布"处理掉了。他闷头闷脑地躺下，渐渐地睡去。我的泪水流了出来。

我向往的良宵就这样完了。他很自私，在床上，没有前戏，更没有后戏。他只有发泄。阿贵不善言辞，第二天，我们就从乡下赶回城里，他不提新婚之夜的事，我也不好开口，我装傻。

这样的日子，就这样过着。应该说，白天的丈夫很称职，无可挑剔，甚至令人羡慕，但夜里的丈夫，很没趣，像哑巴一样干活。两个月后，我终于要为自己的性权益而斗争了：第一个要求是，做爱时，开一盏情调灯。他勉强答应，他终于可以在灯下脱衣服了。第一次看到他穿三角裤的样子，我真的很兴奋，三角裤鼓胀着，我明白，他欣赏我的身体，但他从不说，真是气死我了。

当他爬上床时，我用含情的双眸迎接他。他如火如荼地压了过来。我说，慢点，宝贝！可他还是急不可耐。我厌倦了做一年多的"淑女"，我大胆地先吻了他的唇。他怔了一下，然后，很笨拙地迎合了我的热唇……

做爱的时候，动情的女人，手是闲不住的，我终于让自己放纵，用手去摸他的背、他的肩、他的后脑勺……我抱住他汗津津的脸，不能自拔地叫了起来，想不到，他动作反而慢了下来。问他为什么，他不说一句话，我真的生气了，想挣脱他，可他仍紧紧地把我压住，在紧要关头，他才被迫说出一句话："我不喜欢你叫！"

老天！他这是怎么啦！难道床上也要淑女？我一直不懂他的心理活动。他只简单地扑压，然后是单调地进入，应激期是略显无辜疲劳的眼神，不说一句贴心的话。我心中不甘，这样的婚姻，还有什么品质可言？

终于有一天，我在黑暗中说出了自己的感受。我想抚摸他，他不答应！因为怕痒，这么可笑！我要他抚摸我，吻我，可他说，那是流氓做的事，他是老公。这就更可恨可笑了。我担心这样下去，会得性冷感。我是

个健康、丰满的女人,我有正常的欲望,我找老公不是为了他养活我,我在外企做白领,我挣的钱比他多。现在儿子已五岁了,我要有高规格的性生活,可他总是不给,只有简单(他美其名曰为"传统")的性交。如果我呻吟,他还会批评说,是荡妇做派。

有个前闺中女友,比我现代,她曾说,试婚的重要性,就在于检验双方性生活是否能"对上号",或称"和谐",如果不合拍,或难有共同语言,就该"短痛"掉,要不漫漫婚姻长夜将荒芜一个女人的花样年华。

我现在有点儿信她的话了。

我无法改变丈夫的性观念。他从他父母那里学到的一套,永远是枯燥的和压抑女性的所谓"传统"。他羞于谈性,他觉得性是迫不得已的义务,是男人的事,做妻子的,只有忍受,而不是什么享受。其实,他身体条件很棒,他可以做得更好、更精彩、更肉麻的,但他不会,也不想。

这个时代,这种老古董不多,好友听了我的遭遇后,笑着安慰我说:"不过这种男人比较放心!"但我不这么想,他对妻子要求是"守规矩",你怎么知道他对其他女人就不胡思乱想。有一种男人,在家很保守,可与外遇的女人交往时,还是希望对方坏一点,骚一点的!

他不懂女人,白天穿制服上班,但夜里我喜欢穿性感、松弛的衣服,但他不习惯。白天我很矜持,夜里喝点儿小酒,渴望他轻咬我的耳朵说悄悄话,可他从不给。他会为我端洗脚水,但他坚决不会看我化妆或画指甲……

我现在很矛盾,内心一直在挣扎。如果不分手,如此沉闷、死气沉沉的性生活,实在已令我忍无可忍。更要命的是,他顽固,不想改变,根深蒂固的性观念束缚着他的手脚。我性欲强烈,喜欢情调,并且把性生活的质量看得很重。这种矛盾,无法调和。很多夫妻白天吵架,矛盾丛生,但到了夜里,只要一上床,一切问题都迎刃而解。我们刚好相反,一上床矛盾就出现了,这种裂缝更伤人心。像我这样,觉醒的女性是不是注定要痛苦,如果我更"传统"一些,如果我不在乎这些,或许我会更快乐、更满足。但我不能,我做不到。我说出这些困惑,一方面是为了倾吐,清理一下情绪垃圾;另一方面是希望大家,特别是女人,从我的婚姻里吸取一些

"丈夫"是世界上最困难的"职业"

教训，不要简单地否认"坏男人"，有时所谓"好男人"，其实是更可恶的"坏男人"，或叫"新坏男人"。还有一点，"门当户对"曾被人批评，但我觉得现在重提它，是很有必要的。现在门当户对，也许重视的不是地位、金钱，而是价值观、性格、生活观念及性和谐。

是的，"性生活"是新门当户对里重要的一项！

以上是一位知识女性的心声。作者认为，它具有一定的普遍性，反映了不少女性朋友的苦恼。面对当前传统父权社会的瓦解，妻子不再愿意为丈夫牺牲自己的个性与自主权；旧有的男性文化与新兴的女性文化在日常生活中产生剧烈的摩擦。两性关系，正从厨房斗争走向卧室纷争，亲密敌人的冲突、正在漫延……

特别是过去不为人关注的男女在被单下的亲密关系，正呈现出沟通不良和欲求不满的状态，在亲密关系中彼此因为投射与期待而产生的落差，正是导致冲突的原因。当男女互相指责的同时，双方其实都是旧父权社会下的受害者，常在自觉不自觉间延续了童年时期与父母之间形成的模式，唯有重新面对自己，我们才能在亲密关系中开展一个更和谐的、"性"福的未来。

3. 枕边人就是性感训练师

郭中草口述 罗西整理

我原来一直是以好女儿、好学生、好员工的形象示人的，在读研究生（理工科的）时，有人恭维我是"波霸"，我当即给了他一记耳光。现在回想起来，自己的反应未免过激，但当时的我，就是这样，全身都是刺，锋芒毕露，非常"端正"。不过我是个喜欢主动出击的女生。

现在的先生周鑫，比我小两岁，就是我主动进攻的胜利成果。我曾拒绝无数男生的追求，我讨厌被追，那时的我真的有点儿不可理喻，好像被男生追，就有被人"欺侮"的感觉。我想，这可能与自己的家庭出身与教

育有关。我的父母都是传统知识分子，对子女管教非常严格，特别在两性关系上，他们更是保守到匪夷所思的地步：他们有各自的卧室，从未见过他们促膝谈心，更不用说拥抱接吻，起码没有被我撞见过。我和姐姐还曾私下嘀咕过："他们是怎么把我们生出来的？"

其实，只要是个健康的人，都有过怀春的经历，但我总是把它扼杀在萌芽状态中。到了研究生快毕业时，我才焦急了，"冷美人"只属于年轻的称号，一旦成了"老姑娘"，再美也没用了。所以，恋爱成了我"生涯设计"的一部分。很快，我挑中了一个，这就是周鑫。他有点儿腼腆。我喜欢这种含蓄的男人。后来我们都进了外企，水到渠成。一年后，我们结婚了。在我看来，这好像只是为了完成一件人生大事而已。

结婚初，我不知道开发"性别资源"，更不懂得"女人味"的美妙，当然也谈不上享受"性"福了，以为一个独立的职业女性，要的是"知性"，"理性"，而不知还有"感性"，甚至得学习"性感"功课等。结婚后，是我亲爱的丈夫，给我补了这一课，让我从一个"干巴的女生"转变为一个"丰盈的女人"。这项改造工程，并非顺利，开头我是百般抵触，那是一个很痛苦的蜕变过程，庆幸的是，几次我冲动地提出离婚，都被我英明的先生化解掉，最终我从一条虫，变成一只美丽的蝴蝶，不仅自己赢得了身心的解放自由，更重要的是挖掘了我内在的女性魅力，回报了丈夫耐心的等待、真情的开发和温暖的"爱疗"……

有一天，我先生买了一部数码相机，便在家里要给我拍写真集。我一点也不怯场，笑也自然，可丈夫嘴里总是"啧"着什么，好像很不满意我的表现。我实在忍不住了，便冲过去揪着他的耳朵："怎么啦？有什么不满说出来啊！才结婚一个多月，你就变心了？"周鑫看我发这么大的火，便搂着我哄道："小声点儿，好吗？"我就是大嗓门，这时，他的真话对我而言，就是挑刺。我狠狠地甩掉他落在我腰上的手："别来这一套，不是所有的女人都是省油的灯！"然后坐在沙发上喘气。这时，周鑫一点儿也不生气，反而跪在我面前不断地按快门，还嬉皮笑脸地抬举我："不错，你生气时更有味道，很女人，我要的就是这个感觉。你看，这时你的腰很软，不像刚才的造型很僵硬……"奇怪，越来越中听，过去我怎么没有发

"丈夫"是世界上最困难的"职业"

现自己有这方面的心理需求，不过，我仍然嘴硬："本以为你老实巴交的，想不到满脑子里男盗女娼，恶心！"还白了他一眼，这时，他已放下手里的活，再次抚着我的肩坐下："你是我亲爱的老婆，我不对你动心思，那是我的失职！"原来，我是一块可以融化的冰，在他软硬兼施下，我在沙发上半推半就地斜躺下，外头老实、家里"风流"的先生用一种很特别的"理疗"，让我乖乖地就范。我神志不清，仿佛伸手不见五指，这时，只有紧紧地回抱着他，才能感受到自己的存在。事后，我假假地把他推开，我先生深情地抓住我的手："来，只用一根食指，点一下我的额头，这才是女人的动作。不要用五个手指头，只要一个指头足矣！你说我在家风流，我也希望你风骚起来……"

我第一回让他说出这么多"脏兮兮"的肉麻话，也第一次没有激烈地反弹，觉得他很诚恳，仿佛是在哀求、在鼓励。我心软了，居然按他说的动作，伸出一个指头，嗔怪地点了一下他的额头，然后感到脸在发烧。

这天晚上，周鑫乘胜追击。在月色下，他陪我散步，他用一种很自然的方式灌输我一个观念：做爱≠性交！一个"新贤妻"，应该学会展示自己的魅力，更会从心灵层次上去享受"性"福。我听得大跌眼镜，这么斯文有礼的先生，怎么整天只琢磨这些事。我下意识地推开他，他不但不生气，还手把手地教我说："老婆，刚才你如果用屁股轻轻地撞开我，效果会更好，我是你的老公，我有义务挖掘你潜在的女人味，这是一种魅力宝藏，知道吗？"月色撩人，我的手很凉，但心渐渐地温热。风吹乱我的长发，我不再忙着梳理。我反思丈夫的每一句话，他也许是对的，我太压抑自己的"女性品质"了，这是不健康的。我当即温柔地回馈："我们回家吧，我很累了！"先生再次纠正我说："如果你说老公，我累了，背我回去，这样撒娇，我更会热血沸腾！"并马上蹲下准备为我服务。恭敬不如从命，我为什么不享福呢？就这样，我被先生"训练"得很"狐味"。其实，我是个聪明的女人，我也懂得那些诱惑男人的种种招数和肢体语言，但总觉得作为一名良家妇女，不必要去动用那些"下流的"东西，所以就把自己高高地挂起来了，不食人间烟火似的。是先生帮我打开心锁，并鼓励我"现身"。他是对的，当我试着撒娇的时候，有一种回到童年的感觉，

天真、不设防、放松,呼吸变得通畅,每一缕的香,都可以嗅到,连阳台上花开的声音,我也听得见。好像我刚刚怀春,我开始爱看文艺作品,并且认识了许多过去没有碰过的化妆品……

当然,周鑫也不闲着,他是我的"性感训练师"。原来我们做爱,我要关灯,先生要开灯,当然最后是他听我的。因为我害羞,总觉得见不得人。但丈夫之所以同意摸黑办事,是希望我可以彻底放下包袱,发挥想象力,并有助于培养感官、知觉的敏锐度。后来,他渐渐过渡,折中地点一根蜡烛,火苗昏黄地眯着眼,这种感觉非常诡异。他说,要发挥想象力去享受性爱,才会很美,很飘逸。原先一脸清冽孤傲的我,在他的抚弄下,渐渐地躺下成为一条波光跳跃的夜河。水,是我最好的形容。

是他给我策马飞奔的感觉,身后有个人紧紧地抱着我,长发掠过他的脸,侧头怎么也看不清抱我的那个人是谁,但我嘴里叫喊的永远是他的名字:周鑫!我原来有狂野的一面,更有温柔易感的一面:清晨起床,收拾我们的床,可以闻到那种男人遗失的特殊气味,就忍不住一阵动人心魄。那美妙的气味,有点儿像红苹果腐烂时发出的气味,让人陶醉,又不敢领略!他喜欢抽雪茄,而且平常是不抽的,只有在做爱后才从盒子里抽出一根。抽着雪茄的他有一种说不出来的魅力,那雪茄在他的指间,让人产生丰富的联想。这种绮丽的想象常让我产生渴望与激情……

有了想象力的参与,一切便变得丰富多彩起来,仿佛自己有一种魔幻色彩,并敢于坐在他腿上吃零食,敢于主动调情。当然,我更善于在诱惑时注入一些小聪明,把曾经拥有的"知性"纳入"性"趣中,丝丝入扣,莲花略胜玫瑰,很干净、高雅,如旗袍的性感,端庄贤淑里,透出一种迷人的气息……先生很满意,他为我的脱胎换骨而高兴,更为我个性化的诱惑充满敬意地冲动。他尊重我,然后征服我。曾以为丈夫就像一个碍事的舞伴,有了他,脚常会被他踩。现在才明白,没有他时,手没有地方借力。是的,他是我放"心"的地方,更是我手的归处。没有他,我一定会手无"适"处。

以我的经验,培养一颗"性"福的心,要从"色、香、味"入手:最好的"色"是眼神,一种渴望的眼神,最容易将男人激奋燃烧;最好的

"丈夫"是世界上最困难的"职业"

"香"是淡淡的体香,我从不用香水去挑动他的神经,反而适度运动后的身体,最容易让他疯狂,这时的他,像一匹狼,嗅觉灵敏、情不自禁;最独特的"味",在我看来,是"回味"。每次做爱后,我不会急着去冲澡,而是平躺着,唇角上含一丝满足的微笑,痴痴地回味,像等待飘散空中的灵魂回壳,这时,我是丰盈的果实,先生点烟看我,很有成就感,而我在回味刚才的激情,其实也是对丈夫最好的肯定。

原来,不是美人,也可以用美人计;原来,女性要独立,也要男人的抚慰;原来,女人味是可以学习的,性感是可以训练的;原来,性爱可以有情节,并且可以用脑销魂;原来,包括我在内的不少女性,从小缺乏"魅力教育"!

还好,我遇到一个性情好男人,他要了我的心,更打扮了我的情,从此,我发挥了自己的另一面特长,既展现了卧室里的美丽,也领略了更具像、更有温度的幸福。

4. 三种男人,三种不同的夜晚

罗西

我曾接触过这么一位咨询者,暂且叫她李玉吧,她才三十岁,却经历了三次婚姻。前两次,都是因为丈夫的性行为令她感到恶心、难受,最后她主动提出离婚。公平地说,两个前夫与她都是有爱情基础的,但他们"另类怪异"的性方式,让她实在无法消受,只好忍痛割爱。到底李玉经历过哪些"黑暗的夜晚"?我们一起来看看——

我和许晨(化名)是老同学。我们一起高考,后来上了不同的大学,但恋爱关系早在高二时就确立了,所以大学一毕业,我们便走到了一起。

曾经的婚礼非常隆重,所谓"男才女貌",确实令许多人羡慕。婚前,我坚守着最后的一道防线,他也尊重我,至多只是亲吻、拥抱。我喜欢这种感觉,欲拒还迎,一种心灵的引力,很美妙。

度过蜜月后,我们去旅游,他仿佛变了一个人,喜欢肛交,在这之前,我对此很无知。过去,他喜欢从后面抱我,这我也喜欢,现在回想起来,才发现他一直有这个爱好。我还清楚地记得,那是一个有月亮的晚上,他先哄我趴着,然后强行鸡奸了我,我没有任何心理准备,感到羞辱、愤怒、伤心。我流血,我痛恨,我不能自制地哭了……

丈夫在安慰我,在打自己嘴巴,在请求我原谅,看他陌生、痛苦的脸,我原谅了他。他说,他已抑制自己的这种冲动很久了,现在是夫妻,以为可以更"开放一点",因为黄色录像里都这么演,他便放了那种我从未见过的"黄"片给我看,简直恶心至极,禽兽不如。我不明白,他为什么会学这些乱七八糟的东西。丈夫辩解说,许多男人,包括他的同事都试过这种方式,很不一样。甚至搬出所谓"时尚"来唬我,但我坚定地表示:我不喜欢!

就这样,不咸不淡地度过了几夜。一周之后,他又发情了,这一回,他是哀求,并事先准备了什么润滑油,因为前戏已做足了,我心已飞扬,再加上他的诚恳乞求,我勉强同意一试,我忍痛地想象草原、清泉、鸟语花香,但剧痛和一种说不清楚的难受令我再也无法坚持下去,便突然翻身,他半途而废。我反过来请求他改掉这坏习惯,只要不肛交,我什么方式都依了他,毕竟我们是相爱的,但他就是不听,再次企图强行进入,我这一回是真的死了心,我抱走了一床被子,到了另一间卧室里……

后来我才知道,他在大学里与一女生恋爱,而且发生了性关系。为了减少避孕的麻烦,他们都是采用肛交。现在,他习惯了,而且乐此不疲。为什么要另辟蹊径?难道我不够好?丈夫很偏执,而且对其他方式一概不感兴趣,虽然能应付过去,但我明显地感受到他没那种激情,没那种到了颤抖地步的亢奋。

我是个对婚姻,包括对性要求很高的人,我不想荒芜自己的青春,我水灵,我要有尊严的爱,所以,快刀斩乱麻,十个月后,宣告结束了这段短命的婚姻,至今不悔。

不知是命运的安排,还是我眼光太差,第二任丈夫,我又选错了。这是一个内向、传统的男人,家教不错,父母皆为高知。我想,自己的情感

"丈夫"是世界上最困难的"职业"

寄托给这样的一个知书达理的男人，应该是比较稳妥的。

我们交往了半年之后，就闪电结婚。

他是个处级干部，新婚之夜，他笑称自己还是个处男。这个年代，处长太多，处男太少。我虽脸上笑笑，但心里还是挺感动的，三十多岁的男人，如果真的是个处男，还真难为他，甚至内心还产生了一丝惭愧，毕竟我是二婚呀。

从他笨手笨脚的举动看，显然是第一次。我帮了他大忙，我主动迎接他忙乱的身体，他很规矩，甚至有点儿放不开。但我不急，也不嫌弃，我可以给他时间，好让他慢慢地适应我。我追寻一种和谐，这是婚姻最美的境界，我希望彼此能走到底，一生一世最好。

不久，问题又来了。他先是要求白天和我"做爱"，这样很匆促，而且是和衣的，没有肌肤之亲，而我喜欢那种温度，更喜欢他用毛腿摩擦我，那很舒服，请别笑我，这是真话，也许不高雅。但他不给，而是呼吸急促地坐着，把我的脚、小腿抱在怀里抚摸，更准确地说，是在吻我的高跟鞋和丝袜。他最喜欢为我买丝袜和高跟鞋。

起初，我不太在意，以为他爱屋及乌，对我身体上所有的东西都感兴趣，而且不怕脏不怕臭，可见他有多投入。我天真的想法，很快就被证实有多愚蠢。终于有个晚上，我们正准备缠绵时，他提出了一个要求，叫我不要脱高跟鞋和丝袜上床，其他衣物都可褪去，只要保留以上两样。我警觉地问他，为什么？他没什么解释，只说喜欢，一种个人的喜好，希望我能配合，而且不影响我的快感。

这是什么话？叫我赤裸着却穿着丝袜与高跟鞋上床，这太滑稽了。我说："如果不呢？"他涨红着脸，又羞又恼地吼了一声："滚，你以为你多纯洁？"

这跟纯洁有什么关系？不可理喻。难道他有"变态行为"？我不禁打了一个寒战，因为我突然想起过去看过的香港拍的一部电影，里边有个杀人狂就是喜欢收集女人的丝袜、高跟鞋，每次都用女人的丝袜结束那些女人的生命……

我再次躲在书房里，反锁着门，我怕极了。第二天，我就提出分居，

这样与他同床,一点儿安全感也没有,还奢谈什么做爱享受?现在看来,当时反应有点儿神经质与过激,但当时我只有一个念头,赶紧离开他,结束这段婚姻,越快越好,甚至动用了许多关系,开后门火速离婚……

这就是我可怜的第二任丈夫,他非常爱面子,他同意我离婚,但要求我绝对保密他的隐私,他自己也觉得这很丢人,觉得怪异,可他至今也搞不明白,为什么会喜欢女人的丝袜与高跟鞋。

歇了两年之后,才碰到现在的丈夫。他是个医生,伟岸,宽厚,是个真正的男子汉。他喜欢我撒娇,他总是以深情的眼神看我,非常专注。在与他共处的一年多的婚姻生活中,我时时刻刻都觉得幸福的存在,他可以狂野地抱我,甚至扛着我转圈,但又会无限温柔地轻轻地把我放下,贴着我耳朵说话,像在呵气。我爱他,真的,非常满意。

我们在性生活上,更是健康、浪漫。他对我十分照顾、关怀、体贴。在性爱方面,他有一"绝招",即"二次性交"。第一次,他狂风骤雨,非常疯狂,像杀人似的,只追求快乐原则,只图一时之快,短时间内他就射精。他说,这纯粹是为了满足他的"私欲"。之后,才开始第二次更绵长、温存的性交,这回是以太太为中心,注重过程,春风化雨,丝丝入扣,飘飘欲仙。他带着我飞翔,我情不自禁,我们融成一体……他说,这才是"情欲",是为了爱,为了一种真正的高潮。

感谢老天,终于赐予我一个真正的丈夫。他自信、风趣、开朗,更懂女人心。他做男人顶天立地,更懂得无微不至地关心女人,是绅士,更是情人。我这么表扬自己丈夫也许有点儿肉麻、无耻,但我是由衷的,真的是无限庆幸。我讲出自己的婚姻内幕,不是为了满足倾诉欲,而是借此告诉所有未婚的女子,选择丈夫的时候,在讲究对方人品、性格、事业、家境等条件的同时,一定得用慧心去了解,判断对方的"性"能、性喜好。这有点儿难,但多一个心眼绝对没错,如果有了婚前性行为,更要把它当做一种考试。毕竟,你要与他同床一辈子,如果有缘的话。

对于李玉女士口述中的三个男人的"性",从专业的角度,可以做以下分析。

"丈夫"是世界上最困难的"职业"

a 性心理专家认为，一个成年男子喜欢对异性进行肛交的话，在他青春期可能有恋童倾向，甚至与同伴有过这种性游戏。这与同性恋无关。李玉第一任丈夫辩称自己是受外来黄色VCD影响，以及上大学时与女友的性爱方式的惯性作用，所以就有了这种"不良"的毛病。应该说，这也是可能的。更有专家认为，肛交之所以在一些男人中有市场，可能是缘于对这种体位的原始喜好，因为人类的最初性交方式，就是"后进式"。至于选择肛门而不选择阴道，先是阴差阳错，后是片面追求一种新鲜的刺激，迷信一种所谓的"紧"。总之，这是一种反常的性交方式，虽不能夸大为变态，但不是太健康。

b 李女士的第二任丈夫，有恋物癖倾向，但不是很严重，因为他还有正常的性生活，只不过附带要求妻子穿丝袜、高跟鞋，是完全的恋物癖者，是以获得或欣赏某些物品作为引起性兴奋的唯一方式，并由此感到性心理满足，至于这些物品属于什么人则无关紧要。由此可以肯定的一点是，这位先生第一次性冲动或启蒙，一定与丝袜、高跟鞋有关。

c 李女士现在的丈夫，显然是性爱高手，他很清楚男女性心理的差异，以及自己该怎么做可以双赢，可以共同快乐。他的"二次性交法"是较为理想的模式，既满足了自己，又解决了男女性生活中出现的"时间差"等老问题。

5. 没有看过A片的，请举手

李生口述　罗西整理

我太太是看琼瑶的小说长大的，而我是看武侠小说成长起来的。特别在情感教育方面，我与她可以说是泾渭分明的。比如，她喜欢梁家辉版的病态皇帝——酷爱诗词，贵体欠安，常在侍女扶持下，在海棠边咳半口血……那种唯美的、言情的氛围，是她向往的；亭榭楼台，玉坠曲径，都是她幻想中的爱情片段……

大学毕业两年后我和她结婚了。她是一个讲原则的人，所以婚前我们

只有深如拥抱、浅至湿吻的分寸。我尊重她，也不好越雷池一步，谁叫我高攀了她这朵鲜花？

新婚之夜，她完璧归"我"，非常尽兴，也心满意足。她婚前的坚守与雪藏，让我赢得了新郎最得意的所有的荣耀，这很值得，我暗自庆幸。当她在我怀里，带点梦幻的口气问我："现在是何年？天上还是人间？"我故意不跟她"言情"，不解风情地回答："哦，凌晨三点了。睡吧，我手臂有点儿酸麻了！"当时，她固执地枕着我的手臂，她觉得那很美，虽然不一定舒服。

不到半个月工夫，蜜月还没完，我耐不住了，用太太的话说，就是"露出了狼子野心的本色"。在床上，我开始实施我学的"花招"时，冰清玉洁的她不乐意了。她说我变得匪夷所思的"下流"、"粗鄙"。当时她用了天底下最难听的贬义词非难我，因为我不再"老实办事"，而是追求一些让她反胃的花招。她一方面大开眼界，另一方面为我的满肚子"男盗女娼"感到不安、愤怒，有一种说不出的羞辱。

对此，我先是求饶，希望她有海纳百川的胸襟，开放一些；后是引诱她学习居里夫人的"实验性"，尝试一些新鲜的西式的舶来品，可以增加情趣……她都嗤之以鼻，全盘否定。那些日子，我们白天还好，一到晚上就鸡犬不宁，斗嘴、摩擦、争执。她说，自己一度怀疑误进了"狼"窝，怎么找了一个灵魂如此肮脏的男人？

我也觉得委屈，并搬出许多光盘来证明我是正常的、大众化的，坦承我以及更多男孩是看着A片长大的，如果说中国也有"性教育"的话，那些地下流通的黄色盗版光盘就是我们的"启蒙老师"，名正言顺地，我们会照搬那里边的东西，来取悦妻子或者要求太太，就好像她们女生会迷信琼瑶的不食人间烟火的爱情一样，我们也坚信光盘中的男女就是夫妻床上的样板，没有什么可耻与下流，男人需要这些，因为爱是要"做"的，而不仅仅是"言"的。经我一番灌输，太太似懂非懂。之前，我与她讨论什么是"风骚"，她至多认为"风骚"只是坐在丈夫怀里吃冰淇淋，我大笑，然后说出自己的定义，她几乎傻眼，想不到，我对"风骚"的定义远比她的豪放、尖端！

"丈夫"是世界上最困难的"职业"

因为太太在外贸公司上班，所以借机申请带一些企业到欧洲"办展"。她最喜欢巴黎的风情，露天咖啡馆里，一个人要一杯香浓咖啡，明净的风，惬意清爽，让她重新找回了学院爱情的感觉。她第一天坐地铁，有些迷路，一位绅士走了过来，非常友好地告诉她："我与你同路！"当他"送"太太抵达目的地后，已经走远的他突然转身叫她："等一等，我有话对你说。"当太太停下脚步等他靠近时，他躬身虔诚地温柔地吻了她的手背："谢谢你，你是我心目中最完美的中国瓷娃娃！"受宠若惊的太太，回家后向我复述这个"艳遇"，我吃醋。她安抚我说，她只浅浅地一笑致意，她是中国特色的淑女，所以很优雅、自制，没有为我丢脸。

我仍然有些不舒服，便皮笑肉不笑地发挥说："我说过了，男人都是食肉动物，那个花心法国佬只顺路送你一程就要了一个吻，而我是你亲爱的丈夫，为你做了那么多，你怎么总是那么苛刻小气？"食肉动物？这对她而言是一个新名词。"那我呢？"太太迷惑地问。我递给她一个削好的苹果，说："你当然是食草动物了，我们的性爱观存在剪刀叉！"

这确实是个问题！经过我这么提醒，太太第一次正视这一切，过去她只是一味地排斥、反感。她略有所思地说："也许我真的忽略了你的感受与心理？"她招认，在巴黎期间，她其实无意中在午夜电视里也看到了许多"色情的东西"，很多镜头就是我曾经要她配合做的，不知为什么，在美妙的音乐与高贵的白色床单的衬托下，她居然一点儿也不觉得恶心或不堪入目，原来性爱"也可以这么美的"。当夜，小别真的胜新婚，她在我的"催眠"下，试着自觉抛弃了一个自以为是的"愁怨"的念头，而把"快乐"的神经从沉睡中唤醒。我轻轻地在她耳边说："你不是宿命的羊，不光会吃草。你也可以扮成狼，吃肉……"是的，太太真的有太多的偏见，是读多了诗词，而忘了烤肉？

太太之前喜欢矫情地做"愁怨"的样子，就是说，每次与我做爱时，她总是自虐地把自己定位为"被逼"的角色，因为爱我，所以得答应我，好像真的被我欺侮似的，于是内心酝酿出一些忧伤来，再想象一些女性化的诗词来营造悲惨氛围，如"蚌的眼泪/使伤害它的沙子/化为内心的珍珠"。就这样，她莫名其妙地化身为一个楚楚可怜的自我形象来，自己不

快乐，作为丈夫的我也不知所措。

我告诉她，这是不健康的一种心态，与爱的人做彼此喜欢的事，那才是最美的，应该是快乐的。"也许美人多长痣，也许美女真的有些性洁癖？"我疑惑地俯下身子轻轻地问她，这一问倒开启了她的心扉。有时，问题是最好的启示，我这一问，让她看清了自己内心的琼瑶式情结，也了解到自己不曾觉察的性洁癖。后来我们一起去咨询心理医师，医生也进一步地指出太太的问题所在，她这才释然。有时，枷锁真的就是一句诗或一个故事，自己套上去后却不自知，还以为很美！当然，我也有责任，太冒进了，忘了先做绅士，后做"狼"，应该学习巴黎的那个绅士，先从手背的吻开始，毕竟太太不是铁石心肠，她也是有温度的女人，水做的，非常有可塑性。我先让三步，她就前进七步，于是，我们有了"七分"的成果。

从此，太太在我的调教下，渐渐告别了那个美丽的忧伤的"爱情公主"的角色，她也要做个快乐的"凡俗女人"。这样的感情这样的性爱，才是丰满的，雅俗共赏的：吃肉的时候，酌些小酒；吃草的时候，饮些甘露。

6. 性爱是穷人的美妙晚餐

小江口述　罗西整理

十八岁那一年，我中专毕业离开泉州这座古老的小城，来到厦门打工。在文凭也高消费的年代，最后我一降再降自我心理定位，成了一家面包屋的小妹。不过，这是一家连锁店，老板是台湾人。在所有的甜点中，我最喜欢蛋挞。有一天晚上，我在连锁店员工合租的集体宿舍里发呆、冥想，突然来了灵感，何不如给自己也取个好听的别名？我一下子想到了四个字"蛋挞西施"，进而兴奋地给正在打牌的姐妹们也想出了一连串的外号，包括"黑枣糕妹"，"雪里红美眉"，"奶油夫人"等，令我高兴的是，寂寞的她们都欣然地接受了。

"丈夫"是世界上最困难的"职业"

这件事不久就传到了连锁店的高层策划人那里，更令我做梦都想不到的是，一周后，那个唯美、开明的台湾老板作出一个大胆的决定：把每位女员工胸口的数字挂牌，全改为我给她们起的别称，就这样，我意外地拿到了一份红包，一千元人民币，以奖励我的"创意"。更美妙的是，我可以名正言顺地成为"蛋挞西施"。我的芳名因此在连锁店里远扬，经常有别的分店的小妹、小弟们特地到我柜台前来看我，我总是微笑相迎，很自豪。在来看我的人当中，我记住了一个男孩的名字，他叫韩宁，高高的个子，浓眉、偏瘦，他自报家门，是总店的一名面包师，专程来讨雅号的。

从此，我和韩宁相识相知。十八个月后，我坚定地嫁给了他，双方大人都非常满意。我们的洞房设在了集体宿舍里，那里原来是一个大仓库，后来改造成一格格的，我们的洞房就是其中的一格。所谓"隔墙"，都是三合板做的，隔音效果很差，但我们依然很满意，毕竟有了自己的窝。这是真正的初夜，我们在黑暗中摸索，两颗激奋相爱的心是最好的长明灯。我们小心地取悦对方，一段土墙上有一行用红色油漆写的标语隐隐闪现着，我看到"严禁用火"四个大字时，忍不住笑场，韩宁误以为我在取笑他的笨拙，结果更急了，在这种压抑又亢奋、好奇又不安的情境下，韩宁的表现，只能算是勉强及格，我感到痛，我想象中的自己插上了风的翅膀，飞翔在白云间的良辰美景最终没有实现。他很累，我在他重重的鼻息里渐渐地睁开眼睛，隔壁房间里有人轻轻地干咳，我欲言又止，只好干巴巴地抱着他的头沉沉睡去，在他轻微的鼾声中，我流下了两行热泪，感伤抑或幸福？我真的是讲不清楚。洞房花烛夜就这样简陋地一挥而就？我所有浪漫的憧憬就这样在"严禁用火"的四个大字照耀下瞬间湮灭？

我们真的很无知，居然连安全套也没有买。当我发现月经没有来，慌忙上医院堕胎时，他一直说："你受苦了！"我还能说什么，这样体贴、忠实的丈夫，我很知足。渐渐地，我们积累了更多的经验，都说爱是一种能力，夫妻的性爱，更需要学习。由于环境的原因，我们的性爱总觉得是在一块乌云下进行的，不尽兴，不痛快，有口却不能叫，有快感却喊不出来，有点像哑巴吃蜜糖。不过，也别有风味，总有"偷"的感觉，这是很多夫妻所没有的性爱品质，带点儿惊心，带点儿见缝插针的危机感，反而

更激发彼此的情欲。韩宁更有这种感觉,夜夜耕耘,乐此不疲。他说,性爱是穷人最美妙的晚餐,我们没有任何家具,连一台电视机都没有,那么晚上最好的娱乐,除了上天桥望月吹风外,当然就是"上床"了。简单的快乐,因为做爱,所以就成了幸福。

就这样,我们在免费的"格子房"里一住就是一年。我们几乎每天都在盘算,如何挣更多的钱,到外头去租一间四周都是用砖砌的房子,那样,我们就可以嬉戏,讲故事,说甜蜜的肉麻的话,甚至可以穿上睡衣走来走去,那一定是很风情的……后来,我在一位朋友的帮助下,跳槽到一家广告公司上班,工资一下子由每月的六百元涨至九百元。两个月后,我们终于和另外两对小夫妻合租了一套三房二厅一卫的公寓,月供二百多元。刚刚搬进去的那个晚上,我们两个人都兴奋得睡不着觉,平常我们更多地把收入分别寄给两边的老人,而很少用在改善我们自己的生活上,这回终于"翻身做主人"了,那种新鲜感,犹如新婚初夜,没有隔墙有耳的隐忧,没有闹中取静的考虑,随心所欲。在丈夫的倡导下,我们一致决定用"裸睡"来庆祝这种"进步"。

因为有了独立的窝,我们的性爱由原来的"偷"转为一种"巢"的感觉,自负盈亏、自给自足,有点儿自私、有点儿自我、有点儿与世隔绝的安全感,于是,我们给性爱注入了一种全新的色彩,这应该是粉红的,也是我丈夫最喜欢我穿的内衣色彩,这仿佛是我们彼此守住的一个天地的秘密,是内参。白天勤劳上班,晚上回来一起做个热气腾腾的晚餐,再边看电视(黑白的,旧货市场买的)边打情骂俏,像上不早朝、荒淫无度的唐玄宗与杨贵妃,情欲饱满、内心激荡。他的胡子不再是早晨刮,而是夜里我帮他剃;同样,我的眉白天从不画,只为了上床,他持镜为我服务,同时美美地看我化妆涂唇,犹如《聊斋》里的情节,妩媚至极,还带一种颓废的美。

美满的性爱,是最好的美容。我越来越有女人味。有一天,我去先生办公室找他,刚好见到了那个唯美的台湾老板,他不敢相信曾经的那个黄毛丫头,会变得如此丰盈,用他的话说,就是"你变得如此风致了"!我不知"风致"是什么意思,但仍然满心欢喜。第二天中午,他在所在的公

"丈夫"是世界上最困难的"职业"

司大楼的电梯里"巧遇"到我，再次赞美我，并明示对我的欣赏。刚开始，我没有一点儿提防之心，毕竟他曾是我的老板，更何况我丈夫现在仍是他部下。他邀约我去喝午茶，因为我和先生中午是不回去吃饭的，我便答应了。就在包厢里坐定后，我才发觉情况有点儿不对劲，他原先说还有一些客人，怎么一个影子也没见着。对于我的疑问，他眯着眼笑着说："这不更好？西施，多美的名字！"好久没有人再唤我"西施"了，除了我热爱的丈夫外，所以我一时还反应不过来，接下来我就觉得身上起了一层鸡皮，因为他的眼神变得非常缠绵。就在我不知如何应对这种局面时，他抓住了我的手，我触电般地紧急收回，说声："对不起，我很不舒服！"便转身离去。

晚上回到家里，我忍不住把中午的经历全说出来了。当下丈夫可谓怒发冲冠，准备夺门找老板算账，我死死地拉住他，要他冷静，毕竟那台湾老板也没有进一步做出越轨的事来，更何况，"你的饭碗还掌握在他手里呢！"丈夫一时怔住，两眼喷火，双手握拳，他在极力克制着自己……我们例行做爱，但没有任何前戏，丈夫没有冲澡就直接把我扛起来，有点解恨地把我"扔"到床上去，然后是疯狂地扑上来。这是史无前例的，以往他是很温柔的，带着一颗探究的心，言行举止里透着一种平等的商量气息，而这回，他纯粹是为了征服，并且重复地骂着一句话："妈的，他不就仗着有几个臭钱！"我起初只是发呆，任其"非礼"，因为他那气势不容你拒绝，渐渐地我被这种全新的雄性霸气给镇住了，迷糊了，然后是一种说不清的快感传遍全身，淋漓尽致，仿佛自己已化成水，漫成湖，莲花绽放，顾影而飘飘欲仙……

这个事件就这样慢慢地平息了。不久，韩宁也跳槽到一家大超市上班。但他还是时不时地拿这件"事"说话。特别是在做爱前，他喜欢问我："西施，你后悔嫁给我这个穷光蛋吗？"我有时很烦，便故意挑衅地说："是的，我讨厌你！"这时，丈夫往往会"发愤"。头几回，我很害怕，因为他动作很粗鲁，慢慢地我倒喜欢他受"刺激"后的"发狠"，很有男人味和战斗性。后来，过夫妻性生活时，我还特地用激将法让他"雄起"。一名普通的打工仔，一般自尊心都特别强，我的激将法，一方面挑起他更

旺盛的情欲；另一方面则推动他、促进他更努力地工作，或者更卖命地挣钱。可贵的是，我们走出"贫贱夫妻百事哀"的宿命怪圈，而是更阳光地生活着，并享受着爱情的快乐，性爱的欢愉。我喜欢丈夫"发愤"的脸，汗津津的，满眼是火焰。那一刻，他只想让我燃烧，而且他真的让我熊熊地烧起来。性爱里，不仅是温柔地哄，轻声地讨好，还有一种方式叫"激励"，这种别人也许很少用的招数，让我们都变得滚烫异常。

随后，我们的居住条件又再上一层楼。我们花了近十四万人民币买了一套二手房，两房一厅一卫，其中八万是从银行贷款的。我们有了真正属于我们的爱情房子，我已二十七岁了，该生个宝宝了，有了这房子，一切就好办了。近来，我们的性爱主题，很自然地调整为"孕育"，一切仿佛又变得神圣起来，同时，内心充满希望，柔情似水，双眸生辉。这时，我们做爱的节奏及氛围也自然而然地发生了变化，"和谐"成为我们追求的新境界，这一切的改变，我照单全收，因为我和韩宁深深相爱着，我们同甘共苦一路携手同行。有爱情打先锋，不管什么样的性爱方式或风格，我都深感满足，因为爱，让"性"升华为"幸"福。

7. 性爱里的权力春药

张光阳口述　罗西整理

我与先生是一对冤家。高中三年里，我们是同班同学，他是班长，我是团支书，但往往都爱出风头，争权夺利，经常"大打出手"，谁也说服不了对方。其实，我们又互相欣赏对方，种种"碰撞"反而给紧张的高中生活平添了许多情趣。后来，我们"各奔西东"，上不同的大学。奇妙的是，分别四年后又回到自己的城市，并且组成了这个"双峰峥嵘"的家庭。他绝对不是"妻管严"，我也不是省油的灯，经常为抢电视遥控器而闹成一团，谁叫他是三代单传的娇贵"公子"，家人都一向让着他，所以他那好胜的脾气是一个顽症，我这一辈子看来是无法治愈他的顽症了。我们难得在某些方面达成共识，如都爱看足球比赛，可支持的队伍又各不相

"丈夫"是世界上最困难的"职业"

同，喜欢的球星更是格格不入。辩论是我们的家常菜，如果什么时候家里很平静，那一定是我们两个人都在刷牙。

不过，应该承认我们都很风趣，凡事都能乐观对待。至于性爱方面，同样充斥着权力纷争的阴云，不是东风压倒西风，就是西风压倒东风，龙凤争霸，外人是看不到我们室内剧的热闹与精彩的。我喜欢孩子，希望怀孕，而他则更热爱两人世界，所以避孕措施做得滴水不漏，有点儿像"九·一一"恐怖事件过后美国的机场安检工作，草木皆兵。他说男人也有生育权，我则强调了"宫"是自己的。后来经过一番不太光彩的作弊，我终于成功怀孕，因为这件事，他与我吵了三天三夜，冷战了半个月。后来眼看生米煮成熟饭了，他也只好乐观其成，毕竟他也要"后果自负"。这之后，在性爱方面，他更爱表现出一种强权蛮横的姿态，对此，我也不甘示弱，在小小的双人床上，与他展开了一场场惊心动魄的性爱权力争夺游戏，各有输赢，难决雌雄。

每每我浴后洒上香水，或衣装不整地从他面前经过时，他就会跷着二郎腿，故作正经地警告说："不要勾引我，小姐！"或说："拜托你，不要再乱我心，我可是个意志薄弱者！"多情却被无情恼，但我嘴硬，便没好气地回一句："癞蛤蟆想吃天鹅肉，一点儿门也没有！"或者干脆地说："自作多情，太小看老娘了吧！"总之都想倚老卖老，都想做"至尊"。不过，最后一般都是他出面"解决"问题，这时，我就可以适当地做个冷美人，故作不耐烦地阿Q一下："看你也挺饿的，好吧，可怜的人，来吧！"嘴硬，心软，这是我们的共性。应该承认，这种游戏，很有意思，我有不少闺中女友，都埋怨夫妻做爱，如同嚼蜡，每每这个时候，我内心就会涌出一种温暖的幸福感，我们的性爱充满新鲜奶香。

每每夜晚来临的时候，我总会有所期待。我喜欢调情，当他在我面前想要并发狂的时候，我会非常陶醉。每次我都有"胜利"的喜悦与满足。而他呢？也是踌躇满志，神采飞扬，仿佛征服了珠穆朗玛峰，有时他也这么叫我"珠峰"，英雄难过此"峰"，因为我看起来比他高（事实上他比我高），所以，"登顶"在他看来，就是怎么把我悬空抱起来。每次他扛起我放在肩上转圈，我都会咯咯地笑，并喊"救命"，这时他特别开心，直

至把我弄得筋疲力尽"求饶"为止。有一次,我生气了,故作"气绝"晕过去,他慌乱地做人工呼吸颤声地唤我名时,我再也控制不住,"恢复"自主呼吸之前就忍不住放声大笑,他被耍弄的时候,最可爱,我喜欢捉弄他。

不过,我在做白日梦时,又常常把他幻想成江湖大盗,而我是被他劫持走的良家妇女,被迫成为他的"压寨夫人",这种绮思很美妙,真的,我也不知道为什么。然后把这种想法告诉他,他会很兴奋。当然我们做得最多的游戏是互相搔痒,他比我还敏感,我的手指刚刚放在唇际"呵气"时,他已吓得笑着躲到床头柜那边去了……

在我的"情色日记"里,最令我难忘的三次高潮分别是——

a 那是一个风雨交加、雷鸣电闪的午夜,我天生怕雷雨,便慌慌张张地从书房跑到卧室,一头扑到他怀里。他"英雄救美"的情结一下子被激发,温柔地为我捂住双耳,轻轻地抚摩我的头发,像是给一只受惊的小鹿以充分的安全感。然后,他情不自禁,居高临下地给我一种隆重的恩宠,那一夜,我彻底降服于他的怀里……

b 另一次是我三十岁生日那天,早上因为公司开会,下午又有一个商务谈判,他忙昏了头,竟忘了为我买生日蛋糕和鲜花。当深夜十二点多他匆匆开门进来时,我发现他双手空空,当即就翻脸不认人了。当他醒悟过来时,一切都太迟了。我一言不发地坐在那把藤椅上,像个母系时代的女王,胸口起伏着,两眼喷火!这时他认错,讨好,最后跪下来按摩我的双脚,不怕"脏"、不拍累、忠心耿耿、悔恨不已的样子,令人心疼,我终于低下高贵的头,靠在他满是汗水的肩膀上,并"赐予"他为我宽衣解带的待遇……他仿佛神助似的一下子又活跃起来,一种复仇般的狂野进攻,令我终生难忘。由女王到做他的俘虏,两种不同的角色转换,让我产生一种升天入地的快慰。

c 还有一次是在儿子满月之后的那天晚上,我满怀喜悦地给小家伙喂奶,丈夫眼巴巴地无限羡慕地带点醋意地不断吞着口水,我看到他的喉结运动的样子,禁不住好笑,他则撒娇地说了一句:"饱汉不知饿汉饥!"他就有这种能力,一句话就可以逗乐你。终于把儿子喂饱哄睡,丈夫迫不

"丈夫"是世界上最困难的"职业"

及待地靠了过来，握拳，顽皮地在我们儿子头上虚晃了几下，这才嬉皮笑脸地说："终于出了一口恶气！"孩子气十足，仿佛在与儿子竞争"上岗"。我的母性无端地扩大化，慈爱地把他纳入怀里，他贪婪地呼吸着，这一夜我主宰着一切，我成了强权的象征。他那么听话，温顺得像一头断乳的小牛。我们再一次 high 到最高点……

以上是罗西主持一条心理热线时，一位热心读者打来的电话，她讲述了与丈夫的生活"性"趣。她最后有点儿不安地问，这种性生活里交替出现的双方权力之争，是否正常，要不要纠正点儿什么？对此，我明确地告诉对方，这很正常，因为性爱的另一个名字就叫"权力"。

权力的追求，是情色因素中的一种，也就是这位女士与她丈夫所谓的不间断的"争霸战"，输赢不是最终结果，图的是这一过程中的快乐。有些人可能这方面表现更极端，如用领带将太太双手反绑，当他看着爱人无法反抗，并随着自己的爱抚呻吟不止，往往会让他兴奋异常。在性行为上，喜欢以较为"蛮横"的方式进行的人，一般是有着强烈的权力需求。通过一些手段（包括言语）来感受在性行为中的掌控权，从而觉得自己很有能力，满足一己的权力需求。必须注意的是，有些时候，权力的需求也可能是被动的，如上述这位女士做白日梦时，幻想丈夫是强盗，她则是被强盗抢走的民女……这样，她可以把责任的归属合理化了，认为这种情况不是自己可以控制的，所以无须负起责任（我是被迫的，所以不能怪我）。

一些激进的女权组织认为女人"调情"及营造"女人味"是女人屈服于男权文化的表现，是为了取悦吸引男人。事实上，女人味是一种"计谋"，是用来征服男人的，并得到她想要的东西。也许它的表现方式有点儿"示弱"，但她最终是为了控制男人，她了解男人对性爱的需求，就"设计"出女人的"温柔一刀"来夺取男人的权力。更何况，许多男性平时因顾及男性尊严喜欢在床上掌控一切，偶尔也有一种"享受给予对方权力"的需要，就像上述那位女士在给孩子喂奶后"顺便"主动"喂"一下她那个撒娇的丈夫。男人主动多了，偶尔也愿意变成被动的一方，换换感觉，倍感新奇。总而言之，即使是两情相悦，仍然会有一方主控，一方

被动。想控制对方的那个，可以在主控的过程中展现自己的权力，更可以借此表现自己对爱人着迷到无药可治的地步；反之，受控的一方，则可以顺从的行为，表现自己无法抗拒对方的权力及控制，也满足对方的"权力"需求。征服与被征服，都是一种快乐的游戏，所以双方喜欢交替变换角色，你争我夺，妙趣横生。

一对夫妻的性爱"夺权"中，女方一般喜欢从下面几点来表现其主动地位与大权在握的快感：吹枕边风，发号施令；男方射精后的应激期有点儿"疲软"，她可以趁机慰劳他；做爱过程中采用拖延战术，小小地挣扎几下，吊吊胃口；充满怜悯地享受"他想要我的感觉"；恋爱时约会迟到；适当不讲理，这是女性的特权，不用白不用……而男方的"权势"表现为：兴奋到极点时会"骂人"，讲"粗话"、"脏话"等；享受爱人叫床；高潮后点根烟，耍大爷气派；为她擦汗又梳理乱发；为她宽衣解带……

不过很多时候，双方会有体位之争、主动与被动之分、体力抗衡、心理战术应用等，可以猫戏老鼠，也可以老鼠耍猫。

夫妇双方都必须要做的两件事是：不吝赞美，发奋陶醉，即互相吹捧，携手"羽化成仙"。当然，权力争夺中，都要避免走进一个误区，即性惩罚，这是性爱大忌。

8. 浴缸里那个犯晕的少妇

宁凝 口述　罗西 整理/点评

我先生谢新学的是计算机软件设计，而我是大学中文系的老师，我们在专业上几乎没有共同语言。他喜欢下棋，而我对棋牌类游戏，一窍不通。我更喜欢跳舞。恋爱时，他会舍命陪君子去舞厅看我成为全场的"娇"点，而婚后他就没有这种风度了，追我太累了，结婚对他而言是修成正果，该是把脚放得比头还高的地方好好享受的时候了。

我们是结婚后才正式有了性关系的。恋爱时，他对我是敬畏的，不敢

"丈夫"是世界上最困难的"职业"

轻易动手动脚。他觉得是"高攀"了我，所以一味地迁就我。其实，很多时候，我也希望他能紧紧地搂抱我，或者有更进一步的"探险"，但他不敢，浅尝辄止，从未越雷池一步。有时，我真恨他，那么粗犷的一个人，怎在我面前就变得那么听话呢？他误判了我的矫情，实际上我更喜欢他的本色，自信一点儿，霸道一点儿，而他不敢。恋爱本是两人间一种零距离的接触，或起码应保持一种"心跳的距离"，但他太"尊重"我，害得我患有严重的"恋爱皮肤饥饿症"。每次约会回来，他总是风雨无阻地送我到我家楼下，然后礼仪性地吻别。我真的是恨铁不成钢，他怎么就无法"读"出我两眼中的愁怨呢？他吻得太肤浅、太小心了！

那是些春风吹拂而没有雨的日子。他打动了我的芳心，却不敢抚摸我的心。从那时起，我学会了自慰。每天晚上约会后回到家，我就放一浴缸的温泉，滴一些香精，完全放肆地把自己泡在温热的泉水里，再把谢新送的玫瑰花一朵一朵地撕碎，让花瓣漂浮在我身体的四周⋯⋯滚烫滑润的温泉撩动我的心弦，挑逗我的寂寞，浸泡我的绮思⋯⋯我很渴，呼吸加快，两颊绯红，好像是"晕汤"，又好像是一种高潮症状，有飞翔的感觉，但又有沉入海底的迷茫，忘我，但又逃脱不了肉欲的快感⋯⋯一个人浅笑，一个闭目遐想，一个人抚摸粉臂、耳垂⋯⋯直至脚尖，宝贝着自己的每一寸肌肤，喃喃自语，或者叹息，我是浴缸里的小妖，自梳、抒情，直到筋疲力尽，无力、慵懒，然后赤足走到床前，倒杯红酒，轻啜，扪心自问："我醉了？我怎么了？"

谢新几乎每夜都会带我去娱乐场所玩。临睡前，我会重复与水同欢的缠绵，整个浴缸里洋溢着一种芳香欲望，温泉很烫，我更热。这种自慰的日子过了一年多之后，我和谢新正式登记结婚。洞房花烛夜，压抑多年的谢新终于"恶狠狠地"出了一口气。他非常尽力，也尽兴，我喜欢被爱的人踩蹦的感觉，我是他胜利的果实，来之不易，他如饥似渴地品尝。同样，我也是带着期望与好奇被丈夫抱上新婚大床的，我是货真价实的处女身，他非常满意，仿佛是一种荣耀，犹如获得诺贝尔奖。

蜜月期过后（大约三个月），彼此新鲜感没有了，我会顽皮地睁开眼睛看他"狰狞"、贪婪的脸，对此，他很不好意思，觉得我不入戏，只让

他唱独角戏。可是，这也不能怪我，因为他总是用那千篇一律的几个动作系列，我觉得那更像一种体操了，单调、无趣。他经常是一步到位，一声不吭，埋头苦干，只让他的身体"忙"着，而从不腾出一只手好好地感知我的体温、我的湿度、我的心跳，以及我充满渴望的肌肤。他根本不了解女人的需求，他错误地认为温柔的事已在婚前做过做足了，其实那时他的温柔根本就没有落到实处。婚后在他看来，只要他做爱次数与时间够多够长就足以证明他有多么需要我和有多么的爱我，而不知道或根本就不想知道我需要什么样的爱抚，征服我身心的决不是他单纯的力量，关键在于他找到过我的爱情穴位了吗？我开始回味婚前在浴缸里的种种华丽想象，那种亲水的欲望，又莫名地跃上心头。

我有点儿哭笑不得，同样是半个钟头的时间，丈夫的"努力"已失去了作用，因为对我而言如同隔靴搔痒。曾经多么渴望"男友"零距离的搂抱，可男友成了"丈夫"后，这样的零距离居然也失去了它的杀伤力，因为他只重视进攻，而不懂我需要进攻的"靶心"在哪里，我的性爱"七寸"在何处。偏离了靶心与七寸，他的一切"作业"就成了一种没有灵魂的机械操作。于是，我失望之余，重拾起那根一度收起来的自慰羽毛，在他沉沉睡去时，我借一缸的温泉，与自己身体对话，互相怜惜，共享高潮。

有一天晚上，我情不自禁在温泉里闭目呻吟起来，当丈夫皱着眉头一脸尴尬与惭愧地站在我面前时，我居然一无所知。丈夫仿佛是被我扇了一记耳光似的，不知如何是好。当我擦干身体回到床上时，他突然按亮床头灯，阴冷地问我："你是什么意思？难道我不能满足你？"我一时不明白他的意思，当他毫无保留地描绘出我在浴缸里自慰的种种"丑态"时，我恼羞成怒，出手就给了他一记耳光，他没有回手，只是复仇似的骑在我身上，泄恨般地强行侵入我的身体，我行尸走肉地任其"左右"，没有喘息，更没有泪水。我越冷，他越卖命，最后，他输了，点了根烟抽着，一言不发。我再次回到浴缸里，水懂我的心……

现在，我对浴缸里的温泉产生了一种依赖心理。丈夫的性，对我而言，至多只是一种义务和热身；回到浴缸里，水透过肌肤，渗入我的心

"丈夫"是世界上最困难的"职业"

灵,并润湿我心灵里最柔软的那片风景。平心而论,丈夫对我不坏,只是他的做爱方式,太粗糙,没有品质可言。庆幸的是,他从我身上能找到快感、高潮与满足,而我却渐渐迟钝。对他,我真担心最后自己会对他冷感,因为从某种意义上说,"泡澡"和"与丈夫做爱",我更习惯于前者。这是不是一种病?我该怎么办?

点评

手淫无罪,但绝不是完美的性方式。它的出现,一定是正常的性爱有所欠缺,是后者的一种补偿与替代。特别是"婚内手淫",只能说明夫妻性爱出现了不和谐或其他问题。手淫之所以会让某些人上瘾,是因为它更"自我"、更有的放矢,绝对是按自己喜好的方式去满足当事人。所以,良好、坦诚的夫妻沟通就显得尤为重要。彼此了解各自独特的性需求,互相满足,共同享受鱼水之欢。作为男主角,应该主动去关怀女方的身心需求,因为只有她的积极"性"调动起来,才有真正鸟语花香的性生活。

另外,女性做爱时,往往更具想象力,也更依赖于想象,如何引导她的想象力,如何带动她紧密地围绕自己而陶醉发晕,这是一个好男人必备的性爱才华。否则,就有可能把太太的心思迷失到墙外去绽放,那是一种情怀浪费,又何尝不是丈夫的一种失职?

其实,分析浴缸里温泉的"品质",就可以了解到,这位女士的先生起码没有做到以下几点:恰到好处的温度、细致入微的抚慰、撩人的波光、迷离的水雾;听话、温柔、无孔不入,促进血液循环……做爱真的不是简单的男性情欲发泄,还要发现心爱的女人的情欲脉络情调秘图,战斗力很重要,但还要看双方是否合拍,并具备一颗分享的心。

9. "无耻"的爱

王丽春口述　罗西整理

我和丈夫阿龙结婚十二年了,应该说我们很恩爱,我们夫妻也一直为

亲朋所称道。我俩都是本分的上班族,美中不足的是生活中没有故事,包括长夜里的枕边,我和阿龙如同闹钟里的秒针与分针,各自忙碌着,偶尔重叠着,也只是瞬间、单调、机械的,年复一年。小说里常写的"一夜无语",像是我们的真实写照。天亮的时候,我们各奔东西,等夜晚再次降临时,双双完璧归"家",平庸的情感令我头发干枯,双目无神。

中年夫妻之间,到最后往往只剩下亲情,这似乎是大家的共识,如果再有恩情,那就是锦上添花的奢侈了。假如按这种"标准"来评估我们的婚姻,我们真的应该谢天谢地了。显然,我和阿龙都不是很满足。有一天晚上,中央台电影频道里正播放美国电影《廊桥遗梦》,是有关中年人"情感出轨"的故事。我便"正色"地问先生:"要不要看?"我们平常说话,都是这样的,不是少主语就是缺宾语,没头没尾的。丈夫没有说话,上完厕所,很快就坐在我身边,各自看了下去……问题是,我们同坐一张长沙发,孩子也住校不在家,可以说都"清场"了,而且看的电影是比较"情色的",但是,我们之间从头到尾保持着男女授受不亲的距离,中间刚好可以再坐一个人。"这一个人",本应该是"流氓"的他或是"暧昧"的我,但我们都正派得近乎无情,甚至没有言语调侃,只是上床前,丈夫心照不宣地习惯成自然地帮我放了一盆热水供我用来刷牙、洗脸……

躺在床上,我突然觉得,这不对劲,这种貌似纯洁、清高的关系,是冰冷的,缺乏一种肉欲的气息和感染力。我们是夫妻,不是同志。于是,不甘心的我,突然心血来潮地想与他做个游戏,这是史无前例的,所以丈夫的好奇心也被调动起来,题目是,假如有一天我失踪了,警察请丈夫来做笔录。警察问阿龙:"你太太的五官有什么特征?穿什么衣服?发型呢?带什么包……"我要求阿龙闭目回答,结果这么简单的问题,丈夫居然抓耳挠腮,老半天说不出准确答案,甚至搞不清楚我是双眼皮还是单眼皮……最后我评价说:"你心中无我!"丈夫有些尴尬,他狡辩:"可能只是熟视无睹!"但可以看出,这一题目对他触动很大,原来我们的爱情树太空洞了,没有细致的纹路,更不用说有什么别致的花纹。各忙各的,也许心朝一处使,但很少面对着"相看两不厌"。

从本质上说,我是喜欢爱的花样的。这种夫妻关系,更像经济共同

"丈夫"是世界上最困难的"职业"

体,而缺乏靡靡之情!检讨一下自己,仿佛也不曾在丈夫面前认真地或尽情地撒过娇。记得张爱玲说过一句话,人人都骂坏女人,可是如果有机会扮演一下坏女人,其实每个人都会蠢蠢欲动。可谓一针见血!第二天早上,丈夫照例先起床为我准备早饭时,我发疯似的斗胆地紧抱他,喃喃说着:"不要,我不想吃早餐,我只要你!"现在回想起来,还真有些后怕,如果他不回应,或者笑我"无耻",那可真不好收场。那一刻,我带着浓重的鼻音,头发乱乱的,丈夫先是一愣,然后就惊喜地顺水推舟地倒下……那是一个觉醒、开窍的清晨,我相信朝阳是我们点燃的。破天荒地,那一早我们携手去"幸福城"里吃港式早茶,非常知足,非常过瘾。

下午回来,我先做好晚饭等他,丈夫居然有些害羞,我的心尖也颤了一下,各自心怀鬼胎,但那气氛非常"初恋",仿佛相识不久,情窦初开!在我准备起身盛饭时,丈夫已经一个箭步冲过来,在沙发上,我们拥吻,情不自禁,然后自嘲地会心一笑。丈夫虚心地贴着我耳朵问:"我们这样会不会太作秀,像演戏?"我推了他一把:"作秀又怎样?我喜欢!"是的,只要喜欢有什么不对?我们先前太正统太"干净"的婚姻生活,那才是不正常的。追求"亲情"、奢谈"恩情"只是一种无奈的选择。我渴望热烈的激情,如果演戏可以有高潮,我愿意这么演下去。其实,也不单纯是演戏,我们只是捕捉一种爱的光辉,然后把它发扬光大,更何况,"做爱"的英文"make love",直译为"制造爱"。

我在蜕变,丈夫也变得越来越"无耻"!一天,我因加班回家比较迟,取钥匙开门的时候,看到铁门上用透明胶贴着一朵干巴巴的玫瑰花,下面还有一张卡片:"太太,花为什么干了?"已经夜里十一点四十分了,想必他已睡了。我悄悄地打开鞋柜,发现里边又有一束鲜艳玫瑰,同样附有卡片:"亲爱的,因为一朵花也会孤单,所以干了!"哦,他自问自答第一个问题,想不到老公也有这花花心思,我一下子忘了疲劳,也活色生香起来。走进更衣室,正准备脱下生硬的套装,又见一朵玫瑰在衣架上,卡片上写:"宝贝,你不穿衣服更美,正如花。"这么肉麻的话会是从他口里说出来的?我有一种晕眩,转身去厨房,在冰箱上又贴有一朵玫瑰,上面写着:"夜深了,酸奶在冰箱里,老公在被窝里!"原来丈夫并不是木头,他

对我下班回家后会有哪些习惯动作都了如指掌：开门、脱鞋、更衣、喝饮料……每一个环节都有一句情色的提示。我的心就这样被他催化，浪漫的感觉全变成一个动词，也许它就是"作秀"，但我已奋不顾身，跟进了角色，知"耻"而后勇。我蹑手蹑脚地来到床头，弯下身子也贴着他耳朵说："谢谢!"说时迟，那时快，丈夫一下子就把我纳入怀里，我小有挣扎，这种感觉很美，但我终究不是他的对手，因为我是他的"小甜心"，他这么唤着，我真的就越变越甜、越来越软。睁开眼时，我总结说："无耻的爱，原来是可以这么美的!"丈夫坏坏地笑着。确实，如果"无耻"是个错，我们愿意错着过完下半辈子，因为两个找对了的人相爱，这一点错又算什么？

10. 其实性欲是可以锻炼的

罗西

王皓一进家门就往婴儿房跑："我们的小宝宝睡了？怎么嘴里还塞着奶嘴？"太太小雨没有理会，自个儿摆着扑克牌在"算命"。自从生了孩子后，她不是觉得忙碌起来，而是感到百无聊赖，做什么事都提不起劲儿来。孩子一哭，她就心烦意乱，对丈夫更是意见多多，横看竖看都不顺眼。过去，丈夫一回家，肯定是冲着自己来的，不是拥抱，就是亲一下，自从孩子满月后，丈夫的重心已转移到小宝宝身上去了，仿佛太太不复存在。这令小雨很难受，有严重的失落感，她一度总爱问丈夫："我生完孩子后，你还爱我吗？"丈夫总是心不在焉地应付："爱呀，你都问了一千遍了!"或皱着眉头教导说："你现在是个堂堂的母亲了，升级了！怎么还这么小儿科，整天爱呀爱的，真无聊!"碰了一鼻子灰后的小雨，渐渐便不再向丈夫求证，开始对自己胖了十多公斤的身体自怨自艾起来，整天坐在马桶上对着浴室里的那面大镜子发呆，甚至给小宝宝喂奶，也觉得是件"公差"——老公给她的差事！

坐月子时，是小雨的妈妈过来帮忙照顾自己与小宝宝的，所以那个月

"丈夫"是世界上最困难的"职业"

丈夫是单独睡在另一个房间里。可是,孩子满月后,母亲也回去了,丈夫仍不与自己"圆房"。屈指算来,自己守空房已有两个月了,仍然不见丈夫回到原先的卧室,这太奇怪了!刚结婚那阵子,先生几乎每个晚上都要做"功课",有时甚至还超额完成任务。当时,他还自我调侃"不要命",可今非昔比,他现在心里只有孩子,而忘了还有一个活生生的太太。小雨心里焦急、愤懑、不安、挣扎,但又不好意思明说,只好通过发无明火或冷漠地吃着各种零食,来摆脱困境或对丈夫抗议。她后悔自己当初要自然分娩,如果剖宫产,就不会出现阴道松弛,也许丈夫在嫌弃自己,身体变形了,不再鲜嫩了,他的心已插上翅膀了?

小雨整天就想着这些问题,自责、后悔、怨恨,小雨渐渐失眠了。而后是全身出现无名痛,丈夫买的补品、鱼肉,对她而言,一点儿胃口也没有,没有食欲,更没有性欲。她情绪反常,像四月的天。显然,小雨已患了"产后抑郁症"。半夜里,她会突然开灯,坐起来,抚着腹部的妊娠纹,喃喃自语,最后拒绝给小宝宝喂奶。这一切,王皓并不太在意,以为请了个保姆,就可减轻太太的负担,加上自己近来公司里的业务很忙,便很少关注太太的内心波涛。终于,有一天中午出事了,小保姆抱着小宝宝出去晒太阳,大约半小时后,小孩尿裤子了,她急忙上楼,给小宝找纸尿裤。这时,她发现小雨脸色惨白地倚靠在沙发里,手腕上有鲜血不断地往下滴……小保姆吓得惊叫起来,慌忙去找邻居帮忙并打电话给王皓……还好抢救及时,小雨的命保住了。王皓仿佛大梦初醒,这才发觉自己已把太太"冷处理"太久了,悔不该只忙着"外务",而很少关心太太这一段时间里的心理问题。医生建议王皓带太太去看心理医生。很快,他们来到心理治疗中心,诊断结果是,小雨患上了产后抑郁症。

抑郁症是心理障碍中最常见的一种,所以有人称其为"心理感冒"。这是因遭受某种打击或境遇发生变化而引发的一种心理疾患,其症状表现为孤僻、不愉快、忧虑、悲伤、失望,情绪低落、精神不振,严重的有自残自杀倾向。日常生活中,可能表现为目光呆滞,没有欲望,对任何事都提不起兴趣……

通过与他们夫妻交谈,心理医生发现,王皓也有一种心理障碍:自从

　　太太怀孕后,他听从了妇产科医生的盼咐,头三个月与最后三个月,都没有与太太有过性接触,在这些非常时期,性欲旺盛的王皓只好借助自己的手"逗自己开心",这种性DIY,慢慢地他居然适应了,而且自得其乐。特别是小宝宝出生后,这个对母亲十分孝顺的男人,总觉得小雨不再是"夫人",而是一个"妈妈",很神圣,如果"碰"她,总有负罪感。其实,几次半夜他想去叩太太卧室的门重温旧梦,可最后都打了退堂鼓。他自己也觉得这念头怪异,可就是克服不了,就这样太太出月至今三个多月里,他还没勇气去与太太坦诚自己的心路历程,更无法了解妻子内心的苦痛。

　　在心理医生的辅导下,他们终于互诉心曲,并且有了共识。这种"支持疗法",很有效果,他们随后就同床而眠。小宝宝睡婴儿房,由保姆照看,夫妻俩又回到从前。至于性爱的满意度是否已回升到原来的水平,这还需一段时间的调适。对小雨而言,她必须重建信心,自信心增强后,对治愈抑郁症可起到关键作用。当然,这得由丈夫王皓来帮助,告诉对方胖一点儿没关系,反而更性感,至于生孩子后身体的微妙变化,并无大碍,关键是生产后的太太更有女人味了。王皓其实是个很会疼太太的人,通过心理医生的一番调教,他的关怀与体贴更有的放矢,也更暖人心。当然,言语相对于行动而言,就显得惨白无力,所以王皓自身必须克服心理障碍,用行动抚慰太太受伤的心灵,而他当务之急是,恢复对太太的性爱工程,心理医生给他开的药方是:先与太太同床,不要把小宝宝带进他们的婚床,以免分心;不要再手淫了,多陪太太去婚前最常去的地方,温故而知新;延续婚前一些情调之事,如一起沐浴、送花、发肉麻短信等,重拾恋爱时的感觉;领略太太性感细节,强化其"情人"角色……

　　当然,作为太太的小雨也需与丈夫同步配合,形成共同提高、互动双赢的局面。应该承认,女性在哺乳期时的性欲是大大减弱的,有的甚至没有,但是,为了夫妻感情不断档,作为妻子的小雨,应体谅丈夫的心情与生理需求,不要让孩子占据她的全部思想;经常进行性幻想,以保持自己的性兴奋水平;在没有性要求的时候,争取用"手工"等其他方式让丈夫感到一些满足。性欲是可以锻炼的,对于女方尤其是如此,用"不性交"

"丈夫"是世界上最困难的"职业"

来对待男女之间的性差异，是消极的，而且会产生许多负面影响，所以要尝试着和丈夫做爱，通过身心合一的交流，以激发自己的情欲。甚至偶尔还可以假装性高潮，这有利于双方的性满足，当然对于长期假装还是应该慎重对待。

总之，有了孩子后，夫妻间更需要用性生活来表达爱的情绪，也许女方很多时候会表现得很矛盾——既想又不要，"想"只是希望丈夫重视自己，对自己有性吸引力；"不要"则是生理需求缺乏热情，总觉得很麻烦。在这非常时候，一个英明的丈夫，要有耐心，善于挑起太太的情欲，并鼓励太太大胆表露亲昵。心理学家研究发现，愿意表现亲昵行为的女性，达到性高潮的速度比其他女性要快两倍多。

现在，小雨的产后抑郁症状已基本消除，又恢复原先鲜活、乐观的个性，步伐变得轻盈有弹性。通过这一场婚姻危机的化解，她认识到这么一个道理：性爱不仅是夫妻双方的一种身心需求，其实也是一服良药，可解毒消痛，增强彼此的信任，促进情感的升温。

11. 温柔的暴力

雪红口述　罗西整理/点评

结婚后，我才发现丈夫外表老实，其实内心狂野。这就是人们所说的"闷骚"吧！他貌不惊人，很斯文，结婚时，同事都笑我找了一个"弱男"，殊不知，他一点儿也不弱，而且性方面特别旺盛。婚后，他几乎每天都要两次，他似乎有用不完的精力与激情。有时，中午回家，就是为了"再来一次"。

我们是结婚之后才正式发生性关系的。起初我有点儿受不了，还担心这种"放纵"会不会透支能量，我劝他来日方长，不要玩命，可他仍"旦旦而伐"，夜以继日。他有许多花招，我问他哪儿学的，他说，即性发挥。不过，他有个优点，每一种尝试，他都会征求我的意见。"宝贝，你感觉怎样？"还算民主。

　　生了孩子后,他一方面忙于事业,另一方面因为床上多了一个小家伙,所以他慢慢减少了做爱的次数。从一天起码一次减为一周一次,渐渐地变为十天一次。这时,我又开始担心了,如此下去,他还会在乎我吗?会不会不用就"废"?

　　每次他伸手过来时,我总是第一时间做出积极反应与回报,我珍惜。我是千方百计地迎合他,鼓励他。不是说,男人的"性"心是由他所爱的女人加温的吗?

　　每夜我都点一盏灯,等待晚归的丈夫。他是从事房地产生意的,应酬特别多,每次带着酒气回家时,我总会准备一条热毛巾为他醒酒,然后愁怨地斜卧在沙发上,心里期盼他扑过来,心怀不轨地凑近我的脸,有点撒娇地问:"老婆,闻闻。看还有没有酒味?"我往往会顺势抱住他。这时,我是"聊斋"里的女鬼,妩媚、多情,还有一些甜蜜的阴谋。

　　久而久之,丈夫似乎又"见怪不怪"了,他又有点儿惰性了。男人就这一点可恶,喜新厌旧。我还有什么招数可以让他重新焕发青春活力呢?我十分清楚,他对我是忠心的,在外头,人们都评价他是"木头",是"柳"先生,即古代那个即使抱着女人也不会有生理反应的"柳下惠"。有些姐妹私下里还试探性地问我:"你丈夫在家能干吗?"我听出弦外之音,笑而不答,她们就以同情的目光看着我,然后哈哈大笑。其实,我心里明白,他很能干,而且有许多潜力。所以,我每次都自信地反问:"你们看看我红润的气色就知道答案了!"确实,丈夫渐渐变成瘦猴,我则越来越丰满、滋润。有时,我还会产生一点儿歉疚感:莫非我"榨"干了他的精血?

　　有一天晚上,我把这想法告诉他,他的好战心仿佛又被调动起来,马上就嬉皮笑脸地把手伸了过来。因为这天孩子在他姥姥家,我也来了兴致,尖声地叫道:"耍流氓!"故作生气地挣脱他的"魔爪",小跑起来,他追上来,从床这头到另一头,从卧室到客厅,从客厅到餐厅,跑的过程中,我咯咯地笑,并故意把头发弄乱,身上披的衣服也掉了,嘴里叫着"不要,不要",这下子他兴致更高,一把捉住了我,突发猛力就把我扛在肩上,我捶打着他的肩,抓着他的头,可他越发兴奋,不再是以往的轻手

"丈夫"是世界上最困难的"职业"

轻放,而是重重地把我"扔"在床上,还不可一世地压了上来。我感受到一种从未有过的快乐。我挣扎,我不让他动手动脚,甚至咬他的手,越是这样,他越是"性"致勃勃,不可遏制。仿佛是一只饥饿的老虎,我最终缴械投降,我只是喃喃地喊着:"流氓,臭流氓!我的臭流氓!"他居然也"骂"我:"骚货,我的好骚货!"奇怪,这种很脏的话,怎么如此贴慰人心,仿佛是一支冷冷的羽毛,在挑弄我的尖尖,痒,但又有一种说不出的企图,很痛快,很刺激……

这一夜,我们疯狂至极。从未体验过的高潮,令我终生难忘,有一种死也无憾的满足感,仿佛整个身体都化成美酒,映着他的光辉,浑然一体!

无意中的游戏,竟让我们发现,原来婚内"作秀强奸"是多么迷人的风景。从那以后,我们乐此不疲,不仅重拾起曾经一度失落的"性"趣,而且把我们的性生活一波一波地推向新高潮。

不知为什么,我会有这种心理?貌似被强迫,实为内心需求,但这样"演"出来,就特别激奋。同样,我先生更是喜欢这种猫捉老鼠的游戏,带点轻微的身体"伤害",可大大地促进他的战斗欲和求胜心。我们是合法夫妻,我们都很健康,同时,也是善良有修养之人,但为什么会爱好这种"强奸"游戏呢?正常吗?有一点是肯定的,我们都喜欢,而且很幸福美满。不知专家又会怎么看呢?

这是一个叫"雪红"的女士在咨询电话里告诉我的有关她的性爱经历。实际上,这涉及一个施虐与被虐的问题,这是一种奇异但往往又很美妙的性心理。应该说,夫妻性生活中,自然有其动物性的一面,有人称之为"温柔的暴力",有人称之为"征服快感"。事实上,轻微的"性虐待"(包括施虐与被虐)是正常的,不必大惊小怪,如在女性"小有挣扎"的情况下,往往更会让丈夫热血沸腾。有些人会通过言语来体现,如"不要"、"讨厌",甚至用"下流"的脏话来达到某种快感,如以上个案中"流氓"与"骚货"。在这种特定的场合下,它是一种带有浓烈情欲的褒义词,滚烫但不伤人,就好比村妇叫丈夫为"杀千刀的"一样,是一种爱

称。所谓婚内"强奸游戏",正是这种轻微施虐与被虐性心理的现实表现方式。一个愿打,一愿挨,只要彼此很适应,并从中体味到快乐、和谐,那么,就不必刻意去纠正,也没必要纠正,顺其自然,尊重你自己的感觉。

快乐无罪,性爱也体面!

12. 抱歉,你不是女鬼

罗西

刘晴是胆小的,但是又爱看鬼的故事。在读中学的时候,她经常拿着一本灵异的书,在派出所门口看。她家就住在派出所附近,她觉得这样心惊肉跳地阅读,很有快感,当然,必须是在派出所门口,这样会有"安全保障"。情窦初开后,她莫名其妙地希望自己是个女鬼,像《聊斋》里善解人意的美丽女鬼那样,爱谁是谁,且迷惑一个人,又是那样激动人心,富有挑战性!她觉得"勾引一个人比吸引一个人容易"。"书生"在明处,"女鬼"在暗处,这样的角色安排,主动又不费吹灰之力,还神秘,有一种与人合作干坏事的快乐。

她喜欢夜色,觉得有一种奇怪的人影簇簇的美。一天晚上,她散步回家,到了小区宿舍楼下,路边的 IC 卡电话突然铃声大作,将近十一点半了,这样的午夜"凶铃",会是谁的呢?她紧张起来,但是好像也是兴奋的,铃声还在催促着,接还是不接?就在电话挂断的一刹那,她一个箭步冲了过去,拿下话筒,"喂,是小晴吗?"见鬼,这么巧,怎么会有与自己相似的名字?她慌乱、迟疑地应答:"你是……"

"我是××迪吧的 DJ 阿伦,昨天你不是给了我电话吗?"其实,刘晴从未去迪吧玩过,她讨厌嘈杂、高分贝的声音,她很庆幸自己是在银行上班,她喜欢那种作文里写的"安静得掉一根针都听得见"的环境,显然他找的所谓"小晴"不是自己。可是这个神秘男人的神秘电话,她真的很有兴趣聊下去,正犹豫不决,对方倒是哗啦啦地说了一通:"昨天晚上太冒

"丈夫"是世界上最困难的"职业"

昧、太冲动了。不过，我真的太喜欢你了，所以才情不自禁……"后面是一段肉麻兮兮的表达，刘晴几乎没有机会插话，她的呼吸在发生着急剧的变化，有些呼吸困难，然后几乎是喘息了。她真切地感受胸膛的起伏，她的耳朵好像在接听一个魔鬼的情话，一个纯粹的男人在跟她通话，不说人间烟火，只有喜欢、爱，然后是性，是下流的话，好像都是骂人的话呀！可是为什么自己却没有回击的意思？手里的话筒甚至被握得更紧！

不知道时针是怎么转的，地球是怎么转的，但是，刘晴感觉自己的世界在转着，她有些晕乎，有些热，然后是飘起来的不真实的感觉。对，就是这种梦幻的感觉，女鬼一样，飘逸！一个叹息，就是一个情节！

对方的电话突然间挂断了，这是一个什么电话？自己几乎没有说任何话，就像聆听一个骚扰电话，可是为什么自己居然有如痴如醉的感觉？难道他给了自己想要的什么？她什么都忘记了，只记得那个男人最后说："谢谢，我很爽，谢谢！"可是，自己什么都没有做啊！

躺在床上，继续回忆刚才的一幕，回味那个鬼一样的电话。刘晴不是傻瓜，她很清楚这是一个无聊、孤独的男人随意拨出去的电话，刚好是个女的接的，于是他在编故事，然后乘机吃人家豆腐满足自己不可告人的一些压抑的心理……问题不在这里，让她后怕的是，自己怎么也那么无耻地"配合"着听下去？是需求，是好奇？其实，她很明白，自己也很满足。

鬼使神差似的，第二天，上班的时候，她装着很自然地到了那个IC卡电话亭前抄了它的号码，储存在自己的手机里。她真的有些紧张，做这一切的时候，像是在看鬼故事。等到夜色四合的时候，她放下自家靠路边的那个窗帘。她家住四楼，隔着几棵树、一堵围墙，临窗就可以看见那个电话亭及正在打电话的人。终于，有个年轻的男人经过了那个电话亭，刘晴迅速拨通了已经设置好的那个电话号码，通了！远远地躲在窗帘后面的她还可以隐约听到IC卡电话的铃声，那个行人犹豫了片刻，然后终于停下来随手拿起了话筒："喂，打错了，这是路边公用电话，没有人在，打电话的人可能走了……"显然这是个热心的正派男人，刘晴有些失望，只好识趣地说："谢谢！"挂了电话。

再试试，重拨那个鬼电话，又通了。走来一个成年男性，他居然很干

脆就接了:"找谁?""我,我,我是阿林,"突然间,刘晴急中生智地撒谎报了一个男女通用的假名,"哥哥,我想,想……"她本意是说想和你说说话,结果那个男人抢白说:"想我了!好啊!在哪里?"可恶!刘晴心里这样骂道,可是为了稳住军心留住他,她只好违心地顺着他的思路走:"是,想你。"她感到自己的脸在烧,可是已经有了这么一句铺垫,她没有了任何的面具可以遮住自己内心的波涛,那是女鬼的梦,画皮下挣扎的不安的灵魂……他们居然在天知、地知这一切时,在假戏真做的情况下,一直聊到高潮,而且还有些恋恋不舍。那男的还编故事说:"以后不要打这个电话了,直接打我手机,号码是……"刘晴表面答应着,但是并没有记录。她不要电话号码,她只要陌生人,一次就好,而且只要愿者上钩地去听IC卡电话的寂寞或者无聊的男人。

刘晴渐渐地平和了自己的呼吸,她觉得自己做了一些鬼才可以做的好事,帮助了那些孤魂野鬼一般饥渴的男人,拥有了一些暧昧的温暖的慰藉,自己也在这当中获益,扮演女鬼,然后内心的欲望也得到解放。有了这样的心理建设,她就把这一切习惯化了,几乎每个晚上都要打一次这样的电话,找个陌生男子演戏、聊天。不过,很多男子要是有进一步的企图,如见面,或者最后坦白这是打错电话但是愿意将错就错继续交往……这时,刘晴都断然拒绝。很简单,就是挂断电话。有时,透过撩开一角的窗帘看那个可怜的男人还在电话旁守株待兔地等待电话再响的背影,她也会有刹那的怜香惜玉之感,但是,她必须坚守自己制定的游戏规则,只做女鬼,不要现身,不要生情。

渐渐地,她会一边聊天一边自慰。那是一种美妙的黑暗里的作乐!有时会用轻轻的呻吟来强化这种舒服,因为真的可以出神入化地达到自己要的境界,而自己的畸形满足会大大地调动对方的反应。每每听到对方呼吸变粗、吞口水或者抽根烟压住欲火的时候,刘晴会更加有成就感与满足,空空的心终于落地了,那个IC卡电话就成了她夜里温暖的驿站。

刘晴在挣扎一年后,给我打热线电话叙述自己的经历,问:"这也是心理障碍吗?"我没有直接回答,我先问她:"你是不是对自己的容貌缺乏自信?"自卑的人最需要异性的肯定,如果有异性的爱情直至性的追捧,

"丈夫"是世界上最困难的"职业"

就更有效了。曾经走访过几个"小姐",她们并不好看,通过进一步了解发现她们都曾经很自卑,除去金钱的诱惑,她们很大程度上是为了找到一种"被需要的感觉",当然这种被需求的成就感已经是扭曲的了,但是仍然可以让她们找到一种乐趣。

我单刀直入地回答刘晴的询问,让她有些吃惊。在电话那头,她沉默了片刻,怯怯地坦白:"是的,我不漂亮。每天上班,在窗口,哪怕是男人也不正眼看我,只盯着我手里的钱和一旁的验钞机。我现在还没有恋爱,我好想谈恋爱,可是我有意无意地总是让自己躲起来。"

刘晴是从一个小镇考上大学留在省城工作的,一个人住一套公寓,常常感到冷。所以,小时候有关"女鬼"的形象启发了她,觉得自己可以做这样的角色,出入在男人的内心。她用声音勾引,不用劳驾全身,可以把一个男人的胃口给吊起来,把玩于谈话间,很满足、很上瘾。一天晚上,她又用老办法让一个男人驻足拿起电话,她有些迫不及待地淫声淫调起来,本以为对方会像其他男子一样兴奋起来,结果,他给了刘晴当头一棒:"大变态!"然后把电话狠狠地挂了,刘晴说:"我一下子被震呆了。我真的是女鬼吗?难道我就一辈子这样荒废下去吗?"她呆呆地站在窗前,泪水怅然而下。

她已经清醒过来了,她告诉我,父母春节就要过来与自己团圆,老人家一直催促女儿能带个准女婿做他们的见面礼……

刘晴看似怪异行为的背后,折射出她内心世界的虚弱、自卑与寂寞。自卑的人格,往往在现实生活里很"乖",其实这是一种逃避。她不敢面对问题、人或事。可是,只要是人都有被尊重被肯定等高级心理需求,自卑的人,对这种需求往往更强烈。刘晴希望像《聊斋》里出神入化的女鬼那样把玩男人于掌心,其实就是希望得到男人的爱和重视,所以当一些同样无聊或者爱贪小便宜的男子对她进行带有性意味的挑逗时,她的虚荣心得到空前的满足,寂寞的芳心也得到一定的慰藉,并且在潜意识里美化了那些下流语言,自欺欺人地满足空洞的缺爱的心灵。

自卑、缺爱,加上人格发育的不成熟等,几种综合因素,使得刘晴做

了一次又一次的"女鬼"。确实,不健康的心理都是因为某种程度的"心里有鬼"。她现在当务之急是要提高自信心,开放心胸,驱除心魔,去爱,而不是只等着爱。当真爱来到她身边时,她自然就会快乐起来,并且因为有爱,男性的爱的肯定,她就不会再去扮演什么女鬼了,她真正要做的角色是个自在、快乐的"爱人"。

13. 抱着你才可以安心睡去

阿梅口述　罗西整理/点评

七岁时,我父亲因公殉职,跟着脾气越来越坏的母亲过日子,我常常一个人站在窗口发呆,看天上流云,那像棉絮的云,一定柔软,带着阳光的香味……我从小就敏感,还有些诗意。

两年后,我转到福州读书,住在舅舅家。虽远离了唠叨的母亲,但内心一下子变得很空洞,一个人睡一间房,一个人上学。舅舅很忙,他老婆则有点儿讨厌我,所以我有点儿怕她,也有点儿恨她。她爱打饱嗝,这个时候,我常常想吐。我讨厌吃得太饱的人,特别是这个被叫做"舅妈"的女人。

那时,我的所有"抱负"就是"抱"着东西睡觉。不知什么时候,我就有抱洋娃娃的习惯。除了上课,我常常把洋娃娃带出门,随时跟着我,也会跟他讲讲话,而且会保护他,不让他被人欺负。我的人际关系一般,生活也都很正常,有人说这是依附情结。

妈妈改嫁后,更没有人关心我了。夜里,只有怀里的布娃娃是我最亲密的拥有,他让我踏实,有安全感。其实我也渴望被人拥抱、抚摸。为此,我耍了不少小聪明,如故意碰伤流血,这样舅舅就会"拉"着我去上药、包扎;如故意喝冷水拉稀,或半夜不盖被子着凉感冒,这样,冷漠的表哥、表姐也会围过来摸摸我的额头,如果他们惊叫着"好烫呀"时,我内心会产生一种由衷的暖,很舒服。

一次,上体育课流了鼻血,体育老师情急之下抱着我去学校诊疗室,

"丈夫"是世界上最困难的"职业"

他身上有打火机的味道，令我全身酥软，那么美，我闭着眼睛，希望鼻血永远流下去。从那以后，我上体育课时，就暗暗祈祷观音菩萨，让我被人撞晕过去吧，我要老师抱抱，不灵！我转而祈祷上帝，还是不灵。我开始痛苦，开始写日记，满页纸都是体育老师的名字。我亲爱的体育老师，一个复员军人，一个爱穿宽大军裤、蓄小胡子的男人。这是少女时代甜美而又苦涩的秘密，它是我满满一个抽屉的狂风暴雨！

不久，我就"早恋"了，他是高我一年级的男生。说来你不信，最初喜欢他，就是他夹着篮球小跑的样子。一次，舅舅生病住院，是他自告奋勇地载我去医院看望舅舅。在同病房中，有一个很可怜的老人，因为他的儿子没有拿纸尿布来，所以晚上时尿布湿了，他就一直吵着，护士怕老人会吵到别的病人，就要把他移到别的地方去。我和"男朋友"看了好不忍心，于是他就和我跑去买纸尿布，顺便去买点儿吃的给我生病的舅舅。可是超市关门了，我们只好跑去便利商店买了几包超大的卫生棉，拿给了护士，希望有用……这件事情，让我对"他"更迷恋了，因为他很有爱心。我对贴心的男人没有任何免疫力。

我除了羡慕他的才华、爱心外，最爱的，竟是他的特别旺的汗毛。才十八岁呀，他就有浓浓的胡子，真是成熟、健康。从小缺少父爱，每次放学经过一个水果摊时，总能看见一个七八岁的小女孩在向她父亲——那个水果店老板撒娇。老板是一个长满络腮胡子、高个儿男人。特别是看到他用胡楂扎小女孩小脸蛋并逗她咯咯笑时，我就嫉妒得快要吐血，然后不听话的泪水就涌出眼眶。"男朋友"的胡子，多少可以寄托我的某种向往。

早恋，是偷偷摸摸的。这种心惊肉跳的刺激，外人也许不好体会。他很会逗我开心，常会讲一些很有意思的话，在我开心的时候，冷不防他就把我搂到怀里，他战栗着，喘着粗重气息，这时，我会很陶醉、满足。其实，只为了一个激动的拥抱，直到最后我们分手，都没有进一步的过激行为，但我已十分知足。他会做很多有情调的小事，哪怕只是出一个脑筋急转弯的问题。比如，一次在郊外的草地上，他即兴发挥地对我说："'一片青草地'。打一种花的名字。"我百思不得其解。他轻轻地拍打我冻红的脸蛋："笨妞，是你的名字，梅（没）花呀！"这样，我又被他"罚"抱一

下。接着他又问:"'还是一片青草地'。打一花名。"这次,我根本不去想,我只想被"罚"抱,便当即摇头。他就快活、骄傲地告诉我答案:"野(也)梅(没)花呀!"

后来,我上了省里的某中专,他上了北京的某大学,渐渐地就没了联系。毕业了,我立即结婚,我需要一个家。丈夫原来是个武术运动员,后来下海办武术学校。他比我大了整整十岁。我喜欢这样的年龄梯度,有仰望的感觉,也有被"罩"的快乐。

认识我丈夫的第三天晚上,他就吻了我。他的霸道、狂野,不可一世的拥抱,以及带点儿强迫的抚摸,我无力拒绝,我一点儿反抗意识都没有。我喜欢这样强有力的包围。青春的欲望,童年时的幻想,一下子在这个强力男人怀里全部得到了实现。他吻我,我从不闭眼,这令他难堪,他吻我双眼,好让我闭目享受,但我仍然睁眼看着他激动、兴奋的脸。我喜欢这样,我怕一闭目,他就不吻我了。

新婚的日子里,我们不停地做爱,有时一天高达五次。他是"快枪手",我要他密集的性爱,从而感受到一种被需要的感觉。两年后怀孕,并生下了儿子。做母亲的感觉很好,我有充分的奶汁,粉红色的奶头是我最美的武器。儿子在我怀里幸福地打饱嗝时,我不再像过去会恶心,我渐渐地把心思全放在儿子身上。

结婚后,我也养成了一个让人匪夷所思的"坏习惯",一定要抱着丈夫才可以安然睡去。开始的时候,可能只是为了撒娇,后来就变成了习惯,再到后来变本加厉,非要"掌握"着他的生殖器才可以睡去,他没有反对,甚至有些感动。可是,有了孩子,他就不干了。

不知是我先冷落了丈夫,还是他不再为我所迷恋。总之,性事渐渐少了,即使有,他也是一步到位,本就是"快枪手",加上没有前戏,每次从宽衣解带到拿卫生纸收拾残局,总共不会超过十分钟。我厌倦了他,甚至厌倦了曾令我心跳加快的所谓"男人的粗野"。我怀念那段青涩的早恋,那个阳光一样的男孩,那个给我讲笑话出难题爱"罚"抱的男孩。我渴望被抚摩,就好像抚摩我儿子入睡的那种温柔。我渴望目光与目光的深切交流,渴望伏在一个男人的腿上沉沉睡去,而他则一边抽烟一边叹息:"这

"丈夫"是世界上最困难的"职业"

傻妞……"你相信吗？我不会晕车晕船，但会"晕阳光"，在暖洋洋的阳光的抚摩下，我会微醉，双颊绯红，说傻话、痴笑……可是，丈夫渐渐地不给我这样的艳阳天。我常常半裸着躺在海滩上晒太阳，那种性感的日光浴，很能"感动"我的肌肤、我的灵魂，甚至有高潮的感觉。

夏天日光浴，冬天呢？我选择出入舞厅，喜欢年长的半老头做舞伴，因为他们较温和。即使有肉麻的缠绵，我也不拒绝，搂搂又抱抱，灯光迷离，我知道这样的感觉不健康，可是很喜欢。回家后，又觉得脏，于是爱泡澡。当水抚摸我光滑的皮肤时，水让我干净而舒服。那种温水的"烫"非常舒美！

之后，我常常留恋于各网站的聊天室或交友论坛。一天，我看到这样一个男人的征友启示：给你激情，不会给你性，但我可以给你一夜家的温馨感觉；我可以为你做一顿晚餐，可以听你一夜的倾诉；我可以是你的大哥哥，也可以是你的小弟弟；寂寞女人真正的寂寞，是因为没有拥有一个男人的家，而不是性；当旭日东升，一切也将重新开始，只要你大于或等于三十岁，目前是单身，不杀人不放火不吸毒，买东西杀价不要紧……

我不假思索地给他发了邮件，然后告诉他我的QQ号。我现在仍然搞不懂当初为什么会为这样的一个一夜情的帖子所心动。因为我超过了三十岁，也不是单身，所以我坚持只是网聊，至多是电话聊天。他似乎很懂女人的心，总是以懒洋洋但是温柔的声调说一些一步到位的情话，我喜欢那种被宠的感觉，他的那种大胆进攻让我感觉到安全、踏实。他问我："你感觉是说爱容易，还是做爱容易？"

我实话实说："我只要说爱就可以满足。我感觉做爱是生理需要，说爱是心灵共鸣。"后来他就消失在茫茫人海里，显然，他要的跟我要的是不一样的。我只是想有人摸我，哪怕是言语的抚慰。三十三岁的女人，花期已过，我能有什么奢望？白天仍然在机关上班，晚上仍然抱着儿子亲亲，儿子已经代替了丈夫的位置，曾经是丈夫代替了布娃娃。有朝一日，孩子长大了，我还抱什么？丈夫偶尔想做"家庭作业"，原则上我不反对，只是没有多少愉悦感，因为他没有给我渴望的隆重的"抱"和后续的"握"。

　　有时，孩子熟睡后，我会冷笑，一个人在深夜的镜前。回声沉闷，有点儿恐怖。我怎么啦？丈夫经常后半夜才回来，我对他已经很失望了。我也不知道他背着我做了些什么。他那么好色，我相信他有自己的"走私"经历，但是我不能发作，也不能去追查他的隐私，我害怕"丈夫"这个单纯的幌子也会失去。对离婚，我有一种宿命的恐惧，因为那意味着冷清、空洞、无依靠。更重要的是，自己心灵也出轨了，自己也没有资格去奢求他的专一。

　　爱，或性，怎么如此复杂？性，或爱，怎么会有那么多牵扯？童年的痛、青春的慌、婚后的无奈，还有那么多的谎言、不可思议的种种表现，这都与性有关吗？我百思不得其解。

林芳医生的点评

关键词：皮肤饥饿与安全感的缺失

　　心理学里有个名词，叫做"皮肤饥饿"。如果一个孩子在成长中得不到充分的抚摸、拥抱、赞美等肢体或言语的肯定，就容易出现皮肤饥饿，然后"不乖"、好动、烦躁，甚至通过推搡、打架或者早恋来补偿。所有温血动物，生来就有被触摸、关爱的需求。这种需求一旦被剥夺，生长就会迟缓，情商就会低下，由此产生一些非正常的行为方式和病态的情感需求。个案里的"阿梅"因为"皮肤饥饿"，所以更需要"抚摸"、"拥抱"、"掌握"等肢体语言的心理支持。

　　女孩子多多少少都存在"恋父情结"，但是，一般长大后，就转移了这种依恋，心理断乳了。阿梅的童年显然缺乏这种男性的爱，当她成人后，仍然没有真正实现心理断乳，很容易爱上成熟，犹如父亲的男人。由于童年失落了必要的心理安慰与关爱，所以内心缺乏安全感，心灵深处潜存了对成熟男人形象的强烈渴望，而她疑似"博爱"、"滥爱"就是对安全感的一种变相追逐，内心需要被爱来肯定。

14. 这位先生居然给太太性爱小费

忘忧草口述　罗西整理/点评

我的爱情像中彩

打开床头灯，看到丈夫张浩在我枕头边又放了一百元钱，推他时，他已鼾声大作。拿起手机一看，已是凌晨三点多，我的手机很少有人打来电话，所以我二十四小时开着，它也是我的另一块手表。

作为一个全天候的家庭主妇，我的寂寞真的只有古人李清照中年丧偶后才可以体会。不知从婚后的哪一天起，丈夫开始忙着应酬，经常很晚回家，然后习惯性地掏出一张百元钞票，塞到我枕头下。他最初的官样解释是："老婆很辛苦，一点小费是爱的表达。"而我内心其实还有另外一个解读，他在外头风花雪月，习惯给小姐小费，回家后因为微醉忘了时空转换，结果错掏一百元给我，怕我往坏处想，只好顺水推舟地说凡是迟归就给我发小费，以示补偿、致歉。当然，这只是我的心理活动，我好像永远都猜不透他的心。

其实，作为一家民营企业的老板，丈夫是我的骄傲，事业有成。而我只是一个辍学出来打工、谋生的女孩。我在一酒家里做某品牌啤酒的推销小姐时，被他看上，那种被宠幸的感觉，真的犹如宫女见到对自己有意的情义君王。他嘴里含酒微笑地对我点头时，我的魂魄就已经是窗外的月色了。特别是有一天晚上，一个食客醉了，非要我扶他去洗手间，遭我拒绝后，他揪着我的头发狂笑，刚好张浩也在那里用餐，帮我解了围。张浩比我大十五岁，相识半年后，我迫不及待地嫁给了他。我从小就有个愿望，很传统，在家相夫教子，温顺贤淑，无忧无虑。当幸福如同中了头彩似的降临在我身上时，我第一个反应是："老公，我愿做牛做马服侍你一辈子。"这是新婚之夜，我的肺腑之言。真的，他没有亏待我，婚前交往半年时间，他视我为珍宝，没有一点儿轻视，而且坚持让我的处女身完美地保留到洞房之夜。

  爱慕、感恩还有敬仰，这就是我最初对丈夫的全部情怀。那时我最爱听的歌是《我爱厨房》。我每天早上起床为他做中式早餐，那是非常浪漫的事，莲子、黑枣、龙眼干……一样样倒进锅里，用满腔柔情熬着，最后加上蜂蜜，再煎两个精致绝伦的鸡蛋，或做几个雪白的小馒头，然后，坐在落满晨光的餐桌前等待丈夫起床……那是一些目光交集也可以发电的日子，常常是我在做晚餐时，丈夫悄悄地靠了过来，轻拍我的屁股，六分疼爱，四分下流。我非常喜欢这种暧昧的关怀。可是，结婚两年后，我做了母亲，日子便一天天地暗淡下来。其实，他出门前，还会俯下身子吻我，回家时，也时不时地给我带些礼物，可是，我渐渐地厌倦了这种"美丽厨娘"的日子，但又不能对丈夫表现出来。他对我不坏，而且挽救了我乡下的整个家：他替我的两个哥哥在县城买了房子，每个月我的父母都会收到他邮去的一千元的贴用……我开始怀疑自己是否饱暖思淫欲，而且有一种莫名的恐惧，害怕自己内心的"千年虫"会蠢蠢欲动，最后毁了我妈说的我"前世修来的幸福"。特别是当我们的儿子进入幼儿园后，我这种不踏实的感觉越来越强烈，并且猛然发现丈夫越来越忙，回家的时间也越推越迟。

  不知不觉中我开始喜欢另一首歌《怕黑的女人》。我将曾经热爱的烛台全部收到柜子里去了，我不再希望每个房间里点着蜡烛，因为那点点滴滴的光会让我心慌意乱。曾经的我是那么喜欢点着蜡烛为丈夫修指甲、按摩或者挣扎着由他扛着我从厨房走向卧室……

我斗胆打开内心的愁怨

  这天早上十点多，我壮着胆子坐在睡懒觉的丈夫身边，呆呆地看着他的睡容，泪水无声地滑落。当丈夫睁开眼看到我正点着手里的一沓钞票时，奇怪地问："怎么啦？钱丢了？"

  我哭笑不得："不是的，你猜猜，我手上有多少钱？"丈夫打了个哈欠，有些不耐烦："干吗流泪了，出什么事了？"我说，什么事都没有发生，四岁的儿子去他姑妈家玩，我一个人无聊时就拿出钱来玩。丈夫笑了，其实，我没有逗他。他顺手勾住我的脖子，把我纳入他怀里，吻了一

"丈夫"是世界上最困难的"职业"

下我的鼻尖,这是他的美妙的小动作之一:"我还是喜欢你孩子气的时候,最近好像不开心,有什么心事?"他做亲昵动作时,喜欢说些温情的话。也许有一种回到从前的感觉,我顽皮地挣脱他的怀抱,伏在床头,把那叠百元钞票点给他看,足足三百五十三张,"没有拿去存?"丈夫皱着眉头问我。

我如实告诉他,这三万多元钱,都是他三年来半夜应酬回家后给我的"小费",这是一笔辛酸的数字与记忆,意味着三年来有三百多个夜晚丈夫内心有愧、太太有苦,再加上他出差天数,我有太多的夜晚是空洞的、无助的。我害怕这是一个无穷尽的噩梦,更害怕彻底失去丈夫。经我这么一算,丈夫沉默良久,然后把我紧紧搂在怀里,我知道,这是他的第一次反省,他无意中忽视了我的爱和青春。

这时,我的手机破天荒地响了起来,一听,原来是催缴电话费的,从认识他到现在用了五年,除了当初用来接听丈夫的爱的问候外,几乎没有用过。丈夫终于开口说了一句:"我还真的忘了你的手机号码!"我吻了他,不让他继续说下去……想不到久违的情欲一下子爆发出来,床上床下全是散落的钞票,我们用一种深刻的身体交融,我们冰释前嫌、互相抚慰……这一刻,我们听到的只有原始的呼吸声,并且第一次享受到丈夫对我的"服务"。丈夫用身体语言告诉我:"该是我为你服务的时候了。"

这是一次让我内心踏实、灵魂出窍的性爱。事后,丈夫披衣下床,史比前例地给我倒了一杯水。他说,每次给我"小费"时,其实是很心虚的,因为毕竟心存愧疚,可是很多应酬又不得不去面对,"必须承认,人在江湖,也有过逢场作戏的时候,但请你相信,最爱的还是在家里。"我相信他,这是一个有恩有爱的婚姻,我是受惠者,我还能说什么?

金钱原来是丈夫别样的"性征"

就在我们蹲在地上捡钞票时,丈夫突然坐了起来,木板地很凉,我递给他一个抱枕,他说:"谢谢!"我觉得有些别扭,今天怎么啦?丈夫变得如此客气?沉吟了一会儿,丈夫终于说出了内心的一段隐私。原来,他也是穷孩子出身的,本爱穿布鞋,贫寒的时候,怕人家说穷,不敢穿。有了

钱之后,他第一件事不是去买车,而是买了五双布鞋。他深有感触地说:"钱可以让一个男人自信。"如果物质也有性别的话,汽车、金钱等绝对是很"男性"的。爱让人多心,钱则令人无畏,特别对一个男人而言。在我看来,是我高攀了他,而他内心却不是这么想的,反而有一丝自己也不敢触碰的自卑,因为他比我整整大了十五岁,所以潜意识里他想用钱来证明他的力量,当然也想用钱来镇住我的爱。枕边有钱,莫名地会让他显得更强大、更心安。他与我做爱时,会产生一种强烈的征服感,那是极大的满足……看来是我误会了他给"小费"的用心。怕我伤心,丈夫便勇敢地说出了自己内心的这些奇怪想法。说出这些有损于他个人所谓一家之主的"尊严"与大男子主义的"权威"后,他显得有些无措。我很感动,而不是惊愕,于是紧紧地拥抱他,我用一阵阵的心跳去鼓舞他:"我永远是你的忠实爱人,哪怕你是疯子!"

是丈夫用爱和金钱拯救了我,我也要用爱来报答他的爱,并让他给我的金钱转化为一些美丽的温暖的东西。比如"怀抱",比如"一生一世",或者拂在他手心的我的发梢……我们的婚姻构成,七分是爱情,三分是恩情!

我整理好那沓百元钞票,就好像整理丈夫的白色袜子、手套、领带,不再是恐惧、惆怅的心情,而是心疼。冰冷的钞票背后,有一颗丈夫脆弱但爱我的温暖的心。也许有人会说枕边的"小费"有些怪异,但我乐意接受这些不凡的表达。如果说丈夫的枕边小费显得有些病态的话,那我愿是治疗他的一辈子的甜蜜的药,不离不弃。

在婚姻里成长

过去,我对丈夫张浩只有崇拜、敬畏、服从、感激。有了那个早上真诚的倾谈,我开始真正把先生作为一个活生生的有体温的肉身去享受。最初的改变当然是丈夫不再给我所谓的"枕边小费"了,我心里默默地数着天数,就好像多年前他陪我在海边数星星一样,数越多越快乐。数到三个月后,我悄悄地把过去的那些"小费"拿到金铺里,为丈夫量身定做了一枚白金戒指,过去只有被动地收到他给的礼物,而我从未给过他礼物。几

"丈夫"是世界上最困难的"职业"

天后,我把戒指与生日蛋糕隆重地展现在他面前时,他还很纳闷:"我的生日?"他真的是日理万机,连自己的生日都忘记了。当即他眼圈红了,哽咽地说:"自从我妈妈去世后,再也没有人为我过生日。谢谢你,你终于成长为我货真价实的太太了!"

我听到"成长"两个字,心里震动很大,过去只知道依赖他,好像永远长不大,现在我要做个有血有肉的成熟的太太了。我为先生戴上了戒指,说:"从此以后,谁也不可以染指我的丈夫了。"丈夫笑得非常开心,我看到他顽皮的一面。就在他习惯性地想再次把我扛起来向卧室走去的时候,我第一次说"不",然后,我破天荒地把他推倒在沙发里,并且俯下身子,像个女皇一样"宠幸"了他……这是我第一次在明亮的灯光下,探索他的身体。过去我更多的是用心与他交合,这次我逆水而上,从心灵的神台上走了下来,真正唤醒了肉体的欲望,也更了解他和自己的爱的地图、性的神经。

三万多的枕边"小费"就在我发现自我的那个晚上,还原成为丈夫手指上的一枚白金戒指,这是很诗意的一种转换。未来的路还要继续,婚姻是一个爱的课堂,我们都在成长。明白了这一点,我相信以后不会再患得患失,更不会迷茫了。

点评

这对原先缺钱的夫妻,有了钱后,出现两种极端反应:一是丈夫把钱神化,夸大其力量,依赖它,并成为心灵支柱;另一种情况是,太太需要它又害怕它,潜意识里把它当做一种贬义词、买卖关系,去提防、排斥。显然,这两者都是缺乏理性的。金钱是商业社会的不可或缺的社交工具,它的重要性,众人皆知,但对于它,应该抱有一个正常的心态,不要为它赋予太多的情感因素,以免让简单的感情可能变得复杂起来。

应该承认爱是一种特殊的人际关系,金钱因素可以为其锦上添花,谁都不必否认它的美好的推动作用及它作为一种现代情感载体的微妙性质,但它也不是万能的,因为爱还是一种感觉,是一种神秘的心理感应,这是金钱所无法影响的。理清这一切,爱会不会显得更简单一些?爱情问题,

很多时候就是因为你把它弄复杂了，从而也把自己弄糊涂了。当然，如果金钱的心理魔术作用会让当事人觉得更幸福，包括"性"福，那我们也乐观其成，毕竟幸福才是第一位的。

另外有一点，夫妻的爱，不同于恋爱时期所张扬的激情，它更多的是一种信任，所以夫妻双方经常性的真诚沟通，有利于彼此的了解和消除误会，从而有更坚实的婚姻基础让幸福走得更远。

最后要强调的是，爱一个人，要自信，如果没有信心，就会莫名地滋生许多猜忌，而毒化婚姻的品质。谦卑的心境，对婚姻的健康互动是一种障碍，不值得强化、鼓励。

15. 爱到偏执就是爱情癌症

罗西

离开中国十五年了，黄琪（化名）决定回国，她放弃了在美国的事业。她在福州开了一家"绣"女子生活馆，她本人是一位美甲师，喜欢把自己的十个指甲画得鲜艳欲滴，那是右手对左手的期待，也是左手对右手的回报，每每扬起十指欣赏，那种落寞神情，犹如一片荒芜的花园秋色。三十八岁了，她曾经试着与美国白人、黑人，甚至印第安人恋爱，可是，因为如同食蜡，毫无激情，她总是没有耐心与他们走下去。因自己画地为牢，她的精神及情感的牢狱，正是拴在了国内的那个男人、兄长、同学邓宇（化名）那儿了。十五年可以建造一座金字塔，也足以摧毁她所有的花样年华。她忘不了他，即使"美"雨西风为她洗了脑，观念进步了，思想开放了，生活西化了，可是，邓宇就像种在大腿上的那颗痣一样，永远无法消逝，特别是在褪去长裙之后，一个人裹在异乡的被窝里时，那颗痣便是自己进入温柔梦乡的唯一的条形码，她仍忘不了他……

到底是什么样的爱情可以困扰黄琪女士的一生？爱到极限，是疯狂，还是值得讴歌？我不知道，让我们一起走进她甘苦无常的回忆中——

"丈夫"是世界上最困难的"职业"

邓宇是我哥哥的同学，我读初中时，他们读高中，我读高中时，他们已经读大学了。邓宇是我家的常客，他常常与哥哥下棋、打乒乓球，我在一旁观战，那是一大快事，也是美事。他皱眉头的时候，特别迷人，像是眯着眼睛看太阳，如果，我能够进入他的思绪，或者成为他手里的一个棋子，那会更幸福。我常常这么做白日梦，直至双手变暖，醒来时，羞愧难当，然后小跑出家门。我喜欢就这么莫名其妙地跑到闽江边，然后惆怅起来，双手又回到冰冷的温度上，我很伤心，似乎也很美，一种自虐的美。这一切，邓宇全然不知，他只把我当成纯粹的小妹妹，有时他与哥哥运动热了，就随手把还冒着热气的衣服脱下，准确无误地扔到我的怀里，他只用眼角的余光瞥我一眼，而我已经是满怀的暖了。我把自己关在房间里大喘粗气，我快晕了！有关他的体味，有关他上半身的裸体——肌肉发达、纹路清晰，谁雕刻的？我可以亲手抚摸这些吗？其实我从未正面地与他谈过话，我扭曲的矜持，让他不明白或者根本就不去注意、解读我的神情。我爱上他了，就像蝙蝠一样，在黑暗中飞翔。做梦也是一种体力活，像蝙蝠一样倒吊着，因为每一个梦想，都有一个他，而他又与我无关。

我中专毕业后，邓宇已经工作一年了，当时，他在一所中学教书。从情窦初开到中专毕业，我与邓宇都没有正式交往过。他是以哥哥朋友的名义经常在我们家待着的，与我父母也很熟，所以我们彼此"能见度"很高。只不过，他总把我当小孩看，他对我一向目光无邪，形象正派、正经到无情。我恨他为什么不"坏"起来呢？

在我去香港进修半年后回来不久，邓宇送来喜帖，说是十二天后要结婚，之前怎么一点儿迹象都没有呢？我压抑、雪藏多年的情感终于一夜间爆发了。我歇斯底里地大哭起来，万念俱灰，仿佛天就这样轰然塌下了。我四肢无力、冰冷……当我睁开眼睛时，已是在医院抢救室里，我居然割脉自杀。我的日记被哥哥翻出来，全家人这才知道，我是为邓宇殉情的。妈妈哭着轻打我的身体："你怎么这么傻，喜欢他，为什么不表达出来？如果没有了你，我们还能活下去吗？"我那时，心里只有邓宇，既然没有死成，那么，我绝不能眼睁睁地看着他成为别人的新郎。他是我的，不能旁落他人之手。我不甘心。看着我死人一般双眼呆滞地专注于自己的奇思

妙想里,父母伤透了心,一个劲地求我,只要我活下来,什么事都可以允诺下来。不知道从哪儿来的勇气,已经神魂颠倒的我,居然提出一个匪夷所思的要求:要邓宇与我睡一个夜晚,仅此而已,我再也不会去干扰他的生活,我走我的路,他结他的婚,从此一刀两断。妈妈抓着我的手,不停地问:"孩子,你不要胡言乱语了,这怎么成呢?"可是看着我的冷笑和一脸决绝的神情时,全家人不得不考虑我的提议。

两天后,我可怜的父母、哥哥终于请来了准新郎邓宇。他第一次正面看我,那么不安,那么怜爱,还有一丝的自责。一想到几天后,他要成为别人的新郎,我又心痛起来,我已经自杀四次了,什么花样都试过,父母真的怕了、绝望了,便扑通一声双双跪下来求邓宇:"成全她一次吧,就当你救人一命吧!"

那一夜,邓宇木然地跟着我们回家。我不知道,父母及兄长是怎么做通他的思想工作的,但可以看出他步伐沉重。洗完澡的我,精神恍惚,扶着墙上了床,他在我的床上等着。那是冬天,很冷。我发抖,越不过他的身体,他就这样滚烫地抱住我。我其实对性爱一无所知,只以为两个异性睡在一起就可以了。想不到,邓宇在黑暗中忘了一切,就把我揉成一团可口的菜,吞下去了。我惊喜,我痛,良宵苦短,但在这滑稽荒唐之夜,像一帖怪异的民间偏方,治愈了我的单相思,我仿佛一夜间成人。天亮的时候,我唤醒了他,他换了一个人似的,说:"对不起,我错了。你回去吧。"两个月后,我毅然去了美国。姑妈几次请我去,我都没有成行。这一回,我可以去了。

在美国,我家有许多亲戚,父母比较放心,也觉得这是治愈女儿"爱情癌症"的最好办法,便很快办了签证。我离开了福州,离开了那个与我有过一夜缠绵的男人。我比他的新娘抢先占有了邓宇,对此,我有一种畸形的成就感与满足感。够了,我不带一丝云彩地走了,全身而退,神不知鬼不觉。可是这种胜利的喜悦,并没维持多久,我又在美国想他了。姑妈建议我拼命去发展新恋情,用新爱克服旧爱,用新人忘却旧人。在美国,华人女孩是很吃香的,不断有男人进入我的视线,可是,每次恋情总是因为我的冷感、冷场而告吹。我仿佛得了一种病,对爱情不再有热情,我成

"丈夫"是世界上最困难的"职业"

了一个中毒的女人，而解药就是邓宇。

偶尔我会打国际长途给他，但我知道，我不能违背自己的誓言：再也不会去麻烦他，一了百了，仅一次，我就满足了。而事实上，正是那一夜的露水，成了我大半辈子的珍藏。本以为这个珍藏足够我回味一辈子，可是，去年的一个电话，让我的心再度复活。按理说，我在美国有十多年的奋斗，事业有成，年龄也快奔四十大关了，可是，我还是执迷不悟、风尘仆仆地回到福州，醉翁之意不在酒，我重新开始创业。

而"那个电话"是关于邓宇的。哥哥说，他现在生活很困难，太太下岗，女儿上学……多少次我通过哥哥托话给他，可是都没有见到他回过一封信。回到国内，我时不时会在白天打他的手机，我知道一个已婚男人最不便夜里在家接到异性电话的，我不应该也不要影响他们的家庭幸福。通过哥哥，我想资助邓宇女儿上学，也被邓宇谢绝了。终于有一次，我成功地约他出来喝下午茶。他没有发胖，俊朗的脸，依然透出一股英气，只是苍老了一些。那天下着雨，风把雨斜斜地打在窗玻璃上，水珠一粒撞上另一粒后承载不了自身的重量，惨然滑落。那一刻，我想，就如同我与邓宇一样，哪怕两个人只要迈出一小步拥抱在一起，后果就不堪设想。我道出了自己内心的隐忧，不过安慰他说，我已经成熟了，或者习惯了单身过日子，请他一万个放心，我不是回国"复仇"的，他对我只有恩。邓宇本就是一个沉默寡语的人，他目光落在窗外，沙哑地说："我一直很内疚，辜负了你，我不值得你为我等待。"我打断了他，明白地说："你没有错，这是我的选择，与你无关，我喜欢这种一辈子只喜欢一个人的心情。"

后来，几次电话及短信联络，从他的只言片语里，可以看出，他对我不是没有爱的感觉的，他承认自己最担心的是会因为"感动"而变成"激动"甚至"冲动"而爱上我，现在他们的婚姻关系和谐，虽然穷一点儿，但也和美安宁。父母劝我回到美国去，让句号画圆一点儿。可是，我真的还是全身地心想着他，哪怕离他近一点也好。在美国，我想他，如同仰望太阳。而在国内，我爱他，则如同沐浴月光。虽然，月光不灿烂，不温暖，但它足以美化我的思潮。

有一天，邓宇太太和女儿经过我的店，在我招呼之下，她们进来坐了

一会儿。我为他太太免费修了十指,并涂了油,很美。起码那光泽可以保持十五天,想象那双我修饰过的手,可以午夜抚摸邓宇的脸、手、胸……我就莫名地兴奋,并且有一丝的紧张。她是一个纤细、精致、温柔的女人,语气婉约,双眸里水汪汪的,这个年龄的女人有这样的眼睛,可见她拥有丈夫充分滋润的爱。我有些许淡淡的妒意,但只是飘忽而过的一瞬。

以上是黄琪女士在"中心"与我的一番交谈。在她的青春期,中国社会刚刚开放不久,在那个特殊的时代背景下,她的爱情,既有传统的一面,如从一而终;又有强烈的颠覆倾向,如用性满足自己,哪怕只有一夜。现在回想起来,黄女士显得很矛盾,一方面,她很清楚那是荒唐的一夜,是以死相要挟的疯狂举动;另一方面,她又无悔于那一次的奉献,因为毕竟自己拥有过那一个男人的,虽然只有一夜,如果是一年,也许她就不会这么痴迷于他而不能自拔。显然,黄女士已爱到偏执地步,用一个无望的爱禁锢自己的一生,失去了追求,所以她想通过心理专家的帮助,摆脱内心的那些阴影。魔由心生。爱情如果不健康,它就是一个魔鬼,住在心里,饮血止渴。

那么怎样的爱才是健康的呢?

a 爱绝对是快乐的,如果只是为了寻找那种"殉情的美",那就要注意了,检讨自己是不是内心缺乏阳光普照才需要一个爱来辉映,这时,所爱的一切是盲目的,糊涂的。

b 很多人只是习惯爱上爱情,觉得"从一而终"很有成就感,沉迷于爱情本身的幻觉中,而忘记爱情是一种互动行为,如果只是单方面的僵持,那又有什么意义呢?

c 爱是会变化的,如果只是自欺欺人地固执地苦守那份爱情,那不是爱情的意义。爱情不是让自己关闭起来,而是要开阔身心,才会爱得明明白白。

d 爱情需要无私奉献,但是爱情也意味着要"爱自己",如果不爱自己,甚至用岁月来自虐,那是非常不明智的,也不值得讴歌!

e 爱要有尊严,如果爱只是需求、妥协而没有享受,那么这个爱也

"丈夫"是世界上最困难的"职业"

是劣质的,不要也罢!

16. 爱情洁癖让她感慨天下无"环保男人"

罗西

从二十三岁开始恋爱,到现在三十三岁依然是小姑待嫁,苏怀用了近十年的最好年华寻找她要的男人,但是,由于过分挑剔、吹毛求疵,而且是浅尝辄止、蜻蜓点水,没有一个男人能真正走进她的内心。严重的情感洁癖,干扰了她的选择尺度,使她的爱情变得犬牙交错、困难重重,犹如拿着一把锤子去寻找,结果碰到的全都是钉子。

初恋男友的亡妻:搅得她心神难安

苏怀的父母都是医生,有严格的家教。苏怀从小就是个完美主义者,凡事力求做到最好。她的四年大学时间,几乎也都用在了学习上。她是在毕业后,才遇上那个叫东宇的男人。他伟岸成熟,事业有成。两个人是一见钟情的。

那是个阳光明媚的午后,东宇驾着私家车,经过一个洼坑,结果把积水溅了她一身。他立即停车,很有礼貌地下车道歉,并且留下了自己的名片……后来他们又巧遇了几次,这样就成了恋人。

第一次到东宇的单身公寓,苏怀满怀憧憬。可刚踏进他的大门,正要脱鞋子,迎面一幅巨大的画像,让她倒吸一口冷气。画像上的她眉目清秀,但是透着一丝的冷。苏怀便很好奇地问:"她是谁啊?"

"哦,她是我前妻,我这次带你来,就是要如实地告诉你这些的。"苏怀于是忍不住地再次抬头看,结果手肘不小心碰到鞋柜上的一个相框,咣当一声,那玻璃相框摔碎了,仔细一看,碎片里还是那张清冷的他前妻的照片。

一种没有来由的不祥感觉,让她很慌,正准备收拾一下,东宇拉起

她,说:"没关系,等一下我来,我们先坐下来聊聊。"于是,她接过他递来的饮料,神魂未定。

在沙发上,苏怀还是躲不过客厅墙壁上那张巨幅照片里的那个人的审视。"我之所以没有把过去的照片及时撤下来,是想诚实地告诉你,我有过前妻,我是个有情义的人。"东宇这样开头,苏怀点了点头,但是不知道怎么回应他。

"她后来又嫁人了?"苏怀终于问了个问题。"不,她已经去世了。她是病逝的……"东宇的话还没有说完,苏怀就觉得眼前一黑,胸口发闷,无法正常呼吸。东宇赶忙扶起她,问她要不要去医院,她点点头,东宇二话没有说,背起她就往楼下跑,奇怪的是,到了楼下,苏怀就好了,能自在舒畅地呼吸了,她说:"算了。我好了,不用了。"

从那以后,苏怀虽然也没有拒绝对方的约会,但是,一听说要到东宇家,她就不安起来,渐渐地也开始排斥东宇的身体,总觉得他身体被污染过、染指过,上面散发出一股晦气,而且还真能闻出来,那就是"腐败的气息"。终于,有一天下午,她答应最后一次应约,在茶馆大厅里最亮的那个位置上,苏怀道出了心里的郁结:"对不起,我爱不下去,因为我接受不了'有过去'的男人,你应该明白我的意思。你很不错,但是,我无法接受你有过亡妻的现实。"

东宇马上表示,他现在已经撤掉了过去所有的照片,如果在旧房子里她仍然觉得不合适住,可以再买全新的,一起搬家,希望他们重新开始。但是,苏怀去意坚定,东宇经过一个多月的努力,她还是离开了。

认识新男友:第八天就要他去验血

有了第一任男朋友的经验后,苏怀对男人或者说对爱情有了一种极端的戒备心理。她多么希望有水仙般的男孩,变魔术般地干干净净地被变出来,没有过去的"底案",不食人间烟火。

挑挑拣拣七八个人后,没有一个能够让她满意,几乎都是第一眼就被她淘汰掉,而淘汰的理由到了荒唐可笑的地步:如胡子太多的,嫌脏,不要;如农民的后代,会有坏习气,不要;曾有一个白净的男生都答应人家

"丈夫"是世界上最困难的"职业"

赴约了,无意中看见那男生母亲的脸上有一块大的胎记,她就立即取消了约会。"没有什么好谈,我接受不了。""可是,你找的是她儿子啊?"她妈妈这样劝导她,但是苏怀说:"我也不想为难自己,我就是接受不了任何瑕疵,我看来是有病,可是我又能怎么样?"

就这样,苏怀好长一段时间,"戒了男人",几乎把自己封闭起来。四年前的教师节那天,去老师家拜访,碰见了往届的一个学长,面容干净健康,就是阳光男人的类型。苏怀不禁眼前一亮,而她自己也让对方陡生好感,彼此似乎心有灵犀,他们聊得很开心、投机。当她知道对方是个游泳教练后,更是喜出望外,她最喜欢与水有缘的男人。分别的时候,他们留下了彼此的电话。

回到家里,她就把那男人的情况向家人汇报了,她想告慰父母,因为父母为她的感情问题都操碎了心。其实,苏怀何尝不急,她也希望有个爱自己的人,再生育一个可爱的孩子,过上正常人的生活。父母听说女儿主动认识了一个新朋友当然是很高兴。

之后,他们紧锣密鼓地天天约会,都有相见恨晚的感觉。可是,第七天晚上,男友送苏怀回家的路上,碰到了不少他的熟人。奇怪的是,她们个个光鲜亮丽,更让苏怀有些难受的是,居然都是女生。在路上,她就有些酸酸地说了一句:"你认识的都是美女啊!"

男友也不太在意,只是顺着她的话说:"很多都是我泳池里的学生,体形不错吧!我以后可以天天教你游泳……"虽然苏怀也嘻哈着应和,但是,心里已经很不舒服了。

回家后,她又开始胡思乱想:他,那么优秀,为什么这么迟才恋爱?那么多美女与他接触,他会不会得了什么病?性病?

越想越不安。于是,第二天一早,即两人认识的第八天,苏怀主动给他打电话:"今天我们去医院献血好不好,我觉得这蛮有意义的。"

男朋友没深究她到底有什么真实用意,也爽快地答应了。在采血中心,他们要做常规血检,苏怀有些紧张,男朋友还以为她怕针,一直扶着她的肩膀勉励安抚。苏怀真正挂心的是想通过献血这个冠冕堂皇的方式来对男友进行突击血检,看看他有没有诸如艾滋病之类的"脏病"。结果出

来了，都没有问题，于是，她对男朋友的身体暂时放行通过，恋爱继续。

看到胸毛，吓晕在游泳池里

就在亲人们期待他们的婚讯时，发生了一件匪夷所思的事情。

之前，苏怀只允许男朋友与她牵手、拥抱、干吻（只限于脸、额头、手背等），而湿吻是万万不可以的。春天很快就过去了，这一天，男友迫不及待地第一次带她到游泳中心去"试试水"，准备教她蛙泳。当他换了泳裤从更衣室里出来时，苏怀捂着嘴巴惊叫起来，这是某大学游泳池，那天没有课，只有他们两个人，男友不知她真实的心理，以为她只是夸张地撒娇，为自己健壮的体魄而欢呼，于是不管三七二十一冲过去，抱着挣扎的苏怀，扑通一声，就往游泳池里跳，这一跳，差点要了苏怀的命，她"啊"一声即刻晕倒过去……抱着一下子变得柔软而没有声息的苏怀，男朋友吓坏了，赶紧抱她上岸，平放着做人工呼吸，她终于醒了，但是她醒来的第一个动作，居然是给了他一记耳光！

"怎么啦？宝贝，我做错了什么？"男友是一头雾水，而且感到无辜，他还以为是女朋友误会他乘机吃她豆腐，结果，她的回答令他哭笑不得："快放下我，我受不了你胸脯上的毛，大猩猩似的，我受不了！"她近乎歇斯底里的喊叫，引来了游泳池管理人员的围观，男友只好尴尬地站起来，耸耸肩膀，"好，好，你冷静点儿，我这就去穿衣服。"

后来，那个游泳教练就主动退出了，其实这也是苏怀的真实愿望。

一个月后，她给"中心"打电话咨询时，仿佛还心有余悸："太可怕了，他怎么有胸毛，太突然了，那么干净的一个人，居然金玉其外，败絮其中！"

经询问才知道，她会对男人的胸毛、卷毛、长指甲等有心理过敏反应，会恐惧，心跳骤快，直到不能呼吸。她问："我知道这是心理毛病，可是，我不知道怎么办！"

苏怀现在仍然不敢再"碰"新的男人，她渴望爱，可是又没有她真正要的所谓"环保男人"。

"丈夫"是世界上最困难的"职业"

林芳医生的分析

洁癖,属于强迫症的最常见临床表现,占了强迫症患者中的一半。洁癖带来的焦虑、压力、沮丧会使人不正常呼吸,呼吸变得急促、浅显,换气过度,血液中的二氧化碳被过多地排出,导致头晕。放松呼吸则是舒缓有节奏的,而且感到自然、不费力,能平缓病人的心理冲突。所以,患者可以通过想象练习方式获得正确的呼吸方法:平躺下,把自己想象成一片羽毛,腹部随着呼吸上下起伏;想象几分钟后,直到呼吸变得缓慢、平稳,内心的焦虑也会大为减轻。

案例中的苏怀小姐有一种特殊的感情洁癖,或者说是爱情洁癖,这与一般洁癖一样,会给她带来以上的心理、生理症状。初恋男人亡妻的照片,是个导火索,一般人对死亡的印象是"不洁不吉"的,加上她本身人格的缺陷,已有的隐疾的心理,就这样被"唤醒",从此,由一般的洁癖转为对男人的神经质的挑剔与警惕。在她看来,男人多有"不明的历史",容易脏乱、不讲卫生,或者容易从风流蜕变成下流等,所有这些负面的印象,使得她对男人与爱情都缺乏自信,这样,就容易为一些在她看来"不纯洁"的东西(如胸毛)而产生心理过敏反应,甚至因此恐惧到休克。她现在需要从心理认知上对许多偏见进行纠正,重新看到男人的好,进行脱敏训练等。当然,这过程会很艰难,不是一朝一夕就可以完成的。

"情感洁癖患者",就个体而言,往往有完美主义倾向,喜欢钻牛角尖,喜欢推敲放大他认为不好的一面。中国传统文化里有很多东西就是极端完美主义的产物,并且产生了大量的审美洁癖,如格律诗,容不得半点韵律上的异端;隐喻的发达,也起源于洁癖美学;说到肉体和情爱,就用植物和动物替代;至于道德洁癖,更会在某些个体身上表现为生理性或者情感性洁癖,如古代女子因为男人拉过她的袖子就把胳膊砍了⋯⋯

当然,生活里像苏怀那样严重的"情感洁癖"患者不是很多,但是,不少女性多多少少都对男人有某种完美的期许,一旦现实与想象的爱情美景不符,就会失望、失落,甚至放弃对爱情与男人的积极追求。这是一种倒掉洗澡水把婴儿也倒掉的心理态势,是不合情理的也是不健康的。同

时，女性应该学会认识男人的美、男人的性感，对男人的审美标准要与对女性的审美评价区分开来，这样才不会因为偏见而产生嫌恶心理，也可以更好地享受男人，还有他们的爱情。

17. "蜜桃小姐" 暗夜里的耳光

罗西

年末，第一次真正意义上的冷空气影响着福州，最低气温只有四摄氏度。夜色深重，"蜜桃小姐"从七楼的窗口往外望，看不到星星和行人。她喜欢这样清冷的空城。丈夫出差外地，一个月能有一半时间在家里过那已经是创纪录了。当"蜜桃小姐"犹豫着要不要穿那条更短的裙子出门时，有人在按门铃。小保姆以为是男主人回来了，一个箭步，就把门打开了。一个陌生男人，带着一束花站在门口："蜜桃小姐呢？"小保姆有些愕然："我们这里没有这样乱七八糟的名字。"这一切被躲在客厅一侧的"蜜桃小姐"看得一清二楚，背光的她变着声、比画着手，叫小保姆赶快打发那位不速之客。

小保姆的口气非常坚定："你一定找错了门，我还以为是叔叔回来了呢！"小保姆很机灵，然后理直气壮地重重地把铁门关上。已经把火红假发放进包里的"蜜桃小姐"，故作镇静地把小保姆拉过来，说："你做得对，以后开门前，一定要透过猫眼先看看是谁后再开门。"然后，回到书房，一个人在喘粗气，好险！这个神经病男人怎么知道自己家的住处？一定是哪一天被他偷偷跟踪过。自以为一切都做得滴水不漏、天衣无缝，想不到有人居然找到家里来了。面对镜子里的自己，她自言自语："'蜜桃小姐'，你怎么可以这样荒唐？如果事情搞大了，你一世的清名就要完蛋了……"

刚才那个男人的面孔，她依稀记得，对了，与他只看过一场电影，好像是姜文主演的《寻枪》。"蜜桃小姐"喜欢看电影，在通宵电影院里，她还为自己起了一个专门用了看电影的花名"蜜桃小姐"！家里人不知道，

"丈夫"是世界上最困难的"职业"

小保姆更不知道。

"蜜桃小姐"回忆着。那个男人姓李，李先生，好像。他是唯一没被她打耳光的男人，所以印象深刻一些。她喜欢随机找个陌生的、心怀不轨的男人看午夜电影，然后乘机打对方一记耳光，那是最痛快的事情，当对方还没有反应过来，自己就已经逃之夭夭。陪她看电影的男人无数，其中，只有这个李姓男人是规矩的。记得他还买了爆米花给她吃，为她叫了一辆出租车，然后就款款招手、致意、告别……

午夜场的电影差不多要开始了，"蜜桃小姐"在镜子前，思想斗争了很久，还是决定再次乔装出门。其实也简单，把白天的长裤换成裙子，把白天的端庄眼镜摘掉，这样看人更迷离，等上了出租车后，再把假发戴上、补妆，一气呵成。

二十分钟后，"蜜桃小姐"到了这家"城乡接合部"的电影院，没有人认识她，因为离自己家所在的富人区很远。富人时兴去市区的小电影院。这样才好，像是置身于他乡。她的妖娆打扮，一下车就引来许多嗅觉灵敏的男人，他们的心思，"蜜桃小姐"一眼就可以看穿，但是，她可以假装不知。"我多了一张电影票，要不要我陪你看，是新的哈里·波特的电影。"有男人捷足先登。"蜜桃小姐"抬眼瞥了一眼，不错，还算粗犷，她喜欢这种类型的男子，当然是说在这样的场合，在夜里，在电影院里。

电影院里人不多，他们英雄所见略同地选择了最后一排座位。一般情况是这样，他们都心有灵犀。嗑瓜子，这是"蜜桃小姐"的强项，她觉得这比抽烟更有女人味。当吐掉瓜子壳的那一刻，有一种风情，有一些颓废，有一些奢靡……那男的小心地陪着："还想吃什么，我去买？""你叫什么名字？""蜜桃小姐"没有理会他的问题，她觉得答非所问，是一种女人的优越，还带些鄙夷，很冷艳。她知道男人会编出一个很假的名字，但是，她不深究，因为她也是在演戏，角色就叫"蜜桃小姐"。

电影里的魔法斗得天昏地暗，但是，他们两个人却心不在焉，终于，她等到了一个她预料之中的动作——那男人伸手摸她了。她二话没有说，举手，以迅雷不及掩耳之势，给那男人一记耳光，痛快淋漓！

每次都是这样的戏码，这样的剧情，几乎连台词也一样："流氓！你

把我看成什么了?"然后起身就走,飞快地在电影院门口,拦辆的士,飞一般地回家……那男的有些蒙了,实话回答:"我以为你是小姐!"但是,"蜜桃小姐"已经只给他一个背影了。

刚才说了,只有一个人例外,就是看《寻枪》时的那个李姓男人,他没有机会挨到"蜜桃小姐"狠狠的一记耳光,因为他循规蹈矩,没有伸手。说实话,这让"蜜桃小姐"有些挫败感,因为一切都没有按她预料的情节走。当剧终人散后,她才突然醒悟过来,该回家了。

坐在出租车上,她在暗笑。已经二十多天没有来电影院了,过去她一般是十天去一次,或者半月一次,今天晚上,很有成就感,入戏不到十五分钟,那个粗鲁性急的男人就提前出手,活该他,他是不是还坐在那里百思不得其解?假发已经扯下了,"蜜桃小姐"的神情渐渐地恢复了正常。二十多分钟的车程刚好是情绪的缓冲带。到了小区里,她才突然想起,那个送花的男子一定是收买了"的士"司机,要不他怎么知道她的家?

回家时,小保姆还没有睡觉,她睡眼惺忪地问:"刘姐,路上还顺利吧?都十二点半了。""今天多陪学员聊了一会儿天,所以迟了点儿,弟弟有没有踢被子?""蜜桃小姐"姓刘,而且是位体育老师,在某职业中学,平常也兼职做拉丁舞教练,很多课时是安排在晚上,所以晚归。这对家人、小保姆而言是家常便饭,自然也没有人知道,她实际上是在电影院里"客串演出"!

"刘老师"在儿子的房间里,慈爱地亲了一下儿子,突然又后悔起来,嗑了那么多的瓜子,还没有漱口怎么就去吻儿子呢?在卫生间里,洗尽铅华,有些落寞、疲倦,但是,很洁白、干净,该上床了,明天还要开会,她还是学校的工会委员。

第二天早上在小区门口,有人叫住了她:"你好,很冒昧!"哦,又是那个送花的李先生。他摇下车窗,跳了出来。"你一定认错人了。""刘老师"仿佛变了一个人,没有夜里的那种勇气,她下意识地托了一下眼镜,但是,那位儒雅的男士笑了:"我其实很喜欢你,我只想问一个问题,你是单身吗?"

"不是,我有丈夫和孩子。""刘老师"突然觉得,丈夫与儿子是她最

"丈夫"是世界上最困难的"职业"

有安全感的后盾。"如果是这样,我就不会再来麻烦你了,很抱歉!"那男的果然是个有修养的人,随即上车,离去时,再次摇下车窗,说:"再见!"

也许他说的是真话,但是"再见"两个字却让"刘老师"寝食难安。她并不喜欢什么惊涛骇浪的生活,她希望自己的家,安乐平静。可是,那个李先生深不可测的微笑让她觉得事情还没有结束。

她给我打了心理热线,说出了内心的煎熬与恐惧,也说了让人匪夷所思的电影院里演绎的一幕幕。她问我:"为什么,我总有两个人在身上的感觉,一个是'刘老师',白天的;一个是夜里的'蜜桃小姐',荒诞的,堕落的?"

"刘老师"坦白地说,她喜欢出没在夜色里,消失在晨曦里。有时,丈夫在家,她会觉得"三个人的婚床太挤"!在夜里的那些活动,神不知鬼不觉,也没有出现意外情况,如吃了哑巴亏,或者遭受侵害等,甚至没有第二次碰到被她掌过嘴的男人。但是那个送花的开车男人,她觉得是个定时炸弹,她害怕因此把事情搞大,担心"蜜桃小姐"的真相暴露在家人、同事、朋友面前,那样她就活不了了,"我可是靠名誉活着的女人。"

我安慰她,并指出,她担心的不是那个明白地说了不会再"打扰她"的李先生,而是她自己都左右不了的"蜜桃小姐",那才是威胁她要过安宁生活的"真凶"。为什么她要"变"出一个完全不同的她来给自己制造麻烦呢?她自己也不知道。白天否定这个角色,可是夜幕一降临,她就仿佛听到戏鼓声在催敲着,她情不自禁。

在心理治疗中心,林芳医生与"刘老师"进一步做了一个下午的交谈,了解了她的成长背景。刘女士是北京人,之所以离开故乡来福州,是为了躲避那个父母的家。很小的时候,她就恨爸爸,因为他对家庭对妻小很不负责任。听妈妈说,他是"被狐狸精迷住了",所以才会对家人那样冷漠。他们几乎天天吵架,幼小的刘某在这样的环境下长大,对男人,特别是像她父亲那样花心的男人充满警惕与仇恨。她家就在一家电影院旁边,所以她经常一个人躲在电影院里逃避父母的纷争……

结婚后,她潜意识里对男人还是缺乏信任,特别是丈夫经常出差,这

让她更是缺乏安全感,虽然理智上认为先生不会做对不起自己的事情,但是,仍然有时候像做梦似的"看见"他与狐狸精拉拉扯扯的……于是,童年里的那个"勾引男人的坏女人"在她心里再次复活、苏醒,这就是"蜜桃小姐"——一个玩弄、报复男人感情的角色。

链接

美国有一本叫《二十四个比利》的书,写的是一个真实的故事。主人公威廉·密里根是美国历史上第一位犯下重罪,结果却被判无罪的人,因为他是一位"多重人格分裂者"。顾名思义,在比利体内存在着二十四个不同的人格,包括国籍、性别、年龄、智商都有所不同。这些不可思议的人格究竟是如何产生的?一切必须从比利的童年生活说起。

比利的母亲桃乐斯在比利的生父去世时,跟一位名叫米查的男人结婚了。米查是个脾气暴躁的人,在比利的童年生活中留下不少阴霾。例如,米查经常借故带着比利跟他哥哥去谷仓的时候,对比利加以性侵害,并以各种理由威胁他不准张扬出去。在这种身心受创的情况下,他创造出其中一个人格"大卫"。大卫在二十四个人格中所扮演的是痛苦的承受者,于是每当比利遭受类似事情时,就是大卫出现承担痛苦的时候。他的二十四个人格都是在类似情况下产的,在此就不一一详述了。

林芳医生的分析

多重人格(Multiple personality disorder),是指一个人同时拥有不同的人格,而这些人格会在不同的时间表现出来。多重人格是人格的不连贯,不像一般人通常能跨情景、跨时间地表现完整的人格。刘女士显然也有"双重人格"倾向。她的白天与黑夜,分别有两种人格角色,一个是大众的,有传统价值观;另外一个"蜜桃小姐",是潜意识的"现身",是补偿人格发育里的某种缺失。

刘女士的白天可以说是贤妻良母,工作认真负责,还是学校里小头目,道德感特别强,爱惜名誉,是非常正常的"刘老师"。但是,这只是她人格组成的一半,另外一半的人格就是她在夜里担当的"蜜桃小姐"的

"丈夫"是世界上最困难的"职业"

角色，妩媚、风骚、艳俗等。她可以在这个角色里寻找到一种解脱、代偿的自慰心理。这两种人格是相反的、分裂的，反差越强烈，她得到的满足感就越强。很多成人的心理问题都可以追溯到他的童年。在她幼小的心灵里，对勾引她父亲这样的男人的"坏女人"深恶痛绝。但是，她更恨她父亲那样的不负责任的男人，于是她的心理魔法世界里，就"生"出了一个这样的女人，不是为了勾引本身，而是要惩治那些好色的男人，从中寻求一种报复的快感。只有这样，她的心灵才会安宁、平和。其实刘女士并不是在"演戏"，"蜜桃小姐"只是她其中的一个人格，是为了某种目的而扮演的一个角色。不过，她的病态行为，还算轻微，因为她经常在"演戏"过程里就可以意识到事情的荒谬，并开始感到厌恶、害怕，觉得自己总是在不知不觉中伤害了别人，渐渐地对自己感到困惑。当然，她目前仍然需要做进一步的心理排解、治疗。

18. 女经理的午夜努力

罗西

我在做客串心理教师时，接触过这么一位王姓女士，她是某外资企业的总经理，丈夫是公务员，收入相差较大。她最初咨询的问题是，三十五岁的丈夫为何手淫？

通过几次交谈后，我了解到他们婚姻内部更多的性爱故事——

怀念新婚蜜月的那些日子

可能是家庭教育的原因，丈夫（下称伟）个性有点儿严肃，甚至木讷，偶尔给他讲一个幽默的故事，结果他毫无反应。常常过了一个钟头或半天后，突然他乐不可支起来，问他笑什么，他这才恍然大悟地说："刚才那个幽默真好笑！"

结婚前，我和初恋情人有过一些亲昵的接触，但没有发生那种真正的性关系。新婚之夜，伟很紧张，脱完外裤，就很快地钻进被窝里。他家当

时的居住条件不很好,隔壁就住着公公婆婆。当他在黑灯瞎火中欲尝人伦时,我感觉到他的忙乱和不知所措。

我有点儿痛,轻轻地推开他,他只好煞车,开灯验身,才发觉搞错了方向,可是他又要坚持摸黑上路,几经折腾,终于有了感觉。

我喜欢他这种傻气、努力,真的,很温馨,处男的魅力就在这里,呼吸粗重,汗流满身,一边赔礼道歉,一边辛劳耕耘……

新婚之夜就应该有这种慌乱的美,那种"先上车后补票"的新婚之夜,一定会失去它原有的滋味。当我如痴如醉之际,他终于胆子大了,似乎换了一个人似的,用手轻轻地刮了我的鼻子,主动地拉亮了电灯。原来,他已高潮了。

不过,他又脸红了,低下头腼腆地笑,好像做错了什么事。原来,他发现床单上的血迹。如果隔墙"无"耳,我想,他一定会欢呼的,因为他很在乎处女身。他一直喃喃自语:"谢谢你,老婆!"

这家伙又担心第二天有人发现这些"事迹",我太困了,就说明早把床单拿去洗就没人知道了。可他仍坚持要当场"灭迹"。因为天亮后在众目睽睽之下清洗,反而欲盖弥彰。不得已,只好强忍睡意蹑手蹑脚地陪他去"灭迹"。待我们偷偷摸摸返回卧房用电熨斗熨干床单,一切搞定后,天已是蒙蒙亮!

一对新鲜人,第一夜的"性"鲜事,每每想起都让我会心一笑,怦然心动,很特别。新婚第一年他总是"性"致勃勃,那种浓情蜜意,我倍感"性"福。他的皮肤很黑,很性感,更重要的是,他身上还有胸毛、大胡子,很"流氓"的感觉。原先,我也不那么主动,在他的挑战之下,我渐渐地也会主动去抚摸他。有时,半夜里他会骑摩托车去我单位接我(当时我在宾馆做服务员),我会搂着他的腰,不时还会调皮地把手往他下面探去。他会吹起口哨,春风得意,车开得很疯,十分刺激……

渐渐地,他的"性"致在走下坡路。特别是第三年,我们有了儿子后。他开始发福了,有初具规模的啤酒肚,奇怪,皮肤也变白了。很多人说,三十岁后的我更有风韵,因为我是属于丰满型的,再加上事业上的发展(这时已是某外资企业的总经理),更会打扮,也更有条件保养,但对

"丈夫"是世界上最困难的"职业"

丈夫而言，我的魅力却一天一天地在减分。

曾经，我学着电影里的女人，在床头放两杯葡萄酒，点一盏情调灯，忍痛把孩子交给小保姆一起睡，目的是等他晚归后合作演绎更久一点儿的浪漫。可是，他总是装傻似的一躺下就沉沉睡去。枕边有个"陌生人"，那该是多残酷的长夜。

难得他心血来潮，也是草草收兵。我一度怀疑他是否有外遇，可是，几经不留痕迹的侦查，结果发现他是清白的。我买了许多杂志，学着里边教导的种种"勾人"招数，但均以失败告终。他反而嘲讽我是学习"狐狸精"的丑样！

我妩媚，有"波"段，也有手段，可是，就是不见他的当年之"勇"。终于有一天晚上，"前戏"过后，我有点而开玩笑似的翻身压在他身上，调侃说："亲爱的，我不想做怨妇，我想做龙上凤……"还没来得及献媚撒娇，他竟然十分恼怒地把我从他身上推下，用力太猛，我惨不忍睹地滚到床下。我很难过、羞辱。他虽然起来扶我、安慰我，甚至致歉，但他也坦承，他受不了我的"淫威"，说我太强悍了，他受不了那种体位，说那是对他的一种轻视……

我实在感到冤枉。虽说在工作中，我风风火火，很果敢、有权威，可在他身边，我总是小心地"让"着他，尽力温柔，可是贤淑"未遂"，反而讨人嫌。有一次，我硬拉他去参加一个派对，有一位冒失鬼误把他当做我的私人司机，对此，他耿耿于怀。他有致命的大男子主义情结。在他的潜意识里，他是受不了我比他强及钱比他挣得多的现实。而我从不在乎这些，但他在乎。

在一个月圆之夜，我点了一根蜡烛，与他促膝长谈。淡淡的玫瑰花香很是诱人。我期待他的拥吻，深入浅出的那种。我喜欢他用胡子扎我，我喜欢他被我逼去刷牙时的憨态，我喜欢他抱起我，再举起来横扛在肩上的狂野……曾经，他喜欢用牙一口一个地解开我的纽扣，今夜，我从他背后紧紧地搂着他，并试着一个一个地解开他衬衣上的扣子，可是，我解开一个，他又扣上一个，如此打了两个回合后，我有点恼羞成怒，他这时也没什么大反应，只是语重心长地说："过了三十岁了，身体大不如过去，还

是细水长流,节约用电!"

性事、伤事

真的如此吗?他仍然壮如牛,偶尔做爱,激情是不如从前,但成绩仍然是不错的。他的"节制",让我很受伤。有一段时间,我情绪很低落,我倒不是什么到了"虎狼之年",我只是有严重的受挫感,有点儿生气,有点儿不甘。

我家的小保姆,很水灵的。平常,伟对他总是怜香惜玉的,还美化她,说她长得像大明星蒋雯丽。我知道,丈夫很崇拜蒋雯丽,每次蒋雯丽在电视台做的那个广告播出时,他总是很羡慕地盯着人家看。有一天,小保姆刚出门,我也假装上班去,等丈夫去书房抄一份报告时,我又神不知鬼不觉地悄悄溜回卧室,把自己关在衣橱里,等待好戏看。

不一会儿,小保姆回来了,进了厨房洗碗,"咣当"一声,想必是一个碟子掉在地上了!我胡猜,可能是丈夫从后面抱她时,她受惊吓了……可是,丈夫的声音却是从书房里传出来的:"怎么那么不小心,我们领导晚上回来了,又要K你一顿!"他居然在背后丑化我为"领导"。不过,他确实没搂人家的腰,正要继续胡思乱想时,丈夫进了卧室,奇怪,还把门反锁上,小保姆并没有进来,更奇怪的事还在后头。

拉开裤链的声音,他在干吗?我屏息静候,不一会儿,他发出一种奇怪的痛快的呻吟,这是何等熟悉的声音啊!我再也控制不住自己的好奇心与激动情绪,突然推开衣柜的门,天哪,这是多么恐怖的一幕:他,我的丈夫,竟然背着我,一个人偷偷地痛快地"五个人把一个人打哭"!

我当即变傻,然后一种莫名的耻辱、不安与忏悔一起涌上心头,伟也被我这突然的"现身"吓得不知所措,然后是隐私被揭穿后的愤怒,他动手打了我,我们扭打在地上……

我搞不明白,他为什么对"这么好的太太""根本不用"?他为什么要如此无趣地浪费"精"力?这一切比与小保姆发生不伦关系还要荒唐,还要让我难以接受,我甚至宁愿看到他和小保姆有什么关系!

这一仗过后,我们冷战将近半个月。

"丈夫"是世界上最困难的"职业"

我开始有点儿看不起他。

曾经有多少次，有人或明或暗地向我示爱，我都优雅、坚决地转身离去，因为我很爱伟，很喜欢丈夫的那种感觉。

现在，我不敢说，有一天我会不会动摇。

我是一个健康的女性，我要完整的人生快乐，也要完整的婚姻生活。可是，丈夫在退步，而我也并非在进步。我只是想保持曾经有过的温度与速度，想不到，这一切，对丈夫而言，却成为一种咄咄逼人的"压迫"与"役使"。其实，我不善于进攻，是不是我的幻想与期待，无形中给他增加了许多压力，从而"吓坏"了他的信心与"性"心？曾经造作的矜持与虚伪的纯真，成全了他的征服欲，现在，我脱去了假面具，而且不再是那个需要他用摩托车接送的"小女生"，所以对他而言，就没有什么神秘感，也没有可支配的意义？

我迷糊了、我茫然了。我不知道"失去"为何对我而言，竟然是因为自己变好后的一种"惩罚"。我更好了，他为什么反而不要？

听了王女士的叙述后，我们给她以下几个"说法"，仅供参考。虽说幸福要我们自己去把握、争取，但"性"福就有点儿"个性"了，有点儿复杂了。有时，真的要用这么一句老话来自圆其说，一切随缘，不可强求！

男人结婚后，特别是三十岁后已婚的男人，确实"性"趣会减。睾丸激素和一个人的性欲有关，而这种荷尔蒙的浓度会随着年纪变大而降低。最新研究发现，荷尔蒙的浓度还会因为个人的婚姻状态而上下起伏。男人结婚后，身体内的睾丸激素量明显下降。从演化的观点来看，这是为了让男人"安于室"。让男人们再也没有四出找寻猎物的生理需求和借口。奇怪的是，一旦他们离婚后，此值又会上升，似乎是作为他们回到"猎人"或"被猎"的世界中的生理准备工作之一。

婚内手淫。男人的"性"相对比较自私一点儿，特别是对一些已婚男子，他们觉得夫妻双方做爱，要有许多铺垫与花花草草的渲染，这很复杂、麻烦。更重要的一点，还要尽义务，要考虑对方的感受，要照顾对方

的种种反应，长期如此"做"，难免产生乏味、乏力感，从而觉得年少时的"单干"更简单、直接，纯粹只为了图"一时之快"，很单纯，不必有太多的"操心"。如果看透了男人的这种自私与"单干情结"，做太太的就不必太大惊小怪了。

男人的"难"言之隐。 男人在性生活中，喜欢扮演征服者的角色，所以做爱时，喜欢听到女方呻吟等反应，这会大大促进其战斗力，也大大满足其征服的欲望。作为一名"女强人的丈夫"，"伟"显然有点儿扫"性"，在潜意识里有一种仰视妻子的感觉。那么，性爱对他而言，就是一种被动的应战，再加上妻子无意中的"激将"与强人所难，他宁愿靠幻想去解决，释放内心的"火焰"。男人在性方面，特别敏感，也特别脆弱。有时，妻子善意的鼓励与"加油"，反而会成为丈夫的"喝倒彩"。一旦对丈夫"自尊"有所伤害，补救就很难了。

另外，不要绝对地把"性"的多少与爱情的多少等同起来，它们是密不可分的，仅此而已！到了三十岁后的婚姻生活，其"中心主题"也应做适当的调整，即从单纯的快乐原则转化为幸福原则，后者甚至包括痛苦；由"激动"渐渐淡化为"感动"；由"激情"过渡到"和谐"；由酒的热烈，调适到茶的清雅……有了这些改变或心理准备，你就不会觉得难受，这时，我们已没有禁果采摘，但美丽的秋叶，仍然可以愉悦你的心灵，美化你的生活。

19. 穿牛仔裤睡觉的女人

罗西

三十岁的刘球（化名），正当壮年，"性"致颇高。他皮肤略黑，气度不凡，可他也有难言的苦。原来，他每次求欢，都不同程度地遭到妻子阿芳的拒绝，刘球形容自己，好像是遭遇"被阉割"了一样的尴尬。

有一次，刘球想强行为之，其太太竟尖叫着一丝不挂地夺路而逃。现在，虽然夫妻同床，但阿芳居然是着牛仔裤睡觉。在这种状态下，刘球实

"丈夫"是世界上最困难的"职业"

在很无奈。他是个广告人，算是懂一些心理学知识，便来到"中心"，寻求帮助。

我们首先肯定了刘先生的明智，就夫妻的性爱来说，只要一方不想或是没有欲念，最好还是不要勉强上阵。否则，长此以往，就会造成许多女性性冷感或男性没有欲望或高潮。

对女方而言，如果自己不想要时，该如何拒绝呢？我们提出的建议是：先对丈夫的要求表示感激，这是不伤害对方的一个回应，虽有点儿"社交秀"的味道，但你诚恳地说出来，仍然中听。接着，必须要明确地回应不想要的理由，并且对自己的伴侣有所安慰。不让人家抽烟，总应哄他吃一块口香糖吧。

最后，最完美的是，要提出取代的新期望。比如，今天虽然不行，可过几天或许艳阳高照时，再做安排。这样充满兴奋的梦想与盼望，就不会有太多的失落和沮丧，更会对夫妻之间的亲密关系保持一定的"温度"。

可是，刘先生急了，还没听完我们的建议，他就嘟囔了一句："她根本不给我机会！"刘先生坦承，妻子对自己并不讨厌，相反，除了房事外，可以说她是百分百的太太。更重要的是，自己也爱她，这种可能致人发疯的折磨，令他非常压抑，百思不得其解。

于是，在我们的努力下，约请阿芳，做了一次检查和交谈。这是一个美丽的女人，白嫩的肌肤，细细的眉毛，很有林忆莲的风韵。她似乎有一定的心理准备，交谈还是较顺利，而且还那么害羞。

以下是经过整理的阿芳的自述部分——

我出生在一个比较封建的大家庭里，父母对孩子管教得非常严格。小时候，我最好奇的事就是自己究竟从哪儿来。每次问天性保守的母亲，她不是搪塞过去，就是说我是从垃圾堆里捡来的。

直到有一天，母亲终于忍无可忍，告诉我两个字"肚脐"。从那以后，我经常看自己的肚脐，愈看愈神秘，愈看愈深信不疑。上了初中，一次上"生理卫生"课，老师问我们从哪儿来的，我想自己研究这问题多年了，算是权威吧，便跟着大伙举手，想不到老师抬举我，真的让我发言，我清

了一下嗓子，说："肚脐眼！"

话音刚落，就听到爆笑声，我的同桌甚至笑倒在地上。这一节课，是我有生以来最难堪的经历。总之，在结婚以前，对于"性"这一领域，我是一片空白，非常无知。高中时代，有一次，一位同学突然肚子痛，请我陪她去看医生。我们到了门诊部，她单独进去问诊，我在外等候。

过了几分钟之后，隐约听到门扉半掩的诊室内，传来医生的问话："你的'好朋友'（女生的月经）是不是来了？"我当即推门进去，近乎是拍着胸脯说的："是的，我是她的好朋友！"顿时，医生及护士都笑得死去活来。

当我知道自己是怎么出糗时，十分懊悔。这两次的笑话，让我对神秘的性又多了一层感受：害怕。不小心就会犯错，这鬼东西还是少碰为好！每次洗澡时，连肚脐眼都不敢大胆擦洗，怕又出了什么新问题。

就这样到了新婚。刚开始，我极不放松，全身绷紧。后来，渐渐适应。但不久，就发现自己得了妇女病，白带较多。我就偷偷去医院就诊，但病情总是不断反复，无法完全根治这讨厌的阴道感染。

从一些报纸上我无意中获知，阴道感染，很可能是老公害的。所以，我心里就暗暗怀疑丈夫可能在外有过"偷吃"，把脏东西带回来了……但是我的成长经历中已对"性"很忌讳，所以从未明白地与丈夫议论此事，甚至自己偷偷服药，他也不知道。但上床后，我又不可控制地怕他，怕他"脏"，怕他那些肉麻的努力……

为了给阿芳女士一个明确的信息，我们建议刘先生配合做一次检查，结果发现他是干净的、健康的。对此，泌尿科的医生告诉我们一个有趣的现象，根据医生的经验推测，十之八九妻子的病是先生因素做成的，当事人却认定先生不可能会在外面乱来；反之，医生认为不是来自先生传染的感染，当太太的却往往一口咬定是先生背着她做坏事再把病传给她。就病菌分析，因为传染途径多，感染源也有可能是来自当事人。

这种不是因"外面女人"与其先生有什么关系而造成的感染，那就有几种可能：一是女性自己上厕所时，没有遵守由外向内擦的原则，将肛门

"丈夫"是世界上最困难的"职业"

的大肠杆菌带进阴部；二是双方在性行为的前戏部分，龟头沾染了肛门的病菌；三是女性的会阴短，而且肛门和阴道的距离非常近，尤其是男人在错进"门"的情况下，更有可能"污染"阴道；四是使用卫生棉时，又不是每次上厕所都换，因而谁也无法担保刚刚盖在肛门的部位，是不是移到阴部去了。因此，一味把阴部感染责任推给自己的丈夫，这对他是不公平的。

在听了医生专业的讲解后，阿芳不断地点头，并且表示治好阴部感染后，可与丈夫"重归于好"。

一个月后，刘球又找到心理治疗中心咨询，说其太太的感染已治好了，可是对于丈夫的正常性行为，仍然不是很积极，能逃避就逃避。在他的强烈要求之下，我们再次请阿芳做一次倾心长谈。

这次阿芳比较紧张，不像上次那么放松，也不举一些自我解嘲的例子。一阵长时间沉默之后，她终于吐出心头的一段隐痛——

读大二时，我认识了某公司的一位推销员，对方的口才、风度，令我陶醉。在他的进攻之下，我投降了，答应和他约会。我发育正常，我也有许多美丽的梦，虽然都是柏拉图式的，但很美，而且足以滋润我的心。

可是，有一天晚上，在他宿舍里，我们喝了一些葡萄酒，然后一起看了一部录像，是日剧，有关爱情的。正当我毫无防范的情况下，男友借着一点醉意，无情地把我按倒在床上……他简直是失去了理智，竟用牙撕咬我的衣服扣子，面目狰狞，动作十分霸道粗野。当时，我一下子吓得全身无力，但头脑是清醒的，脑海里一下子闪过许多可怕的镜头：失身、被抛弃、跳河、无人认领的女尸……很奇怪，当时怎么会有那么快、那么多的联想。

就在这一刻，我仿佛有了神助，恢复了体力，拼出全力一拳打在他的鼻梁上，他似乎也被镇住了，松了手。我趁机夺门狂奔，衣衫不整也在所不惜了，只希望快点儿到家，快点去洗手间大吐、大洗。

最后，我保住了清白之身，好险哪！自然，这段恋爱也画上了句号。

五年后，那个噩梦渐渐平缓下来不再时常袭击我脆弱的神经，并且接

受现在的丈夫的爱。可是，那个阴影，像个鬼魂一般偶尔还会出来作怪，弄得我对"性"又产生了一种排斥的心理。我知道这不好，对丈夫不公平，对自己也没好处，可是，我不敢对丈夫说，也难以启齿。今天，终于说了出来，我有一种呕吐后的快感，轻松了很多。

原来如此。

经阿芳同意，我们让刘先生了解其妻过去的这段经历，这种良性的沟通，解放了阿芳的精神，同时，也解除了她心头的枷锁。当阿芳伏在刘先生怀里痛哭的时候，我们情不自禁地会心一笑。刘球轻轻地拍打着爱妻的背，很温柔。

不久前，阿芳打来电话，语气间都是些明亮的调子，显然她很快乐，并告诉我们一个好消息，她怀孕了。曾经，她只认为"天亮了"是个可爱、安全的开始，现在她还喜欢另外一个词"天黑了"，因为夜深上床是一件美妙的事，所以"天黑了"便成了她心中的一个美好浪漫的词。

三、"情感暴富"后的
轻惆怅与小暧昧

一些貌似幸福婚姻里的小女人，偶尔有爱情的"小走神"。她们不是因为失去或者缺乏爱情而情感走私，而是因为"爱情过剩"……这些婚姻里的新女性，过着优越和悠闲的生活，丈夫疼爱她，事实上她们也很在乎自己的丈夫，却情不自禁、"心"不由己地犯困、犯"婚"。她们常常为同僚一条滚烫的手机短信而想入非非、为异性服务的热情而心跳加快，更迷恋网络虚拟世界那貌似无伤大雅的暧昧互动……

——"爱情走神"

"情感暴富"后的轻惆怅与小暧昧

1. 爱情走神

罗西

一些貌似幸福婚姻里的小女人，偶尔有爱情的"小走神"。她们不是因为失去或者缺乏爱情而情感走私，而是因为"爱情过剩"！你相信这样的事情吗？

采访的几个案例，让人迷惑。这些婚姻里的新女性，过着优越和悠闲的生活，丈夫疼爱她，事实上她们也很在乎自己的丈夫，却情不自禁、"心"不由己地犯困、犯"婚"。她们常常为同僚一条滚烫的手机短信而想入非非、为异性服务的热情而心跳加快，更迷恋网络虚拟世界那貌似无伤大雅的暧昧互动……

或许是夫妻感情饱和了，或许是对幸福已经习惯、厌倦，或许是为了虚荣、刺激，或许是通信发达了，心更容易被撩拨而扰乱……虽然"出轨"多是精神上的偶尔轻微的"分心"或"贪心"，但是仍然会影响到婚姻的品质及内心的安详。

她们容易或者愿意接受来自"婚姻黑客"的爱意、诱惑，甚至恭维与"冒犯"，哪怕是一点点，也会让她们激动不已，转而沉溺其中。这些暧昧多来自同事、网友、偶然相识的陌生人等，这让很多男性很困惑——"我对太太这么好，从物质到精神，为什么她会选择背叛？女人，到底要什么？"

A 为了那点滴的呵护与服务

杨凌，女，三十六岁，银行职员，婚龄十年

首先，我要说我是爱老公的，而且老公对我的爱更多。结婚这十年来，老公对我一直像初恋那样殷勤。他是从银行的小职员一步步干到中层干部的，事业上的忙碌没有妨碍他对我的照顾。在家里，所有的家务都是老公做。他每天都会早起做好饭，晚上等我回家的时候，丰盛的晚餐也会摆上一桌，打扫卫生、洗衣服、接送孩子上学、辅导孩子功课等都是老公一个人承包，我的生活安逸得像皇宫里的王后一样。

工作、家庭的事情占用了老公大部分的时间，结婚十年，他很少与我交流过关于感情的事情，或许在老公的心目中，他能好好照顾我，好好照顾这个家，就足够了。

在优越的生活中，我内心的寂寞却在慢慢滋长。我的上司年近五十岁，平时对我照顾有加。一开始，出于工作上的关系，我们经常短信联络，慢慢地，我们开始在短信里说一些无关工作的话。后来，我们都心照不宣地喜欢上了这种有温度的电波交流。

随着寂寞的疯长，这些短信也越来越火热，我甚至一天没有收到他的短信就会寝食难安，哪怕那边短信里叫我一声"亲爱的"或者"宝贝"，我的心里就会涌起少女时代的那种悸动和刺激，而且，这些短信，我甚至舍不得删。

老公不会看我的手机，因为他对我有一万个放心。在他心目中，他对我已经好得不能再好了，我没有理由去背叛他。直到那一天，老公用我的手机打了一个电话后无意中看到了我的数百条短信……

他只说了一句话："你你怎么能辜负我对你的好……"我能看出来，他的精神处在崩溃的边缘，我流着泪在他面前认错、自责……

后来，我们长谈了一次。宽厚的老公原谅了我的"爱情小走神"，他也坚信我是爱他的，与那上司的暧昧短信只是一种文字游戏，如同看一本言情小说后的暂时沉迷……那以后，我从老公那里找到了我要的真正的幸

"情感暴富"后的轻惆怅与小暧昧

福生活,而且,家务也不再是老公一个人的事情了。我空虚的心灵又重新充实了起来,里面除了老公,再没有别人的空间!

XO小姐,三十二岁,编辑

我和先生都是学文科的,他嘴巴很会说,但笨手笨脚。我现在才发现找个动手能力强的理工科出身的男人做老公,是最理想的。平常换个灯泡我都得从报纸分类广告里找个电工的电话号码,兴师动众的,很是麻烦。后来,我选定了一位白净文雅的电工,月付三十元,随叫随到。他不像传统意义上的电工,有点儿腼腆,年龄比我小,但每句话都很体贴,并努力消除我对电的恐惧。他曾开玩笑地"开导"我说,男女之间如果不放电,就不会有爱情,所以"电"是很美好的!我心里一下子便暖和起来,给他递杯水时,我不禁变得非常温柔,婚后很少有这种情怀,我为自己的变化吓了一跳。我知道,我和这位电工不会有什么事发生的,但我不能否认,我对他有一种奇怪的依赖心理,甚至希望烤面包时突然断电,再电请他十万火急地过来,我想用面包的香来让他陶醉……每次仰望着他在梯子上熟练地查线或换灯泡时,我都会产生一种崇拜心理,他是我心目中最能干的人,一个"带电"的男人,一个随时会让我火花四射的男人,一个危险而温暖的电工。他似乎也略懂我的心,但每月付他工钱时,刹那间又觉得这种迷恋没有一点儿浪漫可言,并且会有心灰意冷的沮丧感,可几天后,那种渴盼他来的心情又神奇地涌现。我真的为自己的心情感到困惑,还有一丝不安。

分析

有些上级的关怀、长辈的关心、服务行业的异性服务,有些疑似爱情的情愫,容易让婚姻里的女人惊羡、上瘾。

享受"关怀",接受"服务",是她们情感发生偏离的最致命的因素。

现代女性容易在职场或消费过程中"中弹",一方面是因为身心开放,思想自由;另一方面是因为从事一些特殊职业的男性,善于利用"异性效应"的原理进行情感投资,以期得到更丰厚的利益回报。这类魅力人才,

包括调酒师、家庭教师、美容师、陪驾教练、导游"少爷"、电脑保姆、安装人员、牙医、导购员及心理医生等。

社交老手都知道如何在最初的四分钟内,做出最合时宜的肢体接触,以达成更进一步的亲密关系。"触碰"是所有肢体语言中最初也最暧昧最有效的一种,它可轻易突破语言障碍,可以挽救失败的言谈,而以上那些行业的男性"好手",在与他们的女性服务对象打交道时,几乎都有肢体"触碰"的机会,这就大大提高了那些高度敏感的女性陷入情网的概率。

现在还有一种精神"触碰"及语言"抚摸",那就是手机短信。

女人总有"靠一靠"的天性,换句话说,寻求男人宽慰、关心和帮助是女性的一种"本能需求",而那些热情的语言、文字,显然是可以让人上瘾的,很讨女人欢心。

B 为了那单纯的暧昧与 "干净的" 花心

诺诺,女,三十一岁,画家,婚龄四年

我有一帮朋友,男男女女,事业上有互助,平时也经常凑在一起。这里面有一两个男孩,我和他们交往挺多的,一起吃个饭什么的。说实话,很多时候我觉得,和其他男孩在一起比跟我老公在一起有意思。我和老公结婚四年了,同吃同睡,这么长时间,也不可能有什么新的感觉。但是新认识的男孩如果优秀,能让你处于一种特别积极和愉快的状态,说得过分点儿,跟他们在一起,我才会发现自己挺有吸引力,觉得自己还是个相当不错的女人。

我喜欢旅行,但很少跟老公去。记得那年冬天我和一个男孩去安徽玩,两个人住一个房间,晚上出去在一家小电影院里看电影,然后在半夜里又去转小巷子。我挎着他的胳膊,笑声传得特别远。那个时候的感觉,像两个初中的同学一样,状态既单纯又很兴奋。回到宾馆,两个人都喝了点儿酒,微醉之下谈了很多话,也很高兴,但是到真的要醉的时候,我说我困了,于是两个人爬上各自的床就睡了。以后的几天都是这么过的。

其实第一次与男孩单独出去旅行时,我也有心醉神迷到自己都害怕的

"情感暴富"后的轻惆怅与小暧昧

时候,当时的反应是尽力克制,反复扪心自问这种状态对不对,得出的结论是,这么想没什么不对,我动心也是自然流露,但是再往下走,搞出点什么事来,那可就不对了。

首先那些男孩都是平时生活中交往的朋友,如果两个人真的一时激动做了点儿什么,以后见面肯定不自然,就可惜了友情了。而且拍拖的高潮一过,到了具体的生活上,男孩都差不多,女孩也是相似的,愚夫愚妇过日子而已。我现在的老公挺适合我,两个人也走了这么多年,为了一时的情感,打破一种来之不易的默契与温暖,我不舍得。

我觉得现在的我,与其说是个感性的女人,不如说是个懂事的女人。有过激情之后,安定和关怀才是我最看重的。我不愿意让老公伤心,更害怕亲手毁了现有的生活。这些交往的细节我都没告诉过我老公,怕他不理解。其次我觉得我也该有自己的秘密,就像他也可能有他的秘密。只要最终双方是往一块儿过,就应该没问题。有人把这种事儿叫"精神外遇",我挺喜欢这个说法,有点儿刺激,合女人的口味。归根结底,我觉得我对我老公还是挺忠诚的。

分析

北京"瞳人心理咨询"曾做过一份调查,想摸摸现代男女的情感脉络到底是如何伸展的,其中重要的一点,就是有关"精神外遇"方面的。这种被许多新女性津津乐道的所谓"干净的暧昧",到底会不会影响现实中的婚姻呢?

一派人认为,如果能"博爱"的话,就可以有更多人分享你的爱,何况只是图一"手"(手机短信、电脑打字)之快,又没有付诸于更深的行动,有什么不可以?精神有了寄托,心灵就不会空虚了,反而会促进婚姻的经营。人性的弱点就是喜新厌旧。身边有"蓝颜知己",天边有"网络情人",这成全了人性的这种弱点,但它又不会让你一直跟着感觉走,两全其美,不失为一种好办法,更谈不上罪恶。有的人认为谎言是温暖的,如果你不说,他知道吗?所以,自己谈了不必说;另一半的,最好也睁一只眼闭一只眼。

另一派观点，十分明确，外遇就是外遇，不管是精神上的还是肉体上的，因为真爱是灵与肉的结合，缺了其中一面，这个爱就是不完整的。所以，他们认为，这不可原谅。爱，因是全身心的，如果"吃"在家里，又心系外头的"他"，这种人性的假面是十分可恶的。精神上的依恋，有可能促进一个人走向肉体。外遇不单指肉体的接触，精神上不专一，肯定会影响现实中婚姻的品质，因为不纯、因为已含水分了。

C "情感牧师"的观点

"情感暴富"后的觉悟

因为有了电话、手机、短信、视频、QQ、MSN等，我们的世界变小了，仿佛没有了距离，爱就在左右，因此懒得行动，疏于保鲜，还产生一种虚假的"情感暴富"心理，这样就在无形中弱化内心的激情，不再有寻觅、期待、相思等传统的情感释放与满足的快乐与美感，没有了心理上的天涯海角，所以就失去了海枯石烂、山盟海誓的精神需要，仿佛呼之即来，点之即去，感情饱和，审美也疲劳。一夜间，我们的爱情好像都盈盈在胸，举手是抱，张口是吻，对感情产生了吃饱了撑的这样一种幻觉和没有什么意思的错觉，于是无聊、空虚，但是又无心去经营，床头到床尾都可以发短信，那么连用屁股去撞他（她）的兴趣都没有了……

快捷、无障碍的交流沟通应该是促进感情的发育、发展与稳定的，但是我们看到更多的感情问题、更多的"看起来很幸福"的旷男怨妇。我们仿佛失去了爱的再生能力，因为爱的武器多了、先进了，而我们的爱的能力、智商反而降低了。"畅游无障碍时代"，爱情容易被简单化，大家也很容易怠慢自己的感情建设，甚至觉得自己已经是"情感暴发户"了，这样的错觉、这样的误导，最后反而伤害了感情，最后才发现自己维系的感情如此脆弱、不堪一击。

更重要的是，很多人因此不懂得珍惜，这才是资讯发达时代对情感最致命的伤。

因为快，因为容易，所以我们失去爱的能力和一颗惜爱、惜福的心。

"情感暴富"后的轻惆怅与小暧昧

祸不单行的是计算机网络世界的不断开发、扩张,我们已经集体陷入了虚拟的大世界,我们随时可以隐匿自己,变换角色,在虚拟世界里放肆情绪,游戏情感,轻易地满足欲望,再次产生"情感暴富"的错觉,而渐渐疏远、忽略身边的感情与爱人,而只盯着电脑里的虚幻世界、虚拟时空……你可以在网络上交友、认养男人(女人)、裸聊、甚至视频做爱……因为自由,所以弱化了责任感;因为朝生暮死,所以更要朝三暮四;因为贪心、花心,并蒂开放,所以更沉迷、依赖网络,不仅荒芜了生活里真实的感情,还自以为身负情感硕果而扭曲人格、自我膨胀。

冷淡了枕边温热的身体,脱离了阳光下温暖的生活,现代先进通信工具、电脑网络,造就了一大批情感暴发户,其实也是在生产情感低能儿。

那么在情感暴富后,我们该如何提高自己爱的实践能力?如何真正享受爱的丰富、丰沛与圆满,而不是因为贪心而烦乱、因为走神而惆怅!

世界变化太快,所以我们也情不自禁地跟着浮躁起来,要让我们真正成为一个情感的富翁,应该回到内心,学会珍惜,这样,武器才可以成为我们真正的武器,而不是我们的情感凶具。会武功的高人是不带兵器的,但是有了兵器不应该就荒废了我们的武功。情感需要交流,但是,最重要的还是心的交流,心有灵犀,这样的情感才温润、美丽、深刻、持久。

总之,在这样一个通信、网络发达的时代,我们很容易疏于情感的管理与培育,滋生虚假虚拟的"情感暴富"心理,不懂得珍惜,浮躁,还可能激发贪心与花心。所以,我们有必要回到内心,与自己诚实地对话,保住生命里最纯真的那些美善与智慧。

2. 八○后情人,七○后太太

罗西

我和老公很早就认识,那年我十八岁,他大我两岁。我们是在一起学电脑时认识的,这是十四年前的事了。同学相处,渐渐有朦胧的好感,我们还太小,加上现实条件好像都在提醒我们不可能,很自然地,我们分开

了,我回到了我的小城,他留在福州继续求学,一直有信件往来。慢慢地,他的信多了,内容也开始热烈起来。

我是属于那个动乱年代的"孽债",妈妈在我五岁时离开我,回到她的大城市,我跟着爸爸待在小山区里,爸爸娶了后妈,又生了小的,我的生活经历,造就了我对幸福不敢确认的个性。很早,我就选择了独立,喜欢独自漂泊,经常到处晃。他写给我的信,经常都不知道往哪儿寄。对他的感情,我始终是淡淡地应对。就这样过了三年,他也追求了三年。可能是我也晃累了,他的纯真、阳光,让我觉得在一起相处应该不错,便选择了来到他所在的城市,他当时已毕业开始工作。来自农村的他,没有什么门路,被分配到一家国有企业,收入自然不高。我到一家私企做文员,很自然的,我们订婚了,然后就在一起生活。租的房子,条件不咋的,但是有他细心的呵护,热烈的爱,让我渐渐有了安全感,认定自己的选择没有错,也非常珍惜属于我的这些幸福。

我们爱着,很努力而充实地生活着。他算是一个优秀的男生,在国企积累了经验后,很快被人家聘请,工资收入慢慢提高了,用家里的赞助和自己的积蓄买了新房,结了婚,有了孩子。他在自己的努力下,一步一步地从工人做到了经理,然后是总经理。我呢,则更多地花心思在家和孩子身上,当然,也始终没放弃自己的工作。

一切似乎都是那么的美好,他对我的爱也好像没有因为时间而变淡,有时候,他会很深情地搂着我,问我:"老婆,下辈子我上哪儿找你去?"儿子和他经常一人一边地搂着我,儿子说"妈妈是我的",爸爸说"老婆是我的",看着他们相争的样子,我觉得幸福无非就是这样吧。

先生平常工作的事也会回来跟我讲,听听我的意见。有一次,他很得意地跟我讲,同事都很羡慕他,说他和我很完美,很恩爱。我说,为什么这么说呢,难道人家就不幸福吗?他很自然地讲起他的同事,一个不幸福的女人,说她和老公也谈了八年的恋爱,家里人都不看好他们,但是他们仍然结合在一起了。因为她年纪不到,生了孩子,失去了工作。没想到在怀孕时老公就做了对不起她的事,她努力过,但是没用,老公始终不回头,仍然在外玩;而她也开始放弃,各玩各的,孩子也没人管,丢给老人

"情感暴富"后的轻惆怅与小暧昧

带……慢慢地我从他的口中知道了这个性格疯疯癫癫的女人,像个十三姨,什么家务都不会做,婆家人也不满意她,甚至她娘家人都在指责她只顾玩,不顾家……

可能是我的直觉吧,我提醒过先生,不要过多地管人家的事。他说他知道,可怜的人很多,他哪儿管得过来,只能是同事、朋友间聊聊天而已。有一次,我们娘儿俩回娘家几天,在这期间我就隐隐地觉得不安,因为往常丈夫一天会几个电话打来,而这一回呢,他几乎不打。我们回家后,我就感到他眼神中的躲闪,对手机也似乎过分紧张、在意,一直拿在手上,以前他都是乱扔的,短信、电话什么的,手上没空我都经常帮他接的。在他洗澡时,我忍不住看了他的手机,里面有一个号码联系得特别频繁,短信也很多,很亲密,但还不至于到暧昧的口气……

我越想越慌,第二天,急了,就去打话单查看,发现他们通话的时间非常长,显然话已投机。当夜,在我的逼问下,丈夫承认了,是那个女人,那个"不幸福的女同事"!暂且叫她"阿春"吧,先生只承认,是聊天聊得多了,但并没做什么,只是觉得她很可怜。

我真的很怕、很紧张,我一再要求他不要再滑下去了,那样会影响我们的感情的。他看到我的痛苦,也一再表示,他会的,他非常爱这个家,爱我,不会让自己再错下去。

可事情真如我害怕的那样发展下去了,她有太多的时间和寂寞,时不时地找我先生聊天,诉说心里的苦闷;而他呢,也会抽时间陪她聊天,跟着她上酒吧。我们夫妻的业余生活非常单纯,偶尔逛逛街,平常他就喜欢上上网、听听音乐,或看书,偶尔叫几个朋友来家里玩玩……而阿春呢,八十年代的新一辈吧,有非常丰富的娱乐生活经验,会找他陪着喝酒!当然,他会以加班为由晚归,但是晚上都会回来。我仿佛看到事情在恶化,因为他渐渐地在忽视我。

有一天晚上,他很痛苦地跟我讲,他陷进去了,爱上了那个女人,他曾经是百分百地爱我,但是现在不行了,有一部分的心留在她的身上了,他不知道怎么办!当时,我非常愤怒,但是并没有失去理智,只是与他在谈心,希望他为家为孩子,不要放弃,努力让自己回来。他也一再表示,

他根本舍不得我和孩子，他要回来。其间我甚至问过他："你满意她什么？"他说："她有的你都有，而你有的她却没有，那就是你的贤淑，而她所拥有的可能就是那种青春和活力。"因为她小我六岁。

事实上，他仍然很喜欢带着我出席他的聚会，因为我们的恩爱、我的形象气质一直是他引以为荣的，但是优柔寡断是他致命的弱点。阿春的攻势更猛了，她不顾一切地表达她疯狂的爱，坚信她能抓到我先生的心。"为了爱"，为了表达自己的心迹，她破釜沉舟，彻底地与她老公决裂，彻底放弃了家，放弃了孩子（其实从孩子生下来她就没有带过）。

面对这样一个火焰般的年轻女人，我丈夫心里更增加了一份愧疚，他更痛苦了。

我坐不住了，我和阿春面谈了。她宣称："你老公不爱你了，爱上了我，要带着我远走高飞了，你放手吧……"我问她："你的老公出这事你不是也痛苦万分吗，为什么还在做这样的事，破坏我们的家。你明明知道我们是很幸福的。"她说："是，你们曾经非常完美，但是被我破坏了。我曾经被人拿刀杀过，现在不得已我又拿起了刀。没办法，我爱上他了，爱就是爱，顾不了这些了，只要他高兴，我什么都可以给他……"

如此嚣张的态度、不可理喻的观念，简直到了无耻的地步。虽然我们没吵，但是显然是水火不容、格格不入的，仿佛有思想上的"代沟"。我是七十年代的，她是八十年代的，我们谈不下去，就这样不欢而散。

晚上老公回来后，转述了那个女人的意思："她可以不要名分地跟着我，因为我不能放弃家。"我非常肯定地说："不可能，爱情是自私的，我做不到！再说，阿春是个不达目的不罢休的人，她不会委屈自己的，这只是她的第一步，她想一步一步地让我受不了，自己走开。她不就可以一步步登堂入室了吗？"

老公则一直说她没那么坏，不是我想象中的那种人。但是，我的痛苦，还是让老公心痛。他表示，他再作努力。我也缓和地说："我给你时间和空间去解决问题，但并不是纵容你。希望你明白，为了孩子，为了家，为了你这十年的努力。"甚至我搬出爱我疼我的婆婆来打动他，人心换人心，老人家把所有的家产都交给我保管，有什么事都跟我说，姑子和

"情感暴富"后的轻惆怅与小暧昧

妯娌都说公婆偏爱我，什么都舍得给我；她们也不得不承认，我确实对公婆好。这一点也让丈夫非常感动，说我不容易，能让他母亲这么疼我……

这仿佛触动了他亲情里最柔暖的那个地方。他当时非常感动，用发短信的方式说，谢谢我的宽容，会好好爱我一辈子。于是我们表面上仍然很好，但是彼此心中这道伤很深了。我不知道如何努力，只想着努力让这个家回来，让他回来。生活中，我仍然悉心照顾着他和孩子，想让他感觉到家的温暖，他也仍然把工资交回来，努力对我好，让我开心。在朋友面前，我甚至不愿点破，我希望这只是一场梦，醒来就好，希望给他一个浪子回头的环境与机会，希望这一切，能过去。

事实上，他们都在一个单位，不可能这么干脆就结束。那女人，经历过背水一战，不会轻易放弃。她很会来事的。优柔寡断是丈夫的弱点，他的心太软，我想他们偶尔仍会在一起吃饭、喝酒什么的吧，我也尽量不去多想，静心过自己的日子，相信他在加班，相信他在努力回头……

有一回，无意间知道他们一起逛街（大中午时），我也借机大发火，大骂他的不是，而他一再表示只是一起吃饭，没什么事。别人可不这么想的，他们的暧昧往来已经有十个月了，"你要折磨死我啊，我给你的时间够长了吧！"

闹了一晚上，第二天上班，阿春看出了他的痛苦，主动打电话、发短信给我，但我都没理会。到了晚上，她求我接电话，说她很苦，我接了。她说那十个月对她更是折磨，一点儿也不开心。她也试着离开……总之，很伟大地说了一通，说她没我好，她会撤走的，她没有我想象中的那么坏……

过了两天，老公回乡下办点儿事，晚了回不来，就住在乡下了。我也早早地睡了。十二点吧，电话把我吵醒，老公在电话里又怒又急地说："那个女人神经病，喝得醉醺醺地在外面疯，我骂她两句她就把电话关了，跑了，也不知道会不会出事。我这会儿又没车，回不去，急死了。要是她出事，我真的会不安的……"我迷迷糊糊地问，难道她不知道你不在城里？他说她知道。我说她没有朋友在一起吗？他说，那是什么朋友，全是垃圾。我心里暗想，那你算是什么？

我只好说,没事吧,有朋友在一起,不会出事的。要不我替你找去(言不由衷啦)。他想了想,说也不行,"你也不知道上哪儿找去,再说这么晚了,叫你出去我更不放心……"他就这样絮絮唠唠地说了很多,先是批评那个女人不清楚啦,很像小孩的心态,从来不懂得换位思考啦什么的。末了,他继续表态:"老婆,我真的会回来的,给我点儿时间,我只是一时放不下心中的愧疚。"

不知怎么了,我心里只是淡淡的,但是挂了电话后很久没睡着。第二天,老公回来后我也没问"后续如何",不想谈了。后来,偶尔或者"无意"里,也会发现丈夫手机里有与那个女人往来的肉麻的短信,我说过她是个很会来事的女人,花样比较多,我佯装不知。他也很少晚归,即使在外面待一会儿,都会像以前那样打报告,努力不让我想歪。我也学着选择相信,让自己看开,但是我清楚自己很难,压抑的感觉一直都在,在家中也感觉不到那种生活的畅快。我们的生活曾经非常透明清澈,现在没有了,隐约有些提防、有些客气、有些隔阂。

以上是一位化名为丘雨的女士给我发的邮件,她需要一些心理上的指点与帮助。我是这样回复的——

真不容易,你们,特别是你。其实你做得很好了,而且你现在相对平静了,如你说的"淡淡的"。

可以看出,你的先生现在是有些怕你,甚至烦你了,虽然你还有性吸引力。从他的态度看,还是比较诚实的,而且愿意与你一起面对。确实就是他的心太软,这样的男人,如果你要的是结果,即把他留住。那么,在对他怀柔那么久之后,不妨也给他来点儿强硬的态度,他应该是能吃硬的。比如说,有她就没有你,要你就必须干净地离开她;还要告诫他,如果他不决断,最后受苦的是他,还有一家人;现在悬崖勒马,其实就是一个人稍微痛苦一些,那就是她——阿春,但也是自取的,她还年轻,还有机会。

我目前的主张是,继续这个婚姻,因为他本质不坏,说实话,哪个男

"情感暴富"后的轻惆怅与小暧昧

人受诱惑时,不顺水推舟?他起码还在"扑通"地挣扎,应该还是可圈可点的;必须再接再厉,在实施怀柔政策的同时,晓之以理,适当恐吓,然后尽量多陪他,让他明白,除了你,其他的都是泡沫,如何?

收到我的回信后,丘女士又给我来信,文字很漂亮。

看到你的回复,虽然很短,但很中肯,也很明晰,我还是流泪了。我一直在强撑着,好久以来,甚至都顾不上内心的疼,只有两只手,只顾得上拉他,却没有多余的手来捂着流血的心。

知道这个婚姻仍有可取之处,甚至自信,放弃以后,后悔的一定是他,但是我不敢去做这个尝试,我知道,一旦转身,就再也回不了头。有时候甚至恨他,不知道我的苦楚,但是一直拿一个信念来支撑,要给他一个改错的机会,希望他有醒来的一天,甚至有时候想,完美真的只有在童话故事中才能实现的。也许以后回头来看,这在漫漫人生路上不算什么。他曾经说过(在我们谈心时,非常痛心)他给我创造了一个完美的宫殿,但是也是他一手毁了它;对方就鼓动他,出来再为她创造一个宫殿。

其实,我觉得最难的是自己的内心,清醒、理智,其实非常痛苦,压抑的内心时刻想爆发,时时感觉到自己站在悬崖的边上,真想纵身跳下去,解脱一下,每次都是那一丝丝残存的理智在拉着我,告诉我再坚持一下,说不定明天就一切都好了,不能输在最后一步。

你说的做法我不是没有尝试过,也做过,但是他是属于吃软不吃硬的家伙,一旦逼急了,他就会赌气放弃,他的性格是属于在外面是好好人,也就是说他的朋友、老师、同事,甚至秘书都说他是个好人,而只有我和他的母亲知道他的坏脾气。跟他生活了十几年,逐步了解他、适应他,有时候他的老爷脾气坏起来真的是让人受不了(可能是农村长大的长子长孙,老太太宠出来的),只有哄才能搞定他,然后他又会屁颠颠地对你好。婆婆说的,本质不坏,是被宠坏了。在对朋友上呢,他也是宁可自己吃亏,也要让别人高兴。他在外面属于抢着买单型的,然后回家拉紧裤带也愿意的那一种人。所以,逼对他来说,似乎效果不好,我现在仍然只是跟

他说让他自己处理这一切,不逼他,但是似乎时间太过于漫长,有时候真的恨得我牙根痒痒!

我曾经想过,以那女人的经历和性格,有没有可能在看不到希望的时候,失望放弃?或者说,以我先生的大男子性格,或者说比较传统的观念,终有一天厌恶了这种花花女子,我们和八十年代的玩一族有代沟,这也是不得不承认的事。

现实生活中,我也适当地控制他的零花钱,不得已,为了生活,不能让他乱花,何况花在那样的地方,内心终究不甘,好在我们曾经的生活习惯帮了我。他一向是全额上缴,晚上也几乎都在家里吃饭,最近偶尔有应酬,也似乎比较透明,起码比较重视我的感受,怕我胡思乱想,在半途都会抽空给我打个电话关心我们吃了没,说他和什么人在哪儿做什么,尽量早回来。现在的他似乎给不了她什么,我知道的就是打打电话和发发短信,当然都是避着我,这有没有可能让她看不到希望,尽早放手呢?

最后我是这样答复丘女士的——

也好,就让那个阿春作为敌人再存在一些日子,如一年,也许有了这样的对手,也让你更觉得他的好及自己的优秀,不经过"比"出来的东西,往往稍微有些平,你就当做一次人生比赛好了。然后继续"表演"你的好,让他彻底惭愧、觉悟,然后慢慢收心回来,如何?柔里带刚,情理并致。

不过,现在他才三十多岁,还有起码二十五年的情感颠簸与磨砺。男人五十五岁之前还是需要防范的,你也应该有个心理准备。万一你有一天接受不了这样的"累",那就优雅地赢回来,让他去吧。现在你肯定要摇头,但是必须有这个最坏的打算。我不觉得三十多岁离婚的女人有多么可怕。当然,现在仍然要咬紧牙关,起码不要让那个女人轻易得到。虽然爱情无关输赢,但婚姻绝对是。

"情感暴富"后的轻惆怅与小暧昧

3. 对不要的性说"不"

罗西

新女生现在流行低脂脱俗的"轻食爱情",说穿了就是"对不要的性"说"不"。

在接受我访谈时,自称"出污泥而不染"的小晶语气非常坦然。这位身上各个关节挂满饰品的女生骄傲地说:"这些都是我自己挑选、购买的,没有一件是男友送的。"他们喜欢做周末恋人,一周聚一次,"以免麻烦对方"!是的,爱一个人其实是很麻烦对方的,所以才有我一直倡导的新礼貌用语:"对不起,我爱你!"小晶与男友总是若即若离的,即使出去吃饭,也实行严格的 AA 制,谁也不欠谁的。

男人犯错往往是在女人犯傻之前!新女性在恋爱、约会时最好的自保方式,有点儿像过中国的十字路口:一停二看三通过。

于菊有一套自己的公寓,不大,但非常精致。她是一个有主张的女孩,所以从父母那里搬出来独住,不过周末都回郊区老家陪父母。她说:"我是翅膀硬了,喜欢拥有单身的感觉。"可是,原先快乐无忧的她,最近要告别单身,因为她"不得不提前结婚"!

二十七岁的于菊,看起来比实际年龄小很多,还留有清纯的学生模样,一袭白裙子,有出水芙蓉的干净与脱俗。三年前,她认识了刚,并与他恋爱至今。他们很相爱,双方父母也认可。于菊本想在二〇〇八年与男友结婚,在她看来,爱情长跑才有意思,到时候去北京度蜜月,看奥运会比赛……那是她内心最甜美而神圣的一个梦。

几个月前的一个有月亮的晚上,她所住的小区停电,只好约男友刚一起去看电影。她心想看完电影回来,应该就会恢复供电。当男友送她到楼下时,保安告诉他们电要等第二天才会送来,正犹豫着,刚自告奋勇地说:"我陪你吧,今夜!"于菊想想也是,便答应了。她是个怕黑的女人,

再说刚坚持三年没有"动自己一个手指头",应该是信得过的,平常只允许他拉手、拥抱,最多是接吻。他十分合作、听话,不会犯规。不过,今夜引他入室,会不会是一个错误?毕竟这是第一次"同房"……在要掏出钥匙开门的一刹那,一只猫叫着跑过,吓得于菊一头扑倒在男友的怀里,于是,她更坚定了留宿男友的决心。她跟唐朝女皇武则天一样最怕叫春的猫了,更何况这是一个黑暗的长夜。

点了精油、蜡烛,芳香四溢,没电也好,别有风味。吃了水果,又喝了冷水,于菊有些冷,这已是深秋了,在她准备给男友刚找毛毯时,他双臂合围过来,撒娇地说:"宝贝,我不要毛毯,我们一起就可以取暖了!"于菊摇着身子想挣脱他,但从后面环抱她的刚更紧地搂着她。一股暖流传遍全身,很舒服,她便不再拒绝他,但口里仍在说:"讨厌,你不要趁火打劫噢!"

这时的刚已经是熊熊燃烧不能自已了,烛光下的他,呼吸渐渐变粗……之后干脆把于菊抱起来,转圈,于菊咯咯地笑着。这一笑对刚而言,无形中像打了一针兴奋剂,他忘了所有的于菊曾经单方面订下的"规矩",顺势抱着女友翻倒在沙发里,在于菊还没完全反应过来,他强行拥有了她的身体……

于菊清醒过来后,哭了,然后是摇打他,后悔莫及。可是刚像个做错事的孩子一样,打不还手,傻傻地垂头站在一边,这又让于菊顿生怜惜之情,不忍心继续惩罚他,但仍然感到愤怒、不甘与害怕,心情异常复杂。天终于亮了,刚认错,然后去医院买了药回来"补救",于菊虽然恢复平静,但内心一直感到不舒服。就这样不明不白、糊里糊涂、毫无准备地"失身"了。她心目中理想的恋爱进展方程就此画上句号。一缕晨愁令她无心梳妆,面对镜中的自己,她问:"二〇〇八年还等吗?"

既然已经"给他"了,一周后于菊决定尽快嫁掉,她不想背着任何心理包袱谈恋爱,但内心隐隐地又痛起来,这公平吗?男友的行为,是对自己尊严的侵犯,可他又跪下认错,口口声声说:"我是因为爱你才情不自禁!"于菊很矛盾,因为她很爱刚。于是约我出来聊心事。

我说,如果你觉得结婚可以让你结束这些内心的挣扎,那也是一种选

"情感暴富"后的轻惆怅与小暧昧

择。但她心里仍然有一团阴影,简单地说,好像这一切都是"被迫的",不是水到渠成的那种境界。我无言以对。于菊是个认真的女孩,她让我想到"约会强暴"这四个字。其实,很多女孩婚前都经历过这种事,只是从未把它当做一个问题去推敲或反思。

对于"约会强暴"你有多少的认知呢?浪漫的约会在你毫无预警下演变成一场令人惊心动魄的"约会强暴"的几率有多少?你的"约会强暴"的 IQ 指数是多少?学会对"约会强暴"说"不",才能拥有更安全甜蜜的约会时光。应该说专门借约会侵犯女性的色狼不是太多,但是更多的"男朋友"是以爱的名义强行占有对方,这往往更容易获得女友的谅解。特别是随着网络交友的盛行,已发生不少这样案例:满怀期待与网友见面的女孩却惨遭"狼袭",这就是"约会强暴"。假若女性单独到男性的住处、他的汽车里或其他僻静空间,这位女性都有可能成为受害者。值得注意的是,"约会强暴"的发生并不局限在初次约会。

那么,恋爱中的女性该如何提高自己的防范意识呢?

第一,自保策略是不要贪小便宜,吃人家的嘴软。轻食爱情主义者,是很忌讳花对方的钱的。

第二,月下山盟海誓时,可以陶醉,但是不要糊涂得没了分寸,请记住一个新词:华丽转身。新女性要善于华丽转身,而不是热乎乎地迎合,或百媚千娇地讨好。只有这样,保持一定的距离,维持一定的温度,爱情才会细水长流,平淡但真实。最重要的是比较"安全"!

第三,初次约会应该选择人多的地方,避免"单挑",时间也不要太晚,尽量不要让对方在初次约会时就"护送"你回家,彼此保持安全距离,这样你才真正有机会了解你的约会对象,清楚地研判是否与他继续交往。不要担心对方认为你保守,因为很多"约会强暴"都是在第一次约会时发生的,所以要慎重。一方面可以给自己的安全加把锁;另一方面,也是证明自己"有头脑"的机会,心怀不轨的男人最喜欢没有头脑的女人。

第四,认清自己的心理"弱点",提防为其所"用"。怀春对女孩而言,是一种特殊的病,低烧、心律不齐、口渴,有强烈的触摸欲,这时,

她最好的解药，是需要一个自己爱的男孩；而男孩的爱情，带有一种"解决问题"的欲望，仿佛天生就是来摆平"犯病、犯傻"的女孩，所以可以不择手段，包括抛洒女孩百听不厌的谎言。谎言之所以是谎言是因为另有企图，所以在他说"爱"的时候，往往是"性"的假面具，不要太在乎，在乎的应该是自己的"恋爱中的身体"。你的身体，任何人都没有权利去强迫你做任何你不想做的事，假如你不想让对方触摸你或吻你，就必须坚决地说出："请把你的手拿开！""请自重！""如果你再这样，我就马上走！"总之，要把对方的不良欲望扼杀在萌芽状态之中，不要让他得寸进尺，因为你把太多的控制权交给了对方，相对地就减低了对自己身体的主控权。

第五，小心撒娇给对方带去错误的"性"息。一旦对方"燃烧"起来，千万不要有模棱两可的态度，让对方摸不清你真正的意思。留意自己是否经常制造让对方误解的言语或举动，如身体无意的触碰、拧捏等，因为大部分的男性对于女性的一些行为会产生错误的解读，若你经常在肢体语言上所传达的信息与你嘴里所讲的不一致，这些都很可能会导致你遭受性侵害行为的发生，因此一定要注意你的身体语言所散发出来的"性"息，免得让他有机可乘。男性经常会将女性的"被动"解释成"默许"，因此他们会忽略或误解女性"礼貌"的反应，所以你一定要直接地说："不！我不喜欢这样。"千万不要担心你的坚决态度会因此而伤害了男友的感情，因为这事关个人的尊严。

人不可貌相，有时一个看起来是很绅士的人也可能变成一个面目狰狞的强暴者，性暴力倾向往往会有一些特质，当你察觉对方是具有这些特质的男性，就要提高警惕性！一般而言，不会倾听你说话或忽略你所说的话的男性，通常会不太尊重女性，当你说"不"时，他就会很自然地解释成"一切由我做主"。

总之，他总是霸道地做他想做的事而忽略你的想法或意见；还有强烈的嫉妒心或占有欲。这类人通常对于女性有着错误或不切实际的认知，如认为在性行为中女人天生就应该要服从男人。这样的男性基本上是不懂得尊重女性的。另外，他可能喜欢酗酒，因为酒醉通常与粗暴行为是相关

"情感暴富"后的轻惆怅与小暧昧

连的。

记得打开心扉,表现你的真诚,但是不要轻易地让别人打开你的拉链!

4. 爱人间的距离需用爱去丈量

明夫人口述 罗西整理

我原来并不迷信所谓"门当户对"的爱情,后来我与朱阿南结婚后,才知道自己错了。当今的爱情、婚姻所讲究的"门当户对",是关系两个人的价值观、人生观及生活方式,甚至个人嗜好等状况。我是地道的城里人,他的老家在闽北乡下。他大学毕业后,留在省城工作,虽然也是城市户口,但他的内心依旧是个农民。最初看上他的是朴实、勤奋,没有不良嗜好。很简单,就是想找个可以走一辈子的男人。

第一次到我家,看到我正在阳台晾衣物,他居然怕邻居看到我的红色胸罩!当他走后,我把这个细节告诉父母时,他们都笑了,然后是一致地称赞,说他"苗红根正"、天然环保,是没有被城市红尘污染的好孩子。其实,我从小就希望找个比较有战斗力、视野开阔的"兽性"男人,当然他还要有狗的忠实、绵羊的顺从、猩猩的聪明和狮子的骄傲。妈妈说,太贪心了,你只能找个"四不像",最现实的应该找个像"狗"一样忠实的男人。我最终听进了妈妈的教导,决定嫁给了这个小名也叫"阿狗"的朱阿南。

我们的恋爱非常"纯洁",可见他是个有自制力的人,虽然有时会恨他不解风情、急他有点木头,但也给我留有许多神秘的幻想空间。一个男人如果没有让心爱的女人有所期待的话就没有味道了。所以,我们的性爱"处女作",确确实实是在洞房花烛夜:他急得像热锅里的青蛙,全身上下只剩下一个火燎的、却是有些傻的动作,那就是"扑"!我的春心,喜欢微风徐徐的荡漾,可是,他却给我的是"咸"风!本想与他玩猫捉老鼠的游戏,但是他不屑这些,他只要"真抓实干",甚至不允许我有"倔强的

唇"。他要我"先闭上眼睛"……原来有些内敛甚至文弱的他，在情欲的带动下，终于露出了大男子主义的尾巴，说一不二，固执霸道，一直走到黑，像蛮横的牛。事后，我调侃说，我终于看到了他的两个"尾巴"，一个是肉体的，一个是精神的，他居然羞红了脸，有些恼。是的，做爱之后，我才更清楚地认识或者说见识了这个男人。在性方面，他是"不能不做，却不能说"，或者是"只做不说"。而我的体会是，后戏的"说"好像更享受，这个时候的谈心才是真正的愉悦，但是他不懂得雨后彩虹的美。想不到婚姻里的第一个问题就这样发生在身体做深切交流后的那个洞房里的午夜。

爱的感觉，一开始是很甜蜜的，但是慢慢的，随着彼此的认识愈深，你开始发现了对方的缺点，于是问题一个接着一个地发生了。基本上，白天"面"上的生活，他都很勤劳，甚至过分温顺。用他的话说，他是牛粪，我是鲜花，所以他更要有服务意识。但是，在情欲、情调方面，我们的口味、趣味真是有"代沟"，很矛盾，经常是意见不合。更要命的是，发生矛盾的时候往往又是需要同床共枕之时，所以矛盾就显得特别刺眼、烦人。比如，我这个狗男人是不用安全套的，所以结婚十一个月后，他就如愿做了父亲。我的计划被打破了，但是他乐见其成，还说："我是做爸爸之后才学会怎么做父亲的。"可他做了爱人之后却没有学会怎么做情人！听了我的不满后，他很惊讶，"我哪里做错了？什么情人？"在他看来，忠于太太就一切OK了。什么"情人特质"都是骗人的，他矫情不起来。所以他理直气壮地反唇相讥："你真是欲壑难填！"我不管他有多"猛"，而是对他的"忽略"与"寡味"，让我有了受伤的感觉。性对他而言是简单的痛快，而我要的是"复杂、美丽性"，这种观念的"剪刀差"，往往让我感到无力，有种秀才遇大兵的感觉。

后来即使在白天"面"上的生活，只要涉及"男女关系"的事，他就有畏难情绪与抗拒心理，我真搞不懂，他怎么那么害羞，显然这与小时候保守的"民风"熏陶与严格的家教有关。比如，我泡澡时要他拿了本杂志进来，他只敢把门拉一条小缝，然后很小气地伸一只手进来。我要求过繁忙马路时，他牵着我的手。他的答案是："你又不是小孩。"我夸了中国足

"情感暴富"后的轻惆怅与小暧昧

球队的守门员刘云飞长得性感,他慌了:"你怎么可以这么想?"

夜里的问题就更多了,他只要"习惯"与"进攻",而我是个有血有肉的都市白领,强调享受与变化。我要换体位做"龙上凤",他低吼着:"你疯了?你想做坏女人?"

真心最怕猜疑……而有时故意让对方猜疑,一定是心存不满不甘。但是,他看不到我的内心,甚至他从未开灯看过我的身体。遇到如此不懂得享受、对性过分"羞愧"的男人,我真的没有什么办法了,很沮丧。

在罗列他的"罪状"后,我又不可抑制地想着他"明处"的好:睡得比我迟一点,醒来早一点;梦里轻呼我的名字——没有叫错;记得我父母的生日、我的鞋号及最怕的事;郊外野餐,在没有人的地方背我过水沟,说你还可以再胖一些啊;敢吃我吃剩的冰淇淋;比我个儿高,我取不到的东西让他取;重大的事情和我商量,如明年的投资计划——买什么样的钢琴;站在商店的洗手间外面等我;我感冒了,他还会抱着我的头测体温……

这些温暖的细节与要他性感的奢求,总是无休止地在我脑子里交替闪现。我曾经试着"原谅"他的缺点,但是努力的结果发现,真爱是不用屈就的,是可以自在舒畅的。

这天夜里,我先睡了。他收拾完家务,把孩子交给保姆、关好门窗上床时,摇了摇我的肩膀,小声地有些讨好地问:"生气了?"看来他是看得出我内心的郁闷的。其实,我没有具体的不满,只是有些找不到自己要的感觉,再说了他真的没有什么错,所以无所谓原谅。我只是有些茫然,我该怎么快乐地接受他,因为真爱绝对不是容忍什么而该是接受。在我翻身默对他表示自己没有"生气"的时候,他就俯下身子专心疯狂地吻我。因为有些不开心,所以我第一次没有用任何台词"打岔"他,顺着他的剧本演着"哑剧"。慢慢地,奇迹发生了,因为无言,我居然专心入戏于他的节奏以及属于他的趣味里,最后我赢得了从未有过的高潮。他没有变,但是我变了,而且找到了他带给我的感觉。我曾经死心眼地要求他有更多的"情人品质",殊不知,一个好情人的基本品性,是尊重。如果一开始你就排斥甚至鄙视对方的性方式,怎么会有享受呢?因为享受的前提是欣赏。

这是一次"性"大陆的发现,我们的婚姻有救了。

在第二天的咖啡时间里,我那几个不要脸的小资姐妹,搅着咖啡,各自夸耀她们的丈夫在床上的表现。已婚女人聚会一般都喜欢吹自己先生的好,我也不例外。为了充分有效地"组织"一些丈夫的优点,我就像领导一样先聆听她们的高见,然后即兴地从她们的话里进行综合性总结发言,道出我丈夫的长处:"他呀,该软的时候软,该硬的时候硬,超完美的。"无心的临时"总结",我突然发现还真说对了"阿狗"的性情。你看,他体贴我,听话,珍惜我,娇宠我,这是"软"的时候;至于"硬"的,则是性方面,他不太啰唆,上了床以后,他就以"男人的方式"主宰他的世界,完全不理会我所要求的尊重。霸道又任性的大男人主义,可是一点都不客气的,当然他还是会在乎我的快乐与否,因为我快乐了,他才更有成就感……奇怪,原来在我心里一无是处的先生,经过我的虚荣性的总结,还真有模有样的,而过去的我怎么就一叶障目,不见泰山呢?

两人原本有些"牛头不对马嘴"的性观念,终于有了一个中和的温床,爱人间不是没有距离,关键是要耐心地用爱去丈量、用性去跋涉。幸(性)福不是单纯的"得到",而是"学到"的。爱,比较难,而性,是可以调整的,它有很高的可塑性。爱相"当"了,性也就"对"上了。

5. 花心男人会是弱势群体

陈可口述　罗西整理/点评

由于姨妈早逝,表姐桃子很小的时候就住在我家,她很讨大人们的欢心,是我和弟弟心目中的楷模,我们都愿意听她的话。我读高三时,当时已是大三的桃子暑假带回一个英俊的叫K的男朋友,我们全家人都非常满意这位上海男生,他的祖父在英国留学过,所以他"祖传"了一口纯正的英语。顺理成章,那个暑假,近两个月时间里,K天天陪我恶补英语,因为我的弱项是英语。妈妈说,他是我的贵人。

原先我不喜欢穿裙子,因为都是桃子穿过的妈才会让我穿。妈妈特别

"情感暴富"后的轻惆怅与小暧昧

偏爱弟弟与表姐，她的理由是："表姐是客人，弟弟比你小！"所以，我的童年甚至青春期，都有一种被父母冷落的感觉，仿佛是多余的人。表姐比我懂事，弟弟比我可爱，我常常会在一个人的时候，偷偷拿出表姐的新衣服"狠狠地"穿上，然后对着镜子做表情，那是很满足的一件事。但是，自从K来到我们家后，我不再忌讳那些桃子穿过的裙子，因为K在陪我练英语口语时，他的眼睛总是专注地看着我，我想，我最好的反馈，应该是身上能洋溢出一些表姐的味道。与其说我在与K学习英文，不如说我在K面前极力扮演自己，并力求像表姐那样有点端庄但又会撒娇，可这当中的分寸，我总是拿捏不好，我恨自己！

夜深人静时，我又会为自己的模仿行为感到可耻，我这不是在故意勾引表姐的男朋友吗？想想就害怕，抱着亲爱的抱枕，就会暗泣起来。那个假期，屋后的木棉树一直在飘絮，像六月下雪，我感到冤屈，但又必须承认，我热爱这个异性，这个叫K的表姐的恋人。

很快，我走过了那段惊心动魄的怀春期，读大三时，表姐要我做她伴娘，妈妈很支持。妈妈总把我定位为"绿叶"，表姐才是她的骄傲。小时候每次与弟弟争玩具时，妈妈总会先打我，然后脱口而出的是一句口头禅："桃子就不会像你这么……"现在，表姐要出嫁了，我有点儿解脱的感觉，因为我不用生活在她巨大的影子下了。大学前三年，其实我一直在恋爱，为的是忘却K，可是这很难，就好比姐姐做的水饺，总比我捏的好看，同样，没有一个男孩会超过K优秀。我渐渐地对K萌生一种隐隐的恨，我抹杀了所有男人的希望。由于用心很浅，或无心恋战，所以我大学时的恋情都支离破碎地一段段无疾而终。现在，我要站在新娘旁边，看K给表姐戴上结婚戒指，这很残酷，对我而言。在表姐化妆的时候，我也支了个镜子，破例地为自己涂了唇，妈妈进来了，她先是一怔，然后坚决地没收唇膏："你是配角，化什么妆！"是的，我怎么可以喧宾夺主?!

我对着空镜子，冷笑。婚礼如期举行。就在仪式举行之前的十分钟，从上海请来K的伴郎终于现身，一套休闲西装，眉目间有种迷离的磁场，他笑了笑，走到我身边："请多关照，你是女配角？"怎么？今天难道是一出好戏？我尽量优雅地伸出手，微笑，而心却狂跳起来，我被他电着了？

其实,我们的目光交会不过三十秒,但我经历到时间突然停止,而刹那间忽然变得无限漫长起来。这是久违的一种电击。高三那年暑假的木棉飞絮再次光临,爱神又来了?我有点儿魂不守舍。

伴郎非常积极、称职,喜宴上,他一杯又一杯地喝酒,好像自己是新郎,却又一次次地冲向卫生间,吐了又吐。我一直陪在他身边,他没有勇气伸出手指头去抠自己的喉咙,他血红的眼睛火热地看着我:"帮我催吐,用你的食指。"那是一对红润的唇,我从来未见过这么明媚的男性的唇,男人的唇一般偏暗红,而他居然可以不讲道理地鲜红。我的食指很美,它真幸福,穿过伴郎的唇、舌、直捣咽部……另一只手,我用来轻拍伴郎的背,非常温柔,我比新娘更幸福,那一刻,我恍然如梦。

仿佛是片刻间,新郎K的形象在我的心里全面瓦解,漫长的近五年的暗恋宣告结束,伴郎取代了他。我在伴郎的身边,陪他呕吐,然后用纸巾怜爱地为他擦嘴……谢谢伴郎,他是一服最好的解药。

当伴郎酒醒后,盛宴早已散尽,他的手机响了,他对着手机说:"宝贝,不要生气嘛,昨天我见义勇为当伴郎,喝了太多酒……我是不是一个称职的伴郎?"这是在我弟弟的房间里,我手里的热毛巾渐渐地冷却,伴郎一边整理领带一边说:"谢谢你们,也给你添麻烦了!"昨夜,他的睡容那么乖,那么孩子气,可是当他醒来时,我的白日梦却结束了,原来他早已有了美丽的女友!

就这样不明不白地在心里经历了一场战争,分不清敌我,只有伤痛,多情应笑我?目送伴郎离去,他的背影英姿勃勃。他看出我惊心的眼神吗?他明白我手里的热毛巾为什么那么烫吗?

事实上,我们只是在一个喜宴上萍水相逢,客串演出几个钟头的一面之交而已。我很快地回到学校,想念伴郎便成为我新的习惯。在下雨天,在阳光寂寞的午后,在野猫叫春的子夜……我开始疯狂地上网聊天,昵称就叫"想念伴郎",这是一个很棒的名字,一个可以意淫可以寄托更可以招蜂引蝶的名字。我喜欢被众多男人包围的感觉,他们喜欢问我:"你是新娘还是伴娘?"我有时招供说"是伴娘",有时则像患妄想症似的,说:"新娘!"于是,他们哗然,雄心勃勃,我喜欢他们的明示或暗示,但一夜

"情感暴富"后的轻惆怅与小暧昧

情不是我想要的,我很清楚,我只是在聊天室里倒垃圾,把一种无望的想念转化成一些无聊的闲谈,但是,我很满足。

大约一年后,我收到"伴郎"的一条短信:"你是一座矿,我一直在寻找、等待!"多少个日子,我压抑着自己,不去打他的手机,后来干脆扔掉了那张有他电话号码的纸条,但我其实没有忘记那个号码。接到他的短信,我貌似平静的心又翻江倒海起来,但我第一个念头是:"难道我又要与另一个女孩抢一个男人?"伴郎给我的答案是暧昧的:"我和你在不同的城市,可以做红粉知己!"言外之意是,他与女友在同一个城市准备白头偕老,我在另外一个城市做他的"爱情点心"。我断然拒绝,虽然我有那么多不舍。他是个聪明人,他不会不明白我对他的喜欢。三天后,他从上海来福州找我,咖啡厅里,烛光迷离,他的目光更迷离:"花心男人其实是个弱势群体,我非常痛苦,但不能选择,我承认你不是我的唯一,但缺一不可!"理论很新鲜,但我还是回了一句:"其实,痴心女孩才是弱势群体!"当夜,我没有跟这个伴郎去宾馆,因为害怕,但我仍然感到有一丝胜利的快感,因为他告诉我他上海女友的胸围只是"34B",而我的是"36C"呢!

胸围不是胸襟,我不能接受一个贪心、花心的男人。就这样,我与他断了线,他很识趣,也死了那条心,或许他会找到一个会同情他那种"花心弱势群体"的女孩,但我不是。一晃几年过去了,表姐生了小孩,弟弟也正在热恋中。妈妈终于可以抽空来操心我的婚恋大事了,可是,我总找不到做新娘的感觉,也许,我更习惯扮演伴娘的角色,对男人有一种隐隐的恐惧,因为我分不清被爱与被需要的区别。就这样,沉溺于聊天室里,不见天日,"想念伴郎"的昵称,便成了我的注册商标。

点评

显然陈可对情感的把握与处理,是很不成熟的,小时候父母(特别是母亲)的偏心,使得她对自己缺乏信心,却又十分渴望被人重视,被人需要,这种心理定式,影响了她之后对感情的态度,总有"抢别人男人"的欲望、顾虑与恐惧,就好像小时候与弟弟抢玩具一样,不甘心,又无可奈

何；向往，却又背着一种罪恶感。最后，她偏执地把自己定位为"伴娘"配角，但又在虚拟世界里寻找被人"包围"的"需要"的感觉，以求内心的平衡。也许她认清了自己内心的需求后，她会渐渐地走出曾经的情感迷宫，从而区分"被爱"与"被需要"的不同意义，自主自信，追逐真爱，打破"伴娘"的自卑情结，做个真正的爱情女主角。

6. 我动了邪念和她包里的安全套

龙头提供　罗西整理

上大三那年的初夏，橘子花开了。

女友瑞鱼是学植保专业的，经常要我陪她到山里采集一些样本。每次我都是举左手欢迎的，因为我的右手在她的腰部，我乐此不疲。这天刚好是周六，我们又带着水、巧克力和其他零食上山了。这样的野餐，对两个热恋的人而言，是非常美妙的。先是例行坐了一段公交车，到了一个叫"九鲤湖"的地方，我们就开始漫山遍野地跑，这样的科研与约会的甜蜜结合，最早是女友提出的。她喜欢山的感觉，因为它仁厚却又口气清新，鸟语花香却又让人放心有安全感……我笑了："你把山拟人化了，这不是明摆着夸我吗？"正在记录着什么的她，笑而不答，青山空谷，一切因此而宁静。

准备午餐的时候，突然一阵西北风吹乱了瑞鱼的长发，我觉得很美，被乱发遮盖的脸，特别迷离，我看得发呆了，她嗔怪我："你又在想什么？"她太聪明了，我心里有几条虫，她都一清二楚。

就在我们打情骂俏的当儿，风云突变，暴风雨没有商量地席卷而至，我们狼狈地跑着，可是，我们已经远离公路了，再怎么跑也要两三个钟头才可以到路边去拦过路车。我心里这么一算，再想到女友薄薄的白色连衣裙，那是经不起雨淋的，那会玲珑剔透的。当即，我就把她拉到一个草棚里避雨，这是果农搭建的用来看山的临时住处。

本以为山雨来得急，去得也快。结果从中午十二点半下到傍晚还没有

二 "情感暴富"后的轻惆怅与小暧昧

停歇的迹象。那一刻,我心头闪过一个不太光彩的念头:天助我也!不过,我马上安慰愁眉紧锁的女友:"你放心,有我在。"她有些狐疑地看我一眼,仿佛在说:"正是因为有你在,所以才挠头!"我剥了一瓣橘子给她,她直接用手接,而不像在校园里,她喜欢用嘴接。显然她已经无心玩情调了,或者说,她变得警惕起来,毕竟在野外,在自己无法控制现场的山里。

天就这样自然地暗了下来,瑞鱼本能地偎在我怀里,我也尽量不卑不亢不悲不喜地搂着,我怕太用力,她会害怕;太轻飘,又担心她以为我不操心。

就在她有些沉默的时候,我决定给她讲故事,可是我心里之前背的都是鬼故事,初衷是想借它们来吓她,然后希望她尖叫着一头扑到我怀里,电影都这么拍的。如今,我还真没有这样的自私想法,可是没有办法,她一定要我讲故事排遣漫漫长夜,也只好凑合着讲了。她斜躺在我怀里,原来有些湿的裙子也被我的体温给烘干了。我不时地玩着打火机,跳跃的火光,是这刻最美的玫瑰。

瑞鱼也以桃报李,给我讲了许多英雄的励志故事,她一定想用催眠法让我想起那些光明磊落的楷模,好让我不做落井下石之事。说实话,我有过冲动,可是,当她一反常态,不许我吻她只可以抱她的时候,我看到她敏感、脆嫩的心。是的,我是她最有安全感的山啊,我不能伤害她。

午夜时分,雨居然停了,月亮也出来了。瑞鱼的心情显然好了很多,她说:"你看,你看月亮的脸。"仿佛受到启发,我们就开始唱歌,从《你看你看月亮的脸》到《草原夜色美》,我们以月亮为主题把月亮唱得越来越皎洁、晶亮。

我说:"宝贝,要不,你先睡一会儿,就在我怀里,我会醒着陪你到天亮的!"

瑞鱼有些感动,便习惯性地给我一个吻,她本是礼节性的,却说时迟那时快地被我的唇捕捉到了,我没有放过这个机会,我激动地咬住了她的唇……瑞鱼没有防备,在我进一步提出新要求时,她挣扎地爬了起来:"不要,真的不要……"这样的月色这样的声音,非但没有阻止我狂野的

燃烧的心，反而更激发我的斗志，就在这千钧一发的时候，她大喊："没有安全套，不可以！"

我突然醒了，从热血沸腾里醒了。在寂静的夜里，好像山谷也在回放着瑞鱼的叫喊。她挣脱了我，离我咫尺，心有余悸地喘息着，我很无奈，可是，又能怎么解释呢？在一声声的"对不起"后，瑞鱼主动回到了我的怀抱。我说："天快亮了，你安心地睡一觉吧。"这回，她很乖也很安详地入睡了，在我的臂弯里我的怀里。

奇怪，这个时候蚊子也汹涌而来，刚才两个人吵吵嚷嚷的，没有觉得它们有多猖獗，现在，瑞鱼睡了，我只好任其侵扰了，只要停留在我身体上的，我尽量忍着，这样就可以减少对她的叮咬。我看她睡得很香，所以都不敢幅度太大地做动作，本想把自己衬衫脱下来，遮住她露出来的小腿，但是，为了不惊扰她的美梦，我腾出右手，轻轻拉开她的挎包，想找些手帕之类的东西盖着她的小腿。因为我只能照顾她的脸及手臂部分，连她的手也是放在我的口袋里的，所以，对她的小腿，我就鞭长莫及了。

就在她包里瞎摸的时候，我突然摸到两个安全套来。我有些慌乱，她动了一下，我就把手收回来了，看她恢复均匀的呼吸，我就浮想联翩起来，难道她是有备而来的，而我错过了良机？胡思乱想一通之后，我身心俱痒，这种甜蜜的折磨，直到第一缕晨光的抵达才消失。完美之夜，前半夜是风雨交加，后半夜是内心的雷鸣闪电，最终，我经受住了诱惑与考验，当我低头吻瑞鱼的眼睛时，她幸福地睁开双眼对我说："早上好！"

我很自豪。然后温柔地用双手给她干洗脸颊，她的脸红得让人再次呼吸加快。她突然抓住我的手："谢谢你，这是一个让我一辈子都忘不了夜晚，你真棒！"

她是指我的悉心照顾还是我的克制力？我实在忍不住，便问："你包里都准备安全套了，为什么还残忍地拒绝了我？"

她有些吃惊："你怎么知道？"我就把之前发现新大陆的经过告诉她。

她松了一口气，"哦，其实每次我与你单独出来都有准备，这是一种自我保护的习惯。"她用手指点了一下我高耸挺拔的鼻子，"因为我怕你兽性大发啊！孔子说了防人之心不可无！"

"情感暴富"后的轻惆怅与小暧昧

我知道她拿孔子吓我,那根本就不是孔子说的,便会心一笑。原来,她也曾有过最坏的打算。然后,我有些许的失落与庆幸,我经受住最严峻的爱情考验。为了缓冲一下严肃的气氛,我说:"不管如何,我都辜负了你。"

"怎么说呢?"她喜欢这样的侧头追问。

你看,如果我真的"那个"了她,她会骂我是禽兽;现在,什么都没有做,她会在心里暗怪我"禽兽都不如!"瑞鱼笑着追打我,就这样我们在阳光里跑着,这样雨后的清晨,这样烂漫的青春。

那是美丽的一夜。爱,没有做,但是,可以回味一生。

7. 当撒娇已成往事

阿英口述　罗西整理

从小我就是一个胆小的人,所以读高二时,有学长追求我,吓得我都不敢上学。其实对方也没有做出什么出格的事,至多骑着单车远远地对我吹口哨,或者买冰淇淋给我吃,但结果是,我听到他吹口哨,就心慌头晕,然后自己骑着单车莫名其妙地就摔倒在路边的绿地上。至于那冰淇淋,我简直就是把它当原子弹,因为有人说,女孩子当着男人的面舔东西是放荡的表现,所以对冰淇淋之类的东西,我内心充满警惕。

我是在上大三的时候,才战战兢兢地开始恋爱的。小时候父母保护得过分,所以我的人格几乎没有成长、独立过。寒假回家,同学到我家聚会,母亲看到我的很多同学都成双成对的,她开始着急了,把我堵在房间里问:"你到底有没有男朋友?"我老实地摇摇头,然后无辜地摊开双手:"没有妈妈的旨意,我可不敢。"妈妈白了我一眼:"那都是过去的事,那时太小,怕你吃亏。现在可以谈朋友了,怎么这么不开窍?"老实说,我开窍的年龄不算大的,但是,我把一切埋在心里,像一个无花果,花就是果,没有灿烂过,熟了就烂了,其实也是甜了。

有了妈妈的"授意",我开始睁开眼睛观察身边的男孩,原来世界如

此开阔，原来男人也可以这么美的。但是，我心头的蝴蝶没有真正飞出来，也许缘分未到，也许他们都不是我想要的。总之，我没有接受任何一个男孩的玫瑰与约会。谨小慎微的我，害怕受伤害，如果牵着一个异性的手，一定会全身起鸡皮。又是一个暑假来临，我有些担心妈妈的询问，如果仍然没有男朋友，她一定会操心死了。就这样，我矛盾重重地登上从上海到福州的火车。在车上，有人叫了我的名字，转头一看，吓得我差点儿叫起来。他，就是高中时的那个对我吹口哨、送冰淇淋的学长。其实，我不知道他叫什么名字，但是，他的脸特别是那双豹一般的眼睛一直在我脑海里刻着。就在我不知所措的时候，他已经冲到我跟前，惊喜、兴奋写满他那张汗津津的青春的脸，奇怪，这么近看着，我一点儿也不害怕。他大人般地伸出右手，我这才犹豫地象征性地握了一下他的手，那么有力。我突然想起来，他还是当时校篮球队的中锋。寒暄了几句，才知道他也在上海上大学。他谦虚地说："当然，你上的是名牌！"就这样，我们一路聊着，他不时提及中学的糗事，然后自嘲地带动我一起傻笑起来。也就在这一天，我好像是恍然大悟知道了他的大名：李耕。

他执意要把我送到家门口，我没有怎么反对，因为当时我有个很现实的私心杂念：我要让妈妈知道，这个夏天女儿也有异性朋友了。可是，到了家里，家人都出去了，只好假借请李耕进屋喝点东西以拖延时间，好让妈妈回来时，我有所交代。这对他而言，当然求之不得。就这样，两个人各自打着小算盘、心怀鬼胎地耗下去，最后还是没有等到妈妈回来。但是，三十分钟的"茶聚"足以给李耕一个错误的信号："我终于可以接受他了。"之后，在李耕地毯式的一年攻势之下，我缴械投降，毕业了，也同时带回来一个气宇轩昂的男朋友。

男朋友第一次到我家，妈妈爸爸面试一番后，很满意。就这样，半年后，我奉父母之命，"自己"之约，糊里糊涂地结婚了。我把完美的处女身给了这个曾经令我头痛的男人。丈夫很照顾我，我是"小鸟依人"，在他面前总是气息如丝，腰如柳枝，害羞、胆怯还有一点儿的自我优越感，把我营造成一个娇弱的撒娇主义者。更重要的是丈夫喜欢我这样的状态，特别是晚上下班回来，当我喊着腰酸背疼，斜卧在沙发上时，他都会及时

"情感暴富"后的轻惆怅与小暧昧

地过来为我褪去高跟鞋,拿掉肩上的背包,甚至是嘴里含着的不再甜的口香糖也要他为我张开双手,然后我轻巧地把它吐在他的手心。他一点儿也不反感,他觉得我是可爱的。依赖他,就是肯定他。婚姻里,我们依然弥漫着一种恋爱的气息。很多时候,锅是冰冷的,我不会做菜,所以他就带我去餐馆,继续过着在娘家时的那种衣来伸手、饭来张口的千金小姐的生活,而且过犹不及。

我是娇小无骨的,所以更显先生的"性"致勃勃与征服力。性爱是新婚太太最好的撒手锏,而且我只要一招:撒娇到底!可是,三年过去了,孩子出世了,我的无忧生活开始面临严峻挑战。丈夫慢慢地对我的无原则、无作为的性爱模式,出现了厌烦情绪。有一天晚上,我在浴缸里泡得都快抽筋了,以往他总是在附近为我接应,然后把我抱到床边那张专门用来擦身体的沙发上……可是,这夜,他不仅不在附近,而且忘记了我出浴的时间,在我柔声唤他五次后,他才姗姗来迟,还一脸不高兴:"你就不会自己出来?我不正在给孩子讲故事吗?"我更不高兴了,任性地推开他,结果反而自己跌了一跤,好痛,可是他无情地走了。我哭了,保姆像是看狮子座流星雨一样看着我,罕见!在她把我从地板上扶起来的时候,谆谆教导我说:"男人,不能压迫太久,等他反抗了,就不好收拾了。"可是,我只是娇气,没有压迫啊!我德高望重的老保姆说了一句足以让我七窍流血的震撼真理:"做老婆的如果太依赖丈夫,就是对他最大的压迫!"

我突然对我的丈夫怜悯起来,也许新婚的日子里,我带给他无限的快乐与满足感,后来他就是做牛做马做我郎了!当撒娇成为往事的时候,当蜜月褪去喜气的时候,当性爱成为习惯的时候,我却没有变化。婚姻也是要成长的,而我居然在五年的时间里,把自己放在一个真空水晶瓶里。可以想象,丈夫为我已经付出了足够的耐心。

当"目标"(对象)变成伴侣(伙伴),男人的口味就变了,在性爱里的表现就是希望我不要只是一个被动的受益者,应该一起把它创作成一首"交"响曲。三十出头的年龄,离更年期还有一大段距离,可是丈夫却突然变得"严肃"起来。那个天真可爱、无忧无虑的小天使,逐渐不再被宠、被欣赏、被溺爱。每晚躺在他身边,不能再不食人间烟火地尽说一些

傻话，说一些鸡毛蒜皮的、无聊的小事了。曾经的不讲理的感性，是他所喜爱的，现在他却要讲道理，要我长大成人。仿佛是一夜间的变故，我来不及调整自己，我有一种从天堂堕入凡间的无助感与茫然。但是，我必须振作，他的要求也许不过分，我的角色是到了需要调整的时候了。天使不再是我，我是少妇，是一个嗷嗷待哺的孩子的妈，是个可以做决定的职业女性。

过去看鬼片，我绝对会紧紧地抱住他的手臂，眨着无邪的大眼睛，娇滴滴地说着："人家好怕……"现在我不能这样了，我要用风情，而不是纯情了。当撒娇已成往事的时候，我不再吊着丈夫的脖子来崇拜他，而是接着他伸过来的手，再轻轻地扔掉："听话，宝贝，今天晚上不行，我有正事要做。"这时，我不是听话的水，而是有思想的红葡萄酒，是一种有力量、风情的"水"。

我要"硬"起来，给他力量、成熟、专业的新形象，而最有时代特色的当然是"财"气。因为我大学修的专业是经济学，我开始神不知鬼不觉地挑起家庭的理财重任。自古以来，女人无才便是德！"才"指的就是琴棋书画，但是现在女子个个都才华洋溢，会读书，所欠缺的不是"才"倒是"财"，财商。我开始出入股市证券交易所，了解各种投资渠道……很快，我有了斩获，当我变魔术般地把存折展现在他面前时，他不禁惊呼："士别三日，当刮目相看！"当我的内心逐渐自信之后，我可以主动约他，在午夜，在我内心有蝴蝶破茧而出的时候；而他是亢奋的，激动的，因为终于我可以与他旗鼓相当地对饮一杯情欲美酒。广告里说"挺起腰杆做男人，柔情似水做女人"，其实女人也要"挺起腰杆"，特别是婚后，这是一种成熟女性的性感。用我先生伏在我怀里说的一句话来表达，那就是："老婆，你变强了，我则是遇强则强！"

一些无奈的失宠已婚女性喜欢用"可爱"来调侃自己的现况，所谓的"可爱"指的就是可怜没人爱！问题是，如果你是一个"财"貌双全的女性，别想着靠男人，让自己有知性的美丽、坚强、独立和自主，绝对让你有终身的"魅力保险"！对于感情及财务都是一样的道理，女性在结婚之后，总有"嫁给你就是靠你吃穿、枕君手臂好做梦"的意味，在感情上极

"情感暴富"后的轻惆怅与小暧昧

度地依赖,在财务上也是一味地依附,宁愿当"金钱的傻女人"、"卧室的弱太太",也不愿意有自己的盘算。就算老公没有出轨,也会因为家中很多的开销、支出,成为吵架的源头。

应该谢谢先生对"小鸟依人"的不耐烦,那是一种鞭策,让我重新发现自己另外的一重天!我不再对着先生的手吐口香糖了,我也不再是只扮演甜的、无味的口香糖了,我还有辣的一面。

8. 电话情侣

关颖口述　罗西整理/点评

我和丈夫海瑞是在驾驶学校认识的。在那些美好的日子里,他每天都会送我一样礼物,哪怕是一个烫手的烤地瓜。其实他比我早一个月通过考核,但他还是坚持要与我一起领取驾证。我是教音乐的老师,暑假两个月后,我学会了开车,他也"持证上岗"成了我的男友,并且成了一名"的哥"。

虽然海瑞不是我的初恋,但他宽厚的样子,正是我所喜欢的。过去交的几个男友,都是文艺界的,自私、自以为是、夸夸其谈,而海瑞给我一种踏实的感觉,与他相处,很舒服。在驾校时,有人戏称"十个司机九个花,还有一个是傻瓜!"但想不到,这个被人称为傻瓜的人最后竟成为我的丈夫。

不久,我生下一个儿子。如果没有后面发生的事故,我们家应该算是很美满的。海瑞与几个朋友去游泳中心冲浪,结果发生意外,虽捡回一条命,但下半身瘫痪了。当时我儿子才八个月,面对这一晴天霹雳,我没一点儿心理准备,六神无主,整天以泪洗面。

公公婆婆都是生意人,是改革开放后"先富起来"的那批人,家境不错,一幢六层楼住宅,三代同堂。从经济上看,我们供养海瑞一辈子是没问题的,但正值壮年的他,总是不甘心自己成了废人,无法面对现实,几次想割腕自杀。每次婆婆和我都跪在床头,哀求海瑞要坚强地活下去。每

每这时，海瑞仿佛变了一个人似的，大吼大闹，什么脏话都破口而出，而我们只能流着泪，默默地承受。我知道他内心的苦，他要发泄。

渐渐地，我们习惯了海瑞这种恐吓与发泄。婆婆也不跪了，我也不流泪了，我把全部精力放在养育儿子上。我和丈夫不再同床，但仍同房，常常半夜，他会挣扎地从床上滚到床下，再竭尽全力伸出手来摸我的乱发。这个时候，他是温柔的，是曾经健康时的那种摸索，而我不敢反应，因为我怕伤了他的自尊，只是任其颤抖的手寻找遥远的记忆，还有任自己的泪水滑过脸颊……

有一天半夜，婆婆突然推门进来，发现他儿子躺在地上，竟大发雷霆，说我变心了，无情无义，竟狠心地让丈夫横躺在地上……我想解释，可被她这么一搅，无名火也熊熊地燃烧起来，当场揭露她如何跟踪我，如何监听我打电话，如何去我学校打探消息……婆媳第一次正面争吵，竟然发生在午夜，我儿子哭了，丈夫却冷笑着，仿佛很解恨，仿佛在看两个与他无关的人在争吵。我突然感到阴森可怕，这样的日子何时才是尽头呵！

婆婆怎么会明白，我为什么不"接待"丈夫伸过来的手？曾有几次，我抓住丈夫的手，并且爬起来试着抱着他，结果被他恶狠狠地推开。他有点儿变态地低吼着："滚，骚货！"这多么伤我的心呵！我知道他很难过，很痛苦，可是，他不该这样转嫁他的坏情绪呵！

后来我就假装什么都不知道，任其抚弄，结果婆婆却误会了我的做法，以为我嫌弃了她的儿子。她怎么会了解我内心的不平与无奈呢？

第二天，婆婆就急召在厦门工作的小姑回来共同声讨我，并且指着我的鼻子骂："想另攀高枝？还是死了这条心吧！"其实，我从未想过要离开海瑞，毕竟我们有爱情基础，并且相信海瑞总有一天会心平气和地接受命运的安排，我有责任把我们的爱情结晶抚养成人。想不到，婆婆与小姑的无理取闹与防贼似的不信任，反而激发了我的叛逆心理。这个家，我开始有点儿厌倦了。回家对我而言，就是去地狱受刑。

对于丈夫、婆婆等，我只采取一个态度：敬而远之。除了白天上班，夜里我也挖空心思争取在办公室多待一些时间，或外出当家庭音乐老师，教钢琴什么的。我把自己弄得很忙。就这样，我每一夜都会回家，但只是

"情感暴富"后的轻惆怅与小暧昧

为了回去睡觉,尽量不与婆婆正面交锋。婆婆爱孙子,就让她带着,这一点,我很放心。至于丈夫,我不敢主动去亲近他,他会发火的,那么,他等我入睡后伸手过来时,我只能迷迷糊糊中"消受"这一切,我不能有反应,因为他害怕我有反应,那么,我尊重他的爱抚方式。渐渐地,我的唇也冷了,如果他唠叨,我就长长地叹息,这一招挺灵的,他马上就不说了。

一晃六年过去了,儿子也上了小学。

娘家的人、同事、朋友,多少次地劝我不要吊死在一棵树上,不要守活寡了,因为我还年轻,才三十出头,正是黄金好年华呵!可是,我内心里总是有个声音在回荡:"不,你这一辈子只能这样了!"我害怕别人的议论,如果我真的和海瑞离婚了,我内心将永远得不到安宁。

海瑞令我很烦,他不时会莫名地大发脾气,再说,我已坚守了六年,从道义上说,我已做得很无愧了。我仍然不想离婚,每天早上我离开卧室按惯例低头亲吻他的额头时,他总是醒着,好像一夜都没睡在等着这个吻别,那目光是可怜而满足的,这令我心疼。曾经他是多么的英俊、威武呵!至今,他只能躺着,连目光也变得那样无力。

有一天下午,办公室只剩下我一个人,百无聊赖,便莫名地想报复一下那个恶毒的小姑。拿出IP卡,拨通了小姑厦门家的电话,那时用IP卡打长途对方是显示不出我的电话的。是小姑的丈夫接的,我不知从哪儿来的"灵感",用假声娇滴滴地问:"是夜总会吗?你是先生吗?昨夜你把我弄得好疼……"想不到,这个道貌岸然的家伙居然爽快地"承认"了。明明我是凭空生出的一个什么鬼夜总会和假姓名的,他居然为了和我这个"意外的小姐"能搭上关系,就都"默认"了。我觉得好玩,就假戏真做地陪他玩下去,他的气息在电话那边渐渐变粗,开始语无伦次地讲一些令人脸红心跳的话,他甚至告诉我他手淫了,我原先的恶作剧心理也发生了急转,莫名地竟也把手伸向下身,我很兴奋,不能自已,仿佛那个人就贴在耳际,我觉得很热,一种做坏事的刺激让我不能控制自我,然后是不可抑制地呻吟……

电话那边传来一种熟悉而又陌生的吸田螺的声音,他说,他高潮了。

我感到解恨,并有一种说不清道不明的快感,身心俱悦。满足后的小姑的丈夫有点儿慌了,他说,以后不要打这个电话,直接打他手机好了。我暗自好笑,但也心领神会。他想与我保持联系,并自作聪明地说:"这是我的新手机号码,以后我们就做电话情人!"想不到会是这种结果,不过,我也不反对,就这样,我上瘾了,用一种匿名的身份与他交流,每次在电话里,双方一起手淫,他总是鼓动我叫着。他说,他妻子(实为我小姑)是个木头人,他早就厌倦她。这时,我会产生一种可耻的快乐,因为我小姑是我的死对头!

后来,听人说某某声讯台里的声讯小姐都是用声音在"卖钱的",会有许多男人打电话去那里寻找刺激。我由此产生灵感,何不如去声讯台做钟点工,晚上七点至九点,就骗婆家人说自己"家教"去了,又可以和不同男人交流,因为我需要这种既粗野又干净的性交流。我干涸的心河,又有了春水在流淌,小姑的丈夫,不再激起我心头的浪花了,而做声讯小姐可以满足我期待被"骚扰"的心。

不久,我真的成了一名业余声讯小姐,我声音甜美,再加上一点点假声,有台湾主持人林志玲的味道,诱惑力十足。

有一天晚上,我惊讶地听到了一个熟悉的男中音。天哪,他是我家那个躺在病榻上的丈夫海瑞,我莫名地心跳加快。我既害怕,又兴奋,还好,他根本就没有听出我的声音来。经过几次试探性问话及电话号码显示,我已确定无疑,他就是我苦难的丈夫。他谎称自己是个值夜班的公司职员,刚刚失恋,希望我美妙的声音陪他度过一个个难熬的夜晚。我极力地控制着自己,同时极力地卖弄风情,他仿佛很激动,可以听出他不停地吞咽口水,这是他"发情"的征兆。我太了解他了,于是,我也同步跟上,就好像他过去健康的时候与我真正做爱一样,他问我喜欢什么姿势,我说:"听你的!"他说,他的过去女友最喜欢站着,他会从后面抱着"她"……这不是在说我自己吗?他用这种方式在缅怀过去,我故作天真地好像什么都不懂,他就谆谆善诱,当我情不自禁地娇嗔"你好坏"时,他竟幸福又得意地笑了,他终于有片刻的时间忘记自己是个"废物",我无限心痛地陪他说着一些很色情很"温暖"的话。他说,他很快乐,但也

"情感暴富"后的轻惆怅与小暧昧

有负罪感,因为对不起过去的"女友",我的心更痛了,他在与一个"陌生女子"调情的时候,他心目中浮现的影像仍是我……

我主动约他每夜八点打电话。我会准时守候他的"光临"。他很高兴,而我已是泪流满面。当我出了声讯台大楼叫人力三轮车时,我的脸仍然在发烫。这是一个年轻的东北来的车夫,只穿一件背心,肌肉结实,当他提着臀部有力地踩着车,上一个长达四百多米的缓坡时,我莫名地想伸手去摸他的耸动的肩,多么性感的背影呵!多么熟悉的气喘声!我心乱如麻,仿佛内心有一只醉了的兔子在撞着。轻风吹过,似乎清醒了一点,我突然感到自己很危险,可能会出事。这么一想,还真惊出一身冷汗,当我给了那师傅车钱时,情绪已安定了下来。回到家,我第一次看到伤残后的丈夫趴在床沿和儿子在下棋;同时,他第一次先对我打招呼:"回来了,累了吧!"不知为什么,我的泪水又夺眶而出。

之后几天,我们仍然愉快地与他聊"性",我的化名是"诗蝶",每次海瑞都要点"诗蝶",因为我最有"女人味"。我有点儿吃醋,但又心安理得。总之,一种矛盾的心情把自己弄得很兴奋,似乎还有一点儿甜美的期待。半个月后的一个晚上,我告诉他以后不要打声讯台电话,那很贵,想聊就打我的手机,我可以回拨过去,我们只做一辈子不见面的电话情人。他孩子般的高兴地答应了,他显然松了一口气。在这之前我已准备了一个新手机,只在晚上八点至九点开,也不去声讯台做钟点接线员了,我只想听他的声音,我丈夫言情的声音!

就这样,天不知,地不知,他不知,只有我一个人知道这是怎么一回事。这样很好,电话里的丈夫仍然是个充满活力、虎虎有生气的"猛男",而我时而优雅时而风骚,这种角色扮演,仿佛也能释放内心的压抑,身心轻松了很多。真的,我有高潮,他则在一种虚拟的情境中再现雄风,也大大提高了他的信心和好好活下去的勇气。也许是因为"精神出轨",所以他对我特别好,可能是因为歉疚,也许是为了补偿,总之,一天天地下来,他对我越来越好。我们的家,又有了以往的温馨与阳光般爽朗的笑声。老天用这种怪异的方式,安排了我们的"重逢"。

这个"口述",让我有些惊讶,原来芸芸众生还有如此奇怪而不失温暖的人伦事故。她有一个秘密。他也有一个秘密。两个重叠的秘密,神秘、快乐,还隐约有些伤感。一个带点儿苦味又暗香浮动的电话约会,两颗隔离但是仿佛又紧贴的复杂心。有时,幸福就是守着一个小秘密。女主人公说,她愿守着这秘密直到生命最后一刻。两个不幸的人,因为经营一个共同的秘密,从而渐渐成为一对幸福的人。

林芳医生的点评

这是一个特别的例子,但是一样说明一个问题,情欲是不可抑制的,人为的压抑,又没有其他升华的渠道,只会使一个人的心理出问题。庆幸的是文章里的这对夫妻,偶然通过电话解决了情欲排解问题,虽然有缺憾,但是,习惯了就好,因为性方式是可以很个人主义的,没有高贵低贱之分,只有喜欢与不喜欢、合适与不合适,显然他们有了电话这个新鲜而合适的"媒介",然后在一定距离里发生着他们的身心交流,而且很满足。性的最高境界除了彼此满足欲望,还包括心灵的取暖、情感的依偎,我想他们基本上已经达成了。

9. 和风细雨拯救爱人的雄心

黄谷子口述　罗西整理

男人真是奇怪的动物,当初丈夫徐荣光追求我,是因为觉得"高攀"了我,所以他斗志昂扬、意气风发。可是,结婚后,他又有点儿自卑,虽然他打死也不承认,因为我"官比他大,钱挣得比他多",他只不过是个"小副科",而我已是某外企的部门经理。其实,我一点儿也不介意,更不觉得他比我弱,相反,他一直是我的骄傲。特别是在交际场合与午夜时分,先生这种也许自己都没有意识到的自卑感就会不可理喻地暴露出来。

有一次,我们参加一个派对,一般情况下,这种应酬丈夫能躲则躲,可是,那是一个相对轻松的家庭酒会,所以他只好"舍命陪君子"。刚刚

"情感暴富"后的轻惆怅与小暧昧

落座,就有一个该死的侍者走过来,有礼貌地俯下身子贴着徐荣光的耳朵说:"先生,对不起,司机座在五号!"我先生当时的脸色非常难看,在他还没有发作之前,我赶紧解围:"你真会开玩笑,他是我先生!"这个细节,丈夫一直耿耿于怀,也是他谢绝陪我出去应酬的最严重的托词。

反映在夜里夫妻的性生活方面,也是一波三折。记得初婚时,他是积极而且闯劲十足,很有进取心,几乎夜夜笙歌,旦旦而伐。有一次,我问他:"哪来的精力?"他的回答是:"你知道登上珠穆朗玛峰顶点的快乐吗?"他是个爱赢不肯输的男人,所以太太就成为他夜里征服世界的一个分战场,特别在他看来是征服了像我这样一个有太多狂蜂浪蝶追逐的所谓"女强人"。一度,他喜欢在卧室门外敲着门小声征求:"女皇陛下,我可以进来吗?"然后,在我的允许下,他就一个箭步冲过来,非常有冲击力。越是自信,他越会调侃,把我当女皇来对付,最后当然是女皇缴械投降。

不知,从什么时候开始,应该是三十二岁之后,渐渐听不到他叫我女皇了,起初我以为他是玩腻了这种角色游戏,后来才知道,他有心结。那一天,我比较迟才回来,有些惭愧,便决定"好好犒劳"一下他。洗完澡后,我在里面喊:"女皇出浴了!过来帮帮忙……"想不到他进来后,冷冷地说:"我又不是你的太监!""怎么了?"我问他,"这不是你原来爱玩的吗?"当夜虽然在我的主动之下,我们做了爱,但是,他表现得很失水准,而且无心恋战。我以为他累了,是我强人所难。可是,一次两次三次……之后,我开始怀疑,丈夫是否有了二心。但是,经过一番侦查后发现,出轨倒没有,而是他有了心病。

有位从事心理学研究的大姐告诉我,先生的反常"性表现"来自一种无形的压力,而这个压力源就是我。男人面对中年危机逼近时,有些人会出现一种类似于女性更年期的症状,在性生活中容易出现风声鹤唳、草木皆兵的信心指数下降的状况,而太太的"强势地位"越明显,对他的"性恫吓"就越厉害……

我开始检讨自己的言行是不是无意中伤了他的自尊,并且根据心理医生的授意,全心全意地,但也是神不知鬼不觉地改变了自己的为妻之道。一句话概括就是:淡化所谓"女强人"的气质,强化"小女人"的味道。

　　我爱他,而且他也爱我,那么我愿意做一切事情来拯救我们的婚姻,还有我们的幸福,当然也包括"性"福。有一次,下班后,他打我的手机,想叫我带一点儿菜回来。我的手机当时调到了"震荡式",没有感觉,所以也就"一直不接电话"。过了十几分钟,我到了家的楼下才发现有个未接电话,便将计就计地上气不接下气地跑回家,很得意地对丈夫说:"为了节约电话费,所以我不接电话。"他笑得差点昏倒,"你居然不知道联通手机接电话是不收费的!"

　　看到韩剧里男女主角恩爱浪漫的样子,我非常羡慕,很温柔地对他说:"老公,这个星期天我们也去河边看海!""河边?""因为海很远,太破费!"我的漂亮借口。

　　就这样我一天天地变得很节约,同时也变得优柔寡断,一点儿也不雷厉风行。有一次我和他出门,两个人只带了一把钥匙,我要去菜市场,叫他先回家,把钥匙留给我。他奇怪地问我:"为什么把钥匙留给你呢?"我柔情似水地说:"这样等一下我回家时,你就不用出来给我开门了。""那谁帮你老公开门?"丈夫在反问我的时候,那种眼神里透着一种虎对羊的怜悯及智者对白痴的宽恕。我心里暗喜,这正是我丈夫久违的王者之气概。

　　做只糊涂虫更是我的拿手好戏。晚报上发布停电通知,我双手吊着他的脖子说:"唉,明天又停电,什么事也不能做,只好躺在床上看一天的电视了!"对理工科之类的东西,我一向是很弱智的,所以傻起来更是驾轻就熟。看着他吃力地搬动计算机,我说:"有那么重啊!真笨,干吗不删掉里面的一些东西再搬?"有一次,他忘了关计算机就去上班,于是打电话叫我关一下。过了一会儿,我十分生气地打电话过去质问他:"你把遥控器放哪儿去了?"有一次,我们为了一件小事发生了争执,我很气愤地骂道:"你再惹我生气,当心我踢你两耳光!"正在看足球转播的他,忍俊不禁:"傻瓜,可以用手啊!又不是踢足球。"

　　就这样,我们夫妻的角色悄悄地开始转换,先生的活力、激情及求胜欲再次高涨,午夜的缠绵、恩爱情节,让我非常满足陶醉。我有一个竹筒扑满,是不能打开的那种,当我觉得他对我很好的时候,或者自己很幸福的时候，我就丢个铜板进去；等我心情不好时，就去摇摇那个竹筒，听听幸福的声音。丈夫不知道这一切，正如他永远不知道我用日常的言行纠正了他的心病，也好，我喜欢爱的秘密。所谓"用心的爱"，就应该是这种润物细无声的关怀吧！做个好太太，不一定要自己有多伟大或者多贤惠，有时聪明的示弱比低级的鼓励，更能唤回男人的雄心与斗志。也许男人很在乎新鲜感，但是更在乎一种"胜利"的感觉，好太太应该从心理上尽量满足先生的这种需求，其实也是为丈夫的热情助燃。在丈夫日见疲态的时候，不妨给他"盈盈一握"的感觉——是的，亲爱的，我愿在你的掌握之中。

10. 遇见的不全是你要的爱

罗西

一封求助信，肖小姐，二十九岁。
我有一个交往五年的男朋友。我们是在二〇〇一年认识的。他叫L，比我小一岁。他的性格比较内向，而我的性格则很外向、活泼。在他面前，我有时像大姐姐一样，照顾他、疼爱他，他似乎也比较信赖我。他是外地人，叉车司机，临时工，他没有能力在福州买房子。由于他的条件，家人反对我们交往。但当时我们已经交往了半年多，并有了关系。我叛逆的性格和天真单纯的想法，以为有感情就好，没有去在乎现实的条件。

后来，感觉到现实的压力了，我的心态开始不太好了，他的表现也让我非常不满。我感觉他不求上进，每天下班就和同事在外打牌，还迷上了网络游戏。我反对他玩，因此我们之间发生了许多次的争吵，严重到打架。

我总是提出分手，但是最终都没有勇气做到真正的结束。

我总是要他向家人想办法筹钱去买房子，仅仅是首付，或者是二手房。特别是每次他回家过年，我都要提，他也总是说家里人也在想办法。可是我等了四年都没有结果。

　　我感到他在骗我,他说他也没有办法,难道他去抢去偷不成。在此期间,我家人一直反对,而我变得敏感和脆弱,经不起任何的刺激。每次家人提及此事,我都会和他讲买房子的事情,然后吵架,说了许多互伤感情的话。

　　在我们交往的第三年,因工作调动,我回了市区,也不和他住一起了。少了些摩擦,没有了争吵,但沟通也少了,共同的语言和爱好也没有了。

　　我希望我和他之间的爱在无尽的失望中死去,无疾而终。

　　二〇〇六年的十一月,因为工作关系,我认识了公司人事部的新同事,他叫F,不知为什么和他第一次打交道,就互相有了好感。我们开始与他在QQ上聊天,玩游戏。我感到我喜欢的男人应该就是他这样的。在工作接触中,我感觉他很有头脑,很会照顾我。他告诉我许多在工作中应该注意的问题,他很幽默,很会逗我笑,他的穿着打扮非常得体。

　　后通过了解,知道他已经是结婚的人了。于是我便不敢多想什么。

　　有一次,他爽约了,我叫他买薯片补偿我。第二天,我在办公室收到一束鲜花。同事的惊讶,询问送花人,其实我一样疑惑,不知道是谁送的。后来我打电话问了他,他说是昨晚在电话中说好的,会送一样东西来弥补爽约的。可是我记得他没有说过,感觉他在狡辩,于是说他无事献殷勤,非奸即盗。他听了很是生气。其实我心里反而有点儿失落,还希望他对我有点儿什么意思。我总是期待着与他的不期而遇,与他说话。

　　他有事来办公室,一看到他,我就会笑。平常他像大哥哥一样照顾我,陪着我玩。我有时甚至在纳闷,他哪像结过婚的人。我还把他带到我的朋友圈子里来,好朋友似乎也看出我和他之间太过亲密的关系了。她们提醒我,人家已经是结婚的人了。可是在我心里我还是无法控制地喜欢上了他,只是一直都隐藏的。藏得好辛苦,晚上都开始失眠,到了夜里就想起白天和他在一起的一幕一幕。想他的话,是不是有什么意思。

　　我忍了一个月,终于鼓起勇气告诉他。他对我说:他什么也给不了我。他说他没对我承诺过什么,为什么我会喜欢他。我哭了。他看我哭得伤心,把我像妹妹一样抱在怀里,直到我结束了哭。他最后还是把我逗

"情感暴富"后的轻惆怅与小暧昧

笑了。

他在QQ上说,其实他和我的感觉一样,只是不能说出来,说了他就无法面对我了。

我们似乎有点儿保持距离。有一次,卡拉OK时,他喝了许多的酒,眼神怪怪的。在大厅打闹时,他突然间抱住了我,吻了我。我连忙推开他。他表示:对不起,他控制不了他的爱。因为他的这一吻,我们都掩饰不了了,以后的每一次吃饭、玩耍,似乎就变成了我们的约会。

我们开始忘情地接吻,然后难舍难分的。有一次,他在办公室,居然想要我,但是没有成功。我害怕他的欲望。有一次,我们在外面玩得很晚,没有公交车可乘,我家比较远,他怕我不安全,说不让我走,我以为我们不会怎么样,我也表示只是我一个人开房睡觉,然后他回家。后来,情况不在我的控制中,我们便有了第一次。

我心里很不安,很害怕,我不想对不起我的男朋友,而且我感到了世俗的道德的压力。我们都在反省。我不敢面对我的男朋友,在感情上虽然远离他了,现在又有肉体上的背叛,我愧疚。我便跟L说了,我喜欢上别的人了,我要与他分手。他开始没法接受,他说要查出这个人是谁,说要自杀,我害怕他会闹到公司来,会连累F。

最后,我撒谎说是为了和他分手乱说的,他才相信了。可是,我知道我不能再和他在一起了。我没有办法回到他的身边。

我和F还在约会中,虽然也在控制,可是性爱就像毒药,会让人上瘾。我们说过,有第二次,就不要了,可是,他的主动,我最后的不拒绝,我们有了第三次,第四次……

我开始向他了解他和他老婆之间的关系。他说他老婆身体有病,在治病,不能和他做爱。看着他心痛的表情,我以为他有难处,所以我也心软了。我想他们是不是感情不好了。当我问他我们的事时,他表示他是有原则的,他不会放弃他的家庭。我知道我和他之间没有结果,我就在痛苦地挣扎和寻找自我解脱中,一边害怕失去他,一边又要面对现实,然后和他结束。

可是我每次说结束,他总是不表示什么。

　　我总是会伤心地哭，他又会来安慰我。说着说着，我又会被他弄得转哭为笑。

　　后来我发现他和他老婆的关系并没有问题，我问他是否爱她，他说爱，但是更多的是一种责任。我觉得他是自私和贪婪的。可是只要我们在一起，就非常的开心，我们就会忘记了现实的一切。我们一旦分开，我就开始清醒，又开始痛苦。我一痛苦，只要他一来短信或是电话，得到他的安慰，我就会好了许多。我知道我太依赖他了。

　　我想我们只要控制不再发生关系，跟他只是保持纯粹的感情就好了。因为我在感情上也一下子没有办法做到与他彻底地结束。我知道我们之间是不会有结果的，我也没有资本和精力跟他这样交往下去了。我付出的是全部，可是他给不了我幸福和责任。

　　我们总是这样反复。我总是在理智和感情中矛盾着、痛苦着，却无法自拔。

　　八月十七日，我无意中看了他的手机，发现他老婆给他发的一条信息，上面写着她怀孕了。我当时犹如当头一棒，一下子震惊了，我感觉我被他狠狠地欺骗了，他说过的话都是骗我的。他居然可以跟她发生关系，而且让她怀孕了。我想不通他为何还要和我在一起。我要他给我说法，他说他和她做爱也是一份责任。他又拿责任来堵我的嘴。

　　因为这件事，我知道我应该与他彻底地结束了，就算他不能，我也不能再去扮演这样的角色了。他们的感情其实没有问题，就像他所说的，只是平淡了。

　　有一天，我去游泳，夜深了，他来接我。他表示要把我带到他的小家（他和她单独住的家），我说不可能，可是他说要。我不知是好奇，还是认为他不会怎么样，最后也没有坚决地拒绝。原来他是趁她外出旅游，所以才带我到他家来。我问为什么，他说想我了。

　　我怎么也没有想到，他会如此地大胆和无所顾忌。他嘴上说爱她，对她负责，可是怎么可以背着她，和我做出这么离谱的事。我彻夜难眠。

　　第二天，我把电话打到他父母的家，听到他老婆的声音，我就奇怪了，她不是去旅游了，怎么会在家呢？我再一次有一种被他欺骗的巨大的

"情感暴富"后的轻惆怅与小暧昧

愤怒,甚至有点儿失常了。他问我想要干什么,我反问他害怕我会干什么。我说我要让她知道我们之间的一切。

他总是说他不能说什么,他什么都说不出来。说他没有资格说什么。我知道,他就是这样一个自私的男人,我告诉自己不去想他,也不去恨他,我更不能去做那样可怕的事(让她知道我们之间的一切)。只有与他坚决地分手。

第二天,上班,约他谈话。他见到我,什么也没说,依旧把我抱在怀里。又一次,在他的怀里,我痛哭了,我告诉他,我想通了,不会再去骚扰他了。我不想自己变成一个魔鬼。我不知是不是每一次我对他的宽容和我的善良,让他更放肆,让他从来就没有害怕过,从来就不想和我结束。我有时在想,他是不是把我当成他满足生理需要的工具,他需要时就对我好,他不需要时就好像消失了一样,不会发短信或者打电话,然后他又不用负任何的责任。

每当我在他面前说,我是个坏女人,他都不允许我这么说。每次和他发生关系后,我都会反省。其实这是我的放纵,是我自己在给他机会,其实我感觉到了他的意图,可是,我都没有坚决地拒绝。我和他一直维持了快一年的情人关系,其实都是因为我自己给了他机会。

我的心里一直很清楚,我的付出都不会有结果的。

我说了许多,只想要与他结束。还有许多话,哪怕我说得再难听,再怎么指责他,过后,他都当没有事似的,又会依然给我发来短信,或者是电话。他要么用激将法,说我要请他吃饭,说我欠他什么的;他要么会像个小孩子一样,在我面前撒娇,而我总是不忍心不理他……到现在,我已经没有力气和勇气,跟他坚决地说结束。我感觉我已经深陷了。我已经在一次次妥协中,接受了这样的现实,也接受了他的模式。

我一直是个很单纯的传统的女孩,如今在朋友面前很不真实,也不真诚。我后悔自己会犯这样的错。可我的心里只有F,没有办法再去接受别人。我一边爱他,一边又埋怨他,我在这样的矛盾中煎熬着。罗西,告诉我,我该怎么办?我该如何做到与他真正的结束,然后能对自己坦然和释怀,能够把伤害减少到最小,对自己的心灵的负面影响做到最小,不再苦

苦地折磨自己。

以上就是肖小姐的自述，我的回答是——

先说第一段感情，你有很多的不满，是基于"务实"，太注重现实而渐渐远离爱情不食人间烟火的唯美与浪漫，很清醒，所以本就是脆弱的爱，很容易被现实的冷水泼灭。可主动权一直在你手上，你可以掌控的，包括你现在想无疾而终的愿望，所以，问题会好办一些。爱情也是有寿命的。我不怀疑你与他在这段不太"般配"的感情里付出的真诚与努力，但是慢慢走着，你就知道结果、知道内心、知道彼此所要所有了。可以说，你对自己的这份感情判断是对的、准的，很理性的，因为不爱了，你与他没有未来。爱情的余温让它自然散去，然后给对方一个负责任的态度：你不爱了，该结束了。

如果说，第一段感情要结束，棘手问题在对方那里，那么第二次痛苦的爱情，棘手的问题则在你自己手里。这回你又走向了另外一个极端，只要"爱"，而忘记了现实，甚至可以忘记或忽略他的自私、贪婪与虚伪，过分地依赖于"感觉"，并且跟着感觉走，智商急剧下降，甚至他仅以那老一套——你极其受用的"哄"功夫以及肉欲的诱惑，就足以让你的理智溃不成军。作为"社会人"的爱，绝对不是野火，而是灯笼里的那盏火，是有许多限制与修饰的。

其实，你很明白，这是一个错爱，而且他也不值得你爱。那你为什么就摆脱不了他的情欲控制呢？因为你内心极度渴望真爱、简单的爱、纯粹的爱，而他满足了你这样简单的爱的需求或者说他迎合了你的爱情口味；为了满足你这样的情感饥渴，你只好顺水推舟地用肉体来与他交换，当然这只是潜意识里的轨迹；现在你的肉体里已经有了他的性烙印，肉体是有记忆的，你一时磨灭不了它，不是有句话说"男人的一夜，女人的一生"，所以你现在还对他有肉体依赖，一时戒不了。

你要从源头上找到症结，那就是你想要与他那样的人相爱，他刚好符合了你的欲求，你就被他所利用、所俘虏，甚至被他玩弄，在他的"模式"里沉沦、迷失方向。结果是明摆着的，你得不到他，你要试着换一个

"情感暴富"后的轻惆怅与小暧昧

人来爱。我们每个人往往会爱"一类人",而不一定就是那"一个人"。你要学会转移注意力,学会选择,而选择不是只见这一个就陷进去的。

你现在只求心安理得就好了,好像这也是你这次寻求帮助的重点。我想,你现在放了他,就可以心安了:对方的太太还不知道,已经避免了对他们婚姻与一个无辜女子的进一步伤害;把这段感情经历当做一个美丽的秘密留在心里,还可以有所留恋,这是双赢;时间拖得越久,你对他的了解与恨也会越多,那就会两败俱伤;婚前多见识几个男人和他们的爱情模式与风格,也不错,不要太自责,就当做爱情毕业前的学习;爱需要学习,对男人,也需要深入了解。

恋爱,太务实,容易消磨斗志、激情,甚至瞻前顾后,而把爱情搞得很俗气就很没有意思;恋爱,太务虚、执著,又容易走火入魔,而失去应有的理性、判断与智慧,就会把爱情弄得很危险、很糟糕。

真爱,应该是踏实、诚挚、快乐、美好而心安的。遇见的不一定就是你所要的,也不一定都要爱,那么请学会舍去,然后才有所得。

11. 没有吃素的情人

柳远口述　罗西整理

我和徐涛是在舞厅里认识的,他是我所在城市里的一个白手起家的老板,算是福州的名流,有好几家餐厅,电视台里经常有他的酒家的广告。他比我大二十多岁,所以每次我对他的邀请,他总是很乐意。我来跳舞是为了减肥,而不是交际,一般对年长的男人,我是比较放心的,没有免疫力。虽然我已经三十出头了,但是徐涛总是叫我"小女孩",可见我们在一起不会让人往坏处想。清白,一直是我的生命。再说了,丈夫对我那么好,我没有必要弄脏自己的脸。

去年中秋过后的一个晚上,丈夫因为官场上的事,有些消沉,与人应酬喝得醉醺醺地回来,便找我出气,说我什么都帮不了他……我也只是一个普通的职员,我能怎么样。等丈夫睡了,我跟婆婆说要出去散散心,就

来了老地方跳舞。那天下着小雨，我没有带伞，我喜欢秋天的清冷，凉丝丝的雨点，很提神。热浪起伏的舞厅里，我一眼就看到了徐老板。他用那两根夹烟的手指，示意我到他身边的位置，这是很熟悉的招呼动作，奇怪，今天晚上我觉得特别暧昧，但是我还是径直地向他走去。

"你的肩膀湿了！"与他摇着舞步的时候，他轻轻地说："来，靠近我一点，你冷吗？"我没有拒绝，任由他托着我的腰满场飘。突然我觉得，他有一种强有力的东西令我迷醉，而丈夫好像从来没有给我过这种"疑似霸道"的魅力。歇着喝软饮料时，我看到对面的徐涛，不再是伯父级的男人，闪烁的灯光在他的脸上，像个诡异的梦，别人的梦，伸手可及。想到这里，我身体不由自主地颤了一下，我有些害怕。于是，我接受了另外一个男人的邀请，换了一支激烈的曲子，而我仍然感觉有一双眼睛在我背后看着，我有些慌乱地远远地瞥了他一眼，果然，徐涛正目不转睛地看着我。他坐得很直，那状态仿佛在告诉我，他全身的汗毛都竖起来了！充满警惕。

他剥了一个毛豆给我。我接了，咬着，很香。"柳，今天是我的生日，要不陪我去酒吧喝一杯！"说着，就起身拿衣服，好像不容置疑。"哦，生日快乐！"我慌不择词，更不懂得拒绝，就这样跟他走了。坐在他的车上，雨下得更大了，我有些后悔。他似乎看出我的心思，回头问："如果不方便的话，我这就送你回家。"我说："好吧，明天孩子还要上学，我得早起为他做饭。"在离我家五百米左右的巷口，他停了下来，让我下车，同时递给我一把伞："你走好！"我惊讶地问："你怎么知道我家住在这里？"

他笑了："我是个有心人。"我内心有涟漪在散开，他很善解人意，会处处为对方着想。也许是不甘心或者因为好奇，我站在雨中，问正在给车掉头的他："为什么不送我到家门口？"

"因为我心里有鬼！"他忧郁地说，然后摇上车窗，绝尘而去。我用了近半个钟头才走完那五百米的小巷，他难道对我有意思？这不好吧。可是，他也不坏啊！过去我怎么就忘记了他的性别，为什么今夜他让我看到了他的性别？难道他看出了我内心的变化？而我是怎么变化的呢？难道他把我看成是个"有缝的蛋"？一堆的问题令我头疼，开门回到卧室。丈夫

"情感暴富"后的轻惆怅与小暧昧

的呼噜声很响,他的睡相很猥琐,曲着身子,一副无助的样子,我有些不安,给他盖了被子,然后做了一夜的梦。

我以为这一切就过去了,因为我残酷地让自己不去想那夜的事,也破天荒地没有去舞厅近一个月了,我想以冷处理的方式来结束所有不切实际的东西。然而,这天傍晚,我在去接读二年级的儿子回家的路上,再次邂逅了他。在我们等公车的时候,他突然停在了我们的视野里,摇下车窗,"嗨,好久不见,上车吧!"本想拒绝他,可是他后面有公车在拼命地按喇叭。在众目睽睽之下,我们只好坐上车。他转身递给我儿子巧克力时,突然有人骑一辆摩托车横撞了过来,徐涛躲闪不及,他的宝马就这样受了重挫,还好没有伤着人。这时正是下班高峰期,那骑摩托车的人觉得自己理亏,掉头就跑,我就让徐涛赶快追去,可是他放弃了。他自嘲地一笑:"算了,只要你们没有事就好,就当破财消灾好了!"我很不安,便提出下车,叫他把车开到修理厂去,因为前面的车灯撞坏了。但是,他仍然笑着,不当一回事,坚持把我们母子送到家,而且是直接送到我家楼下。我笑问:"怎么这次光明正大了?""因为有你儿子在。"言外之意,不再是孤男寡女!他下车开门时,我看到他暧昧的眼神,心里不禁一震。

回到家,我有些心神不宁,总觉得对不起他。于是在给儿子洗完澡准备上网时,我主动给他发了一条短讯:非常抱歉,谢谢你的厚爱。很快他回了一个:我愿意我喜欢这个"后"爱!就这样我们互相纠正地发下去,没完没了。直至听到丈夫的摩托车的响声,我才急急收兵。他很善解人意,也会适时打住。我爱上了这个游戏,有张有弛,没有越雷池一步。每周,我们约好去老地方跳一次舞,其他时间在电话里谈心。我喜欢这种状态,这只会给生活增添色彩,而不会增加麻烦。他总会在电话里或者短信息里加些调情的句子,我嘴里是敬谢不敏,可是心里是欢喜的,而且也习惯了。他仿佛是我心里的间谍,我想什么,他总会猜个八九不离十,这是我所期待的,因为我先生是不会去了解我的心思的。有一次,我穿了一件几年前与他一起在香港买的风衣,他还奇怪地问:"怎么又买新衣服了?"可见他是多么的忽略我!而徐涛是很细心的,他甚至会从我指尖的温度来判断我是否来了例假。这令我受宠若惊。就这样我们总是保持着一种暧昧

却不越轨的精神之恋,我希望永远这样,如果这是一种爱的话,我是可以接受的。因为秘密,而刺激;因为神交,而无愧。

神不知,鬼不觉地过了大半年。这夜,舞厅里特别的暗,我们摇着身体,渐渐热了,他越搂越紧,我呼吸困难却无法抗拒他的手,那是一双陌生而不安分的手。一曲又一曲,如同大海里的一叶扁舟随波逐流,我几乎全身依在了他怀里……他贴着我的耳朵说:"我们去开钟点房吧!"就这么一句话,如雷霆万钧,我本能地退了一步:"不,不可以的!"可是我的身体还是深陷他的怀里不能自拔。走出舞池,到了街头,我大口地呼吸着清冷的空气,头脑清醒了很多,我决定回家。可是,我无法决绝地打车回去,我已经习惯了他的迎来送往,所以在他的车上,他又开导说:"我们都是成人,会做得天衣无缝的。你就这么狠心地拒绝我的热情?"车拐了个弯就到了一家三星级宾馆门口,"宝贝,我们下车吧!"恍惚中,我跟着他到了九楼。奇怪,他怎么能通行无阻,直接掏出门卡,进去了。"这是你的……"还没等我问完,他靠了过来:"是的,这是我们的温柔乡。"

我闻到一种复杂的女人的香艳气息,"你经常带女人来这里?"我警惕并吃醋起来。答案是肯定的,但是,他没有正面回答,只是说:"我先去浴室洗洗,你喝点儿饮料吧,宝贝!"他非常自信。就在这时,我仿佛大梦初醒,哪怕我做他的情人,居然也不是唯一的,那我还要这个干什么?本以为自己是个绝对的"吃草动物",想不到自己本质上也是"吃肉动物",我为自己的食性不禁打个寒战,然后决定转身离去。就在这时他披着浴袍热腾腾地从后面抱住我时,巧的是手机也响了,一看是娘家打来的,我谎称是丈夫打来了。听到这儿,徐涛触电般地住手了,我心中产生一种幸灾乐祸的快感。他是胆小的,我笑了:"谢谢你,我该走了,我原来只是好奇,现在明白了,我不是情人的坯!"

可怜的他站在那里,有些不知所措。我开门的刹那,差点儿撞倒了一位女服务员,她手里正拿着一张挂牌"请勿打扰"的牌子。哦,连服务员都知道我和他会在里面做些什么,看来这也是例行给熟客的服务项目之一!后来他还多次给我发短信,但是我永远只回敬四个字:请勿打扰!我宁愿与丈夫吵架,也不做他的"众情人"之一。

"情感暴富"后的轻惆怅与小暧昧

也许从哪里迷路就要从哪里寻觅出路，多走了一步，就可能错上加错。我知道了，我与丈夫的婚姻是出了一些问题，但是，就好像人生病了，不一定要与医生有一腿才可以逢凶化吉的。不过，我仍然要谢谢徐涛，他曾是我的一名有些功利心的"情感护士"，这也不坏，但是，我最终是要回到家里的，因为解铃还需系铃人，我们是夫妻，我们互为解药！

12. 牛吃牡丹

李平口述　罗西整理

最初对徐亮感到好奇的是，他很瘦，可以说连狗看到他都会流口水，这也算是奇迹，因为他是我所在的城市里最大的酒家的主厨。是在我去展示厅点菜时，他对我明亮地一笑，仿佛前世今生的重逢。当时我只傻傻地问："龙虾怎么是绿的？"他反而没有笑，真诚地告诉我说："熟了，它才会变红！你过去见到的可能都是在盘子里的龙虾！"我就跟着他参观了"水族馆"，看到美人鱼时，我说："吃它有点儿残忍，而且它未必秀色可餐！"徐亮说："是的，龙虾很丑，但是味道鲜美，勇敢的人才有这口福，我就是一只秋天的龙虾！"我停下来端详了他一会儿，点头称赏。在爱情领域里，我也是久经沙场的，见过世面，什么帅哥俊男的，我没领教过？可是面对这样一个平凡的男人，他居然有如此雄心与豪迈，而且让我动心了。我一直喜欢金庸先生的一句话：爱情的最高境界是，一见钟情，一世相守。说句不谦虚的话，如此一个与我门不当、户不对的男人居然想"吃天鹅肉"，还真是让我刮目相看，也是我所欣赏的。

妈妈总是苦口婆心地给我灌输一个观念，"要跟优秀的人在一起，你才会变得更优秀！"我每每反唇相讥："我又不是找老板，我是选择丈夫！"所以，第一次带徐亮回家"面试"，我心里有些忐忑，妈妈的口头禅是：外表不重要，只要一米七五以上就可以；研究生毕业，成熟，事业有成……而徐亮只是职业高中毕业，我真的交不了差！外表也不行，太瘦，妈妈说"吸毒的人都枯瘦"，怎么办呢？

妈妈先自己坐下,然后才招呼徐亮就座,问了一通客套话后,起身,示意我到里房去谈。她劈头盖脸地说,他"太土"。我说,他留过洋,不可能啊!妈妈问,哪个国家?我说日本呵。哦,难怪英文有怪怪的口音!"可是他还是很乡土!"怎么说?"他说他妈妈总叫他'阿亮',至少也要有个英文名字!"妈妈是英文老师,所以有些职业病了,最后我说了重话,如果不同意我与徐亮结合,我就做老处女一辈子!这可吓坏了父母,最后"含泪"同意我们结婚,妈妈说:门当户对的人不要,偏要"牛吃牡丹",以后不要哭着来找我们!

果然,婚后两个月,我们就吵架了。那天下午,我们去游泳馆游泳,在池边躺椅上休息时,我叫他把浴巾给我,他没有反应,原来他正望着一波霸发愣,我气了,伸手给他一张纸巾,他才从梦乡中醒来,纳闷:"干什么啊?"我抬头,看天,"给你擦鼻血啊!"他似乎明白了我的醋意,赶紧换话题:"水真蓝!"本以为找个"弱势丈夫",可以更安全、更保险,想不到,他也花心。按理,我的条件是比他高出很多,从外貌、文凭,到家庭出身、事业等,曾经背着巨大的压力"下嫁"于他,就是希望过踏实的家庭生活,想不到,他如此不珍惜。一路上,我变着花样地贬他、打他、捏他,这一刻,才后悔找了个这么瘦的男人,打他都手痛,捏他更是很难!因为没有肉可以"虐待"。

我的反应很激烈,而且有些歇斯底里。到了家里,丈夫才缓过神来,有些口吃地说:"你怎么了,那么凶?我都认不得你了?""花心活该!"他越是不抵抗,我越是得理不饶人,更加气愤,最后丈夫都跪下了,我突然心里生出一丝怜悯,自己给自己找了个台阶:"好了,你出去吧!"我将自己关在房间里:"我累了,让我一个人安静一会儿。"丈夫很听话地出去了,也许我胜利了,但是我一点儿都没有成就感,还有些悲哀。自己怎么变得如此脆弱,这本不是我的作风啊!我有些惆怅,丈夫的"不作为"令我有一种说不出的落寞与挫折感,难道婚姻里也会因为彼此不平等而让强势一方突生"孤独求败"的心理?

我睡了一觉后开门出来,丈夫马上迎上来:"尝尝看,你爱吃的水果煎饼!"他手里托着盘子讨好地看着我,那是用薯粉、胡萝卜汁、西瓜、

"情感暴富"后的轻惆怅与小暧昧

苹果与蜜柚制作的鲜艳煎饼,我其实早就后悔刚才的小题大做,所以就非常合作地张开嘴,什么都没有说,我知道自己享受的表情就是对他最大的赞美,就好像在床上,他最激动与幸福的时候就是看到我披头散发的身心愉悦。一切回到原来的状态,我陷在他的怀里,问:"请你用'花心'造句。"他颤了一下身子,我可以感觉他的害怕,其实我只是想换一种方式调节一下气氛,而他的杯弓蛇影的心理,令我有点儿心痛,等了好一会儿,他才说了一句:"我是一个花心思爱你的男人。"我感到暖,在他怀里转身,正对他,吻他,他居然流泪了:"如果你哪一天出轨,请不要告诉我,如果你还爱我!"什么话?我又生气了,我本想挣脱他的怀抱,可是他紧紧地抱着我,怎么也不松手,我放弃了,只好赖在他怀里。这时,我感到很安全、满足,这才是我喜欢的徐亮啊,不轻易屈服。

"爱你,我突然变得自卑起来,我也不知道为什么,结果在你面前我总是很扭曲,一点也不可爱,这不是真我,本色的我应该是意气风发的。可是,我在你及你的家人面前,感到自己的卑微,你应该看得出来我是那么爱你,所以事事顺你。对于你今天的生气,我很担心,担心你厌倦了我。你说我花心,我不必争辩,其实我更担心的是你会不会变心,你不会是借题发挥吧?我很清楚,一道菜吃多了会腻,越是好吃的越容易让人烦腻,如龙虾,而米饭就不会了。糟糕的是我曾经被你视为龙虾。我有好多话想对你说,可是,我不敢面对面地跟你说,只好写在纸上,希望你不要生气!"这是我在准备上网时在键盘上看到丈夫留下的字条。他上班去了,下午五点是他的上班时间。天色已经暗了下来,细细地我看了这张字条三遍,第四遍我只好开灯续读,就好像喝了续杯的咖啡,有些不是滋味。他一点儿不傻,他有颗明亮的心。他指出了我内心的病灶,是的,我对他的爱的方式很不感冒,可是,我爱他的心,是没有改变的,我不需要他的迎合,我爱的是自信的他。

婚姻需要的是协调,而不是妥协。否则,没有了激情,再安静的婚姻又有什么用呢?我开始反思自己的言行,是不是无意中伤了他的自尊?其实在生活里,我是喜欢并且习惯丈夫的服务性的爱情的,只是夜里,更确切地说是凌晨三点左右丈夫下班回来要麻烦我,与我做爱时,我才有些摆

架子,他先是自觉"理亏",因为要把睡梦中的我叫醒,然后又要我即刻"醉去",这真的比较难。新婚里,我可以为了他等到三点才双双入睡,可是慢慢地我就没有这兴致了。结果先生逐渐产生了负罪感,然后就是心虚,最后恶化成没有自信。每次做完,他总问:"我们现在做什么?""睡觉啊!"这是我的心声。"要不要再来一次?"他诚恳地说。他一心想让我开心。"不了,谢谢!"我只好客气。

"难道我不好?女皇!"他吃惊地问,跪着身子,有些难看。

"不是啦,做得很好,所以一次就够了。"可是先生总是将信将疑。

几乎每次都是类似的对话。我有些不安,因为确实有些意犹未尽,可是,又说不出问题在哪里,丈夫无可挑剔。

今天看了丈夫的字条,才忽然觉悟,自己内心其实也有一种希望被强有力的手拽着的渴望,而自卑加上体贴的好丈夫没有满足我这些别样的需求。他本有这样的能力,但是,因为太爱而"心怯",现在该是我来拯救他的时候,还他的"本色",也给我"征服"。我知道,没有任何东西——除了心——能改变心。而夫妻间,有时最好的心的交流,是性爱,身心共进,深入浅出。

我要彻底地改变自己在他心底的那个"女陈世美"的形象,因为我不是陈世美。我先是把财政大权交给丈夫,我知道金钱是男人的另外一根肋骨。丈夫在我的坚持下,接受了。他不是有留日背景吗!这天,刚好是他的休息日,我在家组织了一个大派对,都是些好朋友,我就缠着他做一些日本料理招待客人。他非常高兴,而且发挥了他的特长,做得很出色。在日本料理做法里,"摆"是有着极严格的规定的,三分空白、自然淡雅是基本原则。所以,他端出的每一道菜都不是满满当当的,也不讲究对称,而是追求"动中取静,险中求稳"的艺术效果,加上点缀一些菊花、竹叶、樱花,看上去像是一幅装饰画。我在大家的喝彩声中拥吻了先生,而且是当众,众目睽睽之下,丈夫很感动,因为他确实做得很好。男人是最需要加油的动物,而我又是在他的自然表现里为他加分的,天衣无缝,没有造作之嫌。我知道任何的解释与表白都是惨白的,我要用行动在大家的注视下证明我有多在乎他、多爱他。就这样点点滴滴的"放养",先生终于重拾信心。因为他不再叫我"女皇"了,换之而来的是我爱听的"甜点"或者"小骚包"……我喜欢,这是最重要的。

我们"共事"的时间也多了,过去是我白天忙,他睡觉;晚上我闲着,他却在上班。其实只要用心,生活中的"双打"机会还是很多的,如打球、下棋、双人浴等。而这些活动中,我总是败将,不是故意的,也是挺舒服的。我喜欢丈夫像只傲慢的公鸡,然后我陪他做他爱做的事,心气儿很重要,特别是在床头,在男人温柔的时候。今夜月色朦胧,先生说,过去都是他掌厨,他也想尝尝我的手艺。我愉快地答应了,菜很简单,是小吃类,但却是中西结合,且是"情色消夜",一份春卷、一份牡蛎豆腐汤、一份水果沙拉。丈夫看着我端出的三样东西,满脸春色,暧昧地笑着,我知道他已经猜出我要表达的"性"息,他摸了一下我的脸:"好烫啊,老婆!我也快烧了。不过,我们得先来品尝这些性感小吃,饱暖思什么来着?"我笑而答。说时迟,那时快,他已经把我搂到怀里,我希望他是这样的霸道却温柔的情色英雄!不知什么时候外头下起雨来,我想出去看看阳台上的晾着的被单,丈夫说:"我终于理解唐明皇为什么不上朝了!"其实,我也从此找到了一个唐明皇,他是我的情色帝皇,我是他幸福的"奴婢"!只要有真爱,还有什么不可以呢?

13. 是谁把你抱上去的

小艾口述　罗西整理

我在某酒吧里做主管,一个人从外地来厦门,三年了,我终于找到了自己的位置。老板对我很器重,我珍惜现在的工作,离婚三年了,工作是最好的疗伤,我的心渐渐归于宁静。二十九岁了,不再清纯,虽然有人曾夜夜送花来恭维说:"二十九岁是女人最美的年华!"但我的心潮似乎已经干涸,我用唇角的微笑谢绝。现在,我不再需要玫瑰。我喜欢枕着菊花入眠。

有一天早上,我正在上班,同事进来唤我,说有个男的找我。在向阳

的走廊上，我看到了他，前夫。他的胡子好几天没有刮了。他怎么突然来了？"出了什么事？"我第一句话劈头盖脸地脱口而出，因为我八岁的女儿跟着他。个性闷得像块石头的他支吾了老半天，才让我听懂。他下岗了，女儿的学费涨了。曾经那颗傲慢的心怎么沦落到现在这种样子，我有些心疼。他一定是下了很大的决心才来的。他把女儿的照片递给我，要我给他一张我的近照，好带回去给女儿。我进办公室找了老半天，终于从抽屉里翻出一张不久前郊游的照片，我坐在一个高高的石头上，用草帽遮阳……

当我急匆匆回到走廊时，他正拿着一根烟在嗅着，怎么？抽烟这恶习还没有改变？当时与他离婚，导火线就是从他抽烟开始的。把照片没好气地递给他，他看了一眼，低头问："是谁把你抱上去的？"他管得倒挺多，但听起来有些亲切，这是他的习惯用语。多少年前，我在故乡上下班时都是由他开摩托车接送我，由于我个子不高，是小巧玲珑型的，所以，他每次总是自以为是、霸道地先把我抱起来放在后座上，然后才启动摩托车……仿佛是前世今生，我渐渐地淡忘了这些镜头。他不经意地提问，让我的心里变得湿润起来。

于是，我放缓了口气："你等等，我进去一下。"我是回室内找打火机的，从男同事那儿借了一个，我再次回到走廊上，天气很热，我都来回跑出汗来了。"你还抽烟？"在给他打火机时，我淡淡地问。

"哦，不了，只是闻闻过过瘾，你看打火机都没有！"他玩着打火机，火苗在他手头上跳跃着，我有些尴尬，便说："外头很热，进空调房间坐一会儿吧！"他说不了，然后还我打火机。曾经那个要我放弃工作在家相夫教子的豪气万丈的大男人，居然现在连工作都丢了。他来找我，只是想借点儿钱。他彻底地变了，他终于学会了求人。我们多少次吵架，他都那么盛气凌人，如今他低头向我借钱，我怎么没有复仇的快感，只有心痛呢？莫非他是用这种方式向我忏悔：他输了，他错了？

"你等等！"我再次进了办公室。出来时，我给了他我唯一的那张龙卡："要多少自己去取！"他低头接过，转身走了。我呆立在那里，看着手里女儿的照片，照片的背后是她写的一句话："妈妈，我想念你身上的味道！"我的泪水夺眶而出。在拭泪的时候，他又满头大汗地跑回来："密

"情感暴富"后的轻惆怅与小暧昧

码呢?"

我喃喃回忆道:"'110118'。"

他惊喜地问:"你还记得那日子?"

十一月八日,那是我们结婚的日子,我在所有需要密码的地方,全用了这个数字。经他这么一问,我才惊觉原来自己刻骨铭心的还是有关他的种种,包括这串数字。但我还是装着平淡的口气故意问:"什么日子?"

"你忘了?"他想进一步落实。

"你忘了就算了!"我赌气地说。

他似乎听出我的话外音,像个孩子似的跑了。"回来,跑什么跑,楼梯又不在那边!"他乖乖地折回头,然后把龙卡还给我,我以为伤害了他,便改善了一下语调,柔声地问:"生气了?"

他以迅雷不及掩耳之势,一下子把我抱起来,连转了三圈,喘着粗气说:"我们和好吧,我今天来不是借钱的,只是想看看你变了没有?"

"变老了!"我抢答着,然后挣扎着要下地。我六神无主,突然有了上当的感觉。原来这坏家伙是来考察我的,他并没有下岗,也不缺钱花,可是,不知为什么,我就是挣脱不了他强有力的双臂!

"把我放下来,听见了没有!"我再次命令他,"可是,没有地方放呵!"他赖皮地贴着我的耳朵说。这时,我听见楼下女儿的叫声:"妈妈,我在这里!"被他抱着的我寻声往下看,老天,女儿坐在一辆崭新的小车里向我招手。"快,抱我下楼,我要我女儿!"我不顾一切地喊着,然后捶打着他,哭了。

放松的笑是女人不设防的开始,文字游戏是国人开启"性"趣秘密的钥匙……

14. 吻她还不如逗她

苏青口述　罗西整理

我原来是个比较内向、保守的女人,即使是结婚了,我还是活得比较

沉重。也许是自己缺什么便向往什么的缘故,我喜欢那种有些散漫、开朗的男人。当时,我是在一个家庭派对里认识了现在的丈夫成洪的,他是一个经销商。那个时候,商人还不是一个很有魅力的词,特别对一个怀春的女孩子而言,但是,他是这么往自己脸上贴金的:"商人是可以商量的人,生意人是可以生出好主意的人。"乍一听,耳目一新,便情不自禁地多看了他一眼,这才发现他一直在观察我,眼睛里有一种阳光。我是个内心丰富的人,所以在心灵感应方面,我是很有把握的。就这么一次不一样的对视,我成了他的情感俘虏。后来,我丈夫是如此形容我的:"给你一点阳光就可以灿烂!"也许他说的是对的。之前,我只要求自己相信"灿烂而不叫嚷的,除了花,便是我了"!结婚十年了,如果说他改变了我,那么应该是性格的潜移默化的影响。

妈妈曾教导我说,一个聪明的女人在寻找自己的"另一半",其实就是在寻找生命里的"贵人"——除了给你爱,可能还会给你权利或者金钱,最重要的是给你快乐。成洪给我最大的帮助应该就是让我更亲近、快乐。他的婚姻哲学是:吻你还不如逗你。新婚初期,他喜欢玩一些比较无厘头的周星驰式的喜剧,甚至闹剧。有一次,睡觉前,他突然浓眉紧锁:"太太,我有个问题想问你。'萝卜在田里烂了、太太怀孕了、护士开小差了。'请你打四个字。"我文凭比他高,也自以为智商比他高,可是百思不得其解。最后我急了,只好让他快说出标准答案,他故作神秘,贴着我耳朵说:"这四个字是:忘记拔了!"我一听,才知道他不正经,但还是情不自禁地笑翻在床上。他乘机再挠痒,火上浇油,我们便开始了"坐电梯"。这便是他的"黄色"词汇,因为广告里说,这是"上上下下的享受。"没有办法,他就喜欢而且擅长这种情色启发,往往这更有想象空间,而且让我一笑解千"扣"。就这样,我们慢慢建立起一种只有我们可以意会的夫妻"情色文化"。

婚姻更需要幽默。因为夫妻相处久了,会产生惰性,而幽默是最好的润滑剂。很多时候,他会把自己弄成小丑来博美人一笑。比如,他会在洗澡前在自己的背上或者臀部贴上一张写有"for sale"(待售)或者"for rent"(待租)的纸条。然后腆着厚脸皮说:"太太,为了节约用水,我们

"情感暴富"后的轻惆怅与小暧昧

只好洗鸳鸯澡了!"每每这个时候,我总是在大笑中放松警惕被他乘虚而入。笑,对一个女人而言,是最好的催情剂,我喜欢他这样的引导;而我先生也喜欢我笑得全身发颤、发烫,他说,那是"良家妇女的性感"。成洪说,西洋的语言远不如汉字发达、丰富,所以他们说话时喜欢借助生动的表情与"动手动脚"等肢体语言来辅助传达内心的情感。中文本身就是一个美妙的情感启动器,只要善于挖掘它的情趣,单单用语言就可以起到调情的作用。他身体力行地做到了,并不断地发扬光大。

特别是在五年前,我得了轻微的"产后抑郁症",性欲急剧退化,情绪低落,好像什么都提不起我的兴致。先生也感觉到我在卧室里的应付性的呼应,真的,那些日子我莫名其妙地排斥自己的身体,当然对先生的身体也缺乏兴趣。一天,他陪我去了一家咖啡店,我们讨论了半天之后,丈夫很兴奋地准备点该店的招牌冰沙,结果我在一旁听到的对话如下:"小姐,我要一个冰沙。"店员习惯成自然:"好的,请问您是要冰的还是热的?"

我先生傻了,但是马上转身对我做了鬼脸夸张地说:"嗯……我要冰的……"为此花絮,我乐了一整天,丈夫非常高兴,仿佛是受了激励似的,他再次开出自己拿手药方:我爱你,所以我搞笑!

丈夫根据我在大学里教古代汉语的实际情况,用心良苦地炮制了许多笑话逗我,一点儿也不造作。比如,他是这么解读"唐宋八大家"的:百年前某一个冬天,圣诞老人总是要辛苦地带着一大包一大包的礼物送来送去,有一个村落,刚好有只有八户人家,圣诞老人决定为了不让自己那么累,今年圣诞节礼物要送轻一点的,于是他送给每户人家一包糖果。这就是"糖送八大家"的由来。无厘头,但是,还真有想象力。真的很好笑,而且有的放矢,合我口味。因为放松地笑,我内心不再设防,所有的毛孔都在舒展地呼吸,这一刻,我只要他进一步的抚摩,因为身体的每一寸肌肤都是期待,嗷嗷待哺!这种迫切要羽化成仙的感受,只有在自己爱的人面前由衷且尽情大笑之后才会有。

笑一笑,乐了,自然情欲就提高了,抑郁症也不药而愈,先生形容幽默是女性的春药"伟姐",而且是绿色环保的。其实,先生也不是刻意去

这么做的,更多的是因为他的性格决定他的行动。有一天,从熟食店回来,发现店家多找给我四十五元,服务员一定是把五十元的钞票当做5元的了。我决定退回给人家。我先生自告奋勇地说要陪我一起去,而且要和我打赌,他说:"那小老板肯定不要!"为什么?我不知道他葫芦里卖的是什么药。他笑着,且答非所问:"到时,你应该这么对老板说,老板,刚才我在这里买了卤鸭,你在找钱时错算了四十五元……"到了熟肉店,我依样画葫芦地说了一遍,结果正忙着生意的女老板没有好脸色地回答:"那你刚才为什么不当场说,现在为时晚了!"我正要反驳,丈夫一把搂住我:"怎么样?走吧!不赚白不赚。"丈夫真是料事如神啊!一路上我们笑啊闹啊,那种痛快真是美。

人性是奇怪的东西,但是先生对人性的把握真的是很准确。当夜,丈夫把我抱在怀里,我还一直回味着刚才的一幕,忍不住笑个不停。先生说:"你笑得好性感啊!"把我抱得更紧了,这又是一个由笑引发的情色之夜,甜美快乐。

从这个意义上说,文字游戏是一种国产的情调方式,逗笑是我们夫妻广义的性爱"前戏"。正如李宗盛歌里唱的那样,"春风再美也比不过你的笑容"!

15. 我不笨,我只是纯真

黄晴口述　罗西整理

一天中午,周俊峰骑着摩托车,一鲜艳女子也骑着摩托车快速地与他擦肩而过,忽见从那小姐的车脚踏板上,滑落了一个一尺见方的纸箱,她似乎没有觉察,疾驶而去。

周俊峰的喊声对方没听见,他只好迅速地搬起那纸箱,尾随而去。他追逐了两个路口,看着目标就在眼前,突然前面十字路口的红灯亮起,抢先一步的女子已绝尘而去。待绿灯亮起时,周俊峰已找不到那女孩的踪影,正在伤脑筋要如何处理那纸箱时,他看见对面是交通岗亭,有警察值班,周俊峰便将那包装很好的纸箱送请警方设法招领。

"情感暴富"后的轻惆怅与小暧昧

警察开始有点儿为难,听完周俊峰的叙述后,很勉强地当着周俊峰的面打开了纸箱,依规定清点、登记物品的名称、数量,当警察拿来剪刀剪断塑料绳,打开纸箱,揭开上面覆盖的报纸时,所有在场的人都愣住了。里边瓶瓶罐罐的全是用了一半的女性化妆品,还有几条内裤,一种奇异的气味令周俊峰十分难堪。因为,从警察的表情上判断,周俊峰是被人戏弄了,但他们仍然安慰周俊峰,拾金不昧的精神还是值得嘉许的。

就在这时,不死心的俊峰从纸箱里翻出一张名片,是女性的名字,有电话号码,便借用警察手机,打了过去。很快,我的手机响了,那纸箱是我的。其实,我原先只是想搞个恶作剧,做个人性的试验,看看是哪一个贪心的人捡走我的纸箱,纯粹是带着一种看戏的心情等待的。当时我在一家晚报做记者,与第三任男友分手,从他同居的公寓里出来时,我只搬走了这一箱子化妆用品,都是他曾买给我的,现在,我要随便把它抛弃街头,解恨,同时想看看会有什么好玩的"后续新闻"。想不到被周俊峰这种认真的男人捡到,结果引发了我的第四次恋情……

当我骑车来到那岗亭"认领"时,周俊峰还在。我假装很诚恳、并欣喜地表示感激。就在伸手与他相握时,我突然猛生一个念头:这个男人不错嘛,虽然五短身材、老土,但真诚,老实,好吧,就和他交个朋友吧。仿佛是一瞬间我做了一个天大的决定,我拿出一张名片给他:"谢谢你,今晚我请你喝茶!"周俊峰有点儿犹豫,但在几位警察的鼓动下,他点头答应了……

很快,我就决定嫁给他,因为他纯朴、踏实,在读研究生(与环保有关的专业),又是从贫困山村走出来的,很不容易。这种男人往往比较安全,见识了那么多男人的"浪漫"后,这回我该回归平静,因为我需要一个温柔的婚姻港湾。我不喜欢母亲的那种漂泊的日子。她离婚两次,现定居英国,她老人家也希望我能从她身上吸取教训,找个厚道的男人作为情感的归宿,这回看来我是找对了。

婚后,一切都是风和日丽,我掌控着一切,包括他穿的内衣。但不到半年,他翅膀硬了,就渐渐露出真面目,不听我的了,敢与我争论,并且表现得很固执。在去英国探亲时,好几次,他自作主张地在超市买了一大

堆猪肝、猪肾、猪脑，原因是"便宜得不得了"，当然他也"好这一口"。在付钱时，不吃内脏的英格兰女收银员好奇地看了他一眼，轻声问站在一边生气的我："你们家到底养了几只狗？"真把我气煞！在英国一个多月，我几乎天天与他争吵，为了不让妈妈难过，我们只好提前回国。

很快，春节到了，我动员他去哈尔滨度假，可他不答应，理由是："我妈说，春节是大团圆的日子，不能分开，分开不吉利。"他是想把乡下的哥哥一家，两个小妹妹及父母接到福州一起过，这份孝心与亲情我首先表示肯定，但又表示来日方长，以后我们会有很多时间来表达这种情感的，而这个春节，是我们小两口新婚后的第一个春节，最好专属于我们，去北国浪漫一下，这也不算太过分。他还是不答应，同时，又搬出一个理由：除夕夜要祭祖！

都什么年代了，他怎么会有这种念头？更何况他还是一个硕士！最后我只好拿出看家本领：要么跟我走，要么分手，好聚好散！这一下，他吓坏了，他是很爱面子的，离婚对他而言比当众被人脱了裤子还丢人！

后来，他想出了一个折中的办法：在他临时制作的神龛前，点了一根蚊香（没有香），再放一个红包，内装200元人民币，并念念有词一番……我看着他的傻样子，又好气又好笑，可又无可奈何。在旅行的途中，我小心地问他，当时口里默念的是什么，他严肃地说："祖宗，恕子孙不敬，你们想吃什么自己去买吧！"我被他逗得不能自制地放声大笑，而他则有点儿难过，原来，他真的不是玩幽默。

不过周俊峰确实是个有情之人，在我们家的台历上，他几乎写满了所有亲戚、朋友的生日，几乎天天他都要打个电话祝某某"生日快乐"，包括他所在公司的搞卫生的阿姨和看门的大伯。他用最笨的办法提醒自己，但很有效，因为他从来不会忘记。有时与他吵架，恨得咬牙切齿，可想想他的这些美德，心情就会稍为缓和，并会原谅他种种的偏执与怪异。

我为他买了好多T恤衫，可他不爱穿，大热天长衣长裤的，还要内穿背心，我"求"他穿短袖，好看又洋气，可他对时尚这东西有天生的免疫力，我说："你本来就矮，再穿这长袖衣服，身子显得更短了！"可他仍然我行我素，反而安慰我说："我越丑越安全，你应该高兴！"但我也是个虚

"情感暴富"后的轻惆怅与小暧昧

荣的女人,我不喜欢每次带他出去应酬,人家都把他误当做从贵州山村来的私人司机。

更可恶的是他不讲卫生,马桶常不冲,臭脚常忘了洗,又爱吃鸡蛋,还煞有介事地给肯德基总部写过一封信,建议他们在卖辣鸡翅的同时,也卖辣鸡蛋……真是多事。你说,他有病。他说,这是热心肠。洗澡的时候,头发能不洗就不洗,每次都是因为我威胁他不跟他一"床"共识,他这才不甘不愿地用香皂洗头,而不是洗发水,他说,习惯这样。

唉,我真的力不从心,生活观念、生活方式几乎格格不入,天天我都要教他,纠正他,他虽虚心接受,却又死不悔改,后来我也懒得带他出去应酬,他倒也听话,但对我在外又一万个不放心。他说,我是鲜花,而花是敌不过狂蜂浪蝶的。

就在这时,家里发生了一件怪事,连续几个晚上十一点半左右我应酬回家,刚弯腰脱鞋子时,家里的电话铃就响起来了。我跑过去拿起话筒"喂、喂"老半天,对方就是不说一句话。有时是周俊峰接,对方同样不说话。于是,我们便互相猜疑起来,莫非对方有外遇,是相好的打电话来骚扰?但我最终还是相信他不会在外"偷吃",而他却对我一天天地不信任起来。为了查个水落石出,也为了洗刷自己的不白之冤,半个月后决定申请电话来电显示服务。可买来新电话机后,那个神秘的电话又不来了,真是见鬼!这个晚上,我又很迟回家,进门弯腰准备脱鞋子时,电话又响了起来,我和老公同时冲过去,拿起电话一听,没声音,再低头看来电显示,老天,是我的手机号码,我立即挂上电话,拿出背包里的手机……哦,原来是我每次弯腰时,不经意误触到手机上面的设定电话而拨通……一场虚惊。我当时第一反应是想拥抱老公,但他却扫兴地在一旁唠叨:手机可是用秒计费的呀!节约成"仙"的他正为电话费心痛呢!

之后彼此都不说话,我有点儿难过,而且怀念起过去的几任男友,他们个个风流倜傥,生性浪漫,虽然都是短命的爱,但充满情调。而与自己同处一个屋檐下且决定相守一生的这个木讷呆板的土包子,总是不解风情,而且做爱方式十分老旧、单调,他喜欢两个都穿着衣服做"家庭作业",这是有渊源的。据他坦白,小时候家里穷,全家六口人同挤一张地

铺,常常半夜醒来,可以"看"到他的爸妈在气喘吁吁地"作业",没有脱衣服……更可恶的时候,每次他都拒绝"穿"安全套,他说自己是搞环保的,所以要天然、健康!

我有点儿害怕,这种门不当,户不对的婚姻会不会是一个漫长的惩罚?曾经渴求的所谓"稳定局面"可能会是一种错误的选择。我们都无法改变对方,而适应又很难。这一夜,我拒绝了他例行伸过来发抖又发烫的手,他叹了一口气,下了床……不一会儿,他推门进来,提着一个塑料袋子,拉亮灯,难为情地站在床前,他支支吾吾地说:"Hi,这是我偷偷做的幸运星,想在你不理我的时候送给你。来,看看……"我有点儿不相信自己的耳朵,翻身下床,哇,真的是一袋的幸运星,只不过这俗气的塑料袋子很煞风景,但我仍满心欢喜。笨手笨脚的一个大男人,要偷偷折这么多幸运星真是不容易。一数,九十九颗,我撒娇地问他:"为什么不折一百颗呢?"

想不到这回他是有备而来的:"因为这第一百颗就是你呵,和这九十九颗幸运星加起来就是完整的一百颗了!这都不懂,傻瓜!"

我轻轻地打了他的头,并回他一句:"你这大笨猪,还敢说我呀!"

这时,他抓起我的手放在他的左胸口处,百年不遇地背了一句诗:"我不笨,我只是纯真。"

16. 我是苹果不是玫瑰

杜太太口述　罗西整理

女人到了四十岁,就特别在乎自己的年龄了。年初,与丈夫随旅行团去东南亚回来,途经澳门时,我们也去赌场见了见世面。同行有位老者说,把"宝"押在自己年龄号上,会有好运。我迟疑了一会儿,把它押在三十八号上,"开盘"后,中奖的号码却是四十一。当时,我后悔莫及,明明自己是四十一岁,与刘德华同龄,但一时虚荣心作祟,把自己说小了三岁,结果输了一场赌博。丈夫一直就在我身边,他脸上始终挂着一丝冷

"情感暴富"后的轻惆怅与小暧昧

笑看我表演。回到宾馆,他还说:"怎么样,这就是不服老的下场!"我真是气急败坏、情绪坏到极点,要是在家里,我早就把他推倒,再开始扔东西示威、泄恨。

青春不在,草不绿,莺不飞。想当年,我是大学里公认的"系花",追我的人,多如牛毛,最后看上现任也是唯一的丈夫老杜,是因为他最有"哄功",善解人意。可是,如今我人老珠黄,他也变心了。过去,我在他面前试穿新买的衣服,对他而言,就是一场时装发布会,他总是津津有味地分享我的妩媚,有时还会出主意、提建议……可现在,我有一次试着裸体从他眼前走过,他居然毫无反应,还不耐烦地叫嚷:"走开,我正在看球赛!"过去,从客厅里,抱我去卧室,是他每夜必做的功课,现在他也不干了,理由是"你太沉了"!这回他还算有口德,用个"沉"字,总比"胖"来得优雅些。曾经的"撒娇"武器也过时了,打不动他的狼心狗肺了;那么加点儿力度,撒野吧,可也撼不动他的铁打心肠。做爱次数也不知不觉地由原来一周两次猛降为每月两次,他还美其名曰"半月谈"!

旅游回来,我生病了,干咳,这时,我多么希望自己是林黛玉,咳点儿血让老杜心惊,然后赢得他的垂怜,顺利的话,还可以把体重减下来,好让身轻如燕的玉体重归于他的怀抱……正做白日梦时,丈夫端着中药汤进来,他一口一口地喂我,我故意做垂死挣扎的样子,本想吓唬他以解心头恨,可看他一个劲儿地说:"我太不会照顾人,水放太多了,只好让你多吃点儿苦……"就这样,不争气的泪水就夺眶而出,也许,以后更老的日子里,这种场面会更多,少了一些激情与浪漫,却多了一些温馨与恩爱。或许真的是我要的太多,或者是不切实际。老夫老妻了,人到中年了,是不是该调整一下心态,而不可再任性了,毕竟长发飞扬的年龄已成过去。我想了很多,于是沉默无语。丈夫用眼皮贴了贴我的前额,叹了口气:"没发烧,我就放心了!"当他起身要出去时,我情不自禁地拉住他的手:"老公,我决定以后不再孩子气了!"丈夫奇怪地看着我,一边抚弄我的乱发,一边说:"是的,我们一起共渡难关!"这一夜,我们紧紧拥抱着到天明,没有狂风暴雨式的激奋,但宁静中,我一样体会到高潮。

秘书出身的丈夫,第二天就拟出了"八个字"方针,作为我的角色定

位,那就是:"自信、优雅、成熟、风骚。"老杜是个很认真的人。原来,他已打电话给了林芳医生,了解了一些女性更年期的知识,女性到了四十岁以后就会出现一些更年期症状:烦躁、失落、多疑、发脾气,自我评价降低……到四十八岁左右就真正进入了更年期。经过一番沟通,我了解到丈夫的心并没有因为我"人老色衰"而转移,原先想去做所谓的"卵巢保养"的决心,也因为丈夫一番诚恳的话给打碎了。他说:"我们在一起成长,而不是变老!"真的,"成长"这个词是那么的明亮,我仿佛一下子豁然开朗。原来,天还是那么蓝,那么高,并没有塌下来。

关于那"八字方针",在丈夫的指导下,我也身体力行地去尝试着。老杜说,试着把自己想象成一个"苹果"而不是"玫瑰",自然就会大方、自信起来。不同年龄有不同的骄傲与资本,成熟女性的"骄"点当然是充实圆润的内涵,由内而外的优雅。丈夫还故意作出悄悄地样子贴在我耳边说:"说实话,我喜欢杨贵妃,因为她丰满,有女人味!"说得也是,历史上所有油画里的美人,哪一个不是丰乳肥臀?做一枚果实,就是让自己照耀自己,就是让花开的声音留在心里,就是让幽幽的果香弥漫四周……

而"八字方针"里的"风骚",当然就是指卧室里的粉红花事了。过去自恃年轻,只要"纯情"就可以魅力四射,并坐享其成!而中年女性,则应该表现更主动一些,而不再是性爱的"接受者",因为这个年龄的男性,性爱的进取性在走下坡路,所以太太如果能主动一些,可以调动男人沉睡已久的一些念头,如享受太太的"服务",如体位的改变,让太太主宰乾坤等。因为改变而增加新鲜感,我感到前所未有的快乐与满足。原来,男人还有这些心理需求,过去我真的一无所知。也许这就是所谓的"成长"吧。我很庆幸因"病"得福,如果没有那次病中倾谈,怎么会有现在和谐、温暖的新夫妻关系。

女性总是喜欢极力取悦自己爱的男人,其实,很多时候是以"女人之心度男人之腹",因此,有可能事倍功半,不仅丈夫不领情,还会严重挫伤自信,从而影响两性关系,降低婚姻品质。现在如果有人斗胆地问我的年龄,我不会再装模作样地屈指一算说:"比去年大了一岁!"而是会微笑地说:"与天王刘德华同龄!"因为我自信了。年轻时,丈夫给我的爱,是让我舒服；年长后，丈夫给我的爱，是提高我的信心。谢谢他，现在我也许不是最好的，但我会给他最好的。

17. "遗情记"

谷子黄口述　罗西整理

对我而言，性爱的美妙，在于回味，犹如嚼青橄榄，舒服是后来的"波及"，我的高潮在别处。

我从小就有记日记的习惯，每一天晚上临睡前清理一下白天的所作所为、所见所闻，是一件愉快而踏实的事，仿佛沐浴后自己对镜吹发、梳理，清香、温暖、轻松。哪怕在新婚之夜，我也没有放过这一机会。当时，丈夫陈起还笑我"浪费良宵"，我反驳说，是"浪漫良宵"。结果，在枕边趴着写日记的我，就被"性"急的新郎给霸占了。天亮后，我翻开那本粉红的日记，在落满阳光的书桌前，写了第一篇很乱很色的"遗情记"，是有关我们夫妻床上的事，尤其是丈夫的"丑态"，其实内心是甜蜜与战栗的。也就是从这一天开始，我第一次体味到写性爱周记的动人之处，仿佛再经历一次性爱，由内到外，从灵魂开始愉悦，然后一股暖流传遍全身……从此，我给了自己一个美丽的新任务，一般是每星期天晚上要记下当周丈夫光顾我的次数、质量报告、时间长短，以及我们的床上语言、彼此的兴奋度及快乐级别……有时，干脆做完爱就写，这成为我们夫妻性爱后戏的一部分，有时丈夫也加入"口述"，我执笔，很有情趣。

这一写，坚持了近二十年。四十二岁生日当天，刚好是周日，我趁丈夫出差不在家，重新翻出陈年的"性周记"来看，不禁会心一笑，这是怎样的一沓"遗情记"啊！它记录了我和陈起的爱情，也见证了我们的成长历程。更有意义的是，让我看清自己的情欲变迁，以及丈夫的性需求、性喜好的发展轨迹与特点。我惊讶地发现，二十多岁时，丈夫是进攻型的，攻城拔寨，气势如虹。这个阶段，他霸道、占有欲强，一味地追求对方满足他的欲求。三十多岁这一时间跨度里，丈夫的性表现相对有些消极，激

情日见平淡,这也是人之常情,不过他床上礼仪及性爱修养却有所提升,喜欢相互配合、取长补短,而且在乎我的感觉,常常问我"快活吗",私心没那么重,重视两人互动交流。之前,我的"遗情记"对他而言是公开的,所以,很多有关丈夫的性爱智商提高,得归功于那些周记。潜移默化中,他会从我的只言片语中感受到我的喜悦、不满与期望;在和风细雨中,改变他的一些不良的性观念。让他明白,女人的性爱是广义的,是可以泛化到日常生活中的每一个细节,而且高潮是一种很个人很主观的感受,从而促进他为性而多爱,爱即是性。

大约四十岁过后,事业有成的丈夫好像又有新变化了,这家伙也与时俱进!很多时候,他只想抱抱我,或者做一些边缘性的亲昵动作,好像有一种强烈的保护欲,只想关心你,或轻拍你入睡,甚至对我们家小保姆也关怀备至,问寒问暖的,有时我会吃醋。听同事说,男人到了四十岁后,特别喜欢去爱一些年轻的女孩,有一种强烈的"帮助欲",当然这里面含有"爱",甚至有人会去娱乐场所"拯救"一些小姐……这天晚上,丈夫再次和衣抱我,我托着他的下巴,咄咄逼人地问:"老公,听说男人在更年期,总想找个干妹子来关怀,你有这种欲望吗?"想不到丈夫这回出奇的坦白:"实话实说,还真有。不过,我的责任感会约束自己,我不想晚节不保,并且在你的'遗情记'中我不想有什么不良记录……"我喜欢丈夫的回答,诚实与勇气,是中年男子最需要发扬的品德,我抱紧他,用体温感动。可事后几天,在一个偶然机会里,我发现垃圾袋里有一团带精液的纸……原来丈夫手淫,这犹如晴天霹雳,我非常震惊:他怎么可以这么单干而不需要我,有一种莫名的失落、不安还有羞辱。当时我恨不得马上抓住他,撕着吃掉。最后,我借着写"遗情记",让自己的情绪平缓下来。当天午夜,我主动把自己写的东西翻给他看,丈夫不自然地笑了:"你真厉害!"

我的问题只有三个字:"为什么?"难道我不够好?没有女人味?还是因为徐娘半老?丈夫在我的逼迫下,终于说出实情,原来都是我的"遗情记"惹的祸。他说,每次看我写的东西,总有一种被剥光裤子体检的感觉,特别是中年后,因为在自己性爱次数及质量下降的情况下,如果太太

"情感暴富"后的轻惆怅与小暧昧

又津津有味地加以点评扣分,会产生一种自卑感与负疚感,总觉得自己雄风不再,做得不够好,不能满足太太的欲求,而这是很累的。男人很多时候,性爱只是为了摆脱工作压力或生活焦虑,而太太的"遗情记"显然已成为他的沉重十字架,无时不影响他的荷尔蒙分泌。婚内偶尔手淫,只是图一时之快,纯粹为了性,为了发泄,不必关照对方的感受,只要手淫,就可以放松自己,更不会受太太批评、戏弄……

听了可怜的丈夫诚恳的内心独白后,我内心全是悲天悯人的水,也终于明白男人为什么累,也知道了他为什么那么喜欢关心天真无邪的女孩,也许我太老到了,而且给他的感觉是我要求太高,不好摆平或不易满足,从而使他退却。也好,夫妻之间不可能没有问题存在,因为和谐的背后是永不停歇的调整与妥协。世事在变,人心在变,性需求也在变。曾经的"遗情记"是我们引以为骄傲的催情枕边书,而现在也许我们不再需要它了。有时,性爱这东西,还真不能讲太明白,难得糊涂是情感保鲜的秘诀之一。我最终烧掉了我的"遗情记",然后埋头在丈夫怀里,任他抚弄。白天那个高贵绝伦的发誓散了,在丈夫怀里,也许我只要心迷意乱;让他给我指路,这是我全新的内心建设;由他做主,满足他的性领导地位!其实,我也喜欢这样。我们皆大欢喜。

18. 我很烫但不可以为他燃烧

许耀红口述　罗西整理/点评

有朋友形容我是篮球场上那个拿球的人,后面有一群人在"追"。事实也是如此,我有很好的男人缘,这一路走来,仿佛只知道被人追的滋味,包括我现在的先生,一个对我百依百顺的新好男人,也是在苦追我三年后才让我点头同意他的求婚的。我一向是心比天高。

可是从八月开始,三十一岁的我仿佛情窦初开,被公司另外一个部门的年轻经理高云龙迷住了。他比我小四岁,少年得志,上海某名牌大学毕业,傲慢、冷酷,甚至他的鼻子也是豪迈的,他有句口头禅是:"就这么

定了!"包括他与上司对话时,也常如此脱口而出。因为业务上的关系,本与他平起平坐的我,不得不常去他的办公室拿些材料或申请报告。我们公司是做集装箱生意的,我的业绩好坏多多少少与他的签字有关,所以,我有点儿破天荒地放下架子与他相处,甚至每次走出他办公室时,还不忘带上门,回眸一笑。我对自己的眼神充满自信,其诱惑力绝对一流。

奇怪的是,这一招,对高云龙一点用处也没有,他是个绝缘体吗?这个早婚并育有一子的男人,令我产生强烈的挫败感。原先是因为工作的关系,我以低姿态示人,并多多少少用了点儿"轻度美人计",但他不吃这一套,仍然一副公事公办的架势,目光冷峻,剑眉凝霜,好几回我心里暗暗骂道:"性冷感的男人!"他的体温可能只有三十六摄氏度,因为以我在他面前出示的"美女转身"的招牌动作,换另外一个男人绝对会受宠若惊的,可是,他不吃这一套。我们公司最杰出的一位美男子,有个毛病是小指的指甲留得特别长。有一次在公司会餐时,我只用眼角多看了他的长指甲一下,第二天他就把它剪掉了,还不忘打电话向我套近乎:"许姐,我把指甲修理好了!谢谢你的无声帮助!"可是,这个剪平头、喜欢穿牛仔裤的高云龙,却可以在我面前目空一切!我的斗志被他空前地调动起来。

这一天,在下班的路上,我的宝来车撞倒了路边一个装满苹果的箩筐,还好没伤到那个卖苹果的小贩。这一切都是因为高云龙害得我心神不宁的结果。我赔了一点钱后,正准备上车时,高云龙奇迹般地从我身边经过,步伐匆促,他居然没有开车。我心里虽恨他,但我还是说服不了自己,柔声叫他:"云龙,去哪里?我送你!"他惊讶地回头,冲我一笑,倾国倾城,原来他还会笑!他走近我,我诉苦说,撞了人家的苹果筐了,他竟没心没肺地应了一句:"要是没事,我先走了,前面有朋友在等我!"我看着他的背影,暮色四合,我伏在方向盘上发呆片刻,才发现自己的心被他带走了。

回到家,先生已做好了晚餐。我没有胃口,准备泡澡,先生已用温度计把浴缸里的水调好。饭来张口,衣来伸手,这就是我的家,可是,不知为什么,我有一种想飞出去的欲望。我不是天使,可是为什么想飞?我应付地陪先生上床,他紧紧地搂着我,令我窒息,他爱我的方式也是这样,

"情感暴富"后的轻惆怅与小暧昧

我很感激,但渐渐地不那么开心。天亮时候,我才疲倦地合上眼,我失眠了。丈夫把黑面包和热牛奶放在床头时,我发火了,他无辜的眼神里写着困惑,我翻了一个身,裹紧被子……

因为有了高云龙,我把上班当上床,有点儿惊心,有些期待。原先是因为工作上的关系,与他感性来往,他是聪明人,他一定清楚我的妩媚眼神里含有不少想利用他的私心杂念,会不会因为这种不纯洁的诱惑,阻碍他情感之门的开启?那好,我要走出办公室,避开任何工作上的事情,在西餐厅或咖啡屋里,在迷离的灯光和音乐中,营造出暧昧如眼影的我。夜色朦胧,他会走进我的温柔陷阱的,我有信心。那一夜,在丈夫的怀里,我差点儿开小差叫出了高云龙的名字,我的神经有点儿分裂的感觉,半壁河山在丈夫那里,还有一江春水期望高云龙泛舟、赏月、临风,让他弄乱我的长发,坏笑……

性幻想越来越奢华、绮丽,想约他出来的念头也一天天地强烈起来,我无法自抑。终于有一天,我们双双出差去厦门,虽一前一后出发,但同住一家宾馆。他在七〇五房,我在七〇六房,门当户对,天助我也。我邀约他去吃日本料理,他说"没问题"。他的吃相优雅,双唇丰润,并非无情之人。他的目光恰到好处地只停在我的鼻尖处,没有上升到我的睫毛边缘,我暗喜,他在躲闪一些东西,可见他感受到了我高频率的电波,而且内心有了波涛声。在我给他夹一块"桑拿鱼片"时,终于四目相碰,雷鸣闪电,我步步为营,进一步挑战地说:"你优雅有余,冷酷过头,如果会抽烟,加点邪恶的气质,你就是一流的情人坯!"他看着别处:"是吗?我有情人的资本吗?你呢?"

我喝着清酒,一口,轻轻地,用唇吸入,用舌尖品尝,然后扶着水晶杯里的蜡烛,浅笑不语,我需要把气氛弄得含糊不清。我故意不时侧头去看远处一位独饮的白人小伙子,然后用眼角偷偷地看高云龙的动静,他居然在看我的耳朵,有点儿贪婪……

情调晚餐过后,我执意要散步回宾馆,我们没有牵手,我也懒得装冷,懒得让他靠近我,只是有一搭没一搭地闲聊。回到宾馆时,回味这寡味的一个钟头的漫步,他居然没有一丝一缕的"越轨行为"。我不甘心,

可是又奈何？我总不能低声下气地去叩他的门，这我做不到。我可以勾引，但绝不是送货上门的女人。我怕黑，拉亮所有的灯，裸睡，好让自己放松，可是，二百零六块骨头都替我的心隐隐作痛。我怎么啦？中魔了？电话响了，是丈夫打来的，我说："想家了！"他说："想你！"

第二天，我借口心脏不舒服先回福州，高云龙居然脸上有惊慌的表情，我很满意。他送我到车站，挥手那一刻，我开始悔恨自己装病回家，这比自摆乌龙球还低级愚蠢！他说："回去后，我请你吃饭！"他在窗外，年轻的额头那么亮，与他的额头相碰，会是什么感觉？我自嘲一笑，居然有点儿甜！

回到家里，我收到高云龙发给我的第一条手机短信息："你的心，安好？"多么暖人心的句子，貌似平淡，却刻骨铭心。从此，我们经常单独约会，各自驾车，在江滨大道上齐驱并驾，互相追逐。这种成人的游戏，刺激，还有一点儿时尚。我喜欢这样，我亲爱的小狗狗"比尔兄弟"每次都会坐在我的副驾驶座上，我喜欢有个不说话但忠心的观众分享我与高云龙在马路上的眉来眼去和互相吹口哨的那种亢奋与暧昧，虽拉满了弓，但箭依然悬而未发。玩够了，去精致小店吃些异国风情的菜，仿佛我们已逃离了这座熟悉的城市，在我们虚拟的空城里演出倾城之恋。

奇妙的是，这样的日子里，我们仍然没有进一步的性行为，至多浅浅地一抱，他吻我眉心，我拉拉他的耳朵，就好像一个天真的小女孩在采摘雨后树干上的木耳，也许肉体的性爱对我们这对已婚男女而言一点儿也不缺，出来吃消夜也许只是为了一个"稍息"，一个爱情的稍息！可是，我回到家后，又莫名地不安、内疚起来。原先从不做家务的我，会开始为丈夫整理衣柜，甚至帮他修剪指甲……我背着负罪的十字架，加倍地对丈夫示好，而他只是受宠若惊地更好地待我，却不知在他枕、我眠之时，我在回味高云龙唇际的那道只有我看得出的冷漠的小皱纹，那是他的魅力所在，就一个"冷"字，冷得让你禁不住想用滚烫的身体为他暖身。

那天下雨，我坐在办公室里点钱，我喜欢在雨天点钱。高云龙突然造访，他说："下个月，我准备去成都开发一个新项目，你去吗？"我说："看看情况而定。"他笑了笑："不要告诉任何人！"便匆匆离去。情人有时

"情感暴富"后的轻惆怅与小暧昧

要有些间谍的做派,他的口气、语调、神情,有一种特务的深沉,我一下子跌入他营造的云雾中,无心点钱。下个月?刚好是我与先生结婚三周年,我能离开丈夫吗?而且那么遥远的成都,我和他,会不会最终"出事"?因为我们彼此吸引的游戏已玩得够火候了,万一"白刀子进去,红刀子出来",后果怎么收拾?我不禁害怕起来。毕竟我和先生的婚姻是不坏的,而且令人羡慕,我不能往前再走了。

于是,我狠心地连续一周,婉拒高云龙约我"出去应酬",丈夫都很奇怪,问我是不是被公司裁员了。我只有一句话挡着:"我很累!"大约是我们没有见面的第十天,传来一个消息说,高云龙被炒了鱿鱼,因为与公司老板合不来。我急急地给高云龙打了电话,他在花店里接着电话:"我正在为你选一朵玫瑰。我辞职了,我在成都开了一家新公司……"

原来,他约我去成都"出差",实为"出走",会不会也是"私奔"?我出了一身冷汗,这个我原先以为是坚不可摧的男人,难道要真枪实弹地反扑?不一会儿,我收到他的短信息:"我可以爱你吗?今夜九点三十分在温泉公园门口等你!"

我忐忑地开着车赴约,九点二十分,我就抵达了温泉公园门口斜对面的一个小巷口,远远地看到高云龙的背影。他在抽烟!他终于学会了抽烟,难道他也变得听话了?曾经我一句无心的激将,他当真了?我的小狗狗"比尔兄弟"挣扎着要跳下去,他显然与高云龙已是老朋友了,我紧紧地抱住它,眼睛却死盯着高云龙的背影,瑟瑟寒风中,他早早地站在那里等我,这背影是何等的熟悉,这不是我先生几年前的背影吗?就在这一刻,我掉转车头,无情地离去,我的"勾引"已经结束,我的激情默然地"下班"了。那么,高云龙便成为我记忆里的那堆灰烬,彼此照耀过,取暖过,但仿佛什么事都没发生过!

也许是因为我的爽约,也许是因为他的觉悟,高云龙没有打电话过来求证什么,以他的个性是不会多此一举的。收拾得很干净,没有任何蛛丝马迹,也许,这根本就不是一个爱情。今夜,他会不会用我送的打火机点一根烟。我很烫,但不可以为他的疯狂燃烧。在遥远的成都,天渐渐地冷了,那里的树开什么花,今夜我只想倾诉,像个挤牛奶的少妇,有点儿

香，有点儿满足，还有点儿累和想入非非……

以上是化名许耀红小姐的口述实录。

在某咖啡屋里，她的神情在摇曳的烛光里显得遥远、寂寞。这是一个职业女性的情感"消费"。她对我有关"消费"的调侃，没有反驳。她说："我说完了，我现在需要的是聆听。"

点评

在我看来，许女士千方百计、千娇百媚地去"勾引"高云龙，只是为了追寻一种婚内没有的"暧昧"氛围和"征服"的快感，而这种心惊肉跳的刺激，往往会迷惑一些还在做梦的女士。红杏出墙，看起来很美，但是真正的当事人往往备受煎熬，所以这位女士只有开头而没有结尾。

三十一岁的许女士在潜意识里还有一种害怕青春不再的忧思，进攻一个"小弟"，一个冷傲小生，显然也是想证明一下自己的魅力，以淡化一种不良的内心氛围，一种怕输的心境。

虽然是一场有惊无险的精神出轨，但是也凸显了许女士自己的婚姻内部的问题与危机。她与丈夫情感交流上可能已存在种种障碍，但没有及时清除，而转移注意力去外头寻求新的精神慰藉，显然是饮"酒"解渴，最终不仅无法解渴，还迷失了方向。

19. 我没有在情感陷阱里失去方向

李青口述　罗西整理

我很爱我的丈夫，结婚五年了，我们几乎没有吵过嘴。我自己经营一间小咖啡屋，丈夫是市机关的一名公务员。他是从乡下一路考上来的，很努力，人也朴实、坚忍，可是最近，我们却遇上了烦心事。

"情感暴富"后的轻惆怅与小暧昧

（一）

小姑在先生的提携、资助下，终于大学毕业，并且找到一份不错的工作。他们兄妹的性格是不一样的，一个动，一个静。我丈夫经常还说妹妹得了多动症。我不知道她已经换过几任男朋友了，别看她是从农村来的，爱情方面，她是很看得开的。她的理论是：婚前如果不多接触不一样的男人，婚后就可能因为不了解男人而吃亏。

这天晚上，小姑又带来一个新男朋友到我的咖啡店来。那是一个很高大的面容干净的大男孩，对小姑换男朋友，我已经是司空见惯了。当她夸张地拉起我去"面试一下"她男朋友时，我就有些心不在焉了，可是只看了那么一眼，我的心就咯噔地狂跳起来。他很面熟，对，很像我的第一个恋人，五官刀削般的，棱角分明，那是我最喜欢的脸盘。他有些喧宾夺主地研究般地端详了我一会儿，然后站了起来自我介绍："我叫李南，你很像我表姐！"我只想礼貌地打个招呼，想不到他的一句套近乎的话，却让我怔住了，我显然有些失态，便借口要亲自为他们煮咖啡："你们好好谈吧，我先去忙。"

我在自己的办公室里呆坐着，有些伤感，那个初恋情人现在在哪里？十年了，他没有再与我联系过，我用手掌干洗了一下自己的脸，很烫，难道我脸红了？忘记这一切吧，我真的不喜欢回忆。可是，头脑里又情不自禁地出现那张年轻的李南的脸，太熟悉了，对了，一定是在梦里见过他，只不过都忘记了。他的出现提醒了我：我并非单纯，我也有一颗复杂而美丽的心。轻叹了一口气，门被推开了，是冒失鬼小姑，她一脸桃红，说："怎样？嫂子！这个还可以吧？"我装着看自己的五指，然后抬头说："不错，很阳光的。"我还在斟酌着不一样的词汇时，小姑又说："他很崇拜你，说你能干，有气质，对了，还像他表姐！"我白了她一眼："这个你也信？"小姑显然还想与我讨论她新朋友的种种，但是，我站了起来，把她推回去……我突然觉得需要安静，一个人找一个角落，安静地要一杯咖啡，当然，窗外最好有斜斜的雨敲打着……那很美，很久没有这样的渴望

了,今天我怎么了?

(二)

我回家的时候,已经是凌晨三点了。丈夫已习惯了我这种昼夜颠倒的生活,他在打着轻微的呼噜。当我上床的时候,他翻了一个身,突然伸手把我扳倒。可能是小有挣扎的缘故,我的手肘碰了他的门牙,他大叫了一声,我烦了:"都这么大了,玩什么,吓我一跳?"可是,丈夫的呻吟有些不对劲,开灯一看,老天,他满嘴是血,我心软了:"怎么了?"他捂着嘴,笑了:"还好牙齿没有掉!"

关灯,丈夫睡不着了,就抱着我问:"你今天怎么好野蛮,一点儿都不像你。本来想给你一个惊喜,现在我是伤员,什么事都干不了了。"我腾出一只手安抚了一下他的脸:"好了,我很累,我只想睡。"一夜无话。

当我醒来时,已经是中午时分,丈夫和读幼儿园大班的女儿中午都没有回来吃饭。我一个人很清净,听了一会儿音乐,突然,有人按门铃,原来是小姑,这个疯女孩又来骚扰我了。我让她进来时,才发现那个李南也跟在她背后。他手里提着一袋水果,本想问小姑有什么事,可是看到有外人,我便客气地说:"欢迎稀客!"

其实他们来,什么事也没有。他们坐在那里看了一会儿电视,李南坐在沙发里,小姑站着,就在他背后,还把头埋在他的脖子里撒娇。我端着果盘出来时刚好看到这一幕,小姑没有停止动作,而李南却抬头盯着我看,我是成熟女性,我看得出,他火辣眼神里有不凡的内容,我下意识地低头看了看自己的胸部,他会意地坏坏地微笑着。我说:"吃木瓜沙拉!"小姑这才缓过神来:"谢谢嫂子!"

在我接一个电话时,小姑说:"嫂子,我男朋友想问你……"我转过头问:"什么问题?"电话那头是丈夫,他问:"跟谁说话?"我说:"你妹妹!"小姑听说是哥哥的,就冲过来抢电话听:"老哥,你怎么天天让嫂子在家守空房?我有事找她聊天!"李南乘机更放肆地狠狠地看着我,他在期待我的眼神的回应,但是,我躲开了。我说:"小妹,照顾你男朋友!"

"情感暴富"后的轻惆怅与小暧昧

小姑放下电话,就问:"刚才我朋友想问你,什么时候有空,他要为你画张油画。"这时我才知道,李南是师范大学的美术老师。三天后的午后,李南就开始为我作画,我是他的模特儿。

(三)

我也不知道怎么就答应了要给他当模特儿,说实话,我喜欢他有些不安分的眼神。可当李南要我脱去衣服时,我拒绝了,前三天不是都盛装画的吗?他还是那迷人而坚决地微笑着,犹豫地点了一根烟然后又把它掐灭了:"对不起!"不过,接下去的事就让我不知所措,他突然在整理我衣领时强吻了我。说时迟,那时快,我挣脱了他,这时他那眼神变得很无辜,然后说:"我第一眼见到你,我就被震住了,我不知现在应该怎么办?"我下意识地捂着脸,心慌,我怎么让他得逞了,因为我并没有在第一时间就反抗。我有些内疚。

"不行,真的不行,我有丈夫,而且你是他妹妹的男朋友!"这是我最堂皇的理由,也可以说是我最大的心理障碍。可是,他还是在痛苦地表白,并且一针见血地说,他并不爱我小姑,只是刚刚认识的朋友,还在观察期。"至于我和你,可以做情人。"看我要反驳的样子,他话锋一转,"我知道,你担心这样会辜负自己的丈夫,其实,天下男人都一样,你怎么知道,他在外头就一定守身如玉?"听到"守身如玉"一词时,我居然笑了。我知道,我暴露了内心并不讨厌他的秘密。他显然是老手,看出来我对他的好感,得寸进尺想再次吻我,这次我及时推开了他,而且门铃响了,是小姑救场来了。

我若无其事地说:"老妹啊,我今天才体会到做模特儿有多辛苦,我不想画了,明天李南就不要来了。"李南也识趣,顺水推舟说:"也好,剩下的部分我可以在自己画室里完成。"

当天晚上,吃饭的时候,我对丈夫说:"我觉得李南有些花心,老妹是不是很投入这份感情?"丈夫低头吃饭,轻描淡写地回应:"我实在已经管不住她了,你方便的话告诫她一下。"

　　在我准备上班时，放在客厅里的手机响了，是短信。丈夫像平常一样打开了它，因为我们夫妻都有个习惯，喜欢看对方手机里的短信。我也没有在意，当他一脸凝重地把手机交给我时，说了一句："你和他开什么玩笑？"我心里咯噔了一下。事情闹大了，李南居然发了一条非常肉麻的短信给我，"这个无耻的流氓！"我没有解释事情的来龙去脉，我只是对丈夫说："你现在该明白了，我为什么要劝老妹不要与他来往。"丈夫现在关心的显然不是妹妹了，他沉默了一会儿，劈头盖脸地说："你也要注意点儿！"

（四）

　　在咖啡店里，我心神不宁，越想越觉得冤枉，便打了个电话给李南，他居然说："我就在你店的后面，五分钟后见！"

　　"怎么就你一个？我老妹呢？"他玩世不恭地微笑着，摊开双手："被他哥拉走了！"哦，情况已经到了不可收拾的地步。什么乱七八糟的，我可是个靠名誉生活的。李南脱下外套，直接就坐在我的个人位置上。看我一脸严肃，他收敛了许多。我也尽量压住内心的窝火："你想喝点儿什么？"他摆了摆手："不用了，看来我唯一能做的就是尽快从这里离开。"

　　我开门让他出去，没有说话，只做一个冷冷的手势。我再也坐不住了，把店交给手下的人，径直回家了。果然不出我所料，他们兄妹都在，场面极度尴尬。我们谁都没有说话。沉默了几分钟后，我丈夫走了过来："对不起，我错怪了你，没事就好，我知道你是清白的，刚才那浑蛋已经打电话来澄清、道歉了！"丈夫曾经非常反对我一个女人家开咖啡屋，他肤浅的理由是，那种地方容易滋生不伦之恋，而我的条件又那么好！我喜欢听他后面这句话，但是，我最终说服了他，因为他知道，我是在许多的追求者中看上他的，他应该自信。如今出了这个插曲，我真担心，他又对我产生怀疑。

　　那小姑呢？我转身看着小姑，期待她的表态。"我也决定戒了他，谁稀罕他？"有了这么一句，我心里就踏实了。送走了小妹，我被丈夫环抱

"情感暴富"后的轻惆怅与小暧昧

着,他说:"好险啊,我真的很害怕失去你!"

难道你还不相信我?我心里有些虚。

"你真的没有一点儿动心?"丈夫有些咄咄逼人地问。

我捏了捏他的屁股:"乱说,当然是'我心中你最重'了!"

懒得再去咖啡屋了,干脆洗澡上床,才十二点多,很少在这个时间我们夫妻一起上床。很新鲜,我希望借一场激情忘记所有的不快。

事后,他很快就进入了梦乡。我却睡不着,太早了。于是头脑里浮现出前几天发生的所有镜头,突然,我觉得有些蹊跷,巧合的事太多了,像小说里安排的情节似的。难道这都是丈夫编导的一出用来检验我感情的闹剧?要不,他为什么不想多谈?

(五)

第二天,丈夫去上班后,我再次给李南打电话,手机居然停了。再给师范学院美术系办公室打电话,问有没有一个叫"李南"的老师,答案是没有……我确认被他们玩了,而主谋是丈夫。但是我还是压住了内心的怒火,我要等待他——我那个可恶的丈夫主动向我承认错误。给他一个月时间,如果在这个期限里,他没有交代清楚,我就拿证据来揭穿他,然后与他离婚,因为,我的忠诚被他亵渎了,我可不是省油的灯。一天过去,两天过去了,一周过去了……仍然不见丈夫主动坦白,日子也没有什么变化。我有些坐不住了,其实在我仔细观察他的这些日子,发现他对我真的不错,早饭都是他打点的,孩子的接送也都是他操心,午夜回来,常常都可以见到他温柔、浪漫的字条……这么好的丈夫,如果真的一个月之内没有主动向我交代,难道就这样休掉他?我很焦急、矛盾,可是这个郁结没有从心头上卸去,我仍然无法安宁。

就在我渐渐地淡忘这个事件的时候,意外地接到李南从深圳打来的电话。他说,为了我的幸福也为了不惊扰我的生活,他离开了福州。他不是美术系的老师,只是在那里进修过。我最关心的不是这些,我要他说的是,他突然闯进我的生活里是不是谁设计的阴谋?他在电话那头大笑,说

我多心了。"想不到处境好与处境坏的女人都多心,但是你却不多情!真遗憾!"李南还是那副口德。

眼看我真的刀枪不入,李南这才正经起来。他说,原先与小姑往来确实不是很认真,因为他看得出小姑也不是用心在爱他,至于对我一见钟情,则是千真万确的!他说:"越是不伦之情越是真的,我真的非常迷恋你。对不起,我这么说,你也许会生气,但是,我仍然要说,甚至五年之内,我愿意远远地等你。如果你真的厌倦了你的婚姻,我会是你最坚定的爱情候补……"

我强行挂断了电话,我害怕了。问题原来出在我身上,确切地说是在我心里,我是不是对这个婚姻有过些许的不满?只不过连自己都没有觉察而已。为了掩盖自己对诱惑有过的心动与事后不知所措的心虚,便想当然地把责任推到丈夫身上,怀疑那是丈夫一手炮制的"爱情开卷考"……

原来女人也会有变心的时候,要不,我的心怎么会经不起一点点的波浪?放下电话,我仔细列了一张表,把我们婚姻的"好"与"不好"都一一罗列,惊讶地发现我的心原来很大,当然,也觉悟到一旦放弃这个婚姻,我失去的将更多。那么,最好的办法,就是惜福,爱我所爱,更要爱我所有。婚姻问题不一定是吵架,或是不可调和的矛盾,更多的可能是内心的触动、变化,有时它如同枕头里的一根有异味的羽毛,没有打开它是永远也搞不清楚的。虽然婚姻是很具体的油米盐等的组合,但是,心灵的暗影与杀伤力往往会被我们所忽略。

想通了这一切,这个周末,我约了丈夫到自己的咖啡屋,像初恋情人一样点着蜡烛喝着浓香的咖啡,我们回忆过去的点点滴滴,才发现结婚五年来,这是第一次如此亲密地认真交谈,而过去,我们都在各自的光阴轨迹里忙碌着,从来没有顾及对方的心理感受,其实也没有关照过自己内心的需求。

一个月的期限就这样过去了。我心里默默地对丈夫说:"对不起,我爱你。"我们在婚姻里常常都有审判对方的本能,其实,更应该学会检讨自己的心灵地图与情感脉络,因为很多时候,问题是自己制造的,却一个劲儿地要在对方身上找答案。这是不公平的,也是很蠢的。婚姻如果可以

"情感暴富"后的轻惆怅与小暧昧

拯救的话,也应该是从自己的心灵开始的。

20. 她的爱情是用来爱自己的

张逸口述　罗西整理/点评

我喜欢有品质的生活,包括爱情生活。我非常爱自己,偶尔也会玩些情调,或者在阳台上与花草沉默相对一个下午。遥想大学四年,那些最为唯美奢华的日子,从二年级开始周旋于多个追求者当中,我喜欢那种蜂迎蝶送的绮丽年华。我对谁都一样的态度,不轻易许诺,浅笑地把手给对方,然后华丽转身,第二天,又重演这些细节,娇媚,却带点儿矜持,保持独立身份,又非常有修养。那种处于众星捧月的位置,自豪、甜美,还有一点点的悲天悯人之情怀。

暂且把那一年半的时间里所做的一切,叫做"爱情热身"。大三下学期开始,我调整了自己的角色,不再扮演无辜的"勾引者"。我厌倦了这种"情感应酬",我读的是经济类专业,很清楚,回报率对一个投资者而言有多重要。我不想浪掷他们浓墨重彩的情感投资,于是,我从中选择了一个上海籍男生。他有高贵的血统,玉树临风,温柔体贴,那双迷离的眼睛值得一个怀春女子探究,并可以不断地满足你的好奇心。他叫丘贻克,当我把一个完整的怀抱给他的时候,他竟激动得眼圈发红。爱情不仅赋予他冲动,更让他感动,这是爱情风景里很别致的一抹。我心里对自己说:"我要对他好。"我断绝了与所有异性的"精神往来",一心一意地爱着贻克。因为,他是爱神送给我的一个豪华礼物,我不喜欢穷开心的恋爱,他可以带我去高级娱乐场所消费、购物。从小我就向往那种富丽堂皇的生活。同宿舍的女生几乎都有了恋人,但我看不起她们,因为她们的恋人都是穷小子,连约会的地方也是蚊子很多的花园石椅边,冬天还要在野外挨冻……而我的男友有钱开五星级宾馆的房间,为我按摩,然后用英文对话……甚至他家还有一套没有用的房子,偶尔我们也会去那里点蜡烛、洗

个香喷喷的热水澡。我看不起那些低成本的爱情:有个室友因为男友太脏,可他们又因陋就简地在外偷欢,结果她得了尿道炎,一个晚上要上好几次厕所;另外一个,小腿上全是红斑,那是公园里的蚊虫围攻的结果,她的男友甚至没有钱带她去一回咖啡屋……我为他们感到心酸。

很快,我大学毕业了。因为一次争吵,我负气不想留在上海,加上父母的召唤,便回厦门工作,在一家保险公司里就职。男友毕业后做了海员,走远洋,半年才会回上海一趟。有时,他的休假期不到五天,也会兴师动众来回坐飞机到厦门看我。这回,轮到我为他感动了,开始后悔当初的意气用事,但我是个有了主见便坚决执行的女孩。我决定打回上海,嫁给贻克。他非常高兴,立即着手装修新房。可是我的父母极力反对,我是他们的掌上明珠,他们希望宝贝女儿留在身边。厦门是个美丽而舒适的天堂岛,他们不想让女儿远嫁他乡……可阻力越大,越激发我的逆反之心。在一个月黑风高的晚上,我带走几件衣服,便"私奔"去了上海。那是一个刺激、义无反顾、兴奋又悲壮的旅程,男友不断地喂我零食吃,我觉得这很舒服……于是一个人在上海的一套公寓里住了下来,开始与男友同居。大约十多天后,贻克又有出海任务,这回他去的是南非。天黑的时候,思念贻克便成了我唯一可以消遣的心事。我很快找到一份新工作,高薪,外企,但上班地方离住处较远。挤公交车得花近一个钟头。

渐渐地我寂寞的心开始动摇。我的上司风流倜傥,他多次暗示我,他欣赏我。我无心与他玩游戏,但必须承认我有过刹那间的心动。他是现成的果实,而男朋友还是一道正烹调的菜。于是,我徘徊在"情感应酬"之中,对他偶尔也回应一个暧昧的脸红,或者去娱乐场所 high 一下……

一天,这个上司突然出现在我的住处时,我才担心起来,这样下去一定会出事。我开始考虑撤出上海滩,想想一年只能与贻克相处不到两个月,而且他要走远洋达十年之久,也许以后经济上会很富足,可是,我的花样年华就这样被浪费掉,我是不会甘心的。女人的好年华,也就这么短短的十年啊!我再次选择离去,这回是个爱情逃兵。当贻克回来找我时,我已回到父母的怀抱,原来单位也不计前嫌重新接纳我。贻克是跪着求我回上海的,并且愿意放弃大海,满足我的所有愿望。但我坚决地摇摇头,

"情感暴富"后的轻惆怅与小暧昧

如果他没有了大海,他就不那么伟岸了。所以,我宁愿放弃。

就在这时,另一个男人阿磊出现了,他是我保险公司的同事。有一天,我俩同在电梯里,突然电梯出了故障,两个人被困在里边整整两个钟头。我是怕死的,在那个令人窒息的小空间里,他不断地安慰我,然后慢慢进展到把我纳入怀里……奇怪,我没有拒绝!他说:"我不是趁火打劫,但这是个天赐的好机会,我要对你说出自己内心的真实想法,我暗恋过你,本以为你去了上海,就死了心。现在,你回来了,我要赢得你的心……"长篇大论,一气呵成,原来,身边一直潜伏着这样一个对我心仪的男人。我第一次专注地看着他的脸,光线很暗,但他的眼睛贼亮,呼吸急促,他说:"我可以为你奋不顾身!"

当我们被消防员"救"出去后,我脑袋马上因为不再缺氧而变得清晰无比:"他不是已和一个女子登记结婚了?不是只差一场婚宴吗?"当夜,阿磊约我出去,他说,他已动员那女子与他"离婚"了!而且进展顺利。面对这样一个果敢的男人,一个初婚不到半个月的男人,为了我,他放弃了很多很多,我心动了,居然点头答应。后来才知道,他花了近五十万元打发走那位可怜的"半月新娘"!

我是个爱自己的人,如果有个男人愿意奋不顾身加入爱我的行列,我为什么要拒绝?虽然,我背着"第三者"的黑锅,但我不在乎。婚礼上,爸爸高兴地说"这是双赢的婚礼,希望你们白头偕老!"妈妈更是喜极而泣,在她看来,女儿稳定下来了!她一辈子求的也就是两个字:安定!因为安定而无忧,因为安定而知足。

我和阿磊几乎是没有恋爱直接进入婚姻的,所以,我们的蜜月期特别长。由此,我误以为婚姻就可以如此美妙地走下去。慢慢地,大约婚后第二年,阿磊的坏毛病,坏习惯开始显现出来了,非常孩子气,什么都依赖我,甚至买什么样的内裤都要请示我。虽然我有女王权威,但仔细一想,不对呀,我家大小事都得由我拍板、拿主意,甚至存钱也是我去做,我这个"女王"实质上是个"女宰相",我情不自禁地自怜起来,"那么爱自己"的一个人,怎么沦落成一个"无私奉献的人",于是开始安排他做一些"力所能及"的事,他还蛮合作的。我对他的"改造工程"初见成效,

233

公司上下也有目共睹先生里里外外的脱胎换骨的改变。我们常牵手散步，非常恩爱的样子。我不想要孩子，因为生了孩子后，我就无暇爱自己。非常喜欢小孩的丈夫，看我无心怀孕，他也不敢造次，甚至路上看见可爱小孩也不敢去尽情逗玩。他会不会被我压迫得太厉害了？反正，同事们都这么说。我父母及公公婆婆也这么想，我的虚荣心得到了极度的满足。

我却在外人的喝彩声中失眠了。原因是丈夫有酗酒恶习，结婚初期，他极力压抑自己，可一年后，原形毕露，几乎每夜都要与狐朋狗友出去喝酒，而且每次都醉醺醺地回来，一身臭味。当我正做好梦时，他推门进来，舌头不听使唤，却唠叨个不停，讲傻话、酒话……那形象恶心至极。我因此有了严重睡眠障碍，经常用安眠药。曾有过一次大吵，并决定离婚，后来他百般求饶，心太软的我，只好答应他"再坚持一年，以观后效"。可是，几个月后，他的酒瘾又发作了，虽然次数少了，一周二次，但每次看他丑态百出的样子，我对他不再有任何"心动"的感觉了。我的心开始游移，我害怕夜晚，因为枕边有一个他。我们的婚姻已走过四年多了，我觉得它没有未来，因为，我们从未一起憧憬过什么。我已三十一岁了。如果一辈子就这样和一个渐渐没有了爱情感觉的男人跌跌撞撞地走下去，我是不会快乐的，我要有温度与甜度的婚姻，我不会像妈妈那样，"稳定压倒一切"！当我心平气和地与丈夫和盘托出离婚计划时，他吃惊地说："这会被人家笑话的，我又没有犯下什么错，收入也一天比一天高，你为什么要离去！"

这时又有人出现在我的感情生活里，他是我的健身教练，韩国人。他非常体贴，每次送我到楼下时，如果风大，他都会帮我把领子竖起来，或者解下自己的围巾给我……他是个温柔的绅士，他会让你温暖、安全地依赖到上瘾！我离不开他了，我发现我是个多么需要爱的人，丈夫不是也口口声声地在提醒说"爱我"吗？我再次陷入这个"情感应酬"的旋涡里不能自拔。

在一个彻夜难眠后，我等着丈夫酒醒，然后冷静得像个裁判说："婚姻也可以无疾而终！我已决定了，只等你在协议离婚书上签字！"第二天，我搬出去住。半个月后，我们离婚了。我是一个对爱情没有免疫力的人，

"情感暴富"后的轻惆怅与小暧昧

我喜欢被爱包围,稍微被冷落,我就受不了,因为我太爱自己了,没有爱情我是活不的。现在与韩国男友相处愉快,但是我妈妈的一句话,让我对自己担心起来:"你这样的习惯性分手,什么时候可以结束?"

一路走来,我的情感生活一直没有断过,会不会因太爱自己而对爱情过于挑剔或者不懂得珍惜?

点评

其实,张小姐一直很忠于自己的感情与心灵,如果不爱,当然可以选择分手。过去,传统文化习惯是劝和不劝离,从某种意义上说,这是一种不负责任的和稀泥的态度。像张小姐这一代(二十世纪七十年代生人),已经开始学会爱自己,然后才去爱别人,渐渐地不会沉溺于自虐的爱情里,很少有人会选择诸如殉情等不健康的爱情生活方式。他们更务实、坦荡,也许看起来有些自私,但是,诚实也是一种健康的美德。所以,张小姐不必为自己的情感生活"如此丰富曲折"而感到不安或者内疚。我们应该有这样的新的爱情观:要么不爱,要么很爱。

21. 喜欢"父亲型且是教授"的女人

暖暖口述　罗西整理/点评

我不算很漂亮,却较有男人缘。小学时候我就听过男老师夸我"长得好",还有男生求爱,而我也很多情,最喜欢老师,甚至过于盲目崇拜。每一个阶段,我都会在心里暗暗地爱着某个人,然后更新着,被换掉的就再也不会有感觉。这样,心就一直在充实着成长。所以,我曾经迷信,我这种"花心"的骨髓,将来会不会遭到报应,孤苦一生或者被弃、被遗忘……

我家在四川绵阳。我在乡下长大,我父亲比母亲大十五岁,所以憧憬婚姻的时候,我想象的是一个年长我十岁以上的"爸爸"似的男人。

正式为走进婚姻而用情,是在大学时候,他大我十五岁,是政府公务员,当时我在日记里形容他是儒雅有加又玉树临风,其实,现在还是可以这样形容他。我爱他到骨子里了,以为他对我也是这样。可当我看到他带着更年轻的令我嫉妒的女孩子去九寨沟开心的照片时,我在他住的五楼窗口边想象,跳下去后能抹杀他的背叛吗?

之后的两年间,流行《心太软》那首歌,一听我就会有泪流不出的痛。

于是,我才懂得需要自我保护,开始学着尽量不要把情感当一回事。我做得最好的最成功的经验就是,总在被弃之前先弃人,然后换新,这样,走马灯似的,来来去去。

最后,二十五岁,怕被人称为没人要,我就闹着玩儿似的把婚姻当成赌博一般与二哥的一个战友偷偷地领了结婚证。

这就是我的第一个丈夫。从小被优越的家庭条件宠大的男孩子,除了唱歌好听,天生的幽默细胞浓厚,家的观念为零,长得还算小帅,烟酒赌玩样样难以克制。拖了一年后,我忍无可忍地恢复了单身。

离婚后的第一个男友,大我十七岁,对年龄我没有感觉,只盼着有一个温暖的怀抱给我一个温暖的归宿,那是女人的价值。我在工作能力上一直平平,就想在男女的"事业"上争取一种弥补。他开始是对我呵护有加的,后来才知道他小学文化,把与我的关系现实到了生意的层面,讲投入讲支出,反悔不再同意未曾生育过的我生一个自己的孩子,并称认识我后他的股票亏了十多万,怀疑是我不带财……

离开他后,我迈入了三十岁的门槛。我在当地找工作总是不会失败的,到绵阳或成都的人才市场去,少有机会自己去找单位,总会有人来找我,还有人借此追求。所以,我的心气一直很高,等待着我的"他"。他一定会是一个有缺点也可以让我感觉可爱的人,我也会为他做一个最优秀的妻子。可是他们只要我扮演不同男人的情人。

其实内心仍然向往一种平淡的生活,这种平淡就是有一个普通的老公,能陪我打球、散步、过周末就行,他普通得在大街上一拉一大把都可以,但他是属于我的,属于我的爱人我的天。可是,我遇不到他。我的他

"情感暴富"后的轻惆怅与小暧昧

在哪里呢？

于是，丑一点、恶一点，只要有物质基础，对我有情，愿意娶我，我就能接受。我开始这样给自己定位。年轻的不要，想都没想过。

工作单位频频地换着，上不上，下不下的那种。

个人问题被我一直放在了生活的首位。这时我发现了一个婚恋网站，叫世纪佳缘，中国最大、最严肃的交友婚恋网站。上面的确是成千上万名优秀男女由你挑选，当然别人也在挑选着你。我注册后写了一份内心独白，至此也感动了无数渴望有家的男人。比较上镜的我再放上了照片。给我写信的从二十五六到六十三四岁的男人，大多是冲着我的内心独白来的，再通过密码看我的照片，这让他们想象，有一个这样妻子是何等地满足。我也在被别人的向往中挑挑选选着。

去年一个机会，我到了上海，参加了这个网的见面会。博士、教授，的确一到上海就如我预想中一样有机会接触了不一样的人群。博士没房，教授太老，依然没有一个中意的，但我没有继续挑剔。我的希望再次陷入绝境，得了心情不适而导致的胃病。我不知道这种无助的孤寂我还能承受多久。老家城里的两个哥哥都有房有车有孩子有老婆和情人，而我什么都没有，又不愿意灰头土脸地回去。我是死要面子的要强女人，虚荣心有些过高。我把一直不顺当成是方位不正，我需要走东方，我不要衣锦还乡但至少会将一个温暖的家带回家乡，向家乡人秀幸福。

上海的工作不理想，本可以继续寻找机会，但因专业对口还是来到现在这家单位，在靠近上海青浦的一个小地方，隶属于苏州，是企业文化的工作。我一个人一个办公室，没有具体的直接领导，写了方案递上去老板批了"很好"，然后就被晾在一边了，我也就这样一天天地耗去快一年的时间。

这时又遇见一位杭州教授，大我二十四岁。在信件内容上表示他的博士女儿带给他的骄傲并称绝对有信心再培养一个博士孩子，他的经济条件也不错……那是一张有些老年浮肿般、张着嘴少有风情与味道的老脸。我想象不出来这会是如何的一个男人。冲着对教授的敬仰，回复了他并开始了交流。他很直接地告诉我他有多少钱，除了房子在房价飞涨后值一百万

外还有八十万,杭州有更大的发展空间与机会给我,希望我能选择……

到此为止,他应该是我可以考虑的候选者了,我担心自己的真面貌能否得到他的青睐。可是,在没见面之前,许多问题都因对方问得过于直接而让我初步否定了他。他问我有没有生过孩子,有没有妊娠纹,还问有没有狐臭等,我忍住火反问他家有没有精神病史、有无传染恶疾,可他很正常地说没有……我感觉这人没有什么品位但脾气还好,后来,我经不住他的死缠,好听点儿叫做执著吧,毕竟是教授,基础的语言水平还是有的,放弃了后,我又开始抱着希望,但始终是属于反正没有可选的那种情况吧,万一碰上这个就是命里注定的呢,我还梦想着有个自己的孩子呢!于是,在以"不玩就拉倒,不认真就不受伤"为出发点,我提出要求,你先给我十五万元吧,我要给父母送套房子作为出嫁的孝心……

他答应了,也做到了。在他一只股票一夜间赚了五十万元后,他大胆地答应了,当然这是我后来才知道的。我以为他有这能力而不是靠高风险的股运,虽然我不具备股市上的胆量与信心,也从未涉足过。

对于工作,我也是心灰意冷,对于为自己打工又前途茫然且信心不足,婚姻在这个时候,我把它当成了救命的药。

当我们在近两个月的网上交流后,他来了我这儿见面,我除了感觉他矮但不驼,胖但不肥外,说不上以后会不会接受他或者会不会厌恶他。只是初识了这个华东男人的一般的特性:花钱上的细致用心。这对一个男人的气度来说,是有些打折扣的。我把它看做一种持家的可靠男人的风格。这个年龄了嘛,不要再去要求男人有气质什么的。我这样想。

当我受他N次的热情力邀后去他家时,感受了一把从未有过的被人当作小女孩般的"重视"。我喜欢吃零食,若干年的单身独居,养成了零食当主餐的习惯。他像是买回了一屋子的零食似的……我决定,他要真敢先兑现十五万的玩笑承诺让我不再担心"被弃"的踏实感后,那我就真可以嫁了。

等到我再细思量:现在的十五万元对于我的工资来说的确还可以,但对于一生的交付会不会太草率?加之他的年龄与老年斑、硬而花白的头发还有一口可以随时取下来洗的假牙,好像有点儿难以平衡,但是如果放

"情感暴富"后的轻惆怅与小暧昧

弃,我又如何等待,一个我看得上的男人会把自己当成一个绝对宝贝吗?

在这种矛盾中,他兑现了我的十五万的要求。

国庆节长假后,我强迫自己对比以前曾遇到过的种种男人,跟他去领了结婚证。准备着这一生的重新开始了。

这时,发生了两件小事——

第一件事:当天晚上,我让他把狭窄的卫生间又冒出来的一个脏桶扔掉,他不舍。第二次,我告诉他这么旧的脏桶你是从哪儿翻出来的,扔掉好不好?我心里难受,在农村十多年都没见过这个样子的。他还是不舍,说以后买了新房要装修,需要很多的桶。马桶坏了,没法抽水,拉了便得用准备在桶里的水去冲,这个我还是能理解的。反正房子旧了,一切家用品都需要换,这样也省水,但不能把洗拖把的污黑水存着用于冲马桶呀。

我想我如何开始当女主人呢,他单身这么多年了,又不舍得在外吃饭,自己讲课挣钱,还得自己买回来弄着吃,也真难为他了。房间小,用品摆放很乱,卫生较差,我来改观吧。第三次,我告诉他这个桶实在是很少见,也不需要了,扔了吧。他说是从厨房里找出来的,还是不扔,称他明天会洗洗的。我的心梗起来了。

第二件事:我需要购买冬用挎包,他知道后,急急地拿出来一个,称是新的没用过。我一听没用过就说也不会是为我准备的吧。是二十世纪六十年代的土黄色老款皮包,我一看就直接问他:"你前妻的?没带走?"他说:"是的。""老天啊!"我说后,屏住火气让他收起来,告诉他以后不要再这样了,我会生气的。

结合这两件事,我把之前对他的点滴容忍也晾出来吧:他翻出一箱子的备用药,过了期的,他不甩;翻出陈年的人参茶,人家送的,过期两年了;还有玫瑰花茶,虫屎与蛛网连成了一片,他见我要甩,疼惜地不要我喝而是要留着自己喝,称自己身体好、胃好;吃饭的时候,他总是稀里哗啦不出声不行,挑到嘴里的菜也要猛吸出声音,一团烫饭进口摇着头支吾不清地急着说话,饭间打着嗝像敞开门一样不偏不离地对着菜盘……

国庆节的前一天还很热,他带我去杭州的风景点,并带上了在家煮的花生。到了灵隐寺的山上,他急急地吃着,边吃边在嘴角边堆起一撮白

浆,我示意他擦掉,他却一点儿不在意地称吃完了再说……一到家就换下衣服,穿一条露出松紧带的内裤,裤边坏了要掉不掉地耷拉着。国庆后天冷了,他穿的内衣也永远没有一件紧身平整的,因为舍不得丢,穿的都是洗过好多年了的那种宽大得松松垮垮的内衣,不洁不整地敞着跑到我面前来要我关了电脑早些睡……发现他小解后是不冲厕的,为省水。我的厌恶情绪无法掩饰后,他再冲水后会来告诉我一声,洗了马桶,洗了什么什么,饭间,把能想到的瓶装酱或与下饭不相干的食物都会拿出来征询我的意见要不要吃,直到我摇头的兴趣都没有了时,不耐烦地发火是我唯一控制不住的事情。这个时候,他不是一个老好的老男人形象,而完全就是一个太婆型的老男人,天哪,我怎么会是这种归宿?嫁了如此邋遢的一个老头?

我的教授呢?我心目中盼了几千年的儒雅、博学、清爽、干净的教授丈夫呢?杨翁故事发生时,我曾迷惑过,这也太难想象了吧!但后来我能理解翁帆的选择,杨教授是一个清癯而精神的老人,他至少不会倒人胃口。

第一次婚姻是蹚了一趟闹着玩的浑水,而这一趟浑水自己已被沾上了,再离?一无所有的二婚女人再升级?我如何面对?

我告诉他,我是个农民的女儿,在农村的日子也没有这么不讲究过,你口口声声说杭州正在成为提升生活品质的城市,是人间天堂,怎么会有你这样的生活方式?

现在看来,一个人的习惯要得到纠正是很难的事,更何况他是一个近六十岁的迂腐的教授。那我认命吧,就当他是一个家的标志吧。最让我满意的是:性生活。因为他几乎没有成功过。有一两次成功进入了,坚持了五秒钟,感觉自己跟神似的。然后解释是之前吃了我们四川产的一种叫"锁阳"的药,把性欲给锁过头了,压抑了等。我不计较这话说得可笑,总是真心欣慰地安慰他:"没事没事,先休息好吧,你太累了。"

他说着对不起,然后睡去。这种时候,我真的很欣慰。最好他永远不要进来,感谢上苍的安排。

我的厌恶情绪很明显,他有所察觉,努力想让我高兴。可是,他的一

"情感暴富"后的轻惆怅与小暧昧

言一行、一举一动都让我反感甚至恶心。自己对"老男人"丈夫的执著憧憬与幻想难道是一个梦吗?我是不差的一个女人,害怕"年轻爱情"的伤害,退而求其次,在忍受不了苦撑苦等的焦急后,"失足"性地再次走进婚姻,付出的代价就是以厌恶的感觉同这个人相守一生吗?我思考,我痛苦,我不得而知。

罗西,你能帮帮我吗?

点评

暖暖小姐的感情经历,都不太如意,"很用力"地找真爱,可是又患得患失。她对爱有依赖,却缺乏足够的自信,甚至有些自暴自弃,委曲求全。好像都是别人辜负她伤害她,其实也是她自己造成的。没有人逼她。几次不愉快的感情经历让她对男人与爱情产生了不健康的"杯弓蛇影心理",一方面对爱表现出强烈的饥饿感;另一方面又不太信任人,有些胆怯与自卑。其实她有很好的条件,可以更自信地拿捏自己的爱情,选择自己的男人,为什么要对男人迁就、给爱情打折呢?

至于对"年长"、"教授"型男人的独特迷恋,对她也不是什么大问题。男女之间的喜欢没有道理,喜欢就好。不过,我们毕竟是要结婚的,所以,不要简单地把自己交付给某一类人,要慎重。最后,婚姻是要相处的,所以对方的性格、生活方式要有个全盘的考量。

现在她用了近乎尖刻的语言来描述那个自己厌恶的老教授丈夫,我感到悲哀,因为她可以离开这样的老人,她还有选择的权利。她心目中最初神往的"教授"、"父亲式"的男人,仍然可以继续追求,但是那只是一种形象符号。不要只迷信一种形象符号,也不要一棍子打倒、推翻一种形象符号。

不要因为害怕受伤而简单地固执地先入为主地把某类男人当做自己的情感归宿,也不要因为受不了某个男人的"差"或"坏"而怀疑、否定自己继续选择真爱的激情、尺寸与智慧。

真爱有时是要等一等的,或是偶遇的,不要因焦急或悲观而失去理性的判断。显然暖暖小姐内心深处的自卑与不安定感,促进她做出了错误的

判断与选择。所以,她要重建爱的信心,然后学习从容地爱,而不是简单地选择;爱到自在后再选择、决定。幸福不是赌出来的,而是创造出的。

22. 下载的爱人:玫瑰变成仙人掌

毛毛虫口述　罗西整理/点评

我不知道现在有多少对夫妻像我们一样是从网恋而来的,当一个虚拟而完美的爱神突然现身为一个活生生的、有缺点、有体温与体味的具体男人或女人时,对我而言,确实有些措手不及。我和韩宁是在一个聊天室里认识的,当时他情绪低落,刚刚失恋,所以打出来的文字有一种特别的色彩。他自言自语:期待被爱,总是被害!我很好奇,而且天生对"落难公子"有一种怜惜之心,便安慰他,做导师状。当然文字可能比较调侃,于是他说:"你明明知道我头很痛,怎么还打我的头……"一来二去的,我们相互觉得都有些可爱,便都留下了QQ号,为后面的交往埋下了伏笔。

我们网恋后,便一发不可收地全身心地投入。我们在网上,如鱼得水、妙趣横生,实际上我们都是害羞之人,要不怎么会迷上网络?先是互发照片、电话试探,后来也参加所谓的"六人晚餐",觉得都能接受对方,确认非他莫嫁、非她莫娶,我们就这样开始在网上互叫"老婆"、"老公"了。说来惭愧,我们这两个生活中的"闷骚"、爱情低能儿,因为有了网络,也变得胆大包天了,甚至非常放肆。反正没有面对面,有一种跳假面舞的感觉,从精神之吻到抽象的拥抱,我们都很陶醉地"做"了,到后来韩宁提出"网交",我也半推半就地接受了。那是疯狂的日子,仿佛离开了电脑我就会死。我们在一种海市蜃楼里品味情色之美和出位的刺激,一切干净而简单,最重要的是因为彼此头上罩有光环,所以特别完美、满足。我们一度活在理想的描绘里、想象中,要什么给什么,想什么有什么。爱是伸手可及的满月,性则是指间跳跃的花香,一切尽在掌握中,没有争执、矛盾,没有分歧和不如意。

"情感暴富"后的轻惆怅与小暧昧

这样的热恋,如果不马上结婚,那是对我们感情的亵渎,有了这样"共赴前程"的决心与共识,我们很快就结婚了。可是,当客人离去,只剩下我们在洞房的时候,还真有些陌生与尴尬。我们更多的经验是在网上,现在要拿出真枪实弹的时候,还真的是很难为情,不知该从哪儿做起。不过,最后还是他提议:"要不,我们都闭上眼睛,找回聊天室里的感觉?"我同意。即使灯已经关了,我们总觉得有"光天化日"的感觉,很难适应。当然,我们的"良宵"是顺利度过的,而这只是现实夫妻生活的一个序幕,好戏还在后头呢!

婚后不久,丈夫就开始"乱码"了,他也对我不满意了。蜜月过后,玫瑰变成了仙人掌!他为了与我结婚是做了很大牺牲的,辞去了一个不错的职位,离开了自己熟悉的城市,来到我这里"另起炉灶"。虽然他的工作很快就有了着落,但是毕竟一切得从头开始。他心情不太好,吃饭的声音就特响,甚至不洗澡就上床,我很不喜欢这种恶习,并且到了深恶痛绝的地步。曾经网上那个深情款款的白马王子不见了,熟悉的爱的小夜曲变成了饶舌乐。问他有什么心事,他不说,沉默是金。曾经我多么喜欢有秘密的男人,现在老公就是一个绝密文件,可是却让我抓狂!每当躺在床上,我对他说:"我有话跟你说。"他也会一口答应,然后说:"没有问题,等我睡着后随便你聊什么、聊多久!"人生孤寂,生死都是个体,能说"我们"也是一种福气甚至奢侈,但是他总不习惯说"我们",仿佛他还停留在一个人码字与我对话的时候。

因为心怀不满与不甘,我对他慢慢产生了排斥心理。比如,他那湿抹布一样的舌头,令我恶心,所以我开始拒绝接吻。而他偏要,在他看来,男人亲吻,好像是一种电脑程序,是让女人躺下的"标准操作",所以一定要执行!其实我也知道被吻就是被爱,它甚至比做爱更亲密,更接近心灵。于是小吵不断,两个人一下子变得异常陌生。他也不再事事听我的,想赢得吵架犹如用嘴去吹熄电灯泡。报纸上有婚姻专家说,夫妻吵架可以,但是不应该带着气上床,也就是问题要在上床前结束。我遵守了这个建议,可是我们一年只睡三个月!更糟糕的是上床后我们又吵了,因为我

们不再是用手指交流、用头脑做爱,是全方位的接触,一切变得很复杂,很难事事顺意。彼此越靠越近,心却离得越来越远。

是否因为习惯了网络的自在、务虚的想当然的性交往,从而钝化了现实的激情?在一个下雨的午夜,韩宁突然问我:"肩膀痛吗?"我有个暗疾,就是天气一变化就会出现肩痛。曾经在网恋时,我告诉过他,那时他总是很细心地关照我,并用各种语言给我精神按摩,还信誓旦旦地表示"在一起"后,只要愿意,他天天都给我按摩,结果婚后他就把这一切忘得干干净净了。这夜,丈夫突然良心发现,怎么不会让我受宠若惊?我心暖了,把他伸过来的大手抓起来狠咬一口然后是安抚性的吻,很踏实。丈夫有些惊讶,然后也顺着我的心回应我的"善意",满怀带体温的柔情蜜意,令我幸福得不想睁开眼睛。互相摸索着对方的身体,第一次有这样的感受、呢喃,也第一次知道对方的"性感七寸"在哪里,需要什么样的力度与喜好……这是我们真正的"新婚启蒙"之夜,一切水到渠成,毫无雕琢,却酣畅淋漓,身心合一。过去我们虽然"完美",但只是纸上谈兵地"做"过,严格地说,那只是停留在"说"的"叙述性"的阶段。爱要做,而且要不带任何先入为主的东西上床,这样的"爱情赤子"才会更容易接近爱的"初心",摸索到性爱的真谛。网络性爱有点像DIY,是一种"自助"、自慰行为,是比较自我的一种性满足方式。夫妻真正的性爱是两个人的共同行为,显然与单纯的网络性行为有区别。其实那就是一种加深夫妻彼此理解的最好办法,通过互问对方的需求、嗜好、敏感部位,从而更好地分享爱情的欢娱,这是很深刻的沟通。

曾经的不适应与不耐烦,是因为还对网络的梦心存有依赖,从而误判了对方与自己。还爱情于本色,让我们又看到了玫瑰,最重要的是我们的爱情有了体温。

点评

a 由网恋而步上婚姻红地毯的人数正呈上升趋势,爱情本身就比较"务虚",如果又是从虚拟世界走来,他们的婚姻自然要面临新的挑战。所以，这类"网恋后夫妻"在婚后要做一些心理的调整。

　　b　爱情是婚姻关系的基础，但是良好的婚姻生活还要靠两个因素来维持，这就是真诚的友谊与承诺。所以结婚后，一对新人有必要做一次倾谈，澄清过去在网络上的一些表示或者保证，将爱情的翅膀摘掉，将婚姻带回到地面来。

　　c　除了在价值观方面协调一致外，"性"福的夫妻生活还需要双方就日常生活和个人习惯方面做一些沟通。

　　d　夫妻可以各自保持网恋时的某些"传统"，如相对独立的个人空间、爱好、隐私，当然也可以发展共同的志趣与爱好。

　　e　爱的激情会随着彼此距离的缩小、生活回到常态而下降，但是，爱的感觉是可以通过日常生活中的小事来重塑，如温柔的注视、感性的抚摩、尊重的口气等。

　　f　没有不出现问题的夫妻，但是，有的通过迎接挑战而更加亲密，有的却在困难面前成了爱的逃兵。喜欢网恋的人在这方面的考验尤其严峻。可以有"化简"的网恋，但是婚姻要求夫妻俩要加深对另一半的了解，包括他（她）的过去、家庭背景、文化趋向等。

23. 因为相爱，快乐也变得相同

刘得华口述　罗西整理

　　我和太太结婚，充满喜剧色彩，用她的话说，我是她在路边倒垃圾时捡的。她在大学时曾对同学发誓一定要找个这样的白马王子：有梁朝伟的眼睛、刘德华的鼻子、黄晓明的身段……总之，她喜欢杂优三号水稻（她是农大毕业的），而丈夫最好是"杂优N号"，海纳百川，各取所长，这样才不会辜负自己作为一名"系花"的英名（她所在的系里男生居多）。

　　可在婚礼上，我的出现给她请的来宾们带来的视觉冲击和震撼，可谓空前绝后——明明我就在新娘身边，可他们几乎都异口同声问她："新郎

呢?"好像我是冒充的,每当这一刻,她总是温柔地与我会心一笑,然后告诉来宾:"对不起,让你吃惊了,他貌不惊人,但货真价实!"司仪最后宣布请新娘"说几句话",我亲爱的老婆是这样道出心声的:"我原先想找个白的,玉树临风的,而我面前的老公黑得很,有目共睹;原先想找个帅的,可我身边的老公丑得惊动了中央;原先希望找个有贵族气息的公子,可大家看到的是一个乡巴佬,连领带都是我帮他系的;不过,可喜的是,有一点实现了我的承诺,那就是,他是个真正的男人!谢谢大家!"

是的,我与太太结婚,理由只有一个,她是女的,我是男的,简单,不花哨,但真实有效,返璞归真。当时我们都去一位老师家赴寿宴,因为两个人同时迟到,早到的人就起哄我们是否经过甘蔗林时"作案"去了,耽误了时间。为了反击大家,我们由"根本不认识"到"同一战壕的战友",同仇敌忾,唇枪舌剑,把大家摆平,同时把那天寿宴的喜庆气氛渲染得五彩缤纷。

是我死皮赖脸地向她讨名片的,经过三个月的"赖"攻,她终于弃械投降,乖乖地成为我怀里的一只"迷路的兔子"。我用自信、才华与一等的口语,娶得美人归!婚前我们只做了一个恋人应该做的事,没有犯规,没有被蛇诱惑吃禁果。这是值得骄傲的事,但也为婚后生活留下了一些"隐患"和互相改造的空间。我们的结合本来就不太门当户对,加上彼此在性爱方面都是空有理论未经实践,所以一对处男、处女一下子要处好关系,有点像乌龟做爱,即麻烦的制造者。

新婚之夜,月色很美,风很轻,气温很低,床头的灯已调到最温柔的程度,我也不断地吞口水,控制火候,告诉自己不急不急,狗急吃不了硬骨头;新娘则装模作样地梳头呀、修理指甲呀、喝水呀……反正忙得很,好像要登台演出似的,可见她也心虚、激动、不安,又充满幻想与期待。平常两个人很风趣、幽默,可洞房花烛夜,反而都变成了口吃与哑巴,沉默呀沉默,不在沉默中爆发就在沉默中浪费。我终于守不住,如困兽出笼,她也半推半就。说句公道话,那个初夜,我们都表现得不理想。后来我们回忆起来,给这个夜晚打分,是勉强及格。不过,两个生手在黑暗中

二 "情感暴富"后的轻惆怅与小暧昧

摸索出这样的成绩,还算是可以的。

接下来的日子,我们对新床不再感到陌生,于是,自我真我本我全部上阵,原形毕露,真是男女有别,这一"别"可谓南辕北辙,泾渭分明。如何能彼此让步、沟通合作,就成为我们这对新婚男女必须直面的首要任务与最大的困难。首先我们用列表方式,书面整理出N条"不同"。

我想开灯,她喜欢暗地里作业,她说这样有偷东西的快感,我则想看她"丑"态百出时的妩媚;我喜欢一丝不挂,她则喜欢"用不着的地方"不要脱,我"以身作则",她却有所保留;她要枕臂说话,而我则喜欢她坐怀吹灯,她要"劳累"我,我则要她体谅我;她兴奋时说英语,我"无助"时脱口而出的是土话;我激动时,说点儿脏话,不会口吐"象牙",她就生气,用红指甲弄痛我;我不怕脏,什么都吻,她则有洁癖,挑三拣四,裹足不前;她说我狂野无度,我则埋怨她矜持过头,常常是我热脸蛋去贴她的冷屁股;做爱时,我埋头耕耘,她却爱说话,甚至搔我的痒,尽搞破坏;我喜欢黑色内衣,她却我行我素穿白色的;我喜欢午夜,她喜欢早晨,时差不同,我是北京时间,她是伦敦时间;我怕热,开空调,她怕冷,说汗津津的脸才是性感;我要"日报",每天都要,她却喜欢"周刊",甚至希望"半月谈",因为她相信细水长流,批判我及时行乐;我认为毛发是性感的,她却拿着剃刀逼我收拾干净方可上床;她喜欢在床上吃东西,我讨厌枕边有巧克力味;她喜欢把头发盘起来,我喜欢她披头散发;我喜欢扛着她从客厅走进卧室,她喜欢我抱她"漫步"进卧室;我喜欢看她卸妆,她却以隐私为由,不许我"偷看";她喜欢装死,然后由我"抢救",做人工呼吸,玩小儿科游戏,我则喜欢让她为我宽衣解带,耍点儿皇上威风;我要一人一个枕头,她要共枕;我喜欢趴睡,她嫌不雅,没一点儿形象,她喜欢横睡,所以我们家床的长度与宽度都差不多;我希望她服用药物避孕,她却坚持我"物理避孕";她反感我没有闭着眼睛接吻,我又不太喜欢她不脱袜子就上床……

总之,一个住在金星,一个住在木星,很难成"天生一对"。我现在才明白那么多夫妻离婚时都文绉绉地宣称"没有共同语言",肯定很多是

性爱缺乏和谐,我们的共同语言也近乎为零,这多少困扰双方生活品质的提升。好的夫妻生活品质应从卧室抓起,仅这一点我们达成了共识,毕竟都想过一辈子,如果双方不调节一下,那以后的日子就难过了。在所有的"差别"中,太太最在乎的是高潮不同步,也许是这方面的书看多了的缘故,她总是在问:"我怎么没有书里描述的那种高潮,什么欲死欲仙呀,好像我没有那种体验……"这话对我的刺激很大,甚至一个男人的自尊心也面临严峻考验,可这"高潮"是什么,我也没见过,怎么给她呢?我也努力过,激情有了,时间够长,前戏也做了,可她偏偏就是没有"传说中的"性高潮,不是说她不快乐,只是没有书里提及的那种很玄的所谓的高潮。有一阵子,我们性爱的结束几乎都是这样的一问一答——"好了?""是的。你高潮了吗?""没有!"

台湾发生了震惊中外的"九·二一"大地震。那天晚上,我们很晚才睡,正在行周公之礼时突然感到一阵天摇地动。我们家住十一楼,常识告诉我们跑下楼逃生是来不及的,那么我们唯一的选择便是紧紧地抱在一起,那时真的有一种"此生最后一次"的感觉。庆幸的是还能夫妻同床共枕,一起面对死神。一阵摇晃之后,我们从恐惧中回过神来,莫名地就在那一刻我们一下子都极度地亢奋起来,仿佛是把视死如归的气魄带进我们的性生活中去。太太滚烫的身体在燃烧,我们尽情挥洒一种生命里最高昂的情绪,丝丝入扣,天地动容,忘乎所以,亲朋好友打来一个个询问我们是否平安的电话,我们都懒得去理会,那时我们只有一念头:"来不及了,我们要抓紧时间爱着!"

这一回,太太体会到有生以来的第一次高潮,她喜极而泣,不忍我离去。当固定电话、我和太太的手机、呼机共五样通信设备都响成一片时,我们正在喘息着,回味着一种空前绝后的快乐与幸福。当我们盛装并从容地携手下楼看到衣装不整、神色慌张的左邻右舍时,才惊觉刚才的一幕有多危险。大家都在问我们:"怎么睡得那么死?你们家的电话机都被打爆了,也不接一下……"这时,我和太太会心一笑,她把头依在我肩上,温柔可人。其实那一夜的月色很美,整个厦门市的夜景似乎只为我们两个人

"情感暴富"后的轻惆怅与小暧昧

抒情,我们心满意足。

从那一夜起,我们学会了珍惜与迁就,也不再耍小孩脾气,试着从对方的角度去看问题,结果发现,所谓"差别"只是一种先入为主的设防,其实改变一下自己,往往会有许多新鲜生动的感受。性爱需要新鲜的东西,我们因此打开男女关系的瓶颈,柳暗花明又一村。"九·二一"是个"经典之夜",爱情经受住考验,一种强大的珍惜之心,终于为太太照亮了一条通往快乐之巅的路。

由此,我们共同认识到,所谓"高潮",特别是女性的高潮,是一种可遇不可求的心理感受,是对爱情表示满足的一种自然反应。从那以后,我们都很重视在一些特别的日子进行"爱情作业",如中国的中秋节、七夕等,西方的情人节、结婚纪念日,甚至是美国的"九·一一"周年纪念日,给平常的夫妻性爱赋予了一种非常的意义,往往会使双方产生一种奇妙的化学反应。经心灵的创作、身体的加工,双方都进入一种忘我陶醉的爱河!也从那之后,我太太对自然界的感受力变得特别强,喜欢在雨夜缠着我,如果有雷鸣闪电,那就更有一种惊心浪漫的氛围,她也更容易达到性高潮,真是天助我也!

一本杂志要有几篇打在封面上的力作压阵,同样,夫妻这一生也应有几个"里程碑式"的传奇之夜为婚姻的幸福作注解,也许不太多,甚至只要一次,但它可以让你回味一生。现在,我太太再也不向我讨高潮了,而是她自己去找,因为爱情明摆着,而快乐往往是自找的,如烦恼是自寻的一样。

事实也证明,夫妻双方不必刻意苛求性高潮同步,如果做爱时一心只想如何施为才能使两个人同时"登顶",而不能完全放松忘情,就会大大降低性爱的愉快与温度。有专家警告说,如果长期这样"自我折磨",夫妻双方或一方会产生性厌倦,甚至有可能造成男子早泄,女子性高潮缺乏等。爱和高潮一样重要,曾咨询过一位医生,他认为对女子性高潮的证明目前都是模棱两可的,不能令人信服。不可否认女性有高潮,但只把它视为生物学上的一种可能,并不一定会发生。换句话说,只是把它看成是一

种主观体验，它主要不是由生理决定的，而是由心理因素决定的。

我和太太结婚已有十多年了，并养育了一个两岁的儿子。阳光很好，我们工作着；夜色迷离，我们点灯、我们阅读、我们谈心、我们做爱。幸福这条项链是由许多快乐的珍珠串联起来的，我们夫妻双方男女有别，我们性格不同，我们的价值观、生活方式也可以不一样，但快乐是一样的，因为相爱，快乐也变得相同。这当中不能不感谢性爱，它是一种需求，更是一种爱情表达，当然也是收获。

24. 拥挤的双人床

小任口述　罗西整理/点评

作为中国第一代独生子女的一员，我一直被父母视为掌上明珠，锦衣玉食，自我优先，从小就拥有自己独立的书桌、餐具和卧室……所以与郑智结婚前夕，我一度患上"婚前焦虑症"，母亲总是谆谆教导说，婚姻里的女人要善于打圆场、妥协，而我率真得有些蛮横的个性，一定得改改，否则，很难适应婚姻生活。

婚礼还是如期举行，我是全世界最美的新娘。婚前，我和郑智有过激情如火的身体接触，那只是屈指可数的几次放纵，当时，两束燃烧的火是不顾忌什么的，因为火是不要姿态、没有服饰的，只在乎其热度。洞房花烛之夜，我要求唯美一些，可是，由于喜宴上酒精的作用，新郎床上的表现，非常糟糕。他率先进入梦乡，扔下我一个人豪华地寂寞，火红地伤心。推开窗户，看着天边的孤星，一夜难寐，心里一直在问："怎么会这样？"新郎的睡容好丑陋，睡姿更是不雅，原先那个甜蜜、挺拔的游泳教练，怎么会变得如此狰狞。我越看越不顺眼，连他的耳朵好像也变得诡异起来。我好失望，结婚犹如上贼船。总之，有一种受骗的感觉。

按我们这里的风俗，结婚三天后，我一个人回娘家"省亲"。那一夜，我在"自己的床上"睡得特别踏实、安全、舒服。第二天醒来，我在梳妆

"情感暴富"后的轻惆怅与小暧昧

台前想：难道我已习惯了"单身"？因为与新郎正儿八经地睡在一张陌生的大床上，我总是不自在，一是害怕看到丈夫更多的以前我没发现的缺点；二是我自己无法放松睡觉，如害怕眼里出现眼屎，担心口腔有异味等。更让我惶惶不可终"夜"的是，会不会在两个人亲密接触时，我会煞风景地放屁。这不是杞人忧天吗？有篇文章就叫"美女放了个屁"。故事里的女主人公，一向给人完美的印象，一天，她不小心放了一个屁，一下子其形象大受影响，她男友明知这样不对，但仍然在心里留下一种阴影。在他看来，"臭男人"放屁情有可原，美女放屁就令人遗憾了。关键是这篇文章是郑智推荐给我看的，这无形中给我更大的压力。我已经看到新婚丈夫"不好的一面"，如果我的形象也受损，那我们的婚姻还会有戏吗？

这种无端的焦虑困扰着我们的蜜月，我出现睡眠障碍，经常失眠，"认床"、爱发脾气，做爱也是郁郁寡欢，提不起精神。丈夫是丈二金刚，摸不着头脑，一个劲儿地自责，然后是逼问："到底怎么啦？我做错了什么？"平心而论，丈夫是体贴的、爱我的，但是，我对夫妻两人同盖一床被子，总是觉得别扭。婚前，我们也上过床，但那是单纯为了"爱"，而婚姻里的双人床，不仅仅意味着双方身体的接触与交流，它还是睡觉、休息与个人隐私"展示"的地方。所以，这张婚床显得复杂、沉重起来。

渐渐地，我对双人床产生了强烈的排斥心理。终于有一天，因为小事，我与丈夫大吵了一场。丈夫莫名其妙地看着我扔东西，最后他被吓坏了，躲在书房里……夜深了，我渐渐平息了呼吸，想想丈夫无辜的眼神，我心疼不已。我主动来到书房，丈夫已疲劳得横躺在地板上睡着了。我又轻轻地回卧室，搬来了被子给他盖上，再心存歉意地回到大床上去。片刻工夫，我奇迹般地睡去了。天亮的时候，睁开眼睛一看，丈夫正痴情地俯身看我。我笑了，搂住他，犹如久别重逢。

由此，我联想到台北歌星伊能静，婚后她特地在外头另租了一套房子，如果有一天觉得需要换口气呼吸时，她就会一个人搬过去小住两天，回家后又变得亲切可人。而我和郑智呢？两个人都是独生子女，娇生惯养，极度自我，如果硬把两个人挤在一张床上，迟早有一天两个人都会发

疯的,虽然他目前没有什么症状出现,但我已经吃尽了苦头。与其这样,还不如分床而睡,一个人一个卧室!当我有些忐忑地把自己想法告诉丈夫时,他居然爽快地答应了,并且也坦承自己不太习惯两个人挤一张床,原来我们都有"假单身倾向"!

当天,我们立马上街买新床,两间卧室的门上贴着两张牌子,丈夫住的是"体育系",我住的是"外语系",仿佛回到了大学校园,我一下子变得轻盈起来,丈夫也有解放的感觉。奇妙的是,我的失眠也不药而愈,心情好了,做什么都特别尽兴。

"分居"后,丈夫反而更积极地做家务、"做功课"——每夜他都会来敲我的门"麻烦"我,我总是热情接待,办完好事,我就把他赶走,他也半推半就依依不舍地离去。一墙之隔,仿佛咫尺天涯,这种感觉非常美妙,缠绵中有独立,开放中藏隐私。

尝到"分床"的甜头后,我个人进一步修正了过去的爱情"左"倾思路。以往我总喜欢黏人,觉得爱一个人,就该与他合二为一,并肩作战,从上街购物到一起出差,到同洒一种香水……现在才明白,爱情世界里,也需要个人主义作风,斟满彼此的酒杯,但不要同饮一杯,互留个人空间,因为爱情也需要自由呼吸。

点评

实际上,在日常生活上,不少人也喜欢同居但不同床,或不同房。但碍于面子,只好辛辛苦苦地同睡一床。朋友林君很爱他的妻子,但他不喜欢两个人同挤一张床,又不好提出来,便折中地一人盖一床被子。一天,一个老同学参观林君的卧室,发现床上有两床被子,大惊小怪地问他:"是不是两个人感情出了问题?"这令林君很尴尬,想解释,又似乎讲不清楚。传统观念根深蒂固,一时想为分床找个正当理由,还真有点儿困难。

我们常说:"他(她)是我的另一半。"这应该只是用来表达一种亲密关系的,却不能是一个要求。你应该承认,对方是一个人,而非你的"另一半"。作为"一个人",他有自己的独立思想、感觉、隐私,甚至种种怪

"情感暴富"后的轻惆怅与小暧昧

癖、梦想等。而仅仅为了表示两个人如何鱼水不分,而硬性要求对方一定要与自己同床,还要同时上床,则未免有点儿自私。再好的夫妻,各自也应保留一份心灵领地,而对其隐私的尊重,也是对其整个人的尊重。

爱美及寻美可说是人的通性,而我们有许多的行为、举止、表情,往往是不雅观的,如蹲马桶、剪指甲、放屁、挖鼻孔、刷牙、剔牙,还有早上刚醒来时的惺忪睡眼,刚洗过的头等。不在公众场合"做"这些"事",往往会被认为是有教养的表现。但什么是公众场合?几个人组合才算公众场合?是对不认识的人表现教养重要?还是对熟悉的、亲近的人表现教养重要?电影院里,不可乱吐痰,那么,在卧室里就可以吗?

更何况,有的人,一睡过去,就整夜隆重地打呼噜;有的人,喜欢把整床被子席卷在自己身底下,一个人垄断……还有睡眠个性,各有不同:一个要关灯,一个要开灯;一个要挂蚊帐,一个寻求露天感觉;一个十点上床,一个十二点半入睡……如果你又是一个失眠患者,那就更苦了……

问题是,这些喜好或恶习,往往又无法改变,唯一的办法是"宽容",而"宽"就是离他(她)远一点儿。

现在不少夫妻的前身均为"独生子女",他们有很强的"假单身倾向",喜欢独立自在的生活空间,而床,对他们而言,最好也是单人床。当然分床的前提,是同居。换言之,他们依然是夫妻关系,有"性"趣的时候,再会合在某床上温存一番,前半夜同床,后半夜分床,有张有弛,合分有致。这种浪漫,有一点儿"偷"的感觉,有一种美妙的距离,还有一丝鲜美的依恋……

人的一生,除工作时间外,有三分之一的时间是在床上度过的,八小时内,需与他人合作。而睡觉时,如果也要与另一半"合作",你说,这种无法放松的睡,一定也累吧!

台湾著名作家李昂女士说,夫妻同睡一张床的同居方式,可能只是来自人类普遍的习俗,但并不表示即是普遍真理,而习俗不一定合乎人性,有的甚至违背情理。

在美国纽约,有近百万男女"分偶",他们比同居不同房的族群,走

得更远一些,他们分别有自己的住所,但仍维持彼此的"爱情"及"婚姻"关系。《纽约时报》杂志还做过统计,发现"分偶"的关系实际上维持得很长,且稳定;他们"外遇"的平均频率反而比同居或传统婚姻中的男女更低,换句话说,即他们对彼此更忠贞。可见,同居但不同床,并不会削弱夫妻双方的亲密关系,反而会促进两个人的情感一直保持鲜活、生动。

可见,伴侣可能有理想的性关系,但在床上却不一定和谐。有心人曾在一百对夫妻中调查发现,绝大多数人最不能接受另一半的"不良行为"是:一个争夺绒被,另一个以牙还牙;一方在床上翻来覆去,另一方不胜其烦;床上排气、脚臭味,以及指甲的刺割、打鼾、踹脚、说梦话等。一位女性甚至提到,她对丈夫的呼吸很反感,似乎这不合情理,但她解释是由于他的气喷到了她的脸上,有蒜的味道,令她受不了。有的女性说,床上有一点儿面包屑也睡不好,但其丈夫却背压一块蛋糕也睡得香。

对此,婚姻专家认为,夫妻关系真正成熟的表现是:两人同房但不一定同床。

25. 你家丈夫"男人毕业"了吗

丘依口述　罗西整理/点评

一般夫妻往往容易因婆媳关系紧张而引发婚姻危机,想不到的是,我们夫妻的关系恶化,却是缘于我与婆婆的一次"合谋"。也有人说,要抓住男人的心要先抓住男人的胃,但是,我也反其道而行,驭夫如治水,必须从源头开始,那就是他的心……

(一)

婆婆一向与我关系良好,她已经守寡十五年了,很不容易。我丈夫十

"情感暴富"后的轻惆怅与小暧昧

五岁那年,他父亲因公殉职,就这样,婆婆含辛茹苦地把他拉扯大。我对她一直是心存尊敬,她也对我非常好,视为己出。她有时就真的把我当女儿了,与我分享她内心的点点滴滴。人心都是肉做的,她的胃不好,几乎所有的水果都吃不了,但是她最热衷于买的却是水果,因为她知道那是我的最爱。一天早上,有个经常到我们家叫婆婆去早锻炼的李伯,突然示意我出去一下,奇怪的是,婆婆却没有出来应门,我狐疑地接过他递给我的一封信,有些尴尬地说:"你也可以看,然后交给你婆婆!"

原来,李伯在追求婆婆,我很惊喜地来到婆婆的房间。她假装在梳头,我开门见山地表达了我的态度,那就是强烈地支持。她应该有个安乐、幸福的晚年,她有些不相信:"你真的这么想?"我抱住她的双肩,点点头。原来他们地下相恋已经两年了,因为顾虑重重,所以一直都按下不表。

我和婆婆决议暂时不告诉我老公阿福,告诉他反而怕节外生枝。接下来的日子,我就在两头跑,为这对老新人安排结婚事宜,不过,我也稍微暗示过丈夫,说几天后会有个"礼物"送给他。丈夫是衣来伸手、饭来张口的"三代单传"的角色,基本上不管家事的,一般家里有什么重大决定,都是我说了算,如五岁的儿子上什么幼儿园啊,买什么基金啊……所以我想,婆婆的事还是由我张罗好了。

终于定下了大喜的日子,领结婚证那天,婆婆有些心虚地拉了拉我的衣角:"闺女啊,不知道阿福会不会生气?"我安慰她说:"你一万个放心,他由我摆平,你尽管做你的新娘好了。"

婆婆出嫁的前一天,我们才把这个"天大的秘密"告诉阿福,他果然非常吃惊,一个劲地问我:"这就是你说的礼物?"我笑了笑,以为他会很感激我,但是从他紧皱的眉头里,我看到了他的不悦,不过生米已做成了熟饭,他也无可奈何。在我们房间里,我一再警告他不要让婆婆看出他的不高兴。他是个孝子,也只好顺着我的意思表现得欢天喜地。

（二）

说实话，婆婆的出嫁，对我而言是个损失，一度心里有些空洞。对丈夫阿福而言，他的失落感更是巨大的，那些日子他都有些丢魂落魄了。我要他振作起来，因为我们做的是一件好事。可是，他没有大发雷霆，却是用很冷的目光盯着我，几乎是咬牙切齿地说："我知道，你高兴了，原来你根本就不喜欢我妈，早就想把我妈踢出这个家门……"我解释，掏心掏肺地发誓、表白，但是他根本听不下去，好像我成了他的仇人。就这样，我们的冷战开始了。他把对母亲的种种依赖的失落全化为对我的怨恨。曾经那么乖、那么听话的一个人，仿佛是一夜间全变了，变得阴冷、残酷，我原来的权威也起不了任何作用。虽然我比他小两岁，但是他一直喜欢把我当"姐姐"，过去也很听我这个"姐姐"的话的，现在，他"叛逆"了，甚至有些怨恨"姐姐"！

我害怕了，心想，我一定是拔掉了他神经里最强韧的那一根，他对母亲的种种习惯的期待，仿佛是被我彻底地撕破了，他现在成了一个"情感断乳后的孤儿"，他内心里一定感到无助、孤独……

那天，婆婆回家看我们，在阿福去买熟食的时候，我才有些挣扎地告诉婆婆有关阿福的变化。之前她打电话回来，我都是报喜不报忧，现在我必须对她说实话，因为，我担心这样下去我们的婚姻大厦会岌岌可危。母亲是最理解儿子的，我一说这些"症状"，她马上回应："我知道，他就是这样的。十年前，我也有个机会再嫁，就是因为他的原因才收住了自己的心。我以为现在有你压阵应该没有事的，看来他的脑袋瓜一时还是转不过来……"我怕婆婆挂心，便反过来安慰她，看来接下的心理沟通工程，只能由我单枪匹马地操心了。

"情感暴富"后的轻惆怅与小暧昧

（三）

大约一周后的星期六午夜，电话突然响起来，原来是婆婆。她惊慌地告诉我，阿福喝醉了，用手机打电话给她，喃喃自语，却没有告诉她是什么酒吧，或者在哪条路上……所以，她也不知该怎么办，便打电话给我，要我查一下他交往的朋友通信录……都凌晨两点了，我怎么好意思打电话去惊扰别人，只好一遍又一遍地打阿福手机，但是总处于占线状态。我已经六神无主了，当老太太赶到我家时，我们面面相觑。"这孩子，总是离不开我！看来他一定是很伤心。"婆婆急得团团转。我能说什么呢？一个三十岁的男人，居然还如此恋母，然后任性地"报复"我这个"姐姐"。我对他产生了一种鄙视，但是，我马上从心里否定了这一念头，赶紧找了一件丈夫的外套，陪婆婆一起上街瞎找去。

大约半小时后，我们居然大海捞针地在温泉路酒吧一条街附近的IC卡电话亭边找到了阿福，他语无伦次地右手拿着话筒说，左手拿着手机听，不断地重复："妈妈，你……你怎么也听了依依姐姐（我的名字）的话，就不回来了……"我一时气急败坏，冲过去就给了他一巴掌。更要命的是他居然不认识我们！他推开了我，一路上也对着我骂我的婆婆。我抱住他，只唤了一声："阿福啊！"他好像醒了，叫了一声"妈……"就扑倒在婆婆的怀里，像一个饱受委屈的小孩哇哇地哭了起来。

当的士把我们送到门口时，我叫李伯和婆婆放心回去睡，婆婆还有些犹豫。不过，我说了一句："他总要长大的。"她这才依依不舍地跟李伯走了。临走前，她还在我耳边交代说："你辛苦了，以后对他温柔一点儿，这孩子太习惯母爱了！"我满口答应，心里涌出来的却是酸楚，我怎么就摊上这么一个长不大的脆弱的大孩子。

(四)

　　第二天醒来，丈夫什么都不记得。在他带孩子去公园看猴子的时候，我给一家心理咨询机构打了个电话，大概介绍了我先生的情况。接电话的先生问："他平常工作、生活还能自理吗？"我禁不住笑出声来，这个当然没有问题，与其他男人没有两样，唯一的就是比较娇气一些，然后就是近两个月来对我不冷不热的态度。"影响到了你们的性生活了吗？"听到这里，我有些不高兴，但是仍然礼貌地回答："没有，好像次数比过去更多。"电话那头的医生说：那就没有事了！可是，我担心的不是这些，如果丈夫仍然如此恋母的话，我会渐渐地从心里排斥他，我们的婚姻不是出现什么第三者，而且我对丈夫的感觉，会受到致命的影响。

　　那心理医生显然有点儿搪塞，最后说，那你就试着找个大妈级的保姆吧，也许这会稳住阿福的情绪，另外要我继续扮演好"家姐"角色，给他安全感……

　　想想暂时也没有别的办法，便到人才市场找了一个稍微干净、丰腴的阿姨。事先也没有与丈夫商量，对于我的决定，他也见怪不怪了，家里做什么决定，主意都要我拿，"谁叫我是弟弟呢？"他总是这样撒娇。

　　只是一个多月后的某个晚上睡觉时，他用手肘轻轻地碰了我，我以为他又要做那事，便起身准备套子，他居然哧哧地笑起来，我有些恼羞成怒，问："怎么啦？"他很神秘地对我说："好姐姐，我要与你商量一件事！"难道他要生第二胎？

　　铺垫了老半天，他才有些口吃地说："我不喜欢那个阿姨！""为什么？"我很不耐烦，那个妈妈级的保姆，并没有改变丈夫的性格，他还是有些任性与懦弱，在对我的态度方面也多是阳奉阴违，我真的有些气馁。看我没有什么好脸色，丈夫有些退却，我这才缓和一下口气问："你不觉得她很热情吗？"他说，热情是有的，可是她老人家上厕所时从来不关门，更让他吃不消的是有时他在卫生间里，她也毫不避嫌地进去拖地板……我

"情感暴富"后的轻惆怅与小暧昧

忍不住又好笑又气恼:"可见人家还是把你当三岁儿子看待。不过,如果你真的不喜欢可以让她走人。"我说完就侧身准备入睡。突然,他跃上我的身体抱住我的头兴奋地问:"你让我做决定?"我的口头禅是:"当然了。"他居然很生分地说:"谢谢!"然后第一次不经过我授权,就强行要了我……

(五)

我真的是大开眼界,他居然可以很男人、很霸道!我已经很烦他的"乖"了,不,那简直是"怪"!当他尽兴而满足地睡去时,我的内心却翻腾起来。我突然想起婆婆的那句话"你要对他温柔点儿",也许她是对的,给丈夫"情感断奶"不能简单地给他找个妈,而是应该多给他机会,让他拿捏主意,让他有发言权,让他觉得自己也是顶梁柱……检讨过去自己的所作所为,确实是过于强势,结果弱化了他大丈夫的斗志,强化了他原来的依赖的个性。本来结婚娶妻可以给他一个成长的机会,但是,却无意中再次被我剥夺了,然后我又不满他这种个性……公道地说,作为一个丈夫,他很努力,也处处以太太为中心。我享受到了这好的一面,却又受不了他另外一面的"弱",这是把双刃剑。

明白了自己内心的真正需求后,我决定交权,让他成为一家之主。

刚好单位有个机会让我去北京进修,我果断地报了名。我需要一个距离,好好地审视我们的感情。我一直担心自己有朝一日会离开他,我害怕离婚,是因为害怕自己不再喜欢他。当我把自己要去北京进修半年的决定告诉他时,他先是一惊,但是马上又露出修饰过的笑容,他所有的细微心理变化都逃不过我的眼睛。该是放权的时候了,可是,我真的很难潇洒地说不管就不管,我对他还是有隐忧的,毕竟他原来在家里是什么都不管的。不过,真正交出来的也就那些存折、基金什么的。他睁大眼睛问我:"我们居然有这么多钱!"真是井底之蛙!

带着忐忑的心情进京。刚开始是一天一个电话,我知道除了牵挂一定

还有爱,这更坚定了自己当初的决定,他需要一个更自在的没有老婆压力的空间成长……慢慢地我就习惯了北京的学习生活,他呢?也山高皇帝远,渐渐地就真的成了一家之主,不再动不动就请示我,我暗喜。我的一番苦心,终于修得正果。短短不到一个月,他居然里里外外地"一把手"起来了,婆婆也在电话里与我分享喜悦:"他终于'男人毕业'了!"

(六)

就在我一心一意学习的时候,接到婆婆的一个情报,说是我老公私自请了一个小保姆回家做家务,白天在我家,晚上不住我家……第一反应,我居然有些吃醋,看来我对丈夫并没有失去爱的感觉,我没有真正轻视他,只不过,曾经有些恨铁不成钢而已。这让我轻松了很多,但是我仍然心情复杂地给阿福打了个电话:"是不是有二心?"他有些急了:"你不要胡说哦!她晚上是不住我们家的,只是钟点工……"其实我只是想跟他开个玩笑而已,这一点我相信他。想不到老实的他会那么紧张,我又体会到一种快感,捉弄他的快感。这事一会儿就过去了,当我完成进修任务回家时,他变了一个人似的,不再与我赌气冷战,似乎已经忘记了曾经的不愉快。他对我嘘寒问暖的,好像隔世重逢。人也精神多了,不再压抑、阴冷。

当夜,在枕边,我问他怎么想通了,不再怨恨我?他有些不好意思,"都过去了,我也不是什么三岁小孩不懂事,你受委屈了。"他的话还没有说完,我的泪水就夺眶而出,我终于可以像个柔弱的女人一样流泪,其实在我扮演刺猬的那些日子里,我是硬撑着的。我知道自己很累,外强中干,只是因为丈夫太弱才逼鸭子上架的。如今,丈夫由虫变成了龙,我真的有一种做回女人的幸福,好久没有撒娇了,这是何等舒展的心理释放啊!

丈夫不知道我为什么哭了,他只是一个劲地吻我的泪。我顽皮了,问:"什么味道?""苦的、咸的。"他如实说来。不过,剩下的就是甜的

"情感暴富"后的轻惆怅与小暧昧

了。我对自己说。因为他给我新的信心,他可以做个真正的伟丈夫!当然,我也不用担心自己会炒他的鱿鱼。奇怪,别的女人是担心自己被丈夫抛弃,我怎么反过来了?我觉得我是对的,最好的把握是对自己的控制。

点评

所谓"男人毕业",就是由"男生"变成"男人",或者"小弟"变成"大哥"。

在中国传统文化里,英雄主义的情结相对薄弱,没有古希腊文明那么发达。但是有一个更朴实的"衔头"一直是我们所敬仰的,那就是生活化的英雄:"大哥"。不管是排行里的大哥,还是江湖里的大哥,他永远是受推崇的有感召力的男主角,是中国式的凡间英雄。他能干、威风、宽厚、勇于承担……

很多人都有这样的情怀记忆,一提起"大哥",暖意就会情不自禁地回流在心间,然后让人会心一笑。所以"大哥"一直是中国男人间至高无上的一种"职称","水浒英雄"里的领袖就等同于大哥,与之相对应的称号就是"小弟"。"大哥大"曾经是那样将辉煌与荣耀集于一身。行业里的最让人尊敬的权威人物,我们也都会不约而同地尊他为大哥,如音乐界的李宗盛,演艺圈的成龙等。可是,不知道从什么时候开始,本来英雄主义风尚就有些先天不足与欠缺的中国,连"大哥"也不要了,时兴的是做"弟弟"。"姐姐"红了,扬眉吐气了,然后弟弟们都仰着如花的脸,扑闪着长睫毛,大规模地崇拜起"姐姐"来,眼神里是嗷嗷待哺的虚弱与稚气!

为什么现在有大面积的男生(而不是男人)喜欢做小弟而不做大哥?原因是:日子好过了,大哥太苦。吃苦就是老土;独子多了,没有兄弟姐妹,大家就渐渐忘记了还有"大哥"这个角色;女性的崛起,男女平等,大哥的需求量少了,也慢慢淡化了这样的一种社会心理;这是爱情至上的年代,爱似乎成为人生之本,于是男人的战斗力下降了,做白马王子比做大哥更浪漫也更务实;在中国"男人市场"里,几乎只有小弟没有大哥。

社会心理学家对此还有另外一种解释，当今时代竞争越来越激烈，男权至上、男性全面搞定一切的传统定式已被打破，而男性在社会与家庭中所承受的心理负荷已接近临界点，其内心里渴望自己的另一半能与自己共同承担各种压力，所以做小弟，与其说是逃避责任不如说是顺水推舟地给自己性别"减负"。

愿小弟走红只是暂时的，毕竟社会还要进步，我们的小弟也可以慢慢长大成为大哥。

26. 职业女性，小心变成枕边冷美人

罗西

在做客串老师时，接待了这么一位女性，三十多岁，举止高雅，自称"简"。她有一份体面而高薪的职位，某外资企业总经理助理，她丈夫也是一位处级干部，在某机关上班。外人看来，这是一对幸福的夫妻，档次极高，才貌双全，令人羡慕。

自从他们有了儿子后，家里请了一个奶妈，简害怕亲自母乳婴儿，会破坏自己的美胸，所以花大钱请来乡下外婆介绍的一个远房亲戚给孩子喂奶，天天都让奶妈吃大鱼大肉，但为了多产奶几乎都不放盐，孩子健康地成长，简觉得这一切值得。一年后，那奶妈就成了他们家的保姆。

简经常是晚上十一点后才回家。有时她是因为加班、开会，有时则是应酬。丈夫是公务员，一般都能准时下班，每每妻子不在的情况下，只好陪着奶妈和小儿子看电视，或做游戏，在他看来，奶妈给儿子喂奶也充满美感，而妻子没有给他过这种感动，只是办满月酒那天，为了拍照，简在亲朋好友的起哄下才作秀给儿子"喂"了一次奶，结果吓得儿子大哭。简的抱姿确实拙劣，生硬而霸道，有点像女匪抱枪，英气有余，母性不足。

简最好看的时候，是每天早上弯腰穿鞋准备上班时。那时的她精神饱满，双眸生辉，双唇娇艳，职业套裙，在她高挑的身上散发出一种精干而

"情感暴富"后的轻惆怅与小暧昧

高尚的气韵。可是,下班回来时,她总是脾气欠佳,气色很差,皱纹毕现,甚至头发枯黄……她丈夫形容她早上出门是"春风般温暖",下班回家,则犹如"秋风扫落叶",鬼见愁。应该承认,她的事业是成功的,在商务活动中,简如鱼得水,应付自如,口才好、反应快,再加上一张女王般高贵的脸,她涉及的每一回谈判,都是凯旋。老板十分信任她,所以每一次重要的商务谈判,她都是老板最得力的臂膀。

这种奖赏无意中给了简巨大的精神压力,甚至她"出月"后不到十五天又开始上班了,她觉得只有在职场里她才是活的,而在家里"被养着",只会令她沮丧。不久,这种压力让她患了轻微的抑郁症,胃口不好,多梦,感到浑身是痛,体检又一切正常。最令她丈夫不能忍受的是她的烦躁、易怒的情绪,以及性欲的减退。

简是在其夫的陪伴下来心理治疗中心看抑郁症的,经过几次深入交谈,才了解到他们的个人隐私。

每次对"性"致勃勃的丈夫泼冷水后,简的内心也会掠过一丝的歉疚感,但马上又被一股巨大的疲乏感所卷走,迷迷糊糊地睡了。这时,丈夫又气又怜,只好给她盖好被子,自己在另外一张折叠床上打发深夜的寂寞。

那张折叠床是简买的,过去常用来惩罚丈夫的"不乖",现在则成了她逃避丈夫性爱的最好工具。又是一个月色迷蒙之夜,两个人都失眠了。简担心的是明天黑眼圈去上班会很难看,而其夫想的是怎么让妻子接受他的爱抚……同床异梦,月上西窗。这时,他们都听到了一种声音,隐隐约约地会从墙的那一边传过来,哦,那是年轻的奶妈的声音,那是一种忘乎所以、情不自禁的"喔喔……"带着浓重的鼻息,似乎还夹杂着一个男人有节制的低吼……简的丈夫用脚轻轻触碰了她,简拉灯,披头散发,睁开惺忪的眼睛,恶狠狠地骂:"她(奶妈)疯了,跟谁?"简的丈夫冷冷地说:"她乡下的丈夫来了。"原来如此!

简鄙夷地说:"哦,熊熊烈火遇上了不要脸的干柴!"

简的丈夫胸口正堵着难受,便没好气地反唇相讥:"干柴总比你这块

坚冰好！"也许是出于不服输的动机，简恶作剧般地从床的那一头跃了起来，恶狼般地向其夫扑了上来，这突如其来的狂野，令其夫措手不及，但他仍是来者不拒，立即投入战斗……

破天荒地第一回听到妻子的呻吟，那是一种奇怪的叫声："春……春……"简的丈夫无比亢奋，他没心思去考究这种莫名其妙的"春"，他要的是妻子扭动的发烫的躯体，他要的是征服欲，他终于幸福地刹住了车。他礼节性地亲吻了重回清醒状态下的妻子的唇，才感觉到，它是冷的。后来，简承认自己是即兴表扬一段叫床把戏，她并没什么冲动，而且错误地以为"叫春"，就是断断续续地喊"春……春……"简的坦白，其夫不信，他仅把这一切当幽默处理，没放在心上，重要的是，只要妻子能证明她还活着就好，不管她喊的是"春"还是"秋"。

从那一夜后，每次做爱简也习惯性叫喊。后来他们就没再到心理治疗中心了。因为她的抑郁症状消失。只是在一次电话里，简告诉我，她现在的夜晚跟白天一样精彩，曾经以为白天很重要而忽视了浪漫的夜，结果差点儿自毁婚姻。原先在她眼里那么土气那么寒酸那么低俗的奶妈，原来活得那么健康那么快活，是她那一夜毫无顾忌的呻吟与叫喊，深深地震撼了自己。原来，生活里还有这种狂野生命的享受。起初，她是试着学习呻吟，有点儿耍弄、打发丈夫的用意，并且发现这样做，丈夫会很快进入高潮，自己就可以更快地拥有清静，想不到假戏真做，自己在发出声音后，不知不觉地上瘾了，并且从原先的作秀式的快活，竟然活生生地转化为一种真实的快乐……

这是个好消息。

分析

a "叫床"的意义。

凤凰网站做了一份有意思的调查："你与太太做爱时，希望她怎样表现？"结果显示，百分之五十二的男人希望对方"如荡妇一样疯狂"；百分之十五的男人希望她"指导我，让我懂得她的感觉"；百分之十四男人希

"情感暴富"后的轻惆怅与小暧昧

望对方"像处女一样含羞"。

显然绝大多数男人希望妻子在床上更具活力,勇于表达自我感受,并能享受这种生命的激情。那种压抑的女人,不再是男人最佳的床上对手。

所谓的"疯狂的荡妇",其标志性特征就是"叫床"。一般而言,只有达到高潮的女人,才会情不自禁地呻吟或叫喊。而"高潮"一般是指全身肌肤发红发热,小阴唇及阴蒂会勃起,阴道及会阴部会激烈且有规则性地收缩……

男性做爱时最关心之事莫过于女方是否有反应,如果心爱的女人会真实地叫床,对男人而言诚然是无比之荣幸和值得欣慰的。不过,如果你太太过去一直都是默默无声的,有朝一日突然狂野呻吟,男方也不必高兴太早,以为是自己的功夫了得或太太终于"孺子可教",女性敏感度骤然提升,有可能说明她"有喜"了。受孕初期,女性不仅乳房敏感性会增加,下体的爱液量也会大增,因此大大提高了敏感度和反应能力,从而会突然出现短期的"叫床"现象。

一般而言,女人"叫床"可分为二类,一是有感而发,由于极度亢奋,全身紧张产生一种缺酸的状态,意识也会变得模糊,在飘飘欲仙中发出一种"喜悦之声"。二是为了要有感觉而出声,如有些女性,无论其丈夫如何地努力,却都无法达到高潮,然而她们会因为听到自己的声音,而产生了无比强烈的性兴奋。换句话说,由假变真,"叫床"不仅鼓励了丈夫,更是为了使自己达到高潮。上述个案中的简女士就是在假高潮中渐渐把自己推向高潮的。这有点儿像一个悲伤的人为了走出阴影,强装欢颜,慢慢地还真的会大大改善心境;再比如,一个从原先不太自信,后来改用"领袖姿态"走路的人,昂首挺胸,久而久之,自信心就出来了……

不管是什么叫声,只要是发自肺腑的,战斗中的男人都会很满足的。这种撩人的呻吟,是对男人最好的奖赏。反过来,他也会给自己的太太回报更多的激情与能量,从而形成良"性"循环。

b **性冷淡的女人,其丈夫也有责任。**

"简"的性冷淡,一方面是由于工作压力;另一方面跟他丈夫的知难

而退有关。他每次求欢总是像打申请报告，干巴巴地问她："今晚行不行？"劳累的妻子便干脆地回绝："不行。"其实，在男人做爱智商里，最关键的一点是看男人实际的动手能力，简单地问签，只会让女方简单地拒绝。那些思想看起来很"纯洁的"女性，当丈夫触摸她的身体时，她就会变得非常"脆弱"。女人的"想法"在被丈夫触摸时，与和丈夫"面谈"时，是完全不同的。后者是用头脑思考，前者是用身体思考。所以，做爱高手会千方百计引导自己的爱人用身体思考，也就是说你不必太介意太太反对什么或说了些什么，最关键是你要尽量去"碰她"。

有研究显示，职业女性由于工作压力，往往会变得"会议室强过卧室"！对"性"兴趣缺乏，没多大激情。

某公司曾做过一次调查，发现有百分之四十的职业女性表示，感受不到鱼水之欢。也有人抱怨，她们对任何异性，包括丈夫、男友都提不起"性"致，早已是一亩"旱田"。实际上，这些职业妇女又很怕丧失性欲。

心理医生认为，长时间工作是热情的杀手。随着进入职场的女性人数的增加，抱怨缺乏"性"趣的女性也会多起来，甚至走向性冷淡。

对此，心理医生指出，要改变这种状况，有所作为的决不是企业老板，而是她们的丈夫。那么，新好男人该如何伺候这些一回家就脱掉高跟鞋、叫累叫苦的太太呢？

当你的"性"致来的时候，肯定会"动手动脚"，这无可厚非，而且是一种迷人的"性"号。如果她不领情，用肢体语言拒绝你时，又该怎么办呢？

一般而言，做先生的，会事先发出试探性的求欢动作。例如，当太太在厨房忙时，老公会嬉皮笑脸地从后面突然拦腰一抱；或是对着刚洗完澡的老婆，正对颈项给一个轻吻，并夸说"好香"；或是关灯后，在黑暗中，把手伸到太太的衣服内……

如果你的种种"花"招，都无法启动她的"花"心，请不要失去"性"心。一般而言，做太太的会有一些敬谢不敏的表现：把老公的手推开，或者借口"我头疼"，或干脆明示"讨厌，你没看到我正忙"，"我要

"情感暴富"后的轻惆怅与小暧昧

吹头发"或"孩子还没睡",有的就说"不行,姨妈(月经)来了"……

这时,做丈夫的要有厚脸皮,并要耐心地试着了解拒绝做爱的老婆,是因为太忙太累,还是因为正在生闷气,或是工作不如意、心情不好?做个善解人意的老公,给予妻子善意的回应。不要因为太太的冷淡反应,就一屁股坐在沙发上不停地按电视遥控器,或干咳一声后开始抽闷烟。男人的柔情蜜意往往是在这个时候展现,女性总希望有你呵着热气的"哄",与坚定不移的"赖",这是一些很温暖,很"痒"的关怀。请记住,女性往往在做爱时,都遵循这么一条心理历程:先感动,后激动!

具体而言,当太太在家中表现不高兴时,不耐烦的肢体动作或讲话较大声时,新好男人要立即靠过去,并且说:"来,我来做。老婆,你休息一下!"幽默一点儿的丈夫还可以暧昧地说:"你先休息一下,等一下还有一场战斗!"

当老婆得到老公的关心、支持和行动的参与时,她会得到比较充分的休息,心情也比较好。这时,老公再过去借口为她按摩、舒舒筋骨,铁打心肠的女人,也会半推半就地嗔怪:"这家伙,美女难过绅士关!"

是的,英雄、大丈夫是用来景仰、崇拜的,只有绅士、新好男人才是用来做爱、上床的。在妻子不很欢心的时候,你一定要努力做个绅士,她就会被你彻底征服。

做爱是一件很浪漫的事,但已婚男性往往过于简单、直接,这也是职业女性不太喜欢的一个原因,那种尽义务似的,公事公办似的,会令你厌烦,在床上也像在职场里,这能不倒人胃口吗?

c 好男人就应该而且热爱下列一些"作业"。

先关机,让床成为一个孤岛,不要任何干扰,创造一种专心专意干活的氛围。

关大灯,开情调灯,粉红色的朦胧光线,会激发一个人的美好想象,女性要有性冲动。你最好让她触景生情,不要急着曝光你的啤酒肚,那不是好风景。如果你有傲人胸大肌,可先脱上衣,虽说是"老夫老妻"了,但作秀有利于保鲜一种激情。

给她的私处起个花名,从"巴黎"到"奥斯卡",这是一种情趣,女性喜欢这种婆婆妈妈的花花草草;再唤她的小名,昵称,这比任何抚摩都管用,因为有一句老话说得好,"女人是用耳朵做爱的"。

不要掩饰你的冲动与兴奋,这时,像个流氓,她不会介意,说明你为她疯,为她狂,被她所征服。冲动会传染冲动,一个巴掌拍不响,只有用你粗重的呼吸与发颤的声音,才会渲染一种春宵的热望,这会感染她,让她忘了上司的臭脸,同事的眼睛,而专注于那一刻的销魂的快乐,并珍惜你的每一波的爱抚。

这时,如果有背景音乐,效果会更好。但音量不宜太大,若要女性在粗野与优美之间选择,她们更倾向于后者。所以,抒情的音乐,会让她放松,进而融入你预先设计的温柔乡里。

做爱中,可穿插一些"游戏"环节,这对男性是一大考验,因为男人一般"性"急,不喜欢中途说话或"稍息"。但太太喜欢,你不妨听一回她的,与她说说悄悄话,分享她的感受,让她选择一种做爱的方式,她会很开心。她开心了,什么好事不可以做好?而所谓"游戏"当然不是像明星们在电视娱乐节目中做脑筋急转弯的那种,而是包括:搔痒、说俏皮话、请"女皇"颁布命令、喝点准备好的饮料、回忆恋爱时的糗事、唱赞美诗等。

爱要说,爱要做,爱是体力活,爱也是一种智慧。做爱的最高境界是,爱人的满足,就是自己最大的满足。新好男人应该懂得这些,并去实践。

27. 一张没有被摸完的脸

申申口述　罗西整理/点评

我一直觉得我是家里多余的人,我上面已经有个姐姐了,父母本以为可以再添个儿子,母亲怀二胎时,做B超也认为是个男胎儿,所以当我

"情感暴富"后的轻惆怅与小暧昧

"横空出世"时，对父母而言是多么大的打击。从那以后，我仿佛成了这个家里最不受欢迎的人。更何况姐姐比我乖比我聪明，所以我经常被父母教训说："你看看姐姐如何如何……"衣服也是穿她穿过的，所以在我幼小的心灵里，就学会了"应付"，做两面派的人，表面讨好，暗地里较劲，犹如鸭子游泳，暗中用力，谁也看不出来。

就这样在压抑、缺爱的环境里，我渐渐地长大。奇怪的是，青春期后，我比姐姐漂亮。当她谈恋爱时，我就有一种莫名的搞破坏心理，而最有挑战性的破坏，莫过于去勾引她的男友。我可以做到天衣无缝，但是却乱了对方的阵脚。其实我目光清纯，身材却是惹火的那种。当时，我虽然不知这叫"性感"，甚至有莫名的反感，但是，我渐渐发现这是攻击的最好武器。我尝到了复仇的快感，而且有一种扬眉吐气的成就感。

长期住在我家的表哥是个爱交朋友的江湖侠士，所以很小的时候，我就见识过各路英雄。十八岁那年，鲁毅，山东人，来到我家习武。他有点儿腼腆，黑黑的、高高的，平头。我有点儿心动。第二天早上，在门口那棵龙眼树下，正要合上英语课本准备背诵的那一刻，我们的目光相接，他汗津津地练功回来，我有点儿失态，便转身进屋去了。我能感受到背后有一双眼睛在灼热地看着我，我的步伐慌乱，心跳加快。

他追上来了，递给我英语书，原来书掉在地上也忘了捡。他说，英语很好听，很肉麻的话用英语说出口就不肉麻了。"真的吗？"我傻傻地问。鲁毅趁机说："比如'我爱你'说出口很难为情，但改成英语就顺口多了！'I Love You'！"人不可貌相，原来他这么大胆。

抢过英语书，我佯装生气："你很坏！"学了一句电影里的台词，更不自在了。那种脸发烧、心发慌的感觉很好。这时，表哥出来了，叫我进屋吃早饭，准备上学，因为高考在即。

我们很快就眉来眼去了，随后高考失败。

我喜欢看他舞剑，喜欢看他做俯卧撑，而且为他数次数。表哥是我最亲的人，我觉得男人会是我的贵人，我喜欢男人的帮助，而且比较容易得到。表哥知道我的心事后，很生气，也许是嫉妒，还把鲁毅打了一顿。鲁

毅没还手。他走的时候，送给我一条茉莉花项链，我的初恋就这样匆匆而过，我病了一场。

我想念山东那个叫青岛的城市。那个城市里有个男孩叫鲁毅。我现在还恨表哥。家人命令我复读一年，我死也不干，我厌倦上学。在这年冬天，我离开福州去了厦门，我本想在什么私立幼儿园里做一名老师，但没有人要我。最后我做了一名保姆。原因很简单，我喜欢做"凤头"，以我的学历，也许可以勉强做个三等白领，但是我受够了被人踩在脚下的痛苦，我要做个最出色的保姆！

在保姆市场里，确实我成了公主，有鹤立鸡群之感。

我成了"买方市场"，百里挑一。我挑中了一个三十五岁的企业主，他叫黄建政，离过婚，带一个儿子，六岁。他的眉宇很像鲁毅，有点儿金城武的影子。东家小男孩皮皮很霸道，不乖，他父亲也常拿他没办法。

上班的第一天，我就碰了钉子，做好菜，叫他起床，可他仍赖在床上。几经催促，他才不情愿地爬起来。怕他冷，拿衣服要他穿上，他却置之不理，叫他去刷牙，也恍若不闻。直到我板起面孔，他才悻悻地"凌空"拿起牙刷，假装做着刷牙的动作，让人看了又好气又好笑。

我眉头一皱，计上心来。随他去了，不再说什么。没多久他大喊洗好了，要吃早餐。我问他想吃什么后，便学他刚才的举动，凌空取物"放"在他面前道："这是汉堡包，这是炸鸡，这是巧克力牛奶……"然后问："好吃吗？"他马上抗议："这不算！"于是，我反问："那你刚才那样刷牙，就算数吗？"他终于不好意思地笑了一下，赶忙去漱洗。想不到我这招"以其人之道，还治其人之身"还真奏效。从此，我过上了太平日子，皮皮十分听我的话，黄老板对此又妒又高兴，那么不驯的儿子，居然也"栽在一个女孩子手里"。

皮皮其实很早熟。一天晚上，我在给他讲故事时，他突然抱住我："姐姐，你做我干妈好吗？"看他可怜巴巴的眼神，我一时不知如何是好，他以为我不答应，竟带着哭腔说："我会很乖的，好不好？"我实在不忍，点头答应。

"情感暴富"后的轻惆怅与小暧昧

本以为这只是小孩的一件游戏。想不到第二天,他就缠着他忙碌的爸爸要举行一个仪式,正式拜我为干妈。我有点儿不自在,可黄老板当即拍板:"行,没问题!"

自从当了"干妈"后,角色的转换,令我总觉得不大对劲儿,特别是小孩入睡后,关灯带上门出来时,碰到了穿睡衣的黄先生,总有一种尴尬。他似乎也看出了我的心思。这天深夜,他请我坐下吃水果,果篮里什么品种的水果都有,我要了个柠檬。他善解人意地帮我切片,然后以磁性的男中音说:"我明白,你是想用它来敷脸吧!"奇怪,他怎么那么清楚我的心理活动。还没来得及问,他就以一种温和的但绝对权威的口吻让我后仰靠在沙发上,就这样,冰冷的柠檬片一片一片地贴在我的前额、双腮、眉眼处……他的手很轻,一边贴还一边喃喃地说着什么,仿佛我一下子被他催眠,很听话,闭目享受他的服务、他的体贴。

他给我讲故事。一个爱情故事。听得出来,是有关他与前妻的事,只不过改用第三人称叙述。女主角好像错得更多,是她先红杏出墙,之后他也报复性地出轨,最后和平分手。他叹了口气:"其实,我很痛苦,想不到,会遇上你,真是三生有幸。从此,我家里又多了一种香气,我和儿子都变得快乐,谢谢你这半年多的努力……"

我渐渐地入睡了。我有个好习惯,一听别人讲故事,就会很快入睡,这是小时候奶奶培养出来的。当他试图抱着我去我卧室时,我醒了,奇怪,我一点儿提防也没有,只是说了一句:"好冷!"他似乎被鼓励了,于是更大幅度地拥住了我。我没拒绝,他搂得更紧,并真的把我抱起来了。他坚定地一步一步地走进我的卧室,柠檬切片掉了一地,我听到那种软绵绵的落地的声音……

这个夜晚,我告别了处女。我没怪他,我一直把他想象成鲁毅。我做了他的情人、他儿子的干妈和家庭教师。

一年后,黄先生提出与我结婚的请求。我笑了笑,谢绝了。我心里明白,他只是一个克隆情人,鲁毅的克隆,做他的情妇,不内疚,反正各取所需,但要嫁给他,我不配,因为我心里住着另外一个男人,我的初恋。

一晃到了二十八岁,全家人都焦急,像热锅上的蚂蚁,对此,我有一种奇怪的快感,连曾经赶走鲁毅的表哥也拉下脸请求我原谅,不要再耽误青春,要不他赔不起,而且会后悔一辈子。

其实我早已原谅了表哥,但我同样向他提出一个条件:告诉我鲁毅现在哪里?结婚了吗?表哥老实招供,鲁毅就在厦门,与我同处一个城市,我居然十年不知他的踪迹,他为什么不来找我?

终于,我打通了鲁毅的手机,我知道了他家的电话,但还是选择了打手机。他很惊讶,然后第一个问题就是"你结婚了吗"?而不是"你在哪儿"。我有点儿失望,他的口气没有想象中的热烈。曾经的激情仿佛已冷却,我明白,他已成为一座爱情的雕塑,伟大、挺拔,但已失去了体温。是我主动约他去咖啡厅见面,可他说,他只不过是一介武夫,不适合去咖啡厅,就在麦当劳里见面吧。

我是冒雨去见他的,他苍老了一些,胡子更浓了,这我喜欢。他先说自己,曾找过我,但后来就灰心了,觉得不配,现在在某武校里当一名武术教练,娶了个闽南女子做太太,育有一子三岁了!他觉得这一切平淡,但还算知足。

他很焦急,因为知道我仍没找到另一半。我悄声地撒娇说:"因为心里还住着你!"他环顾四周,然后也低声说:"你怎么可以这样,我已经有了妻小!"我不想听这些像表哥的教导与操心,我拿起坤包就走,他追了出来,两个人在风雨中跑,这很美,我就要这种抒情,带着伤感,带着被追逐的心。我心里,最好的勾引就是这样,用一个眼神,然后跑开,他在后面拼命地追……在小巷拐弯处,我停了下来,为了让他靠近我,为了躲开灯光。他抓着我的手,说要送我回去。我说:"你难道从未想过我?"他摇摇头。就在这一刻,我无法抑制自己,抱着他,哭了……

我疯狂地吻他,他喘息着。我明白,他回到了过去,今夜,我不能失去他。在我单身公寓里,我第一次肉体与精神二合一地完整地吞纳着幸福,我叫,我用指甲抓破了他结实的肩膀……

我告诉他,我做了一个老板的情人,并且用他的钱,买了这套八十平

"情感暴富"后的轻惆怅与小暧昧

方米的单身公寓。但是,我内心永远想着鲁毅,更何况他那么像鲁毅。我给他一根烟,用打火机为他点燃,动作一气呵成。然后叫他回家,我想开了,不会破坏他的家庭,只想做他的情妇,一周一次,哪怕一月一次,足矣。

就这样,在两个男人之间,我做了一个职业情妇,我无耻,我似乎也很快乐。

渐渐地,人去茶凉。鲁毅每次应约都有点儿勉强。最后,找他也成了一件不那么容易的事。终于,我冒险找到了他的家,手里还从朋友处借来一堆有关保险的材料和单子,为了以防万一碰到他太太,就说自己是推销保险的。他见到我,惊得眼珠都快掉下,但他还是让我进屋了,原来他的妻小去娘家玩去了。我抛开"公文包",慌乱地去洗手间,冲洗着因激动而发烫的脸。这时,他进来了,伸手抚摸我的黑发、脸、下巴……想拥抱我,不说一句话,使我充分领略了一种偷东西的亢奋与心跳……

他突然停止了动作:"你变了,你变成了一个那样的女人!"其实,他要说的是"坏女人"。我帮助他说了,然后就哭,号啕大哭!对着墙上的大镜子,哭泣渐渐成为一种冷笑。半天我才举起手,抚摸他没摸完的脸,好像有皱纹了,一颗泪滑过指尖,我是伤心还是痛恨?自己摇摇头,整理了一下乱发,走出去了。一切都结束了。热浪消失了,大雨很好。

我不知是怎么关上他家的门的。我再也不想见他了,他也清静了。

现在我仍是黄建政的保姆、情人,他儿子的干妈、家庭教师。他好像也不敢再跟我提结婚的事。或者说,我与他只是一对同居恋人,结婚是一件遥远的事,老了再说。我现在仍然有勾引的欲望,是因为鲁毅的消失,还是因为我的欲望永远在膨胀?还是童年的失落感没有被填平?

很多女人,喜欢追求一种由情妇转为主妇的"升迁"管道,而我怎么了?难道注定是个专业情妇。现在我心很乱。很多人以爱情的名义做许多不伦的事,也许我也是。我说不清自己是什么人,但有一点是肯定的,我生活过得有点儿不安。常常会梦中惊醒,才发现是他的大手压在我的心脏处,所以呼吸困难。

这种地下情,很像梦中窒息的感觉。我突然有一种危机感,不能再次被另一个男人被动地支开,看来最优雅体面的解决之道,是我先离开他。真的,我要一种全新的生活。明天早上,我就对自己说:"早上好!太阳每一天都是新的。"

林芳医生的点评

这是一个极度缺乏安全感的女性,在"压抑、缺爱的环境里"长大,所以对每一丝的关怀或者爱,都特别敏感。比如,初恋的记忆、男女间的身体接触等。但是,这仍然没有满足她少女时代对爱的渴望与被肯定的需要。

一个心有不满(满足)的人,往往会通过某些心理防护机制来宽解这种心理压抑。比如,"做对"、"顶着干",甚至报复等行为。她也承认喜欢"有挑战性的破坏",并从中"尝到复仇的快感,而且有一种扬眉吐气的成就感"。对家人的报复,是不结婚,"全家人都焦急,像热锅上的蚂蚁,对此,我有一种奇怪的快感";在外面则喜欢做"凤头",让人注目,"最好的勾引就是这样,用一个眼神,然后跑开,他在后面拼命地追……"而最后选择做他人不明不白的情人,则是最富有挑战性的"心理反扑":一是满足所谓爱的需求;二是满足抵触挑战社会道德伦理的需求,"领略了一种偷东西的亢奋与心跳……"

这样的自发的心理防护机制,显然是不健康的,也是不成熟的,她才会觉得"生活过得有点儿不安,常常会梦中惊醒",可见她没有真正赢得"自在与自尊"的心理需求。

追溯其根源,就是她的人格发育不成熟,一直停留在儿时,因为那段岁月,她有被冷落的经历,潜意识里希望自己停留在那个心理年龄里得到足够爱的补偿。而"职业情妇"是任性的角色担当,是最具"儿戏"色彩的,是心智不成熟的游戏。她把这一切理想化,虽然发现痛苦但又沉醉于其中。

庆幸的是,她已经渐渐地明白了自己内心的虚弱与真正的需求,这是成长的开始,还不晚,是的,我们一辈子都在成长,特别是心理的成长。

28. 负面"性"形象

罗西

许冰(化名)是很黏人的,从小就被父母宠坏,嫁人后,她就把撒娇当饭吃,把任性当天性,其中最典型最令她先生吃不消的是夜里要枕着他的手臂入睡。开始几次,她先生受宠若惊,也表现得英勇无畏,但一周之后,他开始"收手"不干了,因为手臂"发麻"不是一件好受的事,血脉不通被压迫,就觉得身心不爽,上床如上班。而太太就是那个温柔的"剥削者",赖在你怀里,虽然温软,但漫漫长夜,这一切就变成不能承受的痛了。

先生为了能让太太放弃他的手臂而启用枕头,就哄她说,现在是"老夫老妻"了,不要保持过去做恋人时的拿腔、拿调的旧习惯,放下架子,原形毕露,回归真实生活……许冰有一个美德就是不固执己见。她觉得先生的话在理,过生活嘛,不可能像谈恋爱那样一天换三套衣服示人,一天刷五次牙准备接吻,甚至给鞋子喷香水……也好,解放自己,做自由自在的太太。反正什么他都看到了,连自己少女时代的日记他都会背了,没什么好掩饰了,那么就彻底地放松,丈夫成了没有任何性别意义的"熟人"。过去许冰打个哈欠都会掩嘴,现在上卫生间"办事"也懒得关门了!

许冰是一家外企职员,白天工作很紧张,压力很大,晚上回家,可以随心所欲、没心没肺地躺着坐着裸着趴着,真的如好莱坞第一性感小生皮特所说的那样,婚姻的好处就是你可以放肆地放屁也不会觉得不自在!有一天晚上,许冰心血来潮想"做功课",当她热着身子凑近正跟电脑下棋的丈夫时,丈夫居然不耐烦地推了她一下:"去去,别闹了,你没看我正忙着?"

什么话?许冰一下子怔住了,自己难得主动,可先生不仅无动于衷,

而且口气里散发着一种"轻忽"。她受不了,生气了,恼羞成怒,很响地喝下一杯水,再把杯子很响地放在床头柜上,躺下,想想,不甘心,这太没面子了,自己满腔热情换来的是满腔怒火。她突然又爬起来,觉得饿,随手从抽屉里拿出一盒巧克力,加蒜味的俄罗斯产的,斜躺着,一块又一块地往嘴里塞……丈夫终于打着哈欠过来了,许冰假寐着,屁股朝外,睡相霸道,双腿有意占领大半个床。她丈夫不是木头之人,他俯下身子,动手。灯暗了,许冰被他弄"醒",两人额头相碰,序幕正要拉开,丈夫突然叫了一声,抬头擦嘴:"你怎么没有刷牙,满嘴都是甜味、蒜头味,真恶心!"许冰哈哈地笑着,然后翻一个更舒服的身子侧躺着,理直气壮地回了一句:"活该,你不在乎,我还讲究什么。"

这一夜就这样不欢而"睡",同床异梦,互相拉扯被角。结婚两周年纪念日的那个晚上,许冰和先生在外面吃完饭回来,她翻箱倒柜地想找那件狂野的豹纹内衣。好久没有精心打扮过自己的"卧室形象"了,今天是个特别的日子,她忽然觉得应该"不一样"一下。两年来,两人的性生活次数一月月地减少,甚至屈指可数,这么一想,她有点儿吃惊,这样下去,会不会成无性夫妻?那件性感内衣再也找不到了,很累,许冰坐在沙发里发呆,丈夫接了一个电话,说有哥儿们约他去下棋,交代了一句"你先睡",便从铁门外蒸发掉。许冰隐隐地觉得不对劲,便给心理治疗中心打了一个咨询电话。话匣子一打开,很奇怪,发现自己内心竟然有那么多的不满,而平常一点儿也没有去注意这些变化。

通过交流,心理医生认为,他们夫妻生活追求"轻松随意"这本没有错,关键问题是,再熟的夫妻,都应保持自己的一份隐私、个人空间和神秘感,不是说两个人亲密就可以不要"性形象"。性爱是一个心理性很强的细活,心理因素会左右其需求与品质。显然许冰陷入了一个误区,以为夫妻生活就是坦诚如裸体,不要任何掩饰,结果完全失去了神秘感,再加上随便糟蹋自己的性形象,使自己的魅力和丈夫"性"趣大减,两者恶性循环,最后视床如畏途!

那么,已婚女性应该避免哪些负面"性形象"呢?

"情感暴富"后的轻惆怅与小暧昧

　　a　不讲卫生：眼有眼屎，嘴角有肉汁，牙缝有菜屑，耳内有异味，脐洞里有老泥，腋下有狐臭……干净是最易让人感到放心和赏心悦目的，如果这最起码的条件都做不到，那还奢求什么情感保鲜？

　　b　枕边语言：粗俗之语，脱口而出，不计后果。男人最受不了在床上、黑暗中女人发出这样的声音"什么"、"你怕"、"完了"、"还不行吗"、"算了"、"我困了"、"快点儿"……床上也要讲修养和礼貌用语。舌头可以接吻，也可以如刀锋！

　　c　零距离：不要当着他的面打响亮的饱嗝或放很响的屁；不要在丈夫面前撕面膜、摘隐形眼镜、御妆、换血迹斑斑的卫生棉、挖鼻孔，甚至剔牙……上卫生间要关门，有自己专用的私人抽屉，偶尔含蓄，如果能同床异"被"或同房不同床，也可以制造出一种心跳的距离。

　　d　太贤淑：安全套每个用两次，为了省钱，却丢了情调；内衣破了；去完厕所不冲水，多去几次才冲；丈夫要你"准备"，你却仍然在织毛衣；只给小孩喂奶，而不管丈夫的欲望；正在"进行时"，突然推开丈夫去调闹钟，或者问他韭菜一斤多少钱……

　　e　淡化卧室或床的"性"意味：在床上吃东西，一个男人摸到面包屑，该会有什么感受？因为怕冷，而把尿盆放在床头，这也是许多女性易犯的毛病，与男人上床，她养的猫和狗在床前当"观众"能不分心？床，甚至卧室，对夫妻而言，是很有性暗示力的，所以一个会营造浪漫氛围的太太，是不会在这些暧昧的地方做"分外之事"的。狗看到骨头会流口水，你有办法让丈夫一进卧室就吞口水吗？如何在卧室（床）与男人兴奋之间能创建一种条件反射捷径，就全仗你的布置了。

　　总之，修身养"性"，需要用心；性爱不只是从宽衣解带开始；"性形象"和爱情一样，需要一抹口红、一缕暗香、一抹胭脂、一些经营、一点装扮……

29. 那些像良家妇女的"小三"

罗西

不知道从什么时候开始,坊间出现一种"情爱新人类"。这些为爱而豁出去的女性,没有想象的危险,不上吊也不割脉,宠辱不惊、从容低调做情人,仿佛继承传统中国女性勇于自我牺牲的秉性,能为已有婚约在身的情人急之所急、想之所想,甚至百般为男人的"元配"着想,缺乏强悍的情敌意识,又要有自我的情感天空,这很矛盾,因为事实是闯入人家两人世界,做"小三",是不伦之情。

这种"很专业的情人",或者说带有良家妇女特质的"小三",似乎懂事识大体、安心做情人、遵循一定的游戏规则、不贪心、不追求"转正"、不要求晋升自己的角色,甚至颠覆了过去"情人要变太太"的老路,甘于一直爱着,不要对方惨烈地离婚,再结婚,随缘、适可、有度,还最大限度地照顾到出轨男人的鱼和熊掌兼得的心理。

走进她们的内心,看看那些摇曳而安静的花。

A 下辈子的约定,不要提前

临渊,二十岁

关键词:纠而不缠

就在几个月前,我爱上了一个大我十岁而且有老婆、孩子的人,爱得很深,深到自己都不知道该怎么办。一开始我们在一起的时候,我就知道他结婚了,可还是不顾一切地去爱他。我们每天都会发好多信息,打好多电话。我知道他爱我,很爱很爱,但是我从没有要求他离婚或者给我一个家。我只想这样默默地爱着他,与他在一起就够了。刚刚在一起的时候他就对我说他不会离婚,我算是一个很理性的女孩子,我不想去破坏他的家

"情感暴富"后的轻惆怅与小暧昧

庭,也不想去拥有原本属于他老婆的一切。我曾真心地对他说,如果他离婚了,我不会做他的新娘,而且永远都不会再见他!

他真的是个好男人,尽管他这样和我在一起,却从不忽略家里的一点点。我喜欢这样有责任感的男人,会带给人安全感。其实我真的好想成为他的新娘,我和他有个约定,就是下辈子我一定会嫁给他,一定要为他穿上婚纱。真的好想成为他的新娘,真的好想让他照顾我一辈子,就这样一辈子跟着他。他很宠我的,和他在一起,我觉得很安稳。

我说过我是个很理性的女孩子,尽管我不会要他去做什么,或给我什么承诺,但是从一开始的时候,我就有一种罪恶感,一直压得我喘不过气来。他的妻子虽不知情,但是我还是觉得伤害了她,因为她的老公有一半是在我这里。他们一起牵手走了八年,他的妻子为他生下一儿一女,好辛苦!我不知道为什么还要和他在一起,我的罪恶感好深好深,但是我真的很爱他,我不想离开他。

他告诉我他要在半年内离婚,和我在一起,我觉得很荒谬,我知道我尽管很想接受,但是我不会去那么做,我已经伤害到他善良的妻子,我哪还有脸再去拥有原本属于她的一切呢?也许他是因为喝酒的关系这样说说,我也真的希望他只是喝酒后乱说的,我真的不要再去伤害她了。

亲爱的,记得吗?我们的约定是在下辈子,我不要你把约定提前,下辈子我一定做你的新娘!

B 过客情人

初歌,二十五岁
关键词:渐渐地放掉他

和他在一起两年了,我们也爱得好深。他有家庭和很好的工作,他说要离婚和我结婚,我也一直不同意。我想我不会和他结婚的,不会去破坏他美好的家庭的。有一段时间,我们发现彼此都离不开对方了,但我的家里催我找朋友,我不能对父母说我和他在一起,只好按父母的意思和那个

他们看好了的男孩子林生交往。

我也想过,既然找朋友了就应该循规蹈矩。可爱情能让一个人失去理智,因为我们相隔不远,经常约会。有一次我大意了,让林生发现了,结果是可想而知的。我和林生分手了,我失去的不仅是他,还有名誉和金钱。

于是我与情人都冷静了几个月,他也觉得这样下去,我会连男朋友都找不到的。我们就尽量少联系,我特地"逃"到外地工作了几个月。本来我想,除了他我再也不会爱上别人了。既然我们相爱,又不能在一起,那我们就彼此祝福对方过得幸福吧。

想不到,事情有了转机。不久前我认识了现在的男友,他很爱我。他二十四岁,但他很保守,和我在一起的时候还是处男。他不在乎我的过去,虽然他不知道我的过去是什么。所以,我很珍惜现在,我们正准备买车、买房。

我和情人偶尔还联系,我们都有自己的工作,都很忙,我对他也没以前那种强烈的感觉了。不知道他是不是也淡化了那份感情,现在只想把他当做我的大哥吧!看着每天路上人来人往的,想想看,每个人都会有他的故事吧,或者欢喜,或者悲哀。

C 因为真,所以宁愿要那不完整的爱

知了,二十四岁

关键词:不麻烦他

我和他是在网络上认识的,他也有一份很好的工作,在北京。虽然我们认识的时间不长,但是我们能感觉到,都是爱着对方的。我们彼此打电话聊天。记得有一天,我没看到他给我的留言,很郁闷,关机,自己跑到酒吧去喝酒……这一下子,把他急坏了,当晚就坐飞机跑到沈阳来找我。当时我的激动心情,真的是无法言说的。

从此以后,我再也不乱打他的电话,觉得他对我越好,越要为他好,不麻烦他,不给他添乱,为的是保卫他与他妻子的婚姻。

"情感暴富"后的轻惆怅与小暧昧

后来,他专门给我报了个新手机号码,只有我一人知道的,但是经常关机,只有他方便时想起我,才联系我……一度有些失落,觉得自己是他的玩偶……

不过,现在我也看开了,也许这样更好,偶尔的爱情更真,虽然不完整,但是我很满足,更不会给他添麻烦。

D 一个男人的觉醒

阿龙,三十四岁

关键词:是真爱也是错爱

我感触太深了,因为我也有一个深爱我的妻子和女儿,我们一起走过十年的岁月。一个偶然的机会,让我遇到了二十岁的其其,从此开始了世人所说的婚外情。直到现在,我们一直有联系,她并没有要求我什么,可是我却发现自己已经不再属于原本那个安宁的家了,为此我要选择离婚。

可是其其一直不同意我这么做,最后我背着她,按着自己的决意离婚了。但是自由后,其其并不因此感动,反而有些回避我。这两个月来,我发现自己站在一个没有方向的十字路口,前面没有灯光,没有想象中的快乐,只有迷茫。我常常做一些莫名其妙的事情。

选择回头,心已不在那儿;选择再婚,已经没有了那份激情,更何况其其没有这个意愿。我吃力不讨好,两边都得罪。

分析

首先,这种"发乎情,关乎性,止乎婚"的所谓职业化情人,正前仆后继地涌现,扮演的是不坏的"坏女人"的角色,追逐的是一种既现代又传统的自虐式的爱情,不求名分,不求形式,似乎也不要天长地久,只要,爱在当下,深爱、秘爱。

现在,我们对于个人情欲的把握往往有些松懈,却又不想做罪人,爱的罪人。于是,便折中地"破而不坏",只用到"这个男人",但不毁灭他

的婚姻及比自己早到的那个女人,这样的带点儿事后诸葛亮的妥协处理,可以缓冲内心的愧疚与罪恶感,从而可以更心安理得地拥有这个男人,因而感动,加倍、"加班"地爱他。因为自己要的是"爱情",而不一定是婚姻,以退为进,各取所需。

其次,不要对方革命性的离婚,再重组家庭,也是为了让自己彻底地做个地下情人。情人之美,在于秘密,在于暗处,在于"偷偷地"所带来的刺激,也在于"被反对"而更有成就感。如果水到渠成变成"老婆",就失去了那种"偷"的美与刺激。

再次,作为情人或者"小三"的女子,深知婚姻不是爱的保险箱,所以不屑走男人"大老婆"的老路,愿意在情人的路上走到底、走到黑,其实也反映出一部分女子对婚姻的恐惧与不信任。

总之,离婚的风险太大,结婚的成本又太高。再说,爱上一个已婚男人,初衷也不是"篡党夺权"、改朝换代,只是为了"真情",满足"真爱",就是图个过程的浪漫与快乐,那么得"情"之时且饶人,不可以绝杀。这也许是职业情人自觉不自觉地遵守的游戏规则,或者说是情人应该有的胸怀与风度。